이문열 소설에 나타난 동양적 복고주의

이문열 문학에 나타난 동양적 복고주의는 현대 사회의 병폐를 반성하고 비판하며 자기정체성의 지평을 구축하려는 의지에서 기원하였다고 보는 것이 적절하다.

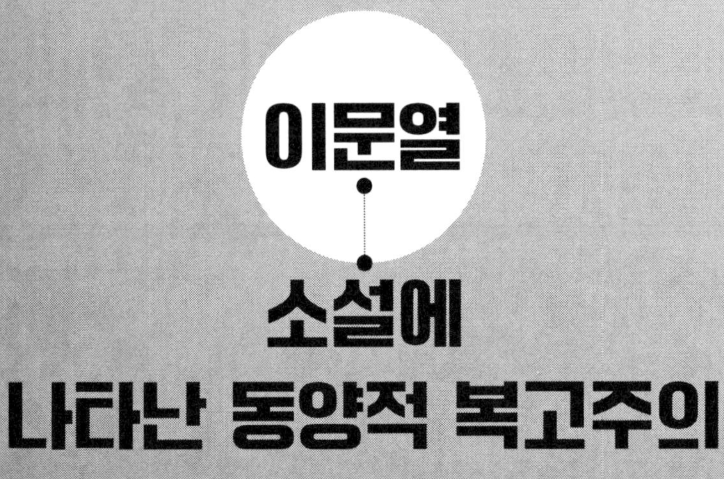

이문열 소설에 나타난 동양적 복고주의

저자 이병균

& 앤바이올렛

| 책을 펴면서 |

이문열의 소설 전반에 투영되어 있는 '동양적 복고주의' 의식을 세밀히 분석함으로써 그의 작품세계를 보다 이해 가능한 텍스트들의 연쇄로 환치해 종합적으로 파악하고자 한다. 작가의식은 다면적 양태로 형상화되어 있는 개별 작품들에 통합적 원리를 부여하거나 그것들을 몇 가지 계열체로 묶어 일목요연하게 들여다볼 수 있는 시선을 제공하는바, 이문열의 경우 소설에 드러나는 동양적 복고주의를 통해 용이하게 설명될 수 있다는 점을 이 글에서는 기본 전제로 삼고 있다.

이문열의 소설은 당대 한국의 상처와 희망을 동시에 해명하는 바로미터로서 기능해왔고 다양한 소재와 광범위한 인간경험, 그리고 시대적 상황을 다루고 있기 때문에 소설 전체의 성격을 한 가지로 결론내리기에는 쉽지 않다고 보았다. 이문열 소설에 대한 그동안의 연구들은 다양한 관점으로 이문열 소설을 해석하였으나, 전체를 포괄하거나 근저를 떠받치는 일관적인 특성에 대한 제시는 다소 부족한 편이었다. 특히 그동안 이문열의 작품들이 소설 미학적 측면보다는 담론적 측면에서 이해되었는데 이는 정치 사회 논쟁의 한 가운데 서 있었던 것과 무관하지 않다고 생각된다. 그러나 단지 정치 이념적 편향성 때문에 문학작품의 실체가 지나치게 예찬 또는 폄하되거나 외면된다면, 그것은 바람직한 현상이라고 할 수 없다. 이문열 소설에 나타난 동양적 복고주의에 대한 연구는 이와 같은 결핍에 대한 하나의 문학적 응답으로 시도된 것이다.

과거에 대한 맹목적 향수는 한국 현대문학의 오랜 낭만주의적 매너리즘이기도 하나 이문열 소설에 드러난 동양적인 전통이나 문화에 대한 애착, 복고주의적 의식은 유교윤리나 전통이념에 대한 복원심리나 맹목적인 향수가 아니라고 본다. 이문열 문학에 나타난 동양적 복고주의는 현대 사회의 병폐를 반성하고 비판하며 자기정체성의 지평을 구축하려는 의지에서 기원하였다고 보는 것이 적절하다. 다시 말해 작가는 동양적인 문화 전통에 대해 긍정적인 감정과 애착을 갖고 있으며, 이러한 전통이 오늘날 현대사회에서 유용한 정신적 잣대로 지속되지 못한 것에 대한 안타까움을 토로하고 있다고 봐야 할 것이다.

소설에서 작가의 이러한 의식은 다양하게 형상화되고 있는데, 이문열의 문학은 이원론적인 세계관을 기준으로 전통과 근대가 역사적 대립의 양상으로 치환된다. 거기에서 인간의 존재론적 대립의 양상들이 서로 부딪치며, 작품의 주인공들도 자신의 삶에서 답을 찾기 위해 시대와 대결한다. 이문열의 소설에 나오는 주인공들이 끊임없이 현실과 갈등을 맺고 화해하지 못했던 이유는 오늘날의 현대사회가 이미 서구문명의 충격으로 말미암아 머릿속 깊이 서구화라는 인식이 자리 잡혀 있고, 더구나 조선의 경우 일제의 침략과 식민지화로 말미암아 조선의 역사와 문화가 심하게 왜곡되었기 때문이다. 대체로 서양문화를 중심으로 형성된 근대적 사고는 인간의 본질을 도덕이 아니라 사적 욕망으로 해석하려 한 것에서 비롯되었다. 따라서 공동체적 유대보다 개인의 욕망을 충족시키기 위해 물질을 소비하고 타자와 경쟁하는 공간으로 사회를 이해한다. 이에 작가가 소설에서 보여준 동양적인 전통에 대한 애착과 동양적 정신에 대한 복고주의는 분명히 의미 있다고 판단된다.

그러나 작가가 이해하고 있는 전통과 현대의 관계는 이원 대립적이고 양자는 화해할 수 없는 것임과 더불어, 작가의 지나친 의욕으로 말미암아 그것이 비판적 검토를 거치지 않고 과거를 일방적으로 그리워하고 찬양하는 모습을 종종 보이고 있어 문제적이라 할 수 있다. 그리고 이러한 점이 작가의 초기 작품에서 후기에 이르기까지 지속적으로 드러났던 점은 이문열 작품이 많은 논쟁을 일으키고 비판을 받았던 중요한 이유가 되고 있다고 본다. 그럼에도 불구하고 이문열 소설이 오늘날의 독자들에게 한국 고유의 문화와 전통정신에 대해 다시 한 번 생각하게 하고 현대 사회를 고민하고 반성할 수 있는 계기를 마련해주었다는 점에서 의미를 찾을 수 있다고 본다.

작품에 드러난 동양적 복고주의에 대한 고찰이었던 만큼 작가에 대한 전기적 접근을 지양하고 텍스트 자체에 주목하였다. 지금까지 논의된 바를 간략하게 분류하여 요약하면 다음과 같다.

3장에서는 『그대 다시 고향에 가지 못하리』를 다루었다. 이 작품에서 작가는 고향이라는 상징적인 공간을 통해 자신의 전근대적 삶에 대한 관심을 보여주고자 한다. 작가에게 있어 현실은 질서가 혼돈되고, 정의가 수호되지 못하는 공간으로 인식되고 있다. 현실이 각박하고 타락되었다고 느낄수록 작가는 미래지향적인 선험적 세계보다 과거 질서와 조화가 있었다고 생각되는 전근대 세계를 그리워하게 된다. 작가가 향수를 가지고 묘사하고 있는 이른바 선비정신과 혈연으로 엮어진 공동체 의식, 그리고 그것에 따르는 삶의 규범은 인간이 인간으로서 마땅히 가져야만 하는 가치에 그 기초를 두고 있다. 그러나 올바른 역사인식을 동반하지 못했다는 점이 한계라고 본다.

4장에서는 『황제를 위하여』를 중심으로 논하였다. 이 작품에서 작가는 선험적인 세계를 지배했던 사회 이념을 긍정적으로 그리려 했다. 이 점에서 앞선 『그대 다시는 고향에 가지 못하리』와 차이점이 있다. 그러나 그러한 이념의 주인공이 결국에 가서는 몰락과 패배의 과정을 거칠 수밖에 없다는 점에서 앞의 작품과 동일한 패턴을 하고 있다고 본다. 작가는 현실을 타개하는 방식으로 전통정신의 환기에 초점을 두었다. 작품에서 전개되고 있는 천명사상이나 왕도정신, 무위자연 의식 등은 현실을 타개할 수 있는 근대정신의 환기라는 차원에서 제기되었던 것이라고 볼 수 있다.

5장에서는 주로 『영웅시대』를 중심으로 봉건적 가부장제에 대해 살펴보았다. 소설에 나오는 사람들의 모든 관계는 가족주의로 환원되어 있는데, 봉건적 가부장제가 전근대의 규범이라는 점에서 복고적 의식을 드러내고 있다고 본다. 그 결과 소설의 주인공이 공산당에 입당하게 된 계기에 있어서, 또 안나타샤를 대함에 있어서

나, 나머지 가족들이 기독교에 귀의하는 것에 있어서 모두 가부장적인 원리가 작동하고 있음을 확인할 수 있었다. 작가는 이처럼 이데올로기 비판에 있어서 봉건적 가부장제를 그 도구로 삼았으며, 작중의 모든 인물들이 가부장제의 틀에서 인식되고 있음을 확인할 수 있었다.

6장에서는 「금시조」와 『시인』 두 편을 예술가소설로 규정하고 살펴보았다. 특히 이 두 편의 예술가소설은 예술의 자율성에 대한 진지한 고민을 다루었다는 점에서 중요한 의미를 갖는다. 하지만 그것은 자본주의 체제 속에서 살아가는 예술가의 삶을 다룬 것이 아니라는 점에서 특징적인 것이라 볼 수 있다. 특히 이러한 예술의 자율성에 대한 작가의 관심은 당시의 리얼리즘 문학이 성행하던 시대적 환경을 의식한데서 비롯되었다고 보인다. 작가는 지속적으로 예술의 자율성을 강조해왔고, 두 편의 예술가소설에서 보여주었던 작가의식도 이와 다르지 않다고 본다. 「금시조」와 『시인』은 예술가의 예술관과 예술가의 삶에 대한 치열한 천착을 통해 예술을 통한 초월적 지평을 구축하고, 더 나아가 예술가로서의 초월적 삶의 형식이 어떤 것인가를 우리에게 보여주었다는 점에서 중요한 의미를 갖는 작품이다. 그리고 이처럼 초월적인 지평에 대한 모색도 「금시조」에서는 유가정신의 틀에서 인식되고 있으며, 『시인』에서는 노장적 사유를 통해 실현되고 있다는 점이 특징적이다.

7장에서는 『선택』과 『아가』에 나타난 전통적 사회속의 여성적 삶에 대해서 살펴보았다. 전통적 사회에 속한 여성의 삶을 찬양하였다는 점에서 페미니즘을 주장하는 여권주의자들에게 시대착오적 발상이라는 비판을 받았다. 즉 삼종지도나 칠거지악이라는 족쇄로 여성들의 삶을 구속하던 전근대의 이념을 수용하고 여성의 삶을 수동적으로 그리려고 했다는 점이 그러하다.

기존의 현대소설들이 유교 이념에 입각한 성차별의 폭력을 단호히 거부하고 강인한 의지를 보여주며 역전승의 인물을 형상화하고 있는 반면, 이 두 편의 소설에서는 전근대의 불평등한 사회논리를 합리화하고 이를 순응하는 양상을 보여주었다. 작가는 일체의 예술의 자율화를 강조하고 일체의 억압적인 것에 대해 굉장히 예민하고 이에 반발하는 의식을 보여주었는데, 이 두 편의 소설은 이와 상반되는 입장을 보여주었다고 할 수 있다. 이는 작가가 전통적인 삶의 형태, 다시 말해 유교적 이념이 사회의 주류를 이루던 시기의 질서와 가치에 대해 긍정적으로 인식하고 있음을 보여주는 것이라 하겠다.

| 목차 |

1. 이문열의 세계

1.1 동양적 복고주의 의식의 발현

이문열[1)]은 1977년 《대구매일신문》 신춘문예에 「나자레를 아십니까」로 가작에 입선하고, 중편소설 「새하곡(塞下曲)」이 1979년 《동아일보》 신춘문예에 당선되어 문단에 등단하였다. 이후 『사람의 아들』, 『그대 다시는 고향에 가지 못하리』, 『젊은 날의 초상』, 『황제를 위하여』, 『레테의 연가(戀歌)』, 『영웅시대』, 『미로일지』, 『추락하는 것은 날개가 있다』, 『변경(邊境)』, 『우리가 행복해지기까지』, 『시인』, 『아가(雅歌)』, 『선택』, 『호모 엑세쿠탄스』, 『리투아니아 여인』 등 수많은 장편과 「들소」, 「달팽이의 외출」, 「우리들의 일그러진 영웅」, 「칼레파 타 칼라」, 「금시조(金翅鳥)」, 「구로아리랑」 등 수많은 중·단편들을 집필하였고 이외에도 많은 산문 및 『삼국지(三國志)』, 『수호지(水滸志)』 등 평역과 「여우사냥」 등 희곡도 발표한 바 있다.

1) '이문열(李文烈)'은 필명이다. 그의 본명은 이열(李烈)이다. 이문열이라는 필명을 사용하기 시작한 것은 「나자레를 아십니까」를 대구 매일신문 신춘문예에 응모하던 1977년부터이다.

그의 관심은 소설 장르에만 국한되어 있지 않고, 다양한 소재와 주제를 현란한 문체와 해박한 지식이 뒷받침된 능란한 이야기로 풀어내어 폭넓고 다양한 독자층을 확보하여 명성을 얻은바 있다.[2)]

이문열의 소설들은 소설과 문학의 본질을 묻는 계기를 제공하고 그에 대한 다양한 해답들이 도출될 수 있는 여지를 마련하고 있어 연구자들의 지속적 관심의 대상이 되어왔다. 그런데 시대착오적인 복고적 취향, 관념편향의 창작방법, 다양한 소재의 이용, 그리고 방대한 작품량으로 말미암아, 전체 양상을 관통하는 요소와 이를 해명하는 일관적인 논리를 찾아내는 데는 어려움을 안겨주고 있다. 한 작가가 그린 작품세계의 실상이 다르게 보이거나 평가된

2) 그의 여러 소설들이 출판되는 동시에 베스트셀러가 되고, 현존하는 작가에게 수여하는 다수의 상을 수상하였다는 것이 이를 입증한다. 1979년 「사람의 아들」로 제3회 오늘의 작가상 수상, 1982년 「금시조」 제15회 동인문학상 수상, 1983년 『황제를 위하여』로 대한민국 문학상 수상, 1987년 「우리들의 일그러진 영웅」으로 이상문학상 수상, 1992년 「시인과 도둑」으로 제37회 현대문학상 수상, 1998년 「전야, 혹은 시대의 마지막 밤」으로 제2회 21세기 문학상 수상, 1999년 『변경』으로 호암예술상 수상, 2012년 『리투아니아 여인』으로 제15회 동리문학상 수상, 이외에도 프랑스, 독일, 영국, 이탈리아, 스웨덴, 스페인, 등 외국어로 번역되어 해외에서도 많은 독자층이 형성되고 있다는 점에서 작가의 명성을 확인할 수 있다. 지금은 어느 정도 가라앉은 듯하나, 한 때 한국 현대 소설을 읽는 독자들에게 이문열에 관한 열기는 실로 대단한 것이었다. '이문열 산업'이니 '이문열 신드롬'이니 하는 용어가 나돌 정도로 그는 독자들에게 열광적인 찬사와 갈채를 한 몸에 받았다. 그는 거의 매년마다 장편소설이나 중편소설을 한편씩 출간할 만큼 정열적으로 작품 활동을 하였고, 또 그의 여러 작품들이 출간 즉시 베스트셀러의 반열에 오르곤 하였다. 이문열의 문학을 긍정적으로 파악하는 비평가들은 말할 것도 없거니와 심지어는 그것을 지극히 부정적으로 파악하는 비평가들마서 그를 '1980년대가 낳은 최대의 문제 작가'로 간주하기에 이르렀다. 2,000년대 들어서도 꾸준한 연구대상으로 지위를 굳히면서, 이제 이문열의 소설은 과거 특정 시대의 징후를 넘어 한국문단의 현재를 보여주는 하나의 지표로까지 인식되고 있다.

다는 그 자체는 자연스러운 현상일 수 있다. 다만 정치 이념적 상황 등 문학외적인 것에 의해서 정작 작품의 실체가 지나치게 예찬 또는 폄하되거나 외면되어질 수 있다면, 그것은 바람직한 현상이라고 할 수 없는 것이다.

그동안 이문열의 소설은 당대 한국의 상처와 희망을 동시에 해명하는 바로미터로서 기능해왔다. 이문열의 작품들이 소설 미학적 측면보다 담론적 측면에서 이해되면서 정치 사회의 논쟁의 한가운데 서 있었던 것은 그의 소설이 바로 한국적 사고의 원형을 보여주기 때문이다.[3] 이문열의 문학이 대중적으로 많은 사랑을 받는 동시에 비판도 거센 것은 사실이나 작가에 대한 어떤 비판일지라도 이문열 문학의 높은 대중성을 부정할 수는 없다. 이문열의 문학이 대중적으로 많은 사랑을 받는 것이나 거센 비판을 받게 된 이유에 대해서는 이미 평론가들이 여러 가지로 설명해 왔는데 이문열의 소설에서 보이는 중요한 특징으로는 바로 이항대립적인 구성이[4] 이문열 문학을 이해하는 중요한 입각점이라고 본다. 그것은 개인과 집단 사이의 첨예한 갈등, 신과 인간의 관계 일수도 있으며, 전통과 현대와의 갈등일 수도 있다. 그의 소설은 저항과 협력, 금기

---

3) 권유리아, 「이문열 문학의 현주소」, 『이문열 소설과 이데올로기』, 국학자료원, 2008, 181쪽.

4) 권성우는 이러한 양상을 두고 "이문열 소설에서 빈번하게 현상되는 인물들 간의 갈등은 '작가의 치밀한 배려'에 의해 작품 구성의 중요한 동력으로 작용하고 있다는 사실이다. 실상, 이분법적 구성과 인물들 간의 갈등은 한발만 삐끗하면 상투적이며 과장된 묘사로 흐를 가능성이 다분하다. 그러나 이문열 소설에서 현상되는 이항 대립적 구성과 인물들 간의 갈등은 작가의 풍부한 인문적 교양과 섬세한 소설적 장치의 뒷받침을 받아서 작품을 완성도를 높이는 기능을 수행하고 있다고 여겨진다."고 평가하였다. (권성우, 「이문열 중·단편소설의 문학사적 의미」, 『아우와의 만남』, 둥지, 1995, 249쪽.)

와 욕망 등 이념으로 유발된 원색적 이항대립을 동시에 보여주는 대사회적 발언이었다. 그렇지 않고서는 이문열의 소설이 문단의 저항과 환호로 양분될 까닭은 없는 것이다.

주지하다시피 작가 이문열에게 항상 따라다니는 것은 이른바 '시대와의 불화'이다. 그것이 작가의 반시대성에 기인하건 시대착오에 뿌리를 두건 그것도 아니면 미래의 전망에 기초해 있건, '시대와의 불화'는 위대한 문학의 중요한 원천이다. 시대에 순응하는 문제 틀로는 혁신적인 이야기를 만들어낼 수 없기 때문이다. 물론 시대와의 불화 그것이 곧바로 작품의 문제성을 보장하는 것은 아니다. 하지만 한 작가가 순종하는 신체이기를 거부하고 현재의 상징 질서가 '쓸모없는 실존으로 격하시킨' 그것들을 귀환시키고자 할 때 비로소 혁신적인 이야기가 가능하다고 한다면, 시대와의 불화는 위대한 문학의 필요충분조건은 아니더라도 최소한의 필요조건이라고는 할 수 있다. 물론 유심히 들여다보면 한국의 모든 작가가 '시대와의 불화'를 탄생 설화로 지니고 있는 것이 사실이다.[5)]

5) 한국문학에 있어 작가와 시대와의 불화가 이렇게도 압도적인 것은 그것이 예외적인 상태로 한 번 출현하는 것이 아니라 구조적인 조건 때문에 계속 반복되는 까닭이다. 우리의 역사란 그 어느 시점부터라고 특징할 수도 없을 정도로 일관되게 우여곡절의 연속이어서 '개인의 발전과 공동체의 존속의 조화'라는 서사시적이고 목가적인 사회적 풍경을 경험해 본 적이 거의 없다. 각 시기마다 사회 구성원들을 호명하고 하나의 운명 공동체로 묶어세웠던 국가기구나 초자아의 이데올로기 자체도 문제였지만, 그 이데올로기 대부분이 개인의 자존과 자유를 전혀 인정하지 않는 절대적인 인과율로 작동한 것은 더 큰 문제였다. 일본 제국은 조선 민중의 염원이나 고통 따위에는 관심도 가지지 않은 채 오로지 일본 제국만을 위한 토치성의 원리를 강제했으며, 해방 이후의 권력 역시 분단 체제를 극복하려는 대신에 그것을 활용하여 절대 권력을 행사한 바 있다. 이 절체절명의 위기적 상황 때문에 자연히 현존하는 상징 질서를 균열시키고 넘어서려는 대항운동 또한 뜨거웠던 것이 사실이나 이 대항 운동의 이념 역시 절체정명의 위기의식 때문에 '철의 규율'을 강제하기는 마찬가지였다. 우리는 결

이렇게 거의 모든 존재, 거의 모든 작가가 무슨 숙명처럼, 저주처럼 '시대와의 불화'를 경험하며 사는 중에 유독 '시대와의 불화'를 더 첨예하게 겪은 작가가 바로 이문열이다. 이문열은 한때 자신의 문학 세계 전체를 목적의식적으로 '시대와의 불화'라고 명명한 작가이기도 했다. 이문열은 '남과 다른 자기'와 대타자의 욕망 사이의 거대한 균열을 우리 시대의 핵심적인 증상으로 설정한 바 있다. 그리고 더 나아가 이 증상을 치유하기 위해, 아니면 이 증상을 지니고도 보다 더 나은 사회가 될 수 있는 길을 찾기 위해 혼신의 힘을 다했다. 한마디로 이문열 문학은 '시대와의 불화' 속에서 탄생하고 그것과 더불어 버려진 것이며, 개인과 시대와의 불화가 지속되는 한, 영원히 멈출 수 없는 것이다.

필자는 시대와의 불화라는 양상이 그의 문학에서 전통지향적인 것에 대한 지향을 통해 형상화되고 있다고 생각한다. 이른바 '소멸해가는 과거에 대한 병적인 그리움'으로도 불리는데 작가의 이러한 전통지향적 성향은 이문열 문학을 형성하는 중요한 뿌리라고 할 수 있다. 문학작품이 현실과 아득히 동떨어져서 하나의 자율적인 체계로 존재한다는 순수미학이 존중된다고 하더라도, 작가의 정신적 맥락으로부터 완전히 초연할 수 없는데 이러한 상황은 특히 이문열의 작품에서 선명하게 드러난다. 그의 작품에서 동양적

코 '나라를 잃은 마당에 문학이 가당키나 한가'라는 명제로부터 자유롭지 못했고 동시에 '꿈에도 소원은 통일'이어야 했다. 하여 우리 사회는 국가기구가 강제한 초자아는 물론 그것에 저항하는 운동이 확립하고자 하는 초자아에게도 익압을 받아야 했으며, 의식의 차원에서는 물론 무의식가지도 대타자의 욕망을 욕망하기를 강요당했다. (류보선, 「불가능한 것의 요구와 귀향의 힘-이문열의 『전야, 혹은 시대의 마지막 밤』읽기」, 이문열 중·단편전집 6, 『전야, 혹은 시대의 마지막 밤』, 민음사, 민음사, 2016, 336쪽.)

인 가치관이나 이념, 전통적 정신의 편향은 다른 작가들보다 훨씬 선명하게 드러나고 있으며 이러한 작가의식은 그의 데뷔작에서부터 살펴볼 수 있다.[6] 이러한 의식들이 소설작품에서 동양적 복고주의 의식의 발현으로 드러나고 있다. 물론 이문열의 소설에 나타난 동양적 복고적 의식은 김동리가 토속세계나 샤머니즘적 자연관을 통해 구현한 '구경(究竟)적 생의 모습'[7]을 추구하는 것과는 다른 차

---

6) 필자는 졸고를 통해 이문열의 『사람의 아들』에 나타난 노장사상을 고찰하였다. 기존의 논의들이 대체로 기독교적 관점으로 이 작품을 독해하였는데 성서의 해석과 해독을 중심으로 작품을 분석하다보니, 그 폭이 넓지 못했고 작가의식을 규명함에 있어서도 한계가 있다고 보았다. 그러나 필자는 작가가 이 작품에서 기독교를 겉으로 내세우고 이를 비판한 그 이면에는 동양적인 전통주의자인 그의 노장적인 사유가 스며들었기 때문이라고 생각되어 동양철학 중 노장의 사유를 중심으로 이 작품을 살폈다. 그리하여 이문열의 작가의식이 노장의 사유와 어떻게 맞닿아 있는지를 밝혀내고자 했다. 이를 통해 주인공 아하스 페르츠가 가출하게 된 계기에는 소요무애(逍遙無碍)한 사라의 죽음이 있었고, 또 그가 방랑을 포기하게 된 계기도 노장적 도(道)를 깨우치게 되면서부터였다고 지적하였다. 그리고 아하스 페르츠가 최종적으로 찾은 새로운 신이라는 것도 노장사상에서 말하는 무위(無爲)의 성인(聖人)의 모습과 합치된다고 지적하였다. 그리하여 외부 이야기에서는 주인공 민요섭이 기독교로 회구하여 패배하는 것으로 되어 있지만 내부 이야기에서는 아하스 페르츠가 노장적 사유의 깨우침을 통해 현실을 초월하게 된다고 하였다. 그리고 이러한 예술의 부활과 둘러싼 문제와 정면으로 대결하는 데 있어 치열한 고뇌의 흔적이 보이지 않은 것은 소설의 내용과 상징, 그 전개에는 노장(老莊)사상이 있었기 때문이라고 밝혔다. (이병균, 『사람의 아들』의 노장(老莊)적 독해, 『어문론총』 77호, 한국문학언어학회, 2018. 9, 178-202쪽 참조.)

7) '구경적 생(究竟的 生)'의 형식에 대해서 김동리는 다음과 같이 설명하고 있다. "우리는 한 사람씩 천지 사이에 태어나 한 사람씩 한 사람씩 천지 사이에 사라지고 있다는 사실을 통하여 적어도 우리와 천지 사이엔 떠날래야 떠날 수 없는 유기적 관련이 있다는 것과 및 이 '유기적 관련'에 관한 한 우리들에게는 공통된 운명이 부여되어 있다는 것을 발견하게 되는 것이다. 우리는 우리들에게 부여된 우리의 공통된 운명을 발견하고 이것의 전개에 지향하지 않으면 안 된다. 우리가 이 사업을 수행하지 않는 한 우리는 영원히 천지의 파편에 그칠 따름이요, 우리가 천지의 분신임을 체험할 수 없는 것이며, 이 체험을 갖지 않는 한 우리의 생은 천지에 동화될 수 없기 때문이다. 그리고 우리는 우리에게 부여된 우리의 이 공통된 운명을 발견하고 이것의 전개에 지향하지 않으면 안 된다. 우리가 이 사업을 수행하지 않는 한 우리는 영원히 천지의 파편에 그칠 따름이요, 우리가 천지의 분신임을 체험할 수 없는 것이며, 이 체험을 갖지 않는

원에서 이해되어야 한다.

이문열의 소설세계에 대한 이해를 시도하는 연구들은 대개 작가의식에 초점을 맞추었다. 이에 이문열의 소설들이 아무리 다양한 형식을 지녔더라도 이문열의 의식을 엿볼 수 있다면 그것으로써 형식들 간의 내적인 거리를 좁힐 수 있고, 아무리 난해하고 모호한 관념의 서술일지라도 이문열의 개별적이고 특수한 의식이 형성된 체험적 지점을 파고든다면 관념적 진술이 함유하는 뜻을 보다 잘 이해할 수 있게 될 것이다. 따라서 작가의 의식 연구는 다양함을 특징으로 하는 이문열의 소설세계를 이해하는 데 매우 요긴한 방법이라 판단된다. 물론 소설 작품을 평가하는 데 있어서 작가의 세계인식이 제일 중요한 기준이라고 하는 것은 아니다. 어떤 경우에는 소설적 구조와 그 구조를 감싸고 있는 미학적 장치 및 기교에 대한 논의도 중요할 수 있다. 그러나 어쨌든 작가의식이 소설 작품을 평가하는 중요한 기준인 것은 변함이 없다.

이문열 소설에 대한 그동안의 연구들은 다양한 관점으로 이문열 소설을 해석하였으나, 전체를 포괄하거나 근저를 떠받치는 일반적인 특성에 대한 제시가 부족했다고 생각된다. 이에 본고는 작가에 대한 전기적 접근을 지양하고 텍스트 자체에 주목하여 이문열의 소설에 나타나는 동양적 복고주의를 고찰하고자 한다.

한 우리의 생은 천지에 동화될 수 없기 때문이다. 그리고 우리는 우리에게 부여된 우리의 이 공통된 운명을 발견하고 이것의 타개에 노력하는 것, 이것이 곧 구경적 삶이라 부르며 또 문학하는 것이라 이르는 것이다. 왜 그러냐 하면 이것만이 우리의 삶을 구경적으로 완수할 수 있는 길이기 때문이다. (김동리, 「문학하는 것에 대한 사고」, 『문학과 인간』, 인간사, 1952, 100-101쪽.)

이 연구의 이면에는 작가가 동양적인 전통과 문화에 대해 분명히 긍정적인 감정과 애착을 갖고 있으며, 이러한 전통이 오늘날 현대사회에서 유용한 정신적 지주로 살아남지 못한 것에 대한 안타까움에서 비롯되었다고 볼 수 있다.[8] 이러한 작가의식은 임화가 이식·모방문화론에서 전개하던 논리와도 일맥상통한다고 볼 수 있다.[9] 우리 삶과 정신이 건강성을 유지하려면 언제나 원심력과 구심력 간의 역동적 긴장에 입각한 균형이 존재해야 한다. 여기서 원심

---

8) 오늘날의 젊은 세대는 플라톤이나 아리스토텔레스의 저서는 읽으면서도 사서삼경은 낡았다고 읽지 않고, 보들레르에게는 감탄하면서도 이하(李賀)를 아는 이는 드물다. 니이체에게는 심취하면서도 장자를 이해하여 들지는 않고, 로버트 오웬은 알아도 허자(許子)는 낯설어 한다. 그러나 진정으로 우리가 세워야 할 문화와 유형이 있다면 그것은 우리의 전통에 깊이 부리내린 동양적인 것과 새롭고 활기찬 서구적인 것의 조화에 있지, 어느 한 편에 대한 일방적인 배척과 다른 편에 대한 무조건적인 추종이나 몰입에 있지는 않을 것이다. 따라서 문화적인 사대주의의 부활이라는 비난의 우려에도 불구하고 나는 지나치리만치 자주 중국의 고전들을 인용하였다. 서구인들이 그리스·로마 문명에서 자기들 전통의 뿌리를 찾는 것을 부끄러워하지 않는 것처럼, 우리가 전통의 뿌리를 한족(漢族)을 중심으로 이루어진 동북아문화권(東北亞文化圈)에서 찾는 것을 부끄러워해야 할 필요는 없기 때문이다. (이문열, 『사색』, 살림, 1994, 195쪽.)

9) 임화는 이식·모방문학(문화)론을 전개하면서 그는 조선의 고유문화가 새 문화의 형성에 도움이 되지 못하고 오히려 저해 요인으로 작용했다고 하면서 그것이 결코 전통문화가 '저질의 것'이 아니라 우리의 '자주정신의 결여'때문이라고 지적하고 있다. "갑오 이래에 전개되는 개화의 과정은 구문화의 개조와 유산의 정리 위에 새 문화를 섭취하는 과정이기보다 오로지 구미문화의 일반적인 이식과 모방의 과정이 되는 것이다. 그러나 이것이 조선 신문화의 건설의 유일의 길이며 낡은 문화를 구축(驅逐)하는 최대의 방법이었음은 사실이다. (중략) 뿐만 아니라 우리가 가장 주목해둘 점 하나는 이러한 일방적인 신문화의 이식과 모방에서도 고유문화는 전통이 되어 새 문화의 형성에 무형으로 작용함은 사실인데 우리에 있어 전통은 새 문화의 순수한 수입과 건설을 저해하였으면 할지언정 그것을 배양하고 그것이 창조될 토양이 되지 못했다는 점이다. (중략) 이 불행은 어디서 왔느냐? 하면 그것은 결코 우리 문화전통이나 유산이 저질의 것이기 때문이 아니다. 단지 근대문화의 성립에 있어 그것으로 새 문화 형성에 도움이 되도록 개조하고 변혁해놓지 못했기 때문이다. 그것은 우리의 자주정신이 미약하고 철저하지 못했기 때문이다." (임화, 『개설신문학사』, 제17회분.)

력에 해당하는 힘은 산업화의 길을 일직선으로 치달아 가려는 경향이며, 구심력에 해당하는 힘은 동양의 전통에로 회귀하려는 에너지라고 할 수 있는데,[10] 이문열의 소설에 나타난 동양적 복고주의도 이러한 맥락에서 이해되어야 한다고 본다.

물론 과거에 대한 맹목적 향수는 한국 현대 문학의 오랜 낭만주의적 매너리즘이기도 하나, 이문열의 작품에 드러난 동양적인 전통이나 문화에 대한 애착, 복고주의적 의식은 유교윤리나 전통이념에 대한 복원심리나 맹목적인 향수가 아니라고 본다. 이문열의 문학에 나타난 동양적 복고주의는 현대 사회의 병폐를 반성하고 비판하며 자기정체성의 지평을 구축하려는 의지에서 기원하였다고 보는 것이 적절하다.

본고는 위와 같은 인식에 입각점을 두고 이문열의 소설에서 동양적 복고주의가 구체적으로 어떤 형태로 수용되고 있는지를 파악하고 이를 통해 이문열의 작가의식을 규명하고자 한다. 이문열 문학의 한 특징으로 이동하는 '사회구조와 가치체계의 재편성에 부응하는 요소가 남달리 풍부하게 들어 있다'[11]고 하는데, 이러한 특성은 작가의 시대와 세계에 대한 주장이나 사유가 다양하게 드러나는 것을 의미한다. 필자는 이문열 문학에서 동양적 소재가 어떤 형태로 구현되고 있는지, 더 나아가 이러한 양상에 대한 분석을 통해 이문열의 작가의식이 어떻게 드러나는지를 살펴보고자 한다.

---

10) 이동하, 「우리 문학의 내일에 대한 전망」, 『작가세계』, 1(2), 1989.6, 122쪽 참조.

11) 이동하, 「이문열에 관한 두 편의 글」, 『우리 小說과 求道精神』, 문예출판사, 1994, 159쪽.

1.2 연구사 검토

지금까지 비평가들은 이문열 소설의 문학적 특성과 성과에 대해 여러 각도에서 논의하여 왔다. 이에 대한 연구 또한 상당한 분량이 축적되어 있다. 대중성과 예술성을 동시에 인정받은 문제작가라는 점에서 그에 호응하는 연구 성과 역시 다양할 수밖에 없다.

이러한 다양성 속에는 고향에 대한 탐색, 관념성, 낭만성, 민중에 대한 부정적 시각, 교양주의, 능란한 이야기 전개, 유려한 문체 등이 큰 비중을 차지한다. 작품의 실상에 대한 세부적이고 구체적인 분석으로 시선을 돌려보면, 이보다 훨씬 다채로운 해석들과 연구관점들이 눈에 띈다. 동일 작품, 하물며 거기에 서술된 동일한 대목에까지 매우 다양한 해석이 적용되고 있어 그에 따른 해석의 진폭도 상당히 넓은 편에 속한다. 특히 80년대에는 민중문학과의 대립입장을 표명하여 출간하는 작품마다 많은 논쟁을 일으켰다. 작가 자신이 각종 언론 매체를 통해 민감한 현실 사안에 대한 직접적인 개입과 의견 표명으로 많은 사회적 이슈를 불러일으키면서 이문열에 대한 사회적 관심이 오히려 학문적인 차원에서의 접근에 심각한 장애가 된다는 점도 무시할 수 없다. 그러나 중요한 것은 이문열은 그 시대를 풍미했던 리얼리즘 세계를 추구하지 않고 그를 끊임없이 억압하는 외부적인 힘에 굴복하지 않았으며 굳건히 자기 세계를 구축하여 리얼리즘을 넘어선 곳에서도 언어의 밭을 갈 수 있는 풍요로운 땅이 있다는 것을 인식하게 했다는 점이다.

지금까지 이문열에 대한 연구는 상당히 많이 축적되었으며 그 상당부분이 『이문열論』(김윤식외, 삼인행, 1991), 『이문열』(류철균 편, 살림, 1993), 『이문열』(이태동 편, 서강대학교 출판부, 1996) 세 권의 책에 수록되어 있으므로 고찰하기 편리하다. 이에 필자는 기존의 연구 성과들에서 이문열 소설에서 많이 언급되는 낭만주의 의식, 전망결여와 허무주의 세계관, 관념편향적 취향과 상고주의 창작방법, 그리고 소설에 등장하는 인물의 유형에 대한 고찰을 차례로 검토하도록 하겠다.

이문열의 소설의 세계관과 관련된 연구에서 우선 주목되는 것은 소설에 드러난 낭만주의에 주목한 글들이다. 이문열의 작품에 대해 낭만성이라는 점에 초점을 두고 최초로 접근한 논자는 유종호이다. 그는 '젊은 날의 외로움과 반역의 꿈을 이처럼 맑고 구김살 없이 펼쳐 보인 내면적 낭만주의는 우리 문학사에서는 보기 드문 책장이라고 불러도 무방하다'[12]고 지적했고, 이동하는 이문열의 초기작들인 「사람의 아들」(중편), 「그해 겨울」, 『그대 다시는 고향에 가지 못하리』를 분석하면서 이문열 소설에 나타난 낭만주의적 세계인식을 지적했다. 그는 「그해 겨울」과 「들소」에서 개진되는 예술론도, 『그대 다시는 고향에 가지 못하리』를 뒤엎고 있는 저 소멸해 가는 과거에 대한 병적인 그리움도, 「사람의 아들」이 보여준 '절대'에의 탐구도 낭만적 정신에 대한 천착이 없이는 제대로 이해될 수가 없다고 지적하였다. 그리고 그의 이러한 비관적, 귀족적, 복고적 낭만주의는 작가에게 있어 하나의 세계관의 문제로서, 작가의 역

12) 유종호, 「도상의 문학」, 『동시대의 시와 진실』, 민음사, 1982, 367쪽.

사관·인생관·사회관 등등 모든 영역에 깊이 침투하여 있으며, 어떤 경우에는 이 작가의 가장 빛나는 매력을, 또 어떤 경우에는 가장 취약한 한계점을 형성한다[13]고 지적한다.

이남호는 역시 이와 관련하여 "이문열의 낭만주의는 고단한 현실로부터 도피도 아니고 어리석은 순수주의자의 맹목적 현실추구도 아니다. 그의 낭만주의는 근원적인 것을 추구하는 자의 투철한 세계 탐구에 가깝다"[14]고 하면서 이문열 문학은 낭만주의가 순도 높다 하더라도 그의 진정한 낭만주의가 아니라고 결론 내린다. 반면에 성민엽은 이문열의 낭만주의는 표면적 분석에 불과하며, 그 기저에는 개인과 자유를 억압하는 제도와 이념에 대한 비판이 숨어 있다고 언급하였다. 그렇기 때문에 심층적인 탐구를 위해서는 이문열의 열망이 개인과 자유를 향하고 있다는 사실을 확인하는 데서부터 실마리를 풀어야 한다고 주장한다.[15]

반면에 전망결여 또는 허무주의에 대해 주목한 논자로 김명인은 작가 이문열이 허무주의자라고 지적한다. 그는 이문열이 기본적으로 허무주의자이며 그의 문학으로 허무주의적 반이념 투쟁에 헌신해 온 작가라고 한다.[16] 박일용은 구체적인 현실 문맥을 공허한 관념에 탐닉하는 이문열 문학이 필연적으로 허무주의로 귀결될 수밖

13) 이동하, 「낭만적 상상력의 세계 인식」, 『집 없는 시대의 문학』, 정음사, 1985, 8쪽.

14) 이남호, 「낭만이 거부된 세계의 원형적 모습」, 김윤식 외, 『이문열』, 삼인행, 1991, 114쪽.

15) 성민엽, 「개인과 자유를 향한 열망」, 김윤식 외, 『이문열』, 삼인행, 1991, 78쪽.

16) 김명인, 「한 허무주의자의 길찾기」, 『이문열론』, 앞의 책, 166-189쪽.

에 없다[17]고 한다. 이남호도 이문열의 낭만주의와 관련하여 그의 낭만주의는 허무에 흥건히 젖은 비관적 낭만주의 또는 반어적 낭만주의라고 주장하면서 이상과 현실의 괴리에서 그러한 허무주의가 생겨났다[18]고 언급하였다.

전망결여의 세계관과 관련하여 권성우는 일찍이 이문열 문학의 가장 큰 한계점은 작품들의 세계관 유형이 닫힌 구조화되어 있어서 미래에 대한 전망을 획득하지 못하며, 그로 인하여 자족적인 세계에 그치고 만다고 주장하였다. 이러한 한계를 극복하고 보다 포괄적인 세계관, 보편적인 세계관에 다가서기 위해서는 좀 더 치열하고도 구체적인 작가의 체험이 요구됨을 지적했다. 특히 그는 이문열의 작품세계에서는 거의 노동자와 농민, 또는 시대의 모순에 정면으로 맞서있는 문제적 인물의 설정을 통하여 그의 작품의 구체적 보편성을 획득할 수 있다고 하였다.[19]

이와 더불어 이우용[20]은 '폐쇄화된 세계관', '전망의 부재', '인물의 비전형성' 등 이문열의 한계로 지적되어 온 특징들이 소설의 본질에 해당하는 치명적인 것들이라고 말하였다. 『젊은 날의 초상』에서는 현실 안주로 귀결되는 허무주의자의 전망을, 『황제를 위하

---

17) 박일용, 「관념적 보수주의 이념의 서사적 구현」, 류철균 편 『이문열』, 살림, 1993, 163쪽.

18) 이남호, 앞의 글, 115쪽.

19) 권성우, 「이문열論-세계관의 변경과정에 대한 고찰을 중심으로」, 서울대 『대학신문』, 1985, 12, 2.

20) 이우용, 「『젊은 날의 초상』에서 『변경』까지: 이문열 비판」, 『베스트셀러-우리시대의 '잘 팔린 책들' 전면비판』, 시대평론, 1990. 33쪽.

여』에서는 실존적 고뇌와 내면의 욕구와는 무관한 '솜씨'의 타락상을, 『레테의 연가』와 『추락하는 것은 날개가 있다』에서는 허무주의적 애정관의 퇴폐성을, 『영웅시대』에서는 내적 필연성에 의거하지 않는 이념비판의 관념성을, 『변경』에서는 사회변혁과 그 주체로서의 민중에 대한 반감과 궁극적 기회주의를 끄집어낸다.

등장인물을 중심으로 한 논의들을 살펴보면 신동욱은 이문열 소설에 등장하는 인물 유형을 크게 두 부류로 나누는데 "하나는 문제의식을 안고 있는 지식인 군상이 있고, 다른 하나는 심히 왜곡되었거나 소외된 층으로서 시대의 변천에서 따돌려진 장인들이나 소시민 스스로 쌓아올린 이기주의의 갑갑하게 제한된 테두리 속에 갇힌 왜소한 인물들이다. 이들은 격동기를 살면서 삶을 빼앗긴 보통사람들로서 정신적 방황이나 공포의식이 특징적으로 나타난다. 혹은 겉으로는 정상성을 유지하는 그런 보통 사람들이지만 안으로는 자기기만을 합리화하며 살아가며 사람 속에 내재된 모순을 들추어낼 만한 인물들"[21]이라고 지적했다. 박종홍은 이문열 소설에서 작가의 시각을 대변하는 인물들은 변혁 이념에 대한 강한 거부 의식을 보여주고 있으며, 전제적 권력에 대한 강한 욕망에도 불구하고 권력 집단에서 배제되고 있었으며, 진정한 애정의 추구에도 불구하고 권력의 부재로 인해 좌절하고 있었고, 그러한 패배에 대한 보상으로 심미적 예술을 선택하고 있다고 지적하면서 이문열 자신의 관념적 시각을 완강하게 고집하여 역동적인 현실에의 긴장력을 잃

21) 신동욱, 「시대의식과 서사적 자아의 실현문제」, 이태동 편, 『이문열』, 서강대학교 출판부, 1996. 53-65쪽 참조.

어버리는 대신 인간과 세계를 보다 치열하고 진지하게 응시하며, 전체적인 현실에 보다 과감하게 눈을 돌릴 수 있어야 한다[22]고 설명했다.

한편 김경수는 『영웅시대』와 『황제를 위하여』라는 작품을 분석하면서 일반적으로 소설 주인공이 진정한 가치에 대한 갈망과 그가 현실적으로 만나게 되는 무질서한 현실 세계 사이에는 숙명적인 어긋남이 존재하게 되는데, 세계가 더 이상 주인공의 기대와 갈망을 용납하지 않는다는 점에서 그러한 어긋남의 세계를 부조리한 세계라고 하였다. 이문열 소설의 인물들은 이러한 어긋남의 세계 속에서 진정한 가치를 추구하며 세계에 대한 도전과 갈등의 연속을 경험하는데 이 과정에서 작가는 세계와의 괴리와 어긋남이라는 숙명을 그리고 있다[23]고 하면서 인물들이 자신들의 기대와 이상과는 철저히 배치되는 부조리한 세계 속에서, 세계와의 갈등을 어떤 방식으로 자각하고 대응하는지에 대하여 살폈다.

본고의 주제와 관련된 연구로는 아래와 같은 것들이 있다. 이들의 연구는 대체로 이문열 문학에 나타난 복고주의 성향에 초점을 두었는데 대체로 류철균, 송성욱, 류준필, 주승택, 이동하 등이 있다.

류철균[24]은 이문열의 소설에 나타난 복고적인 지향의 연원을

22) 박종홍, 「이문열 소설의 권력, 애정, 예술」, 『현대소설연구』, (6), 1997. 06, 91쪽.

23) 김경수, 「부조리한 세계와 소설의 주인공」, 김윤식 외 『이문열論』, 삼인행, 1991, 146쪽.

24) "이문열이라는 작가를 알기 위해서는 먼저 갈암(葛庵) 이현일(李玄逸)이란 인물을 알지 않으면 안 된다. 이 사람을 모르고서는 『영웅시대』의 이동영과 이동영의 어머니

그의 가문에서 찾는다. 그는 이문열 문학을 알기 위해서는 무엇보다 작가의 선조인 영남의 남인(南人) 사대부를 알지 않으면 안 된다고 주장한다. 이러한 연장선에서 송성욱은 이문열 소설이 소재적인 차원을 넘어서서 그의 작품 전체에서 발견되는 것으로 사대부 취향 혹은 사대부정신이 있다고 지적하면서 이문열은 우리 시대의 유일한 사대부 작가라고 평가하였다. 그는 『그대 다시는 고향에 가지 못하리』에서의 고향이라는 공간도 화자가 태어나고 성장한 곳으로서의 고향이란 의미에 앞서 조선조의 논리가 지배했던 곳으로서의 고향이라고 지적하면서 이문열이 형상화한 고향은 '피의 윤리'가 지배하는 단순한 혈연 공동체로서의 문중이 아니라 종가와 종손이 중요시되는 '권위와 혜택이었던' 문중이라는 것이다. 그리고 이러한 사대부 정신이 문체에도 영향을 주어 작품이 서사성을 갖추지 못한 결과를 초래하였다고 지적한다. 그와 더불어 「익명의 섬」이나 「새하곡」, 「필론의 돼지」와 같은 소설이 모두 현실적인 구체성이 결여되고 설화성을 부여하고 있는데, 이러한 방식이 사대부적 창작방법에 기인된 것이라고 주장한다.[25)]

류준필[26)] 역시 이문열은 복고주의 작가라는 점에 주목하여 그러

를 이해할 수 없으며 『그대 다시는 고향에 가지 못하리』에 등장하는 무수한 인물들과 『황제를 위하여』에 드러나는 과거에 대한 애끓는 그리움에 한 치도 접근할 수 없다. 이문열의 세계관과 정치적 무의식, 나아가 이문열 문학의 문제틀은 지금으로부터 198년 전, 이 사람이 만들어 놓은 재령 이씨 영해파의 운명과 분리시킬 수 없기 때문이다."(류철균, 「이문열 문학의 정통성과 현실주의」, 『이문열』, 살림, 1993, 13쪽.)

25) 송성욱, 「이문열의 고향 의식과 사대부 정신」, 위의 책, 31-57쪽.

26) 류준필, 「개인적 진실과 역사적 진실」, 위의 책, 58-92쪽.

한 경향을 이문열이 과거에 사대부라 불리던 집안 출신이라는 점, 다른 하나는 아버지가 사회주의자였다는 사실에서 찾는다. 『영웅시대』가 중세 지배계급 자식들인 도련님의 탈주 사건을 다루려고 했다고 지적하며, 소설에 나오는 이동영, 김시철, 윤상건이라는 고유명사로 역사 속으로 뛰어든 것이 아니라 도련님이라는 보통명사로 나선 것이라고 지적한다.

정상균[27)]은 이문열의 소설은 전반적으로 과거 건국 신화나 설화문학에서 자주 마주치는 '이중 가계 환상'을 보이고 있다고 지적했다. '이중 가계 환상'은 원시 시대의 난혼·잡혼을 기초로 이루어진 아키타입이라고 하는데 이는 '세속적 가계'와 '신성한 가계'로 나뉘어 '세속적 가계'의식을 대변하는 작품으로 「타오르는 추억」, 「사과와 다섯 병정」, 「귀두산에는 낙타가 산다」, 「알 수 없는 일들」, 「익명의 섬」, 「충적세 그 후」 등이 있고 '신성한 가계 의식'은 대체로 '유교적 봉건 귀족주의'라고 할 수 있다고 지적했다.

주승택은 이문열의 정신적 고향으로 삼고 있는 안동문화권(安東文化圈)은 사대부적인 의식과 삶의 방식을 가장 충실하게 보존하고 있는 지역이며, 또한 이문열이 다른 작가에게 찾아보기 힘든 한학(漢學)에 대한 소양도 상당한 수준에 이르고 있다는 점 등을 바탕으로 그의 작품들이 무척 다양해 보이지만, 동일한 인물설정 방식 즉 많은 주인공들이 선비정신의 소유자라는 점을 지적한다. 이를 바탕으로 그는 『그대 다시는 고향에 가지 못하리』에서 시작하여 『황

27) 정상균, 『한국최근서사문학사연구』, 집문당, 1996, 193-238쪽 참조.

제를 위하여』, 「금시조」, 「새하곡」, 「어둠의 그늘」, 「들소」, 「우리들의 일그러진 영웅」, 『사람의 아들』, 『영웅시대』 등에 이르기까지의 중·장편 소설에는 모두 선비형의 인물이 나온다고 한다.[28]

이동하[29] 역시 『그대 다시는 고향에 가지 못하리』에서 형상화되고 있는 고향이 양반 이념의 응결체에 지나지 않는다고 지적하며 이러한 양반 지향적 상고주의(尙古主義)에 대한 지향으로 말미암아 70년대를 풍미한 민중주의의 물결로부터 완전하게 벗어날 수 있었다고 지적한다. 그리고 이러한 양반 지향적 상고주의의 뿌리를 낭만주의라고 명명하면서 그것은 극도로 오만한 엘리트주의에 지나지 않는다고 주장한다. 그리고 『황제를 위하여』나 『영웅시대』와 같은 작품에서 혁명사상에 대한 이문열의 비판적 시각도 이러한 상고주의 의식과 떼놓을 수 없다고 지적한다.

권순긍은 『그대 다시는 고향에 가지 못하리』에 그려진 고향의 모습은 우리 민족적인 고향이 아니라 동아시아 유교문화권의 어디에도 존재하는 보편적인 모습인데 그 이유는 한국의 민족적, 역사적 현실과는 동떨어진 '중세보편주의'에 대한 향수에서 비롯되었다는 것이다. 그는 양반사대부 문화의 정신적 교양의 측면에 대한 이문열의 과도한 경도에서 식민주의의 혐의를, 이문열 문학의 중요한 특징이라고 할 수 있는 서구 부르주아 문학과의 상사성에서 신식민주의의 혐의를 읽어내고 있다. 나아가 그는 이문열이 중세의 귀족주의를 계승한 서구의 정통 부르주아 문학처럼 우리나라에

28) 주승택, 「李文烈과 선비精神」, 『한국현대작가연구』, 민음사, 1989, 381쪽.

29) 이동하, 「작가정신과 시대상황」, 『이문열 문학앨범』, 웅진출판, 1994, 57-78쪽.

서도 봉건 양반 문화전통을 계승한 우리의 부르주아문학을 꿈꾸는 게 아닌가 하는 의혹을 제기한다.[30)]

이문열 소설에 대한 학술논문을 소개하면 다음과 같다. 그동안 이문열에 대한 연구로는 작품론[31)]과 주제론[32)]을 포함하여 다양한

---

30) 권순긍, 「중세 보편주의에의 향수와 신식민주의적 망론」, 『문학의 시대』, 1988.

31) 이인숙, 「이문열 소설 『선택』에 나타난 여성관 연구」, 인제대학교 교육대학원 석사학위논문, 2004.
신영진, 「이문열 소설에 나타난 대중성 요인 연구: 「우리들의 일그러진 영웅」, 「나자레를 아십니까」, 한양대학교 석사학위논문, 2006.
심일주, 「이문열의 성장소설 연구: 「우리들의 일그러진 영웅」과 『젊은 날의 초상』을 중심으로」, 홍익대학교 석사학위논문, 2007.
김승현, 「소설 『아가』에 나타난 장애인관」, 단국대학교 석사학위논문, 2008.
남동임, 「이문열 소설에 나타난 영웅성: 「우리들의 일그러진 영웅」, 『황제를 위하여』를 중심으로」, 한국교원대학교 교육대학원 석사학위논문, 2008.
이병율, 「이문열의 소설 「금시조」에 나타난 교육적 의미」, 인제대 교육대학원 석사학위논문, 2008.
김혜민, 「이문열의 성장소설 연구: 『젊은 날의 초상』을 중심으로」, 경남대학교 교육대학원 석사학위논문, 2009.
송영숙, 「이문열 소설의 군중과 권력 연구: 「들소」, 「칼레파 타 칼라」, 「우리들의 일그러진 영웅」을 중심으로」, 부경대학교 석사학위논문, 2009.
이상국, 「성장소설의 교육적 가치 연구: 이문열의 『젊은 날의 초상』을 중심으로」, 동국대학교 석사학위논문, 2013.

32) 정지아, 「이문열론: 작가의 현실인식의 틀을 중심으로」, 중앙대학교 석사학위논문, 1996.
김태준, 「이문열 중·장편 소설 연구」, 안양대학교 교육대학원 석사학위논문, 1999.
윤광옥, 「이문열 소설의 회고적 구성 연구」, 동덕여자대 여성개발대학원 석사학위논문, 2002.
김현애, 「이문열의 예술가소설 연구: 「들소」, 「금시조」, 『시인』을 중심으로」, 동국대학교 석사학위논문, 2006.
이지영, 『이문열 초기 단편 소설의 서사전략 연구』, 인하대학교 박사학위논문, 2006.
표귀숙, 「이문열 소설의 현실인식연구: 1980-90년대를 중심으로」, 강원대학교 석사학위논문, 2010.
박필순, 「이문열 소설의 폭력성 연구」, 숭실대학교 석사학위논문, 2011.
김상훈, 「이문열소설 연구: 소설에 나타난 유교사상을 중심으로」, 원광대학교 교육

연구들이 축적되어 있다.

대표적인 논자로는 김미옥, 권유리아, 김영, 김개영 등이 있다. 김미옥은 이문열 소설의 낭만성에 주목하여 이문열은 틀에 얽매이는 것을 거부하고 의미 있게 살고자 하는 한 방법으로 개성이나 인간의 정체성을 무엇보다 중시하며, 작가의 분신이라고 할 수 있는 이문열 소설 속의 주관적 자아는 의미 있게 살려고 노력하나 외부세계의 압력과 통제에 언제나 가로막히게 된다면서 이러한 불화와 갈등의 상황을 넘어서고자 하는 지향성이 생겨나는 것이 이문열 문학의 낭만성을 형성한다고 보았다. 다시 말해 이문열에게 있어 낭만성은 현실 도피가 아닌, 부정적 현실을 극복하고 살아내기 위한 방안[33]이라고 설명했다.

김영[34]의 경우 황석영과 이문열의 소설에 나타난 이데올로기에 주목하여 두 소설가를 비교하였다. 차례로 아버지 부재와 오이디푸스 콤플렉스를 이데올로기의 기원으로, 탈향과 귀향을 이데올로기의 이정표로, 변혁과 순응을 정치권력 이데올로기로, 연대와 냉소를 경제 이데올로기로, 진보와 복고를 역사 이데올로기로, 그리

대학원 석사학위논문, 2012.
정판석, 「이문열 소설 연구: 본질·미학·성장·이데올로기를 중심으로」, 경기대학교 석사학위논문, 2012.
김병규, 「이문열 소설의 여성인물 연구」, 한양대학교 교육대학원 석사학위논문, 2013.
홍영희, 「이문열의 자전적 소설 연구」, 중앙대학교 예술대학원 석사학위논문, 2013.

33) 김미옥, 『이문열 소설 연구』, 성신여자대학교 박사학위논문, 2005.

34) 김영, 『황석영 이문열 소설 비교연구-이데올로기 분석을 중심으로』, 부산대학교 박사학위논문, 2005.

고 예술가소설에 나타난 이데올로기로 분류하여 분석하였다.

권유리야[35]는 탈식민주의 이론을 통해 『시인』, 『영웅시대』, 『변경』을 분석하고 있다. 그는 이 세 작품을 계기적으로 보게 되면, 이문열의 문학이 개인, 가족, 국가의 차원으로 확대되어 가는 이데올로기의 궤적을 선명히 할 수 있게 된다고 지적한다. 즉 『시인』의 체제로부터 소외된 개인의 문제가 『영웅시대』로 가면 지배와 피지배라는 가족관계로 확장되고, 이는 『변경』에서는 국가와 역사적 차원에서 식민과 탈 식민의 양상이 본격적으로 펼쳐지는 원인으로 작용한다고 지적한다.

김개영[36]의 경우 이문열의 대하소설 『변경』이라는 한 작품에 주목하여 소설에 나타난 분단구조의 공간적 특성과 장소화의 욕망에 주목하여 분석하였다. 이를 통해 소설은 지배공간으로서의 '변경'과 예속 및 배제의 양상, 소외공간으로서의 '변경'과 모순 의식의 양상, 저항공간으로서의 '변경'과 주체 정립의 양상으로 분류될 수 있다고 지적하였다.

이상 기존의 많은 연구업적을 통해 이문열 문학의 성격은 거의 다 드러난 셈이라 볼 수 있다. 이를테면 낭만주의, 허무주의, 전망 결여와 닫힌 세계관, 관념 편향적 창작방법에 의한 능란한 이야기꾼으로서의 재능과 한계 등이 있다. 이상의 연구들은 이문열 소설

35) 권유리야, 『이문열 소설의 식민과 탈식민 연구 : 『시인』, 『영웅시대』, 『변경』을 중심으로』, 부산대학교 박사학위논문, 2008.

36) 김개영, 『이문열의 『변경』 연구: 분단구조의 공간적 특성과 장소화의 욕망을 중심으로』, 동국대학교 박사학위논문, 2016.

이 노정하는 여러 가지 내용적, 형식적 특징들을 개별적으로 추출해내는 데서부터 점차 그것들을 종합적으로 고려하여 작품 전체를 관통하는 통일된 작가의식을 제시하는 방향으로 전개되어 왔다고 정리해 볼 수 있다. 이처럼 지금까지 축적된 다양한 기존의 연구들은 한국 문학에서 이문열 작가가 차지하는 비중이 그만큼 방대하다는 것을 말해주고 있다. 본고는 이처럼 다양하고 방대한 기존의 연구 성과들을 참조하는 한편, 그것들을 비판적으로 되새기는 과정에서 선행 연구자들이 놓치고 있거나 소홀히 다루고 있는 것을 발견해내고 이를 세부적인 논리로 가다듬어 주제화할 수 있었다. 다시 말해 이문열 문학을 연구함에 있어 지금까지 연구되어 온 업적에서 우선 문제점을 찾음으로써 본 연구의 뚜렷한 출발점을 삼고자 한다.

1.3 문제 제기 및 연구 방법

이문열은 작품성과 대중성을 겸비한 작가이지만 그에게는 항상 시대와 불화하는 작가라는 딱지가 따라다닌다. 폭넓은 그의 작품세계만큼 세상과 첨예하게 부딪혀왔기 때문이다. 격동기 1970~80년대엔 군부독재의 폭력성과 그에 순응하는 대중을 동시에 비판해 주목을 받았고, 상류층의 비뚤어진 행태를 적나라하게 그려내는가 하면 성 윤리의 절대성에 도전하기도 했다. 페미니즘이 풍미하던 1990년대에는 페미니스트들에 맞서서 가부장제와 기존 질서를 적극적으로 옹호하면서 논란의 중심에 서기도 했다. 어쩌면 '우리시대에 이문열만큼 크게 성공한 작가도 드물지만 그만큼 비평적으로 논란이 된 작가도 없다.'[37] 많은 비평가들은 다른 작가들을 평가하는 데에 있어서는 지나치다 싶을 만큼 관대하면서도 유독 이문열에게만은 인색하기 짝이 없었다. 물론 그렇다고 하여 비평가들이 그의 작품을 도외시하였다는 말은 아니다. 다만 그가 발표한 작품의 양이나 질에 비하여 비평가들의 관심이 적거나 또는 부정적인 측면에만 집중되어 있다는 점이다. 이문열은 시대적 변천에 관심이 많은 작가로서 그의 문학이 많은 논란을 샀던 것은 다른 한 편으로 문인으로서의 대사회의 영향력이 그만큼 컸다는 말이기도 하다.[38] 그렇기 때문에 그에 대한 연구 또한 다양한 방

---

37) 『사람의 아들』 이후, 그가 비평적으로 논란의 대상이 된 이유는 크게 두 가지로 나누어서 생각할 수 있다. 그 하나는 그가 짧은 기간 동안에 탁월한 필치를 갖고 쓴 엄청난 양의 작품을 통해 독자를 끌어들이는 모멘텀이 기성 문단에 지각변동을 일으킬 만큼 너무나 컸다는 것이고, 다른 하나는 그가 추구한 작품세계가 무서운 80년대가 저물어 가도록 우리의 의식세계를 지배해 왔던 이데올로기 중심의 리얼리즘 세계에서 벗어나 실존적인 인간의 궁극적인 문제에 깊이 천착하고 있기 때문이다. (이태동, 「자아의 문학과 寓意的 美學」, 이태동 편 『이문열』, 서강대학교 출판부, 1996, 7쪽.)

38) 근대 이후 사회의 분화 과정에서 작가의 대사회적인 영향력과 효용성은 크게 약화되어 왔다. 근대 초기 이광수나 최남선, 한용운, 홍명희 등의 문사들이 지닌 사회적인 지위와 영향력은 어느 정치인 못지않았다고 할 수 있다. 이들은 단순히 문인으로서 존재한 것이 아니라 정치와 사회의 장에서 중요한 '심퍼사이저(sympathizer)'로서의 역할을 수행해온 것이 사실이다. 식민지 시대 중요한 역사의 장에서 이들은 독립선언문의 기초 마련, 33인의 민족 대표로 독립운동에 참여, 신간회 운동 주도 등 선각자로서 또는 한 사회의 지도자로서 늘 시대의 중심에 있었다고 해도 과언이 아니다. 이러한 지위와 영향력은 해방 이후는 물론 1970대까지도 지속되었다고 할 수 있다. 가령 1970년대를 '박정희와 김지하의 싸움'이라고 평하는 경우 여기에는 김지한 한 개인을 넘어 문인의 위상과 역할에 대한 당시의 평가가 내재해 있는 것으로 볼 수 있다. 문인이 사회의 선각자적인 위상과 역할과는 무관한 예술가로서의 지위보다는 그것들을 아우르는 차원으로 이해하고 있다는 것은 그것이 예외적인 현상이

면에서 많이 축적되었다.

우선 기존의 연구를 바라볼 때 우선 눈에 띄는 것은 이문열의 소설에서 낭만주의 의식이 선명하다는 것인데, 이문열의 소설에 드러난 낭만주의는 단순히 부정적 현실을 극복하고 살아내기 위한 방안이 아니라고 본다. 이문열의 소설에서 낭만주의 의식이 선명하게 드러났던 것은 이동하가 지적했던 것처럼 그것은 이루어질 수 없는 것에 대한 병적인 그리움 때문이다. 그것은 어떤 절대적인 존재일 수도 있고, 더 보편적인 차원에서는 사라진 세계에 대한 그리움 때문이라는 것이다. 필자는 이러한 작가의식이 소설에서 동양적 복고주의 형식으로 드러난다고 본다. 그렇기 때문에 작가의 소설에 드러난 복고주의 의식을 규명하는 것이야말로 보다 근원적인 소설이해에 접근한다고 본다.

둘째, 이문열의 비평 가운데 중요한 몫을 담당하고 있는 중요한 경향은 사회학적 비평 방법이다. 사회학적 비평방법 가운데에서도

아니라 근대 이후 혹은 근대 이전부터 이어져온 우리의 문사적인 전통에 그 원인이 있다고 할 수 있다. 그러나 이러한 전통은 1980년 이후 약화되기에 이른다. 이것은 문학의 위상과 영향력의 궤를 같이 한다. 근대문학의 종언이라는 명제가 설득력 있게 수용될 정도로 우리 사회는 급격하게 분화되었고, 영화, 만화, 드라마, 애니메이션, 게임과 같은 새로운 문화 양식이 출현하여 그동안 문학이 수행해온 역할을 대신하기에 이르렀다. 사회적인 효용성의 측면에서 문학은 이러한 문화의 양식에 견줄 수 없게 되었을 뿐만 아니라 이에 따라 문인의 위상과 역할도 약화되었던 것이다. 문인의 사회적인 위상과 역할이 약화되고 축소되는 상황에서 그것을 제대로 인식하지 못한 채 복고적인 향수에 젖게 되면 소외감만 확대 재생산되고 그것을 컨트롤하지 못하면 과대망상으로 빠질 위험성만 높아진다. 자신이 세계의 중심이라는 과대망상에 빠지면 사회의 현상이나 시대적인 흐름을 온전히 읽어낼 수 없다. 하지만 이것이 곧 사회와 시대로부터의 무관심적인 태도를 의미하는 것은 아니다. 작가 역시 사회와 시대의 자장 안에 존재하면서 그것들과 일정한 길항 관계를 유지해야 한다. (이재복, 「이문열의 작가 의식과 세계 인식 태도」, 『비평문학』, 2017, 12, 225-226쪽.)

특히 게오르크 루카치(Georg Lukacs)류의 사회주의 리얼리즘이 그 주류를 이룬다. 이문열이 왕성하게 작품 활동을 한 1980년대가 바로 한국 문학에서 리얼리즘 문학 이론이 가장 기승을 부리던 때였던 만큼 이러한 비평 방법이 크게 유행한 것은 어쩌면 지극히 당연한 것처럼 보인다. 이러한 연구 방법론을 사용하는 비평가들은 오직 리얼리즘의 잣대로써 이문열 문학을 재단하려고 하였다. 이러한 연구방법에 입각한 연유로 이른바 작가의 전망결여, 대안부재, 허무주의 등 경향이 지적되었던 것이다. 작가는 전근대의 정신과 문화에 대한 애착으로 말미암아 이러한 의식을 소설에 대입하게 되는데, 그것은 당연히 현대의 사회적 가치와 대립적인 관계일 수밖에 없다. 이문열의 소설에 나오는 인물들이 끊임없이 현실과 대결하고 갈등을 보여주었던 것은 그들의 정신적 지주가 현실의 세계와 상호대립적이고 화해할 수 없는 것이기 때문이다. 그런 차원에서 단순히 소설에서 드러난 현상이 관념적이니, 혹은 대안부재이니 하는 것은 보다 본질적인 작가의식과는 거리가 있다고 본다.

이문열의 소설에서 수많은 시대착오적 인물과 가치를 준수하는 사람들이 나오는데, 소설에서 이러한 인물들이 고수하는 전근대 혹은 동양의 가치들이 현실에 수용되지 못하고 대안을 제기하지 못한다는 점에서 그칠 것이 아니라 그 이면의 동양적 복고주의 의식이 어떻게 형상화되고 있는지를 검토하는 것이 보다 작가의식을 규명함에 있어서 한 발 다가간 접근법이라고 본다.

셋째, 이문열의 소설에 드러난 복고주의 의식과 관련한 기존의 논의들은 지나치게 작가의 성장과정이나 가문의 역사를 통해 이문열 문학의 전체를 해석하려고 한다. 물론 부친을 비롯한 그의 가문이 이문열의 작가의식의 형성에 상당히 많은 영향을 준 것은 사실이다. 그러나 오로지 문중의 역사나 가족사를 통해 이문열의 모든 작품을 해석하려는 의도는 억측과 논리의 부정확성을 초래할 수밖에 없다고 생각된다. 이문열 문학의 복고주의 성향과 관련된 기존의 논의들을 살펴보면 중세적 귀족주의, 사대부의식, 선비사상, 양반 지향적 상고주의, 유교적 봉건 귀족주의, 영남 우월주의에 기반을 둔 반민주적 엘리트주의 등 굉장히 다양하다. 이러한 논의들은 대체로 그 기원을 작가가 정신적으로 고상한 족속 출신이라는 점, 그리고 작가가 이에 대해 자부심을 갖고 있었다는 점에 바탕을 두고 있다. 이문열 문학의 전통 지향적 성격은 그의 문학 전반에 드러날 뿐 아니라 그 양상에 있어서도 다양한 것이 사실이다. 하여 오로지 선비정신이나 사대부의식에 한정하여 이문열 소설 전반에 나타난 전통 지향적 의식을 규명하기는 부족하다고 생각된다.

이러한 점을 바탕으로 본고는 이문열 소설에 나타난 동양적 복고주의의 양상을 전반적으로 검토하는 것이야말로 이문열 문학과 작가의식을 규명하는 핵심이라고 본다. 작가가 끊임없이 소설에서 전통 지향적 의식을 드러냈던 것은 단순히 부각시켰던 것은 단순히 과거를 예찬하는 것에 한정된 것이 아니고 분명한 목적의식[39]

---

39) 김윤식은 이문열의 초기작품을 분석하며 아래와 같이 평가하였다. 그러나 지금 다시 살펴볼 때, 필자는 이문열의 소설이 김윤식이 지적한 것과는 정반대의 방향으로 나아갔던 것이 분명하다고 본다. "이문열의 소설은 종래 우리 소설이 강점으로 갖고 있던 작가의 소명감을 철저히 비판한 것이라 할 수 있다. 70년대 문학은 70년대 작가들이 갖고 있던, 역사에 대한 강한 소명의식이 분단 문제, 근대화로 빚어진 인간 상실, 고향에의 속죄의식 등으로 분출해 나왔으며 그런 종류의 작품이 주류를 이

이 있다고 본다.

본고는 이문열 소설에 나타난 동양적 복고주의를 중심으로 논의를 전개하는 만큼 우선 동양적 복고주의의 개념과 특징에 대해서 알아야 한다고 본다. 오늘날 동양[40]의 문화라는 개념은 서양 문화를 기준으로 하여 만들어진 조어이다. 세계를 주도하는 문화는 서양 문화라는 점에서 서양문화는 그 자체로서의 보편성을 가지고 있다. 소위 문화 일반의 준거가 되고 있는 것이다. 따라서 동양 문화는 오리엔탈리즘(Orientalism)[41]이라는 주변적 위상을 벗어날 수

루어온 실정이었다. 이러한 주제를 드러내는 데 작가들은 작중인물과 스스로를 알게 모르게 동일시하였던 것이다. 주제의 무게와 서술 방식의 이러한 일방적 흐름이 독자들에게 권태감을 불러일으킨 한 가지 원인을 이루게 된다. 분단 문제라든가 고향 문제만 나와도 독자들은 그 엄숙성과 죄의식 때문에 숨도 제대로 쉴 수 없는 심리적 압박감을 받아 왔다. 이런 주제엔 독자가 여지없이 주눅이 드는 반면 작중인물이 곧 작가라는 서술 방식 역시 작가가 곧 영웅이라는 관념을 낳아, 독자의 의식을 주눅들게끔 만들기에 부족함이 없었다. 이문열의 새로움은 이러한 독자를 주눅들게 하는 두 가지 소설적 관습을 작품으로 비판한 곳에서 찾을 수 있다. 이문열은 엄숙한 주제 및 소재를 피했을 뿐 아니라 무엇보다도 작가와 작중인물을 준별하고 있다. 작가도 단지 자기가 목도한 사건을 보고하고 전달하고 있다는 느낌을 독자에게 주는, 그러한 서술 방식이 이문열 소설의 매력이다. 작가는 한갓 전문적 이야기꾼이며, 어떤 사건이나 주제에도 개입하지 않고 그와 상관없다는 느낌을 주도록 면밀히 기술하는 일은 무엇보다도 주눅들은 독자에게 호감을 줄 수 있다. 소설에 지나치게 과중한 의미를 부여했던 우리 문학의 버릇에서 보면 작가와 주인공의 이러한 분리 현상은 일종의 이단적인 것이라 할 만하다." (김윤식, 「중간세대의 문학과 그 형식: 이문열·김성동·김원우·강석경론」, 『김윤식 선집4』, 솔, 1996, 348-349쪽.)

40) 동양이라 함은 크게 나누어 중국 문화권과 인도 문화권으로 나눌 수 있을 것이다. 넓은 의미에서 보면 인도 또한 동양이란 범주에 넣기도 하나, 실상 내용적으로 인도는 인도일뿐이다.

41) 오리엔탈리즘이란 오리엔트 곧 동양에 관계하는 방식으로서, 서양인의 경험 속에 동양이 차지하는 특별한 지위에 근거하는 것이다. 동양은 유럽에 단지 인접되어 있다는 것만이 아니라, 유럽의 식민지 중에서도 가장 광대하고 풍요하며 오래된 식민지였던 토지이고, 유럽의 문명과 언어의 연원이었으며, 유럽문화의 호적수였고 또 유럽인의 마음 속 가장 깊은 곳으로부터 반복되어 나타난 타인의 이미지(images of

없었다.

오늘의 현대사회는 이미 서구문명의 충격으로 말미암아 머릿속 깊이 서구화라는 인식이 자리 잡아 있고, 더구나 조선의 경우 근대화시기에 일제의 침략과 식민지화로 말미암아 조선의 역사와 문화는 심하게 왜곡되었다. 그 과정에서 왜곡된 교육은 전통의 역사와 문화에 대해서 부정적 인식을 키워오게 되었고, 그 영향으로 우리는 서구의 과학문명을 수용하는 데 노력해 왔으며, 그에 따라 서구화의 성과를 거둔 것은 사실이다. 그러나 이러한 서구화의 과정에서 나타난 것이 바로 인간상실의 문제, 즉 인간을 인간답게 만드는 정신적 가치의 상실이다. 그러한 혼란을 거치는 동안 전통문화를 오히려 생소하게 느끼고, 서양문화에 더 친근감을 느끼는 기현상까지 일어난 것도 우연한 일은 아니다. 오늘날 세계 그 어디든 막론하고 그 주요한 가치관은 물질주의이며, 그것에 의해 압도당하고 있다. 자본주의 체제이거나 사회주의 체제이거나 '쾌락'을 가치의 척도로 하는 공리주의[42](功利主義)철학에 기반하고 있다. 그러나 서

the Other)이기도 했다. 나아가 동양은 유럽(곧 서양)이 스스로를 동양과 대조가 되는 이미지, 관념, 성격, 경험을 갖는 것으로 정의하는 데에 도움이 되었다. 그러나 이러한 동양은 어떤 의미에서도 단순히 상상 속의 존재에 그친 것은 아니다. 그것은 유럽의 '실질적인' 문명과 문화의 구성부분을 형성했다. 곧 오리엔탈리즘은 동양을 문화적으로 또는 이데올로기적으로 하나의 모습을 갖는 언성(discourse)로서 표현하고 표상한다. (Edward W. Said 지음, 박홍규 옮김, 『오리엔탈리즘』, 교보문고, 2000, 15쪽.)

42) 공리주의는 가치 판단의 기준으로 하는 사상이다. 곧 어떤 행위의 옳고 그름은 그 행위가 인간의 이익과 행복을 늘리는 데 얼마나 기여하는가 하는 유용성과 결과에 따라 결정된다고 본다. 넓은 의미에서 공리주의는 효용·행복 등의 쾌락에 최대의 가치를 두는 철학·사상적 경향을 통칭한다. 그 특징 중의 하나로 공리주의는 쾌락과 행복을 추구하는 개인의 이기심을 전제로 하므로 경제적 자유주의를 뒷받침한다. 실제로 공리주의는 19세기 초 영국에서 곡물조례의 폐지와 자유무역을 주장한

양사상의 기본 틀인 경험주의, 실증주의, 윤리주의, 실존주의를 내세우는 서양적인 방법만으로는 오늘날 인간 생활의 모든 것을, 특히 그 전체적인 면에서 파악할 수 없다는 것이 현대인들의 고민이다. 특히 서양문화를 중심으로 하는 근대적 사고는 인간의 본질을 도덕감이 아니라 사적 욕망으로 보며, 사회를 자기 절제와 배려를 통한 공동체적 유대라기보다 개인의 욕망을 충족시키기 위해 물질을 소비하고 타자와 경쟁하는 공간으로 이해한다는 것이다. 과학과 기술은 이 같은 이념에 따라 욕망의 무한충족을 위한 수단과 도구를 제공하고, 법률과 제도는 관습 대신 분절될 이해관계를 조절하고 사회적 질서를 유지하기 위한 파수꾼으로 등장했다.

이문열 소설에 나타난 동양적인 복고주의 의식은 이러한 일방적인 서양정신의 종주에 대한 비판과 반성이라는 차원에서 접근하여야 된다고 본다. 여기서 동양적 복고주의라는 말은 공맹을 중심으로 하는 유교사상과 노장을 중심으로 하는 도가사상을 중심으로 구성되었다고 볼 수 있다. 더불어 전근대시기의 전통적 가치나 문화에 대한 애착이라는 것은 거시적인 차원에서 보면 유교정신에 속한다고 볼 수 있다. 여기에 해당되는 것으로는 조선전기의 가문의식이나 사대부의식, 문중의식 등이 포함될 수 있다.

우선 유교사상은 춘추시대 공자가 창시한 제자백가 가운데 한 학파를 일컫는 말이다. 유가는 선진 제자백가의 한 학파이기 때문에 분명히 그것은 종교가 아니라 학문이다. 공자는 당시 사회 혼란

자유주의적 경제개혁의 이데올로기로 나타났다.

의 원인을 분석하고 그 해결책으로 주(周)문화의 회복과 실천을 제시하였다. 유가철학은 이를 위해 공자가 창시하고 맹자와 순자 등이 계승 발전시킨 철학이다. 유학은 서주의 예제(禮制)에서 시작하여 공자의 인(仁)의 철학을 통해 이론기초가 정립되었다. 그 뒤를 이어 맹자는 의(義)사상을, 순자는 예(禮)사상을 더욱 깊게 발전시켰고, 중용의 성(誠)과 대학의 혈구지도(絜矩之道)관념으로 확대되면서 유학의 기본 관념들이 형성되었다. 그 밖의 효(孝) 제(弟) 충(忠) 신(信) 등등의 관념은 이 기본관념을 바탕으로 하여 만들어진 실천개념들이라고 할 수 있다.

유교가 인간의 삶을 규범화하고 질서화하는 속성이 있다면, 도가사상은 이와는 달리 인간의 삶을 자유롭게 풀어 주어 우리의 삶을 자유롭게 해준다. 도가라는 명칭은 도(道)를 우주 만물을 생성하는 궁극적 실제로 보아 그들의 사상을 전개하였기 때문에 붙여진 것으로 노자가 창시하고 장자가 크게 발전시켰다고 해서 노장철학(老莊哲學)이라고도 한다. 물론 여기서 말하는 노장철학은 도교와 다른 개념이다.[43)]

---

43) 동한(東漢) 순제(順帝, 126-144재위)때 장릉(長陵)의 오두미교(五斗米教)에 의하여 도교가 이루어질 때부터 늙지 않고 오래오래 살려는 신선술(神仙術)은 그 종교의 바탕이었다. 그리고 도교의 발전에 따라 신선술도 여러 가지로 발전하여 수련을 통하여 자신의 삶의 기운을 기를 뿐만 아니라 연단술(鍊丹術)을 통해서 쇠붙이도 금으로 만들 수가 있게 되었고, 몸에 나래를 달고 공중으로 솟아오르는 방법으로 공중을 날아다닐 수도 있으며, 침대 위에서 즐기는 술법이 있어 수많은 아름다운 선녀들을 거느리면서도 더욱 장수를 한다고 주장하게 된다. 사람들의 병이나 불행 같은 것은 부적 하나면 깨끗이 사라지게 할 수 있다고 하였다. 사람들의 속세에서의 욕망은 도교의 수련만 닦으면 무엇이나 충족시킬 수가 있게 된다. 병들지 않고 오래오래 살고, 마음껏 부를 누리며, 온 천하를 마음대로 왔다 갔다 하고, 미녀들을 마음껏 즐기면서 살 수 있게 된다. 도가의 무위자연의 추구와는 판이한 것이다. 그러나 속된 세상으

노장적 사유는 어느 다른 사상보다도 인간의 낭만적 상상력을 자극할 만한 요소를 풍부히 지니고 있다. 그것은 주로 인간의 자유과 관련하여 생명의 근원에 대한 관심이나 우주의 생성과 본질에 대한 관심, 자연 친화나 그와의 합일에 대한 선망으로 나타난다.[44] 이러한 노장사상은 불행한 현실로부터 정신적 초탈을 위한 욕구로써 문학에 수용되어 왔으며, 끊임없이 그 상상력의 원천적 공급원이 되기도 하였다.[45] 이문열의 소설의 인물들은 대개의 경우 시대착오적인 인물들이 현실에서 패배하는 양상이 많이 나오는데, 노장의 정신을 통해 현실극복의 서사를 보여주고 있다. 이러한 서사

로부터 초연하려는 태도는 도가와 도교가 어느 면에서 서로 통하는 것으로 느껴지기도 한다. 그리고 춘추 전국 시대 및 진한(秦漢)시대의 도가 사상이 유가 사상과 가장 대립을 이루었던 것처럼, 동한(東漢)말엽 이후로는 도교가 유교와 가장 대립적인 관계에 있었던 종교라는 점에서도 서로 상통하는 점이 있다고 할 수 있다. 그것은 중국의 봉건 사회를 뒷받침해 온 유학이 철저히 현실주의적이고 이성적인 방법으로 인간의 문제들을 대해는 데 대한 자연스런 반발이었다고 할 수 있다. 어떻든 도가는 노자와 장자로 대표되며 그 학문을 흔히 노장학(老莊學)이라고도 부르지만, 도교는 노자를 받들면서도 노장학과는 전혀 다른 성격의 것임에 유의해야만 할 것이다. (장자 지음, 김학주 옮김, 『장자』, 연암서가, 2012, 26-27쪽.)

44) 강동우, 「탈현대 시대의 문학과 도가적 상상력」, 『인문과학연구』, 2013, 36권, 5-29쪽 참조.

45) 김성국은 이문열의 문학의 중요한 특징으로 아나키스트 자유주의를 지적한다. 그는 아나키스트 자유주의의 이념적 토대를 동아시아의 유불도선으로부터 발견된다고 지적하며 아나키스트 자유주의가 지향하는 구체적인 내용으로 정치적으로는 타협적 탈국가주의, 경제적으로는 절제적 탈물질주의, 사회적으로는 협동적 개인주의, 문화적으로 상대적 허무주의, 종교적으로는 현세적 신비주의가 있다고 말한다. 이러한 아나키스트 자유주의는 모든 억압과 폭력, 특히 정의를 표방하는 집단적 폭력까지도 비판하면서, 자율적 개인에 바탕을 둔다고 지적하면서 이문열의 문학이 이러한 경향을 갖고 있다고 지적하는데 이러한 지점은 노장철학의 지평과 맞닿아 있다고 볼 수 있다. (김성국, 「이문열과 아나키스트 자유주의」, 『사회와 이론』 통권 제28집, 2016년 5월.)

구도가 일부 논자들에게는 현실적인 의미가 없는 것을 바탕으로 허무주의나, 전망결여와 같은 비판을 받은바 있다. 그러나 애초에 동양적 이념이나 정신은 서구의 합리적인 사고와는 거리가 멀다. 작가는 소설에서 암울한 현실을 타개하는 방법을 동양의 지혜를 빌어 보여주고 있다는 점에서 복고주의 의식을 보여주고 있다고 볼 수 있다.

이러한 동양적 정신과 이념은 다음과 같은 특징이 있다. 우선 전통적인 동양의 가치와 정신은 조화와 협력을 지향한다. 동양정신은 대체로 자유와 권리보다 조화와 협력을 지향한다. 그 이유는 동양에서는 자연과 인간을 대립·대결의 투쟁의 관계로 보지 않고 일원체로 이해하기 때문이다. 20세기가 서구 근대 과학과 민주주의의 실험으로 요약할 수 있다면 자유와 권리를 주장하는 개인주의의 과잉이 공동체의 질서와 화합을 다치고 있고, 진보의 환상이 생태의 균형을 파괴하고 있다.[46] 반면에 인간은 원자화된 파편으로 살 수 없는 것이어서 전체에 협력하지 않으면 개인은 존립할 수 없다는 것, 그것이 유기체의 진실이고 공동체의식과 동양정신의 보편적 원리이기도 한 것이다.

두 번째는 위계질서를 인정한다는 것이다. 유교의 경우 천자·제후·대부·사·서인의 신분계급은 사회구조의 가장 넓은 범위를 규정짓고 있다. 이러한 수직적 상하구조는 피라미드형의 안정성을 확

46) 가족에 대한 증오, 가족으로부터의 탈출 그리고 가족의 피괴는 전면적이고 의도적으로 이뤄졌고, 그것은 문명의 이름으로 숭상되었다. '개인의 자립'은 근대문명을 건설하기 위한 전제조건이기 때문이다. (김우창, 『궁핍한 시대의 시인』, 민음사, 1977, 113쪽.)

보하는 것이다. 한 국가에서는 한 사람의 천자나 제후의 통치 아래 관료계층으로 대부와 사가 있고 피지배층인 서인 곧 백성은 다시 중인·양인·천인으로 신분계층화하고 있다. 신분계급은 국가적 조직에서 발생하는 것이요, 누구나 신분에 예속되어 제약을 받게 된다. 봉건적 신분제도는 유교전통이 뒷받침하였고, 사회적 질서를 유지하는 데 가능하였던 것도 사실이다. 역사적으로 볼 때 유교사회에 인간성을 억압하는 권위주의가 번성하였던 것이 사실이다.

유교사상은 도덕수양, 절제를 함양하는 것을 격려하면서도 위계질서를 인정하고 있다. 이러한 가치나 이념은 분명히 오늘날의 서양사상에서 제일 강조하는 자유와 평등과는 거리가 멀다. 그렇기 때문에 이러한 의식은 현대의 가치와 여러모로 어긋나므로 그것이 이문열의 소설의 갈등을 형성하는 주요한 원인이 되기도 한다.

이른바 유교에서 말하는 정명사상도 이러한 차원에서 말하는 것이다. 그러므로 소설에서 언급되는 가부장제나 사대부의식과 같은 것은 모두 이러한 오늘날 자유와 평등을 주창하는 서양사상과 상충한다. 천명의식이나 왕도정치라는 것도 덕치와 인정을 주장하고 있지만 위계질서를 인정한 바탕에서 성립되는 것이라고 볼 수 있다.

본고는 동양적 복고주의 범위와 특징을 바탕으로 이문열 소설에서 구체적으로 어떻게 수용되는지를 검토하는 것을 일차적인 목표로 하고 있다. 물론 이문열의 작품에서 동양적 복고주의 경향이 선명하게 드러나고 있기는 하나 자신의 문학세계를 구축함에 있어서 서양문학의 영향을 받은 것은 사실이다.[47] 그러나 작가는 어디까지나 자신의 창작에 적절히 이용하여 다분히 동양적인 색조를 가미하여 새로운 형태를 만들거나, 처음부터 자기의 논리에 맞는 형태로 변질시켜 끌어들이거나, 대다수의 경우는 비판과 도전의 대상으로 형상화된다.

한 작가의 문학정신은 당대의 현실적 상황에 대한 인식에서 출발한다고 하는데, 이런 면에서 문학은 현실에 대한 작가의 대응양상이며, 그 표출방법이라고 할 수 있다. 그렇기 때문에 이문열의 소설에 드러난 동양적 복고주의 의식을 단순히 소설의 내용에만 한정해서 이해할 것이 아니라 그 시대적 배경과 작가의식을 연결해야만 심층적인 차원에서의 이해를 할 수 있다고 본다. 여기서 주목할 것은 어떤 작가가 동양적 복고주의 노선에 서서 창작활동을 한다고 할 때, 그 구체적인 방식으로는 여러 가지가 있을 수 있다.

그 여러 가지 방식을 분류하는 기준 가운데 하나는 동양의 사회를 특징지어 온 여러 정신적 인자들 이를테면 사대부양반정신, 가부장제, 천명의식, 충효정신, 공동체의식, 현모양처 사상 등을 구체적으로 작품의 전면에 뚜렷이 부각시키느냐, 아니면 그러한 인자들은 젖혀두고 현세 중심적 사유, 초월적 존재에 대한 거부의식,

---

47) 이문열의 작품은 소위 정통 세계문학과 상당한 유사성을 갖고 있다는 것은 이미 여러 논자들이 지적한 바 있는데, 작가도 이를 고백한 바 있다. "내 지식의 기본 형태는 아무래도 동양적이라기보다는 서구적일 것이다. 나는 서구 문명의 우월성이 그 어느 때보다도 널리 우리 사회에서 승인받고 있던 시기에 내 정신의 걸음마를 시작하였다. 내가 동양 문화에 관심을 가지게 된 것은 어느 정도 철이 든 뒤의 일이었다." (이문열, 「소설적 자전 자전적 소설-문학평론가 홍정선 씨와의 대담」, 『시대와의 불화』, 자유문학사, 1992, 274쪽.)

조화와 협력을 지향하는 사유 등을 보이고 있느냐에 따라 구분될 수 있을 것이다. 그런데 이문열은 처음부터 전자의 측면을 부각시키는 데 진력하였다. 이러한 점들을 염두에 두고 본고는 작품에서 동양적인 복고주의 의식이 구체적으로 어떤 형태로 수용되고 있으며, 그 의미와 한계에 대해서 주목하고자 한다. 이러한 분석을 통해 작가의식과 어떻게 연결되는지 규명하는 데 목적을 둔다.

Ⅱ장은 본격적인 논의를 위한 준비 단계에 해당한다. 여기서 검토되어야 할 것은 이문열이 동양적 사상에 의탁한 실존적 바탕이다. 이를 위해 본고는 우선 이문열의 생애와 성장과정 그리고 시대적 환경을 면밀히 검토하면서 우선 그가 왜 동양적인 전통과 문화에 관심을 갖게 되었는지 살펴볼 것이다. 여기에는 대체로 내적인 요인과 외적인 요인을 포함해서 세 가지로 분류된다.

우선 첫 번째로 지적될 수 있는 것은 작가 이문열의 뿌리의식의 모태공간을 이루는 문중의 영향이다. 이문열의 작품 군에서 고향이나 문중을 배경으로 하거나 연상시키는 굵직한 작품들이 그의 작품에서 차지하는 비중을 살펴보더라도 그의 문중이나 고향이 작가에게 차지하는 비중이 얼마나 막대한지를 알 수 있다. 작가에게 있어 고향의 개념은 문중으로 대치되며, 그 문중을 지배한 사상은 조선시대 성리학을 중심으로 하는 유교사상이었다. 작가는 항상 자신들의 선조들과 문중에 대해 굉장히 자부심을 갖고 있었는데 이러한 의식은 자연스럽게 그의 문학에서 전통지향성으로 드러난다고 볼 수 있다. 물론 문중에 대한 인식이 작가에게 많은 영향을 준 것은 사실이지만, 이러한 인식이 작가의식을 좌우하는 절대적인 기준은 아니라고 본다.

두 번째 이유는 작가의 아버지이다. 이문열 문학을 논함에 있어 그의 아버지를 빼고 제대로 설명하기는 어렵다. 물론 모든 작가의식을 아버지와 연결시켜 논의하는 것은 잘못된 것이지만 작가에게 있어 아버지는 분명히 문중과는 다른 위상을 지니고 있다. 아버지의 선부른 이념선택으로 인해 그를 포함한 가족들이 연좌제로 엄청난 피해를 보아야 했었다. 안거할 세계의 상실, 삶의 근원적 훼손 등으로 이해되는 작가의 유년세계는 부의 상실에서 연유되며 이러한 부친 상실은 자연스럽게 작가의 고아의식으로 이어지게 된다. 부친부재의 삶이 고아의식은 역으로 가부장적인 권위와 질서를 갈망하게 된다.

세 번째 이유로는 시대적 상황 및 작가의 세계관이다. 70년대와 80년대는 유신독재에 반항하여 민중주의가 성행하던 시기이다. 그때는 민주화란 이름으로, 때로는 정의 혹은 공동선이란 이름으로 문화 전반을 짓눌러 문학이든, 미술이든, 음악이든 그 실현을 위해 봉사하지 않으면 가치를 인정받지 못할 정도로 위세를 떨쳤다. 작가는 이러한 민중주의에 대해 불신하는 입장을 표하는데 그 이면에는 작가 자신이 그 무책임한 전망 때문에 피해를 보았기 때문이다. 그래서 작가는 미래지향적인 것보다 전근대의 세계의 가치와 정신을 추구하게 될 수밖에 없었던 것으로 이해된다. 그와 더불어 작가는 현실의 세계는 가치와 질서가 혼돈한 세계라고 판단하여 세태나 풍조에 대해 많이 우려하는데 이러한 의식은 자연스럽게 동양적 복고주의 의식과 연결된다.

위와 같은 작업이 일단 수행되고 나면 그 다음에 제기되는 과제는 이문열의 소설세계를 구체적인 작품의 분석을 통해 규명하는 일이다. 본격적인 작품의 논의는 3장, 4장, 5장, 6장과 7장 총 다섯 장으로 분류하여 논의할 것이다. 논의될 작품은 이문열 소설이 초기에서 후기에 이르기까지 『그대 다시는 고향에 가지 못하리』(1980), 『황제를 위하여』(1982), 『영웅시대』(1984) 「금시조」(1981), 『시인』(1991), 『선택』(1997)과 『아가』(2000) 총 일곱 편이다. (「금시조」는 비록 1981년에 발표된 작품이지만, 본고는 논의의 편의상 예술가소설의 계열인『시인』(1991)과 함께 검토하도록 하겠다.) 필자는 이문열의 많은 작품 가운데서도 특히 장편소설 여섯 편과 중편소설 한편을 논의 대상으로 삼았다. 이 일곱 편의 작품을 논의 대상으로 삼은 것은 본고에서 논의하려는 주제 즉 동양적 복고적 의식이 각기 다른 차원에서 이 작품들이 형상화되고 있다는 점도 있지만, 이 작품들이 곧 이문열 문학의 정수에 해당된다고 생각하였기 때문이다.

3장에서는 『그대 다시는 고향에 가지 못하리』를 중심으로 다루고 있는데, 필자는 소설에서 화자가 전근대 특히 이조 조선조 이념의 담당계층인 양반 사대부에 대해 그리움에 찬 눈길을 던지고 있음에 주목하여 사대부의식이 소설에서 어떤 형식으로 형상화되고 있으며, 그 근저에는 작가의 복고주의 의식이 자리 잡고 있음을 확인했다. 더불어 화자는 혈연적 연대에 대한 깊은 애착을 드러내고 있는데, 이러한 의식의 발현은 다시 말해 전근대의 전통적인 이념이라고 할 수 있다. 이러한 여기서는 작품에 드러난 전근대 사회에 대한 향수를 다양하게 그리고 있음을 바탕으로 논의를 전개하고자 한다.

4장에서는 『황제를 위하여』를 중심으로 작가의 동양적 복고주의 의식이 어떻게 형상화되고 있는지를 살펴보고자 했다. 여기서는 주로 천명사상, 왕도정신, 공맹이념이나 노장의 무위자연 등의 전근대적 이념이 소설에서 어떻게 형상화되고 있으며, 현대의 사회에서 전근대의 이념이 어떤 차원에서 작가가 사용하고 있는지를 살펴보고 있는 것을 목표로 하고 있다.

5장에서는 주로 『영웅시대』를 중심으로 봉건적 가부장제에 대해서 살펴보고자 한다. 이 소설에 나오는 사람들의 모든 관계는 가족주의로 환원되어 있는데, 봉건적 가부장제가 전근대의 규범이라는 점에서 복고적 의식을 드러내고 있다고 본다. 각 인물들과 소설의 서사가 가부장과의 관계가 어떤 형식으로 전개되고 있는지를 살펴보고자 한다.

6장에서는 중편 「금시조」와 『시인』 두 편의 예술가 소설을 중심으로 고찰하고자 한다. 특히 이문열은 1980년대 우리의 의식 세계를 지배했던 이데올로기 중심의 리얼리즘 문학에서 벗어나 예술가소설을 통해 '개인'의 문제에 깊이 천착하게 되는데, 「금시조」와 『시인』 두 편의 예술가소설은 이러한 작가의 의식을 제일 잘 대변하는 작품이라고 보고 있다. 두 소설의 핵심적인 주제가 예술의 자율성과 예술가의 존재방식에 대한 탐구인데 이러한 의식은 서구적 근대의 예술적 이념과 합일된다. 그럼에도 불구하고 예도사상의 인식에 대해서나 그것을 초월하는 지평에 있어서나 동양적인 이념과 불가분의 관계를 맺고 있는데 이러한 구체적 양상이 어떻게 형상화되고 있는지를 고찰하고자 한다.

7장에서는 『선택』과 『아가』가 전통적 사회에서의 여성의 삶을 다룬다는 점에서 두 작품을 통합하여 살펴보고자 한다. 전통적 사회에서의 여성의 삶을 찬양하였다는 점에서 페미니즘을 주장하는 여권주의자들 사이에서 몰상식한 시대착오적 발상이라는 많은 비판을 받았다. 이른바 뿌리 깊은 성차별의 전통을 비판적으로 검토하지 않고 오히려 그 반대적 의식을 보여주었다는 점이다. 삼종지도니 칠거지악이니 하는 족쇄로 여성들의 삶을 구속하던 전근대의 이념을 수용하고 종속적이고 주변적인 여성의 삶을 긍정적으로 그리려고 했기 때문이다. 대체로 오늘날의 현대 소설들이 유교 이념에 입각한 성차별의 폭력을 단호히 거부하고 강인한 의지를 보여주며 역전승의 인물을 형상화하고 있는 반면 이 두 편의 소설에서는 전근대의 불평등한 사회논리를 합리화하고 이를 순응하는 양상을 보여주었다. 이러한 점들이 어떻게 형상화되고 어떠한 한계점을 드러내고 있는지를 중심으로 살펴보고자 한다.

마지막 장에서는 이문열 소설에 나타난 동양적 복고주의의 의미를 검토하는 작업을 할 것이다. 필자는 이러한 문제에 대한 검토를 수행하면서 이문열의 작품세계가 한국 현대 정신사에서 차지하는 위치를 그 성과와 한계의 양면에서 종합적으로 가늠해 보고자 한다. 이러한 작업을 통해 이문열 문학이 오늘날의 현대 문학사에서 정신사적인 측면에서 갖는 의미를 규명하는 데 이바지하고자 한다.

2. 전기적 행적과 동양적 복고의식과의 연관성

작가의 사상이나 전기적 사실을 작품해석의 근거로 활용하는 역사 전기적 문학연구 방법은 이미 여러 측면에서 그 부당성이 지적된 바 있다. 그 같은 작업은 창작의 배경과 가치평가를 혼동하는 발생론적 오류를 범할 수도 있고, 작품이 독자에 의하여 재해석되고 재창조된다는 국면을 전혀 무시한 독단론이 될 수도 있다.

그러나 소설에 있어서 작가의 사상이나 세계관을 무시한 작품해석은 기교나 문체에 대한 분석으로 시종할 수밖에 없어 공허함을 극복할 길이 없다. 소설가는 인간과 사회를 대상으로 작품을 쓰는 것이며, 그러자면 자연히 인간과 사회에 대한 작가의 인식이 작품 속에 반영될 수밖에 없을 것이다. 즉 소설 속의 인물들이 세계를 해석하고 인식하여 나가는 과정의 배후에는 항상 작가의 세계관이 그림자를 드리우고 있기 마련이다. 그런 차원에서 작가 이문열이 문학에서 동양적 복고주의 의식을 드러낸 연원을 알아야 작품을 보다 깊이 이해할 수 있다고 본다. 물론 여기에는 여러 가지 원인이 착종되어 있겠지만 그것은 내적인 요인과 외적인 요인을 포함해 대체로 세 가지로 분류될 수 있다고 본다.

2.1 뿌리의식의 산실로서의 문중의식

한 작가의 이념과 의식이 형성되는 데에는 물론 여러 가지 원인이 있을 수 있다. 이념과 의식이 개인적인 기질이나 성격보다는 일정한 훈육과 의식화의 과정을 통해 만들어진다는 점을 고려한다면 가정이나 사회, 국가 등이 담지하고 있는 정치적인 방향과 제도와 장치들은 중요하다고 할 수 있다. 처음부터 어떤 이념이나 의식을 갖고 태어난 작가는 없으니 말이다. 작가가 가지는 이념이나 의식은 그가 처한 환경이나 상황에 의해 결정되는 경우가 많은데 그런 점에서 작가 이문열도 예외가 아니다.

이문열을 제대로 알기 위해서는 그의 뿌리의식의 산실인 모태 공간, 즉 가계를 살펴보는 것이 전제되어야 한다. 작가 이문열에게 있어 그의 고향을 비롯한 문중의 모티프는 그 형상화의 생생함과 문제의식의 치열함으로 인해 그 어떤 작가와도 비교될 수 없는 그의 고유한 본질을 이루기 때문이다. 그의 가계를 알면 『선택』에서 보여준 작가의 진정한 메시지가 무엇인가를 파악할 수 있을 것이며, 『황제를 위하여』와 『그대 다시는 고향에 가지 못하리』에 드러나는 과거에 대한 그리움과 그의 복고적 취향을 이해하기 용이할 것이다.[48)]

---

48) 이러한 역사적 접근법으로 연구한 논자는 대표적으로 류철균이 있는데 그는 '이문열이라는 작가를 알기 위해서는 먼저 갈암(葛庵) 이현일(李玄逸)이란 인물을 알지 않으면 안 된다. 이 사람을 모르고서는 『영웅시대』의 이동영과 이동영의 어머니를 이해할 수 없으며 『그대 다시는 고향에 가지 못하리』에 등장하는 무수한 인물들과 『황제를 위하여』에 드러나는 과거에 대한 애끊은 그리움에 한 치도 접근할 수 없다'고 주장한다. (류철균, 「이문열 문학의 전통성과 현실주의」, 류철균 편 『이문열』, 살림, 1993, 13쪽.)

이문열은 유가 전통가정의 분위기를 체험하고[49] 그러한 정신을 바탕으로 글을 쓰는, 우리 시대의 마지막 소설가가 아닐까 생각되므로 작가의 가계와 가문에 대한 간략한 기술은 필요하다고 본다. 이문열의 고향을 두고 이미 많은 논자들이 분석했는데, 이문열 문학에 있어 고향과 문중의 주제는 그 형상화와 생생함과 문제의식의 강렬함에서 어떤 작가와도 비교될 수 없는 고유한 본질을 이룬다.[50] 이문열 스스로도 『그대 다시는 고향에 가지 못하리』의 작가후기에서 '내게 있어 고향의 개념은 바로 문중'이라고 밝힌 바 있다. 그의 문중은 영남 남인의 중심인 재령(載寧) 이씨(李氏) 영해파(寧海派)가문이다. 그의 고향은 영남에서도 가장 주자주의 전통이 남아 있는 곳이고 고립된 채 오랜 전통을 유지한 곳이다.

내 고향은 경상북도 영양군 석보면이다. 안동에서도 1백 20리나 태백산맥으로 파고 든 곳으로 지금은 제법 20리 밖까지 아스팔트가 이어졌지만 한때는 강원남

---

49) "불행히도 내가 받아온 교육과 자라난 환경은 쓴다는 일-특히 현대적인 의미의 문학-에 그리 우호적인 것은 못되었습니다. 일찍부터 고향을 떠나 낯선 도시들을 떠돌며 살았지만, 정신적인 교육환경은 전통적이고 소박한 유가(儒家)의 사상이었기 때문입니다. 유가에 대한 이해는 물론 여러 가지가 있습니다. 그러나 어린 내가 고향을 통해 습득한 것은 언제나 공명(功名)이나 천하경륜(天下經綸)이란 말과 관련을 가진 것이고, 거기에 대해서는 공자 자신도 '선비가 덕을 쌓고 학문을 닦는 것은 상인이 좋은 구슬을 가지고 팔리기를 기다리는 것 같다'고 한 말이나 무도한 반란자라도 자신의 경륜을 펴게 해주면 달려가 도우려고 한 것으로 뒷받침하고 있습니다. 그런 사회에서는 자연히 도덕이나 문학은 수단적인 위치로 전락하고 예(藝)나 기(技)는 다시 그 하위에 놓이지 않을 수 없게 됩니다. 다시 말해, 문학이 학문이든 예술이든 그 자체가 완성된 가치 형태를 Elf 수는 없게 되는 것입니다."(이문열, 「함께 걸어 가야 할 당신에게」, 『사색』, 살림, 1994, 28쪽.)

50) 류철균, 앞의 글, 13쪽.

도라는 말이 있을 정도로 오지 중의 오지였다.

고향에는 아직도 2백 가구가 넘는 일가들이 살고 있는데, 그 중에서도 내 옛집이 있는 원리동에 그 절반인 백 가구 가까운 일가들이 문중을 이루고 있다. 말하자면 전형적인 동족 부락인 셈이다.[51]

이문열은 경북 오지인 영양군 석보면에 자신의 고향을 두고 있는데, 석보면은 재령 이씨 일족들이 몇 백 년 세거지로 삼고 있는 곳이다. 석보면에서 동족 촌을 이루고 살아온 재령 이씨는 경북 일원에서는 상당히 알려진 집안으로 학봉 김성일(鶴峯 金誠一)의 학통을 계승한 퇴계 학통으로 알려진 갈암(葛庵) 이현일(李玄逸)과 밀암(密庵) 이재(李栽)를 배출했다.[52] 큰 학자들을 배출하며 대대로 학문을 이어온 집안인 것이다. 조선 후기 재령 이씨는 영조 이래로 핵심에서 밀려나 오지에서 재지사족으로 향촌을 지배하며 잔존했다. 정치적 몰락을 겪으면서 이문열의 문중은 쇠락하며, '빨갱이'로 월북한 그의 부친 대에 이르러서는 집안이 파탄에 이르러 형제들도 타향을 떠돌며 살아야 했다. 그 후 돌아간 고향의 귀향보고서처럼 보이는 『그대 다시는 고향에 가지 못하리』에 수록된 각 작품들은 과거 문중에 대한 향수들이 편린으로 스며있다. 이문열은 이러한 자신의 가문에 대해 자부심을 갖고 있었으며 기회가 있을 적마다 자신의 가문을 언급하였다.

51) 이문열, 「그곳이 차마 꿈엔들 잊힐 리야」, 김윤식 외 『이문열論』, 삼인행, 1991, 9쪽.

52) 이문열, 『사색』, 살림, 1994, 95-97쪽 참조.

재령 이씨는 양주파(楊州派)·함안파·진주파·청도파·안인파(安仁派)·면천파(沔川派)·밀양파·영해파(寧海派)등이 있는데, 석보면에 사는 이들은 대개 통정대부 품계에 오른 이 애(李璦)란 분을 파조(派祖)로 삼는 영해파의 한 갈래다. 원리동의 우리 문중은 흔히 '큰종가'라 부르는 석계종가(石溪宗家)와 '작은종가'라고 부르는 항재종가(恒齋宗家), 그리고 그냥 '큰집'이라고 부르는 사파종가(私派宗家) 몇 집을 중심으로 이루어져 있는데, 나의 큰형님은 그 사파종가 가운데 한 집안의 12대 종손이 된다. 석보로 처음 옮겨 사시게 된 입향조나 입향 경위에 대해서는 여러 가지 설이 있으나, 시기는 대개 숙종조로 지금으로 부터 한 3백 년 전쯤으로 알고 있다.

석보는 물론 영해를 합쳐 보아도 조선조에서의 관운은 그리 좋았던 것 같지 않다. 남인에 속해 숙종조에 잠깐 빛을 본 것 외에는 대개 사림에 묻혀 지냈다. 그러나 학문만은 인근의 대성과 어깨를 겨룰 만했던 것으로 보인다. 퇴계학통의 중요한 흐름 가운데 하나로 퇴계 이황에서 학봉(鶴峯) 김성일(金誠一), 경당(敬堂)장흥효(張興孝), 갈암(葛庵) 이현일(李玄逸), 밀암(密庵) 이재(李栽)로 이어지는 선이 있는데, 갈암과 밀암 두 분이 모두 우리 영해파에 속한다. 특히 갈암 선조와 그 바로 웃대인 석계(石溪)선조, 그리고 그 배위이신 정부인(貞夫人)장씨(경당 장흥효의 따님)에 대해서는 이야기하자면 길지만, 또한 대단찮은 양반 자랑으로 몰릴까 두려워 이쯤에서 성씨 소개를 끝내기로 한다.[53)]

이러한 가문에 대한 자부심은 그의 문학에도 적지 않은 영향을 준 것으로 판단된다. 이문열에게 고향은 혈통으로 세습된 가문의식이며 이러한 의식은 이문열의 문학세계를 이루는 바탕이 되었

53) 이문열, 「귀향(歸鄕)을 위한 만가(挽歌)」, 김윤식 외 『이문열論』, 삼인행, 1991, 9-10쪽.

다. 그가 『그대 다시는 고향에 가지 못하리』나 『아가』에서 피력한 고향에 대한 그리움이나 정열은 혈통으로 세습된 문중의식이며 이러한 문중의식은 조선조 유교 이념을 바탕으로 하고 있다. 작가 자신은 작품을 통해 이와 결별하고자 했지만 실제 기록으로 받아들여질 요소가 상당히 포함되어 있었다.

아직도 이 책의 출간에 따르는 걱정은 더 있다. 그것은 이 작품이 고향을 배경으로 삼았다는 데서 예상되는 어려움이다. 먼저 독자들에게 밝힌다. 이 작품의 기록성은 전적으로 부인하겠다. 모든 것은 픽션으로 받아들여 주기 바라며, 소설의 주인공과 작가의 동일시는 철저히 사양하겠다. 아울러 고향 사람들에게도 미리 말한다. 이 작품에 나오는 사람들은 나의 다른 작품들에서와 마찬가지로 당신들 중 어느 누구도 아니다. 어쩌다 발견된 몇 개의 공통점으로 이 작품의 등장 인물들 중 하나를 자신이라고 단정하는 일이 있으면 나는 당신들의 그 어리석음을 소리 내어 비웃을 것이다. 자신이라 단정한 인물의 역할이 맘에 거슬린다고 당신들이 성을 낸다면 그 천박한 이해에 내가 보답할 것은 경멸뿐이며, 그 이상 내게 악의와 원한을 품는다면 나 또한 이 세상에서 가장 악랄하고 잔인한 검열관에게 보낼 저주로 당신들에게 응수할 뿐이다. 소설과 기사 또는 기록문을 끝내 구별해 주려고 하지 않는 당신들의 완강함에 나는 지쳤다.[54]

이문열이 이처럼 괴로운 심정으로 이 작품의 기록성을 부인할 수밖에 없었던 배경에는 실제 기록으로 받아들여질 만한 요소가

54) 이문열, 「서문」, 『그대 다시는 고향에 가지 못하리』, 나남출판, 1996, 13쪽.

상당히 포함되어 있기 때문이다. 특히 소설에서 전개되는 선비정신이나 양반정신은 바로 이러한 맥락에서 살펴볼 수 있는 것이라고 할 수 있다. 이문열은 자신의 출신과 가문의 배경에 대해 항상 의식했던 것으로 보이며, 이는 작가가 성장과정의 상당기간 제도권에서 벗어나 있으면서도 자신을 포기하지 않을 수 있었던 정신적인 버팀목이 되었던 것으로 보인다. 이문열의 뿌리는 고향으로 상징되는 전통적인 집단의식이었기에 문학에서도 강한 전통 지향성을 유지했던 것으로 읽을 수 있다.

이문열이 소설가로 성공한 다음에도 오랫동안 자신이 사장지학(词章之学)따위나 하는 글쟁이란 사실을 부끄러워했으며, 이 사실을 두고 "나는 조금도 감정의 과장 없이 내 진실을 밝힌"다면 "어린 내 정신을 지배했고 지금도 이따금씩 묵은 상처처럼 어떤 아픔을 일으키는 것은 쓴다는 행위에 대한 부끄러움과 죄의식"이라고 고백한 바가 있는 까닭이다. 그것은 왜일까? 그 이유는 바로 그에게 현실 세계와의 대결 의식을 심어준 유가적 전통의 패러다임에 그가 속해 있기 때문이다. 그의 가족과 문중이 신봉하는 유가의 전통에서 볼 때 소설가가 되는 일은 대결의식에서 자랑스러운 승리를 뜻하는 것이 결코 아닌 까닭이다. 자랑스러운 승리는 오로지 고시와 같은 시험에 합격해서 세상에 공명을 떨치는 일을 통해 가능할 것이었다. 그런데 그는 자랑스럽지 못한 소설가가 된 것이다. 그 때문에 그는 한편으로 "작가란 모든 것에 대해 알지 않으면 안 된다. 그는 작은 조물주이고, 그래서 한 세계를 창조하기 위해서는 전지전능하지 않으면 안 되는 것이다. 나는 모든 것에 대해 알고 난 뒤에 내 얘기를 시작하리라" (「젊은 날의 일기」, 『작가세계』, 1989년 여름호, 32쪽)와 같은 오만한 의미를 부여하면서도, 문중으로 상징되는 고향 앞에서는

지레 '초라한 성공'을 스스로 확인하곤 하는 것이다.[55)]

인용문은 문중이 작가의 창작에 얼마나 영향을 끼치고 있는지를 알아볼 수 있는 대목이다. 조선조 사대부들은 소설이 풍속을 나쁘게 물들인다고 하여 대체로 소설 창작을 부정하고 있다. 이문열은 작가생활을 하면서도 자신이 선택한 직업이 선조와 문중이 추구하는 이념과는 어긋난다는 것을 굉장히 의식하고 있었던 것으로 보인다. '입신행도 양명어후세(立身行道 揚名於後世)가 목표인 재령이씨 후손 이문열이 소설가가 된다는 것은 사대부 정신의 입장에서 볼 때 부끄럽고 죄스러울 수밖에 없는 일이다. 그럼에도 불구하고 그는 글쓰기를 택하게 되었고 끊임없이 경전류의 인용을 통해 소설이 단지 허구적인 재밋거리가 아니라 교훈적인 효용물일 수 있다는 효과를 유발하려고 노력한 것으로 보인다. 「다시 사라진 것들을 위하여」와 같이 서사성을 획득하지 못하는, 말 그대로 보고서의 일종이 소설 속에 편입되어 있는 것도 결국은 이러한 맥락에서 이해될 수 있다.

앞서 인용문에서도 언급했다시피 유교적 차원에서의 성공은 공명을 이루는 것이다. 작가 역시 실제로 젊은 시절 세속적 출세를 위해 노력한 적이 있었으나 여러 가지 이유로 무산되고 말았던 것이다. 그러나 이문열은 작가가 된 이후에도 선조를 비롯한 문중의 이념을 완전히 버린 것은 아니었다. 그만큼 자신과 가문의 관계를 중

55) 홍정선, 「소설로 가는, 기억의 길」, 『문학과 사회』, 제30호, 1995 여름, 762-763쪽.

요시했기 때문에 그는 자신의 직계 조상을 다룬 『선택』이나, 고향이나 문중을 배경으로 하여 다룬 『그대 다시는 고향에 가지 못하리』, 『아가』, 자신의 아버지를 형상화한 『영웅시대』나 대하소설 『변경』과 같은 작품을 창작할 수 있었던 것이다.

이처럼 이문열의 작품 군에서 고향이나 문중을 배경으로 하거나 연상시키는 굵직한 작품들이 많다. 그 비중을 살펴보더라도 문중이나 고향이 작가에게 얼마나 중요했는지를 알 수 있다. 그에게 고향의 문중은 항상 영화로운 과거를 회상하게 하는 성스러운 영역이었다. 명문 사대부 출신으로 잃어버린 중앙 권력을 회복해야 한다는 문중의 열망은 몰락한 집안을 다시 일으켜야 한다는 개인의 열망과 부합하면서 그의 의식을 은밀하면서도 강력하게 지배했던 듯하다.[56] 그리하여 아버지 상실로 인해 그는 곧 문중을 그리워하게 된다. 또한 원체험이 주는 세계 환멸은 회의주의를 유발하여, 현실의 가치보다는 과거의 관념이 지배하던 전근대 사회를 지향하게 된다.

---

56) 작가 역시 이에 의식에 대해 자각하고 있었던 것으로 보인다. "한 생각의 틀로서 평범한 사람들을 괴롭히는 것은 일쑤 귀족주의나 선민의식이다. 가끔 우리 주위에서 이런 형태의 인간들을 만나게 된다. 평범하기 그지없는 재능에 또한 평범하기 그지없는 처지면서도 스스로를 비범하다고 믿고 다른 사람의 평범함을 참아주지 못하는 사람들. 대개는 어떤 형식으로든 몰락을 경험했거나 영광스러웠던 과거의 기억을 가진 경우가 많은데- 참으로 곤란한 존재들이다. 그들에게는 '더불어'라는 개념이 없다. 몸도 마음도 평범하고, 또 평범한 사람들 속에 묻혀 살면서도 그들은 언제나 그 상태를 자신의 일시적인 전락이라고 단정한다. 그래서 기억의 과정으로 터무니없이 엄청나진 과거 그 자체에 몰입하고나 그 때문에 평범한 사람들보다 몇 배나 강렬해진 신분 상승의 욕구에 휘몰려 스스로를 밍쳐비리고 만다. 열에 아홉, 결국 경멸해 마지않던 편범에조차 이르지 못하는 점에서 그들의 터무니없는 귀족주의나 선민의식은 스스로를 상하게 하는 칼 밖에 되지 않는다……." (이문열, 『사색』, 살림, 19914, 186쪽.)

2.2 부친 부재의 삶과 고아의식

이문열의 문학을 논함에 있어 그의 아버지를 빼고 제대로 설명하기란 어렵다. 작가에게 아버지는 문중과는 분명히 다른 위상을 지니고 있다. 그에게 아버지는 그 어떤 작가들보다 남다른 의미를 갖는 존재라고 할 수 있다. 이문열의 아버지는 그의 삶에 막대한 영향을 주었다. 어쩌면 이문열이 작가라는 직업을 선택하게 된 것도 자신의 아버지와 불가분의 관계가 있다고 말할 수 있다.[57]

1950년 9월 한국전쟁의 첫 번째 반전 때 공산정권을 도와 일했던 남한의 한 젊은 지식인이 패퇴하는 공산군을 따라 북쪽으로 달아났는데, 그 월북은 그가 신봉했던 이데올로기의 적들 사이에 남겨진 그의 젊은 아내와 어린 자식들에게 재앙과도 같은 생존환경을 남겨주었다. 특히 연좌제(連坐制)란 아시아적 전제국가의 잔재는 아버지의 부역(附逆)을 언제든지 현실적인 처벌이 가능한 원죄(原罪)로 바꾸어 적지에 남겨진 그의 아내와 아이들의 몸과 마음을 옥죄었다. 거기다가 그의 젊은 아내가 피투성이 내전을 겪으면서 키운

57) 이점에 대해서는 작가 자신도 수차례 밝힌바 있다. "내 문학과 아버지의 관계에 대해 여러 단정들도 이제는 한번쯤 짚고 넘어 갔으면 한다. 내가 글쓰기를 나의 일로 삼게 된 배후에는 틀림없이 아버지의 부재(不在)도 한 원인으로 작용했을 것이다. 그가 한 선택이 내 삶에 끼친 불리(不利)며, 그의 부재가 강요한 빈곤이 그러하다. 결렬한 오이디푸스적 감정과 쓰라린 가난은 종종 문학의 좋은 토양이 된다. 그러나 그것이 바로 내 문학을 형성하고 지배하는 의식이라고 하는 해석은 사용하고 싶다. 두말할 것도 없이 모든 월북자의 아들이 다 작가가 된 것은 아니다." (이문열, 「이우는 세월의 바람소리를 들으며」, 『이문열 문학앨범』, 웅진, 1994, 167쪽.)

피해망상은 그 아이들의 삶을 더욱 끔찍하고 고달프게 만들었다.

삼년 뒤 정전(停戰)이란 형태로 한국전쟁이 종결되었을 때도, 그 젊은 아내의 의식은 여전히 집단학살의 공포에서 벗어나지 못하고 자신과 아이들의 생존을 위한 두 개의 원칙을 고수하였다. 그 하나는 전쟁이 다시 터졌을 때, 자신과 아이들이 개전(開戰) 첫머리에 체포되는 일이 없도록 경찰의 파악에서 벗어나 있는 일이고, 다른 하나는 불행히 체포되더라도 반드시 도회지에서 체포되어야 한다는 것이었다. 대부분의 부역자 집단학살이 개전 열흘 안에 자행되었다는 점과 그래도 대도시에서는 법과 재판이 있어 마구잡이 학살을 피할 수 있었다는 경험 때문이었을 것이다.[58]

많이 알려져 있다시피 이문열의 부친인 이원철(李元喆)은 사회주의자였다. 상세한 자료가 부족해 어떤 경로로 사회주의자가 되었는지는 구체적으로 알려진바 없으나 일본 유학 중 좌익사상에 기울였고, 해방 직후 건국준비위원회에 적극적으로 참여했다. 한국전쟁이 발발하자 수원농대(서울대 농대 전신)책임자를 맡았다는 설이 있을 정도의 좌익 간부였다. 그런데 인천상륙작전이 성공한 이후 전황이 불리해지자 가족을 버리고 인민군을 따라 월북했다. 이는 작가 이문열이 세 살 무렵이었을 때다. 아버지의 월북은 그를 비롯한 나머지 가족들의 삶을 송두리째 바꾸어놓았다. 작가의 불행한 어린 시절은 이로부터 시작된다. 특히 이문열 모친의 피해망상증

---

58) 이문열, 「이데올로기로서의 문학- 내 문학과 이데올로기」, 『세계화속의 삶과 글쓰기』, 2011서울국제문학포럼 자료집, 대산문화재단, 2011, 125쪽.

으로 인해 나머지 가족들은 한곳에서 오래 정착하지 못하고 3년이 멀다하고 끊임없이 이 도시 저 도시를 옮겨 다니면서 힘든 삶을 영위해야 했었다. 그가 겪은 파행적인 청년기의 경험도 그 마지막 선택으로서의 문학도 아버지의 존재와 밀접한 관계가 있다고 볼 수 있다. 이러한 정황에 비추어 볼 때 이문열의 아버지 콤플렉스는 철저히 부정적인 것이다. 그리움이나 혈연적 애착의 대상이기에는 그로 인한 현실적 삶의 고통이 너무 컸던 탓이다. 이문열의 문학은 바로 이 부정적 아버지 콤플렉스라는 심연으로부터 솟아나오게 된다.[59)]

이러한 그의 체험은 많은 작품 속에서 형상화되는데 일례로 『영웅시대』와 대하소설 『변경』은 작가가 자신의 삶을 바탕으로 제일 세밀하게 형상화한 작품이라고 할 수 있다. 이처럼 아버지의 부재는 이문열의 삶을 바꾸어 놓았을 뿐만 아니라 그의 창작에도 적지 않은 영향을 주었던 것으로 보인다.

그때의 굶주림과 헐벗음이 내 어린 영혼에 남긴 상처에 못지않게 우리가 떠돌

---

59) 이러한 경험이 이문열 문학의 전망결여와도 관련된다. 이문열은 한 대담에서 다음과 같이 말한 적 있다. "아까 전망에 대한 결여라고 했는데, 전망이라는 게 뭡니까? 나는 그 전망이라는 말을 이데올로기와 크게 구분 안 하는데요. 이데올로기의 실체가 사실 전망으로 되어 있습니다. 이데올로기가 우리에게 힘을 가지는 이유도 전망이기 때문이고, 그것이 비과학적으로 통하는 것도 전망, 즉 미래에 속해 있기 때문입니다. 어느 정도의 기본 수준만 갖추면 사람들이 쉽게 넘어가게 되어 있는 거지요. 나는 바로 그 무책임한 전망 때문에 피해를 입었다고 생각하고 있습니다. 그래서 나는 내 역할 중에서, 있었던 일을 분석하고 생각하는 것은 할 수 있겠지만 예언까지는 안 하겠다, 하고 못을 박고 있습니다. 다시 말해 전망이 '없는' 것이 아니라 의식적으로 '안'하는 것입니다." (이순원, 「이문열 특집: 『사람의 아들』에서 『변경』까지 작가를 찾아서: 이문열 무엇을 생각하고 있나」, 『작가세계』 1(2), 1989, 6. 42쪽.)

던 삶의 유형도 쉬 지워지지 않은 각인으로 내 가슴에 새겨졌다. 그때는 지금처럼 주민등록이 잘 정리되어 있지 않던 때라, 우리 가족이 밤중에 낯선 도시로 자취 없이 떠나버리면 경찰이 다시 알고 우리를 찾아오는 데는 빨라도 한 해가 걸렸다. 우리를 어떤 도시에서 보았다는 목격자의 전문(傳聞)이나 그들 나름의 정보망을 통해 우리의 자취를 밟아오는 것인데, 그때 걸리는 이삼 년이 우리가 한 도시에 머무는 기간이 되었다.

야반도주나 다름없는 우리 일가의 다음 이주는 그 도시의 대공(對共) 담당 형사가 다시 우리 가족을 찾아와 동태를 파악하고 가는 그날로부터 한 달을 넘기지 않고 감행되었다. 형사가 느닷없이 찾아올 무렵의 불길하고 음울한 분위기, 그리고 뒤이은 은밀한 이주 준비와 함께 마침내 출발의 밤이 다가왔다. 집주인에게조차 말하지 않고 식구대로 보퉁이 하나씩만 멘 채 단간 셋방을 빠져나와 늦은 야간열차에 오르면 까닭 모르게 솟곤 하던 눈물. 어머니의 엄명 때문에 그동안 사귄 동무들에게 작별조차 못 하고, 우리에게 도움을 베푼 지인들에게조차 우리가 가는 도시를 알려주지 못한 채 결정되던 그 떠남의 묘한 분위기는 오래오래 아픈 기억처럼 가슴 속에 남았다.

정들 만하면 떠나야 했던 그 도시들, 멀어져 가는 도시를 차창 밖으로 바라보며 젖었던 나름의 감회, 하지만 다음 날 아침 새로운 도시에 내리면 어느새 되살아나곤 하던 낯섦에 대한 동경과 기대, 그때 애 늙은이의 설익은 사유로 상징해 보았던 삶의 원형은 떠돎이었고, 존재의 양식은 외로움이었다.[60]

인용문에서 알 수 있다시피 작가에게 있어 어린 시절의 추억은

60) 이문열, 앞의 글, 126쪽.

한마디로 떠돎의 삶이었다. 한곳에 정착하지 못하고는 야반도주하는 끊임없이 반복해야 하는 삶을 보냈다. 그리고 도회지에서의 삶은 거의 구걸에 가까운 적빈 속에 방치되었다. 이처럼 그의 청소년기는 고향에서보다 도회지에서의 떠돌이 삶으로 이루어졌다. 그런 이유로 작가는 글쓰기를 통해 끊임없이 아버지 부재의 상태와 절망적인 상태에서 벗어나려고 하였던 것이다. 전학을 자주 하고 생활고로 인해 자의식이 강하며 감수성이 예민한 어린 소년은 안동, 서울, 밀양을 떠돌던 시절 고아원 생활도 체험하고, 연이은 학교 중퇴와 방황, 대학 입학과 다시 중퇴, 고시 준비와 실패, 등등 성장기부터 청년에 이르기까지 파란만장한 고생길을 걸어야 했다. 학원 강사, 신문사 기자 생활 등, 작가로 데뷔하기 전까지 그가 아버지의 존재로 인해 겪어야 했던 물질적 정신적 고통은 실로 컸을 것으로 보인다.

아아, 아버지, 얼굴은 말할 것도 없고 사진조차 본 적이 없는 그 막연한 추상, 그러나 집안 구석구석 살아서 떠돌며 끊임없이 재난과 불행의 먹구름을 몰고 오던 두렵고 음산한 망령, 내 삶의 부하(負荷)였으며 알 수 없는 원죄(原罪)를 내 파리한 영혼에 덮씌우던 악몽, 깊은 밤 선잠에서 깨어나 듣던 어머니의 애절한 흐느낌과 몽롱한 내 유년 곳곳에서 한과도 같은 그리움을 자아내던 이였으되 또한 듣기만 해도 놀라움과 두려움으로 소스라쳤던 이름의 주인 ……[61]

61) 이문열, 『사색』, 살림, 1991, 191쪽.

안거할 세계의 상실, 삶의 근원적 훼손 등으로 이해되는 작가의 유년세계는 부의 상실로 상징되며 이러한 부친 상실은 고아의식으로 이어지게 된다. 그에게 가족이 있긴 해도 그것은 정신적으로나, 물질적으로 보살핌을 받지 못했던 것이다. 실제로 이문열은 어렸을 적 한동안 가족과 떨어져 보육원에서 지냈던 적도 있다. 이러한 작가「고아의식은 그의 작품 속에서 다양하게 형상화되는데 이를테면「나자레를 아십니까?」,「제쳐논 노래」,「비정의 노래」,「이 황량한 역에서」,『변경』과 같은 작품이 그러하다. 이러한 작품들에서 주인공들의 고아의식은 다양하게 형상화되고 있거나 고아가 직접 작중인물로 나온다. 그리고 실제로 작가의 아버지가 북측에서도 자신의 꿈을 펼치지 못했던 것을 염두에 둘 때 작가의 허망감은 더욱 컸으리라 생각된다. 그로 인해 작가는 그 어떤 미래지향적인 변혁이데올로기에 대해서 불신했던 것으로 보인다. 아버지의 사회주의 가담으로 이문열의 남은 가족들은 끊임없이 불려 가서 대공조사를 받아야 했으며 실제로 많은 피해를 받은 것으로 알려져 있다. 공무원이나 교사 등의 직장은 생각해 볼 수도 없었고 연좌제가 풀리기 이전에는 해외로 나갈 수도 없었다. 한 마디로 작가의 어린 시절은 제도권 밖에 맴돈 떠돌이 신세였던 것이다.

이 도시 저 도시 떠돌면서 나는 초등학교를 세 번 옮겨 다녔는데, 세 번 모두 학적부가 연결되지 않은 전학이었고, 그 사이에는 몇 달 혹은 한 학기 가까운 공백이 있었다. 그게 또래의 다른 아이들에게는 흔치 않는 여가가 되었는데, 그런 내 여가는 대개 교과 밖의 책읽기에 돌아갔다. (중략) 선산발치에 있던 넓은 산지를 개간하여 새로운 삶의 터전을 삼으려고 식구들이 모두 고향으로 모였고, 나도 다니던 중학교에 진학할 때까지 나는 또 이 년 반을 제도교육에서 벗어나 있게 되었다. (중략) 그 뒤 검정고시로 그럭저럭 고등학교에 진학했으나 그마저 일찌감치 그만 두고 다시 제도교육에서 벗어나게 되자, 이전처럼 책이 나의 유일한 스승이 되면서 문학은 점점 더 내 정신적인 성장의 여러 국면을 주도하게 되었다. 특히 어렵게 검정고시를 통해 진학한 대학마저 일 년 만에 때려치우고 나 자신도 잘 모르는 나의 길을 걷기 시작하면서 제도교육으로부터의 이탈은 문학과의 친화를 넘어서는 의미를 가지게 되었다. 대학졸업까지 우리 제도교육이 요구하는 16년 가운데 8년을 혼자만의 책읽기로 때워가는 동안 문학은 이제 위로물이나 둔피처(遁避處) 이상의 한 은밀한 지향(志向)으로까지 내 의식 속에 자리 잡기 시작했다.[62]

작가는 끊임없는 도피와 방황으로 말미암아 정규교육을 제대로 받지 못했으며 정상적인 생활을 영위하기 힘들었던 것으로 보인다. 이문열의 성장과정을 살펴보면 그는 오랜 세월동안을 이웃들과 어울리고 부대끼며 함께 사는 길보다 혼자서 자신의 관념 속에서 자기 삶의 심연을 캐는 길을 택했다. 그 관념과 추상이 빚어낸 질그릇이 소설이었던 것이다. 다시 말해 작가에서 있어 문학은 상실의 현대사와 그 비극의 회오리에 말려들어간 자신을 해명하기 위한 고독한 지적, 정서적 분투가 빚어낸 거대한 관념체계라고 할 수 있다. 특히 아버지의 부재가 오히려 가부장권을 강화하는 계기가 된 것은 한국문학사에서 오랫동안 증명되어 왔다. 이문열의 소

62) 이문열, 앞의 글, 126-127쪽.

설에서 끊임없이 가부장의 권위에 대한 믿음과, 가부장적 제도에 대한 질서에 대한 갈망을 보여주었던 것은 바로 부친 부재의 삶과 고아의식에서 비롯되고 볼 수 있다.

2.3 민중문학에 저항하는 복고지향적 세계관

한 작가의 문학정신은 당대의 현실적 상황에 대한 인식에서 출발한다. 이런 면에서 문학은 현실에 대한 작가의 대응양상이며 그 표출방법이라고 볼 수 있다. 소설은 작가의 치열한 현실인식과 인지된 현실의 새로운 질서 부여임을 알 수 있다. 여기에 집요하고도 치열한 작가정신에 의한 창조의 열화가 불타서, 역사적 현실을 조명하여 삶의 의미를 추구하고 그 지향적 현실을 수평선에 보이게 하는 새로운 현실창조가 요구된다. 우리가 이문열의 작가정신을 면밀히 고찰하기 위해서는 그때의 시대상황도 자세히 검토해보아야 한다. 특히 작가가 문학 활동을 시작하던 1970년대 말과 1980년대는 한국사에서 많은 사건이 발생한 시기이다. 우리는 그때의 정치적 상황을 다시 되돌아봄으로써 그 시대적인 문학의 전반적인 성격과 문제점을 알 수 있다. 그리고 그때의 시대적 상황을 파악함으로써 이문열의 문학적 의식도 보다 뚜렷하게 추출할 수 있다고 생각된다.

주지하다시피 70년대는 한국 현대사 속에서 유신독재라는 암울한 이름과 더불어 기억되고 있는 시대이거니와, 이 시대는 더없이 강력한 철권통치 아래서 또 한편으로는 대대적인 산업화의 물결과 맞물리며 이른바 '민중'의 존재가 거세게 솟아오르기 시작한 시대이기도 했다. 자연 이 시대의 문학도 유신독재에 대한 비판의식을 저변에 깔면서 민중의 존재에 주목하고 사회학적 상상력을 강렬하게 드러내는 작품들이 주류를 이루는 방향으로 나아갈 수밖에 없었다. 그것은 이 시대의 전체적인 성격을 감안하면 지극히 자연스럽고 또 바람직한 방향이라고 말할 수 있는 것이었으나, 상당한 기간 동안 그것이 우리 문학계에서 거의 압도적인 비중을 차지한 채 미동도 하지 않는 양상이 지속되다 보니까, 우리 문학계에는 그러한 문학과는 좀 다른 방향의 작업도 이를테면 균형의 회복이라는 차원에서 보다 활발하게 이루어져야 할 필요성이 절실하게 되었다. 좀 더 구체적으로 말하자면 사회학적 상상력 일변도의 문학계 판도가 초래하는 일방성·편협성을 교정하고 다양성의 요청을 충족시킨다는 차원에서 초월적이거나 내면적인 영역에 초점을 두는 작품이 출현할 경우 그것은 상당한 의의를 인정받을 수 있는 상황이 조성되었던 것이다.[63)]

한마디로 말해 1970년대는 민중 서사가 떠오르던 시기이다. 특히 문인들이 유신독재에 맞서 민중과 관련된 서사를 많이 다루게 되었는데 이러한 양상이 주류를 이루고 있었다는 것이다. 이러한 현상은 당시 시대상황과 관련하여 살펴볼 때 지극히 당연한 것으로 볼 수 있으나 그러한 현상이 지속되면 조금 다른 차원의 서사의 필요성도 느끼게 된다. 1980년대로 진입하면서 그러한 현상은 더

---

63) 이동하, 「작가정신과 시대상황」, 『이문열 문학앨범』, 웅진출판, 1994, 59-60쪽.

욱 극대화된다.

누구나 아는 바와 같이 80년대 초의 수년간은 5·17쿠데타와 광주항쟁, 그리고 거기에 바로 뒤이어 전개된 5공 세력의 철권통치 등으로 얼룩진 비극의 시대였다. 그러나 그것은 또한 얼어붙은 혹한의 빙판 아래서 새로운 정신의 나무들이 조금씩 자라나고 있던, 새로운 출발의 시기이기도 했다. 그리고 이때 자라기 시작한 새로운 정신의 나무들 가운데서도 가장 강력한 한그루-급진적·전투적 민중주의의 나무-는 수년 후 엄청난 위세를 과시하는 아름드리 거목으로 솟아올라 우리 역사의 흐름에 막대한 영향을 미치면서 한편으로는 참으로 심각한 문제점을 노정하게 될 것이다.[64]

이처럼 급진적이고 전투적인 민중주의에 휩쓸리지 않고 이문열은 자신만의 길을 개척한다. 작가는 당시의 시대적 상황에 대해 비교적 깊은 인식을 갖고 있었던 것으로 보인다.[65] 이를테면 작가는 민중과 관련되지 않은 예술지상주의 이념을 다룬 작품이거나 리얼리즘 서사와는 거리가 먼 작품들을 발표하였다. 이동하는 이문열이 다른 작가와 마찬가지로 1970년대의 유신독재와 산업화 바

---

64) 이동하, 앞의 글, 64쪽.

65) "80년대 전반 이 땅의 문화인들을 가위눌리게 한 것은 정통성도, 정동성도 결여한 정권의 타도라는 정치적 가치였다. 그것은 때로는 민주화란 이름으로, 때로는 정의 혹은 공동선(共同善)이란 이름으로 우리의 문화 전반을 짓눌러 문학이든, 미술이든, 음악이든 그 실현을 위해 봉사하지 않으면 가치를 인정받지 못할 정도로 위세를 떨쳤다. 이를테면 세제를 비판하거나 혁명을 부르짖지 않으면 작가는 작가도 아니고, 기득권층의 악을 폭로하고 민중의 혁명열을 고취하지 못하는 예술가는 예술가도 아니라는 식이었다."(이문열, 「사회 발전 저해하는 수직적 가치관」, 『시대와의 불화』, 자유문학사, 1992, 25쪽.)

람, 그리고 '민중' 바람 속에서 자신만의 길을 고수하고 1970년대를 풍미한 민중주의의 물결로부터 벗어난 자리를 지킬 수 있었던 것은 그의 심적인 차원에는 '양반 지향적 상고주의(尙古主義)'[66]가 있었기 때문이라고 지적한다. 그리고 그러한 것이 극도로 오만한 엘리트주의를 바탕에 깔고 있다고 비판하고 있는데 필자 역시 적절한 지적이라고 본다. 이를테면 단편 「장자의 꿈」에서 윤호가 한 말은 주목할 만한데 그는 "역사상 한 집단, 또는 한 민족의 문화는 대중 일반의 공통된 수준이 아니라 소수 엘리트의 정신적 성취로 대표되어 왔다"며 서슴없이 양반정신 예찬론을 펼친다. 즉 양반정신이 '우리 문화의 정화(精華)라면서 옛 귀족정신에 대한 절대적인 믿음을 보이는데 이는 뒤집어서 이해하면 이문열의 반민중적인 의식을 보여주는 것이라고 할 수 있다.

이러한 작가의식은 중편 「칼레파 타 칼라」에서도 잘 나타난다. 고대 희랍의 아테르타라는 가상 국가를 배경으로 하면서 그 나라에서 일어난 민중봉기라는 것이 얼마나 어리석고 기괴한 것이었는가를 보여주고 있다. 이 작품에서 이문열은 아테르타의 변혁지향적인 지식인들과 대중 전부에 대해 시종일관 신랄한 비난을 퍼붓고 있다. 이러한 작가의 태도를 당대 한국의 현실에 대입해 볼 때 결국 그것이 누구를 비난한 것인지 우리는 알 수 있게 된다.

「칼라파 타 칼라」와 같은 우의적 성격의 소설들, 그리고 당대의 경험적 현실과는 동떨어져 보이는, 혹은 가상의 시간과 공간을 배

---

66) 이동하, 앞의 글, 63쪽.

경으로 하는 일련의 철학적, 도덕적 우화들에서 우리는 사회적 현실의 재현이라는 서사의 마력을 느끼게 된다. 이처럼 재현보다는 서사에, 사실보다는 우의에 치중하는 경향을 감안하면 그의 소설을 막연히 리얼리즘에 대한 부정적 관계 속에서 정의하는 것은 현명치 못한 일이라고 볼 수 있다.

이문열이 당시 혼란된 한국사회를 지켜보면서 그 물결에 쉽게 휩쓸리지 않고 자신만의 길을 걸을 수 있었던 것에는 소위 '엘리트 의식'이 작용했을 수도 있겠지만, 보다 심층적인 차원에서는 작가가 급진적인 민중운동이라는 이념에 대해 믿음이 없었기 때문이다. 앞서 작가와 아버지의 관계를 살펴보았는데 작가는 실제로 아버지의 이념(무책임한 전망)때문에 자신의 성장기간에 엄청난 피해를 보았다. 민중운동도 일종의 이념운동이라고 할 수 있는데, 이문열은 이미 아버지의 이념선택으로 이루 말할 수 없는 고통을 받은바 있다. 그러한 연유로 그는 어떤 급진적인 사상이나 변혁적인 이념에 대해 불신을 하게 되었다고 볼 수 있다.

다른 한 편으로 작가는 이 시대가 굉장히 혼란되고 타락할 대로 타락된 시대라고 생각한다. 그래서 오늘의 세태나 풍조를 우려하는 작품들, 이를테면 「운수 좋은 날」, 「충적세 그 후」, 「구로아리랑」, 「알 수 없는 일들」, 「귀두산에는 낙타가 산다」와 같은 작품을 발표했다. 이런 작품들은 오늘 날의 세태가 너무나도 부패하고 잘못된 것이 많아 복고주의의 노래를 부르지 않으면 안 될 삶의 모습을 보여준다고 하겠다. 다시 말해 이문열은 타락과 혼란, 반문화적이며 반지성적인 풍조로 뒤덮여 있는 오늘날을 타개할 수 있는 방법을 그의 문학에서 모색하게 된 것인데 그것이 바로 동양적인 사고방식이나 가치였던 것이라고 볼 수 있다. 작가가 자연스럽게 동양의 정신이나 가치에 편향을 하게 된 이유로 생각해볼 수 있는 것은 당시 한국의 혼란된 시대적 상황이 기원전 500년을 전후하여 중국의 춘추전국시대에 유가와 도가를 비롯한 제자백가가 출현하던 시대적 상황과 비슷했음을 우리는 유념해볼 수 있다.

그리하여 이제는 우리의 쓰는 행위가 다른 무엇에 종속되거나 바쳐질 필요가 없으며 우리 자체가 목적이라는 것은 긴 문학의 역사에 비추어 보면 분명 귀한 위로와 격려가 아닐 수 없습니다. 사실 나는 우리가 쓴다는 일이 끊임없이 무엇엔가에 바쳐져 왔으며 문학은 다른 상위 가치의 시녀로 봉사해 온 듯한 혐의를 아직도 떨쳐 버리지 못하고 있습니다. 고대(古代)의 신(神)들이 힘을 가졌던 시절에는 신화(神火)와 전설에 바쳐졌으며, 영웅들의 시대에는 그들의 무용담(武勇談)에, 군주들의 시대에는 궁정문학으로, 귀족들의 시대에는 귀족문학으로, 그리고 부르조아의 발흥과 더불어는 그들 부르조아에게 바쳐졌다는 것이 나의 솔직한 견해입니다. 모두 그런 생각은 프롤리타리아문학이나 민중문학에도 변함없이 적용되고 있습니다. 프롤레타리아는 이미 지구 반쪽을 지배하는 강자였고, 민중도 벌써 형식상으로는 강자로 간주되거나 적어도 잠재적인 강자이기 때문입니다. 그런데 이제 그런 강자들의 눈치를 볼 필요가 없이, 그리고 정치나 종교 같은 어떤 폭력적인 힘을 지닌 다른 인접 가치의 간섭 없이 자기 목적을 추구할 수 있는 사회는 그것이 한 이상이라도 바람직하지 않습니까?[67)]

---

67) 이문열, 「함께 걸어 가야 할 당신에게」, 『사색』, 살림, 1994, 35-36쪽.

춘추 말기에 주나라 왕실의 권위가 추락하여 정치질서가 무너지면서 봉건제가 붕괴되어 약육강식의 혼란이 야기되었고, 그런 가운데 주나라 초기에 형성되어 사회질서를 유지할 수 있었던 예가 무너짐으로써 사회가 혼란에 빠져들자 이것을 바로잡기 위하여 여러 사상가와 여러 학파 곧 제자백가가 출현하게 된 것이다.[68]

춘추전국시대에 수많은 사상가들이 나왔지만 이들의 기본 경향은 크게 두 가지로 나누어 볼 수 있다. 하나는 사회가 혼란하기는 했지만 그 시대의 봉건 제도를 긍정적인 입장에서 보는 이들이고, 다른 하나는 그것을 부정적인 입장에서 파악하는 이들이다. 유가와 묵가를 긍정적인 학파들의 대표라 한다면, 도가와 법가는 부정적인 학파들의 대표라 할 수 있다. 공자를 비롯한 유가는 명분을 바르게 하고 주나라 초기의 예문화를 회복함으로써 평화롭고 안락한 사회를 만들어야 한다고 주장했다. 그러나 노장은 그와 같은 예로는 어지러운 세상을 구제하기 힘들 것으로 보고, 세상을 피해서 홀로 즐겁게 살 수 있는 방도를 모색했다. 이로 볼 때 작가는 한편으로 세속적인 성공을 하고 공명을 이루려고 여러 가지 노력을 시도했던 것으로 보아 공맹으로 대표되는 유교적 가치와 합일되는 부

---

68) 맹자는 춘추 시대를 평하기를 세상의 질서가 무너져서 사설(邪說)과 폭행이 난문하며 신하가 임금을 죽이고 자식이 아비를 살해하던 때라고 하였다. 사마천은 이에 덧붙여 춘추 시대의 죽임을 당한 임금이 36명, 망한 나라가 52개국이나 되며, 제후가 도망 쳐서 그 사직(社稷(나라))을 잃은 경우는 이루 헤아릴 수 없었다고 한다. 그리고 그 까닭을 살펴보면 모두가 근본을 잃어버렸기 때문인데, 그러한 이변은 하루아침에 돌발한 것이 아니고 그 유래가 오래 되어 마침내 쌓인 것이 터진 것이라고 한다. 이는 근본적으로 인성의 매몰, 도의의 타락, 인륜 질서의 파괴, 사회기강의 해이로 말미암은, 이른바 '난세(亂世)' 현상이라는 진단이다. (김충열, 『김충열 교수의 노장철학 강의』, 예문서원, 1995, 46쪽.)

분을 살피려고 했던 것으로 보인다. 또 혼란된 시대적 상황에 쉽게 휩쓸리지 않고 자신만의 길을 걷는 것을 통해 노장의 사상과 접목된 세계관을 지니게 되었다고도 볼 수 있다.

3. 전근대 세계에 대한 향수

『그대 다시는 고향에 가지 못하리』는 1980년에 발표했다가 다시 몇 개의 각 편을 추가해서 출간된 일종의 연작 소설이다. 지금까지 비평가들 사이에서는 이 작품의 장르 문제를 둘러싸고 적지 않은 논란이 있어 왔다.[69] 그것은 이 책에 포함되고 있는 여러 작품들이 일관된 줄거리를 지니는 것이 아니어서 어떤 구조적 연관성을 획득하지 못하고 있기 때문이다. 굳이 연관성을 찾는다면 화자인 '나'가 작품의 전체를 관류하고 있다는 점이다.

작가가 '이 작품으로 나의 꼬리표가 되다시피 한 『사람의 아들』

69) 송성욱은 이 작품이 일종의 연작 소설일 뿐 '쉽사리 장편소설이라고 말하기 힘들 것'이라고 지적한다. 이 책에 수록된 작품들은 일관된 줄거리를 지니고 있지 않기 때문에 구조상의 연관성이 희박하다고 그는 지적한다. (송성욱, 「이문열의 고향 의식과 사대부 정신」, 류철균 편 『이문열』, 서울: 삼림, 1993, 33쪽.)
김화영은 이 작품이 소설이라기보다는 소설적인 부분이 가미된 아름다운 산문집에 더 가깝다고 지적한다. 이 작품을 '고향을 주제로 하는 아름다운 산문집'이라고 부르는 근거로 느슨한 플롯과 민속학적·인류학적 서설 방식, 그리고 일상어에서는 흔히 볼 수 없는 낯선 어휘를 사용하는 문체상의 특성을 들고 있다. (김화영, 「가치의 무기움과 노래의 가벼움」, 『그대 다시는 고향에 가지 못하리』, 나남출판, 1996, 294쪽.)
김명인 역시 이 작품을 한권의 '산문집'으로 규정짓는데 그 이유는 이렇다 할 구성도, 허구라고 할 만한 사건도 없기 때문이라고 밝히고 있다. (김명인, 「한 허무주의자의 길찾기」, 김윤식 외 『이문열論』, 삼인행, 1991, 177쪽.)

을 압도해 버리겠다는 야심을 품고' 창작했다는 데서 알 수 있다시피 창작과정에서 『사람의 아들』을 굉장히 의식하고 있었던 것으로 보인다. 실제로 『그대 다시는 고향에 가지 못하리』는 첫 장편인 『사람의 아들』과 많이 차별되는데, 이를테면 현실성과 구체성을 획득하는 데 있어서이다. 그러나 이 소설의 발표를 계기로 작가의 '시대착오적' 세계관에 대한 비평이 본격적으로 논의되기 시작했다.[70] 이를테면 신식민주의적 망론이니 시대착오적인 귀족의식이니 하는 것들이 대표적이다. 그러나 고향이나 성장환경, 혹은 원초적인 경험이 한 사람의 정신적 성장에 많은 영향을 끼친다는 점을 염두에 두면서 필자는 『그대 다시는 고향에 가지 못하리』가 작가 이문열의 의식세계를 규명하는 제일 중요한 작품 중 하나라고 생각한다.

앞서 언급했듯이 이문열은 양반사대부 집안 출신이다. 일반론적인 의미에서 고향은 나고 자란, 부모와 형제가 있고 키워준 땅이 있는 곳을 지칭하는 곳이라고 하지만 이문열에게는 조금 다르다. 최혜실은 이문열에게 있어 고향은 유년의 안식처도, 그를 성장시켜준 현실의 공간도 아니라고 하면서 그 증거로 다른 작가의 글에서 볼 수 있는 서정적 체험이 이 작품에서는 거의 존재하지 않는다는 사실을 들고 있다.[71] 작가 역시도 '내게 있어 고향의 개념은 바로

70) 이동하, 『집 없는 시대의 문학』, 정음사, 1985.
『우리 小說과 求道精神』, 문예출판사, 1994.
류철균 편, 『이문열』, 살림, 1993.
김욱동, 『이문열-실존주의적 휴머니즘의 문학』, 민음사, 1994.

71) 최혜실, 『한국 근대문학의 몇 가지 주제』, 소명출판, 2002, 257쪽.

문중'이라고 한 적이 있는데 그가 간직하고 있는 고향의 모습은 현실차원에서의 고향이 아니라 선조들의 사대부정신과 의연하고 고절했던 선비정신이 어우러져 있는 정신적 차원에서의 고향이다.

이문열의 고향에 대한 인식은 그의 유년기 체험과 밀접한 관련이 있는데, 작가가 유년기에 겪은 6·25는 그의 문학에 있어 하나의 원체험이다. 그가 6·25를 겪으면서 남다른 상처를 안게 되고 그러한 상처는 유년기뿐만 아니라 그 이후의 삶에도 많은 영향을 주게 된다. '원체험이 주는 세계 환멸의 감정은 회의주의를 유발하여 현실의 가치보다는 과거나 관념이라는 선험적 고향을 추구하게 된다.'[72]고 했듯이 작가에게 있어 현실은 질서가 혼돈되고, 정의가 수호되지 못하는 부패타락한 공간이다. 현실이 각박하고 타락되었다고 느낄수록 작가는 미래지향적인 선험적 세계보다는 과거 질서와 조화가 있었다고 생각하는 전근대 세계를 그리워하게 된다.

제목에서도 분명히 드러나 있듯이 소설은 고향을 핵심적인 소재와 주제로 삼는다. '나'라는 화자는 일주일 남짓한 고향 방문을 통하여 사라지는 고향의 여러 모습들을 유장한 문체로 기록한다. 고향과 관련된 사람과 이야기를 통해 집중적으로 고향이라는 개념에 대해서 소설을 통해 탐구한다.[73] 유교적 전통에 대한 향수를 진하

72) 구모룡, 「상실과 환멸, 그리고 관념의 문학」, 김윤식외『이문열論』, 삼인행, 1991, 111쪽.

73) 이러한 계기에 대하여 이동하는 다음과 같이 지적한다. "한국의 현대 문학 작품을 지속적으로 읽어 온 독자라면, 70년대 이래의 우리 소설계에서 「고향 찾기」의 모티프가 얼마나 자주, 그리고 집요하게 나타나고 있는지를 잘 알 것이다. 그것은 얼핏 보기에는 「유행」의 성질을 띤 것처럼 느껴지기도 하지만, 사실은 「유행」이라는 말로써는 결코 제대로 담아낼 수 없는 깊은 뿌리가 그 아래에 숨어 있다. 그럼 그 뿌

게 나타낸 이 소설은 토마스 울프의 『그대 다시는 고향에 가지 못하리』와 비슷한 발상을 보여주고 있으나 울프는 봉건시대와는 관계없이 1930년대 미국을 배경으로 하여 주인공인 작가 조오지 웨버를 통해 고향에 대한 향수를 그렸다. 그와 반대로 이문열은 이 작품 속에서 한국의 근대사를, 주자학적 세계관에 입각한 공동체적 사회질서가 서구적 근대 문명의 유입으로 인해 서서히 무너져 가는 것으로 서술하고 있다.

작가는 한국의 유교전통과 그 몰락과정을 소설을 통해 보여주고 있다. 다시 말해 작가가 짙은 향수를 가지고 묘사하고 있는 이른바 선비정신과 혈연으로 엮어진 공동체 의식, 그리고 그것에 따르는 삶의 규범은 인간이 인간으로서 마땅히 가져야만 하는 인간 가치에 그 기초를 두고 있다. 그래서 작가는 그들이 이것을 지키기 위해서 현실과 대결하는 데서 오는 장엄한 비극미를 형상화해서 우리들에게 전해주고자 한다. 독자에 따라서는 이렇게 행동하는 인물을 병적이라고 볼 수 있지만, 그것은 인간이 극한상황에서 인간 가치를 지키기 위해 현실과 대결하는 데서 오는 비극적인 현상에서

리란 무엇인가? 이 물음에 대해서는 두 가지로 대답할 수 있으니, 그 첫째는 한국인 모두가 수천 년에 걸려 지녀 온 향토 중심적 의식구조요, 그 둘째는 바로 이런 향토 중심적 의식구조의 기반이 6·25의 동족상잔과 오늘의 산업화 추세에 의해 무너져 간다는 위기감이다. 이런 두 가지 요소는 우리 시대의 젊은 층에게는 이미 별다른 절실감을 주지 못하는 것이지만, 중년 이상의 연령층에겐 자못 심각한 것이 아닐 수 없다 (어쩌면 젊은 세대가 이런 얘기에서 별다른 감흥을 느끼지 못한다는 바로 그 사실 자체도, 중년 이상의 층에게는 그 심각한 느낌을 강화하는 데 일조를 하는 것일 게다.) 그러니만큼 중년 혹은 그 이상의 세대에 속하는 작가들은 유다른 집념을 가지고 이 「고향 찾기」의 모티프에 매어달리지 않을 수가 없었으며, 그것은 또한 작가와 비슷한 처지에 있는 많은 독자들의 호응을 얻을 수 있었던 것이다." (이동하, 『혼돈속의 항해』, 청하, 1990, 182쪽.)

연유하는 것이다. 많은 비평가들이 주장한바와 같이 비극은 주인공이 이 세상을 그 자신의 입장에서 바라보며, 자기의 주장을 조금도 흔들림 없이 지키기 위해 어떠한 타협도 받아들이지 않고 자신의 삶을 너무나 치열하게 살아가기 때문에 일어난다. 그래서 비극적인 주인공들은 대부분 극한적인 상황 속에서 조수처럼 밀려오는 어떤 거대한 힘에 의해 파괴될 위기에 처해 있지만, 죽음과도 같은 고독 속에서도 자신들의 독립과 자존심을 위해 끝까지 투쟁하다가 조금도 굽힘이 없이 사망한다. 이때 우리는 그들의 장렬하고 의연한 태도에 대해 남다른 비극미를 발견하게 되는데, 『그대 다시는 고향에 가지 못하리』에는 전형적인 비극적 인물들이 나온다. 그리고 작가는 이러한 서사를 통해 동아시아의 전근대 사회에 대한 애착을 드러내고 있는데, 본 장에서는 이를 중심으로 살펴보도록 하겠다.

3.1 사대부사회에 대한 동경

소설에서 주인공 현우에게 있어 잃어버린 고향의 실체는 한마디로 쉽게 규명하기 어렵다. 그것은 화전(花煎)이나 채미(採薇) 같은 잃어버린 풍습일 수도 있고, 영락한 족인(族人)들의 잃어버린 자부심일 수도 있지만 그 근저에는 정산(正山)선생으로 대변되는 선비정신의 무게가 육중하게 자리잡고 있다. 다시 말해 소설에서 고향은 화자가 태어나고 성장한 곳으로서의 의미보다는 유교의 성리학을 중심으로 하는 조선조의 논리가 지배했던 곳의 의미로 보아야 한다. 그런 차원에서 고향은 소설에서 단순한 상징적인 의미로서 표상되고 있다.

소설에서 주인공 현우는 전근대 특히 조선조 이념의 담당계층인 양반 사대부에 대해 그리움에 찬 눈길을 던지고 있다. 사대부양반 정신이 정신사적인 측면에서 볼 때, 오늘날에는 그 의미를 잃게 되었는데 화자는 이를 안타까워하고 있다. 소설에서 형상화되고 있는 양반은 대체로 세 가지로 분류될 수 있다. 첫째, 전형적인 양반 사대부의 인물들이 형상화되고 있는 유형이 있는데 여기에는 「롤랑의 노래」, 「정산선생」이 있다. 둘째, 양반정신을 좇는 인물형이 있는데 여기에는 「방황하는 넋」과 「장자의 꿈」이 해당된다. 셋째, 시대와 대결하며 양반정신을 지키려는 유형으로 「사라진 것들을 위하여」가 있다.

전형적인 양반형 인물이 나오는 「롤랑의 노래」에서는 화자가 고향에 돌아왔음을 확인하게 하는 것으로 작은 화강암 바위가 나오는데 어림대(御臨臺)라고 불린다. 일제시기 일인들의 국도가 어림대를 지나는 것을 교리어른이 사생결단으로 막아 나선바 있다. 어림대를 지키기 위해 교리어른은 죽음도 서슴지 않는 모습을 보여주었는데 일인들은 그 어르신의 위엄에 끝내 무릎을 꿇는 신세가 되었다고 한다. 일인들의 국도를 막아내고 어림대를 지켜낸 교린어른은 지조가 있는 전형적인 사대부의 화신이라고 볼 수 있는 사람이다. 화자는 오늘날에는 더 이상 교리어른과 같은 분이 없음을 한탄하고 있다.

춘삼월 꽃 그늘에서 통음(痛飮)에 젖으시고, 잎지는 정자에서 율(律) 지으셨다. 유묵(儒墨)을 논하실 땐 인간에 계셨지만 노장(老莊)을 설하실 땐 무위(無爲)에 노니셨다.

당신들의 성성한 백발은 우주에 대한 심원한 이해와 통찰을 감추고 있었으며, 골 깊은 주름과 형형한 눈빛에는 생에 대한 참다운 예지가 가득 고여 있었다.

지켜야 할 것에 엄격하셨고, 노(怒)해야 할 곳에 거침이 없으셨다. 한번 노성을 발하시면 마른 하늘에서 벽력이 울렸으며 높지 않은 어깨에도 구름이 넘실거렸다.

그런 당신들을 우리는 모두 존경하였고, 그 말씀에 순종했다. 아침에 일어나 절하며 뵙고, 거리에서 만나면 두 손 모았다. 주무실 때 절하며 물러나고, 길은 멀리서부터 읍(揖)하며 비켜 섰다.

그러나 이제 그런 당신들은 모두 사라지셨다.

남은 이들-작은 이익으로 언성을 높이고, 소주에 코 끝이 빨개 장터거리를 비척거리거나, 어린 손주놈에 부대끼어 당산 앞에 맥을 놓고 앉은 이들은 결코 그 옛날의 당신들이 아니었다. (「룰랑의 노래」, 23쪽.)

화자가 마지막 할아버지인 교리어른을 애정 어린 감정으로 그리고 있음에도 불구하고 독자들에게는 현실적으로 다가오지 않고 굉장히 추상적으로 다가온다. 다시 말해 소설에서 형상화되고 있는 교리어른의 모습은 현실과 결부되지 않은 관념적인 양반사대부의 전형적인 모습이라는 느낌을 준다. 교리어른이 일인(日人)들을 막을 수 있던 사회는 전근대의 양반이념이 사회의 주류일 때만 가능했던 일이다. 그러나 오늘의 사회는 이러한 지평을 잃어버린 지 오래다. 화자는 이러한 세태가 결코 바람직하지 못함을 토로하고 있으며 현실에 대한 상실감의 대체물로써 과거의 완결된 세계의 인간상으로 충족시키고 있다. 다시 말해 소설에서 화자는 추상적 양반의 형상을 그리워하고 있거나 양반이념을 찬양하고 있다기보다는 봉건적 이념인 사대부정신이 구현될 수 있는 사회를 그리워하고 있다. 왜냐하면 그러한 사회에서만이 교리어른과 같은 정의로운 분들이 역량을 발휘할 수 있다고 보았기 때문이다.

이러한 작가의식은 「정산선생」에서도 살펴볼 수 있다. 이조의 마지막 유생으로서 조선조의 선비의 모습을 그대로 간직하고 있는 화자의 중국 고전공부의 스승인 정산 선생은 근왕사상을 갖고 있는 시대착오적인 인물이다. 몽테스키외의 『법의 정신』을 조선조의 간관(諫官)을 통하여 비판하고, 플라톤이나 아리스토텔레스의 철인왕을 중국의 요·순에 비유하고 있다. 말할 것도 없이 위정척사파의 면모가 보인다. 그들은 척양척왜(斥洋斥倭)를 외치며 외세의 침략은 배척했지만 갑오농민전쟁을 반대하며 봉건체제를 그대로 유지하려 하였다. "사람은 자기 출신을 배반해서는 안 된다. 그리고 받을 것을 반드시 셈해 갚을 줄 알아야 한다"(52쪽)는 정산 선생은 명분론(名分論)과 의리론(義理論)으로 이념무장한 전형적인 사대부이다. 중세 신분제사회였던 조선조 사회는 '각기 맡은 분(分)이 있다'는 명분론과 '자기를 알아주는 사람을 위해 죽는다(士為知己者死)'라는 의리론에 의해 유지되었다. 그것은 봉건체제의 이념이었으며 사대부는 그 이념을 확립·유지시키는 데 중요한 몫을 담당했던 것이다. 자연적으로 봉건체제의 상징인 왕조와 운명을 같이 하게 된다. 정산 선생이 왕가에 끝까지 충성을 지키고 군왕의 대의를 주장한 것은 바로 이러한 사대부 의식의 극단적인 발현이라고 볼 수 있다. 그러나 실제로 정산 선생의 현실상황은 굉장히 초라하다.

오래 국외에 나가 있어 가사를 돌보지 못한 사이에 선생의 집은 문자 그대로 패망했다. 원래 연로했던 양친은 선생이 아직 노령(露領)에 있을 때 별세했고, 조혼했던 부인도 아들 하나를 남김 채 끝내 가군(家君)의 환국을 보지 못하고 젊은 나이에 눈을 감았다.

고아나 진배없이 자란 아들은 철이 들자 고향을 떠난 후 선생과는 거의 무관한 사람처럼 지냈다.

어머니를 고독과 슬픔 속에 눈감게 하고 자신을 불우한 유년 시절 속에 방치한 아버지에 대한 원망 때문이었으리라. (「정산 선생」, 51쪽.)

정산 선생은 오랜 망명기간 동안 일제와 반왕정(反王政)에 대항해 싸우며 사대부정신을 지켜왔으나 현실적으로는 패배의 삶을 살고 있다. 오랜 기간 가족을 돌보지 않은 탓으로 가족은 말 그대로 패망했다. 이러한 점을 보더라도 작가는 사대부의식을 찬양하려고 하거나 의연한 사대부상을 보여주는 데 목적을 둔 것이 아님을 알 수 있다. 앞서 인용문에서도 살펴볼 수 있다시피 작가는 결코 현실적인 문제를 외면하지 않았다. 소설에서 화자는 여전히 정산 선생을 존경하고 그 가르침을 따르고자 하나 현실은 이미 그러한 정신이나 가치를 수용할 수 있는 환경이 아니었다. 그런 차원에서 화자는 정산 선생이 고수하는 사대부 양반정신을 그리워하고 있다기보다는 그러한 정신이 수용될 수 있는 사회를 그리워하고 있었던 것으로 볼 수 있다.

양반정신을 좇는 유형을 대표하는 「방황하는 넋」에서는 종갑이라는 족인이 나온다. 그는 방랑벽이 있어 조금만 돈이 생기면 옥선이라는 기생을 찾아 떠나는데 그 때문에 자신의 일생을 바친다. 다소 과장된 느낌을 주기는 하지만 종갑에게 있어 옥선은 그냥 일반 기생이 아니었기 때문이다. 종갑이 "이조 시대 명기의 전통을 이어받은 마지막 기생"(71쪽)이라고 부르는 그녀는 종갑이 결혼하기에 앞서 한때 동거한 적이 있는 여자이다. 어렸을 적부터 풍류에 탐닉하여 온 그는 옥선을 통해 이조 풍류의 잔영을 좇고 있다. 예술에 대한 사랑과 이해의 측면에서 양반의식을 보여주고 있다고 볼 수 있다. 딱딱한 한문이나 지조에 대한 얘기보다는 감미로운 사랑이 담겨 있는 것이어서 한층 비장미를 더해 줄 뿐만 아니라 풍류라는 이름으로 채색되어 천박한 것이 아니며 고귀한 기예임이 강조되고 있다.

"그래 기생이지. 그러나 네가 알고 있는 지금의 그 화냥 잡것들은 아니야. 내 옥선이는 이조 명기(名妓)의 전통을 이어받은 마지막 기생이야."

"이조 명기의 전통?"

그러자 그는 열렬한 어조로 말했다.

"너희들은 몰라. 이조의 기생이 어떤 것인지를. 그녀들은 그 시대의 정화(精華)였어. 가장 지적으로 우월하고 예술적으로 세련되었으며, 동시에 여성들 중 유일하게 사회에 참여하고 있었지.

다른 여자들이 무지와 암흑 속에서 가(家)라는 것에 함몰돼 있는 동안에도 그들은 자기로서 깨어 있었으며 부단히 연마하고 성취해 나갔지.

그녀들은 정신적인 귀족이었어. 어쩌면 우리 양반들보다 더욱. 화랑의 풍류가 우리 남자들에 의해 저열한 탐락(貪樂)이나 천민들의 기예로 전락해 가는 동안에도 그녀들은 그 본질적인 순수성을 보존해 왔어.” (「방황하는 넋」, 71쪽.)

앞서 인용문에서 볼 수 있다시피 종갑이 찾고 있는 소위 ‘이조 풍류’는 품위 있고 우월하며 ‘천민’의 것과는 차별된 엘리트적인 정신이라는 점이 강조되고 있다. 그러나 종갑이 자신의 인생을 모두 탕진하면서까지 열렬히 찾고 있었던 옥선은 사막의 신기루처럼 한낱 허상에 불과했던 것으로 드러난다. 화자가 우연히 술집에서 만난 친척의 말에 따르면 종갑이 찾고 있던 그러한 여자는 처음부터 존재하지 않았다는 것이다. 그녀는 이조 명기의 전통을 이어받은 명기가 아니라 처음부터 평범한 작부에 지나지 않았던 것이다.

종갑은 끝내 자신이 찾던 옥선이를 만나지 못하고 걸인이 되어 타향에서 행려사망 한다. 이는 정신적인 측면에서의 양반의식을 보여주고 있으며 그것이 다분히 추상적인 것으로 형상화되고 있다는 점에서 비판의 여지를 많이 안고 있다. 이조의 풍류정신은 전근대의 사회에서 주류일 수 있지만 현대의 오늘날에는 이미 그 존재의 기반을 상실했다. 이러한 양상은 소설에서 주인공인 종갑이 젊은 시절 사당패와 어울리다 문중의 사람들에게 호된 질책을 당한 것으로도 엿볼 수 있다. 종갑이 자신의 일생을 탕진하면서까지 옥선을 찾을 수 없었던 것도 이러한 이유에서였다고 볼 수 있다. 그러나 소설에서는 이조 풍류가 존재할 수 있는 기반을 상실했음을 아쉬워했을 뿐, 이조의 풍류 자체를 부정적으로 그리고 있지는 않았다. 화자는 종갑이 현실의 삶 속에서 패배하는 것을 애절하게 바라보고 있다. 그 이면에는 전근대의 정신과 가치가 오늘날에 살아남지 못함을 안타깝게 생각하는 작가의식이 반영되었다고 생각된다.

양반정신에 대해 애착을 갖는 인물은 「장자의 꿈」에도 나온다. 「장자의 꿈」에는 윤호라는 인물이 나오는데, 도회지에서 증권회사, 포목상, 사설학원 등을 통하여 상당한 돈을 모은 윤호 형님이 고향에 돌아와 옛 토지의 태반을 찾고 야산을 개간하여 이만 평이 넘는 땅을 장만해 사대부 문화를 재건하려 하지만 결국 몽상으로 그치고 만다. 이른바 자본주의 시대에 옛 중세의 사대부 문화를 재건하려고 한다.

소설에서 주인공 윤호는 사대부 양반정신에 대해 굉장히 애착을 갖고 있으며 잘 다니던 직장까지 버리고 시골로 내려와 양반사회를 다시 복원하고자 한다. 권순긍은 "이문열의 작품에서 발견되는 유교적 혹은 사대부적인 전통을 의아하게 생각한 것은 그것이 조선조 문학 속에서가 아니라 근대소설 속에서 자연스럽게 나타나 있다는 점이었다."[74]고 지적한바 있는데 「장자의 꿈」은 이러한 지적을 대변하는 작품이라고 할 수 있다. 윤호는 시골에 내려와 아이들에게 보학을 가르치고 직접 농사를 지으면서 양반문화를 회복하고자 한다. 윤호가 귀향하여 '옛 고향을 재건'하고 '풍요했던 물질뿐만 아니라 찬연했던 정신까지' 재건하겠다는 말은 과거 양반 계

---

74) 권순긍, 「중세보편주의에의 향수와 신식민주의적 妄論」, 『역사와 문학적 진실』, 살림터, 1997, 206쪽.

층들이 누리던 그 풍요로운 시절로 되돌아가겠다는 의지로 볼 수 있다.

"옛날 조상들이 이곳에 자리잡고 살 때는 왕권(王權)이란 든든한 배경이 있었지. 몇 년 벼슬살다 돌아와서는 나 여기 사노라 글 올리면, 네 사는 곳 도본(圖本) 또 올리라 하고, 그렇게 하면, 이 강가에서 저 산밑까지 너를 준다, 이런 식으로. 그러나 지금은 그렇게 우리를 비호해 주는 권력이 없어.

나는 그 역할을 돈에게 맡겼다. 돈으로 땅을 사고, 집을 짓고, 위엄을 샀지. 마치 노예노동을 기계로 대치한 것처럼." (『장자의 꿈』, 195쪽.)

앞서 인용문에서 언급한 것처럼 양반계급이 지배계급이었던 시절에는 각종 특권을 누릴 수 있었을 뿐만 아니라 든든한 왕권이란 배경이 있었다. 그러나 오늘날의 현실에서는 그러한 특권을 누릴 수 없게 되자 소설에서 윤호는 이러한 문제를 금전을 통해 해결하고자 한다. 그리고 자신의 노력이 실패했을 때, 그 이유를 지나친 낙관으로 수지타산이 맞지 않았다는 것, 그리고 농촌 정책이 잘못 되었다는 점에 둔다. 소설에서 윤호는 청빈과 지조가 양반정신이라고 주장하고 있는데, 그 자신은 이해타산이 맞지 않아 경제적으로 어렵게 되자 자신이 되살리고자 하던 양반사대부 정신 회복의 노력이 실패했음을 시인한다. 양반 사대부의 청빈도 하나의 지조라면 곤궁하더라도 계속 견지되었어야 하는 것이다. 이것은 앞뒤가 맞지 않다고 볼 수 있는데, 그 이유는 윤호의 목적이 과거 양반 사대부의 아름다운 정신을 회복하는 데 두고 있는 것이라기보다는 선조들이 지배하던 세계로 돌아가기 위한 것에 있다. 윤호는 그 세계에서는 자신들이 사회의 주체일 수 있고, 그 세계야말로 조화와 질서가 있는 세계라고 믿는다.

이 밖에 「사리진 것들을 위하여」에서는 시대와 대결하며 고집스럽게 양반의 전통을 지키려는 도평노인이 나온다. 그는 조선시대 팔천(八賤)[75]의 하나인 갓을 만드는 장인이며 양반들의 갓을 만들어 팔거나 수선해주는 일로 살아가고 있다. 세상이 산업화, 서구화되는 과정을 거치면서 그 업이 사양을 맞게 되어도 도평노인은 기어이 자신의 업을 버리지 않으려고 안간힘을 쓴다. 결국 도평노인은 마지막으로 필생의 명작 하나를 남기겠다는 의욕으로 그 일에 매달린 끝에 기어이 그것을 만들어내는데 마지막 양반마저 불편하다 하여 자신의 상투를 잘라버려 끝내는 그 갓을 불태워버리고 실의 속에 죽어간다. 소설에서는 봇물처럼 유입된 서구의 문명과 문화로 말미암아 조선의 소중한 이념과 가치 정신들이 헌신짝처럼 취급받게 되고 우리 사회는 극도의 혼란과 퇴폐, 타락으로 치닫게 된다고 서술하고 있다.

우리들의 옛 도덕도 그런 옛 학문과 운명을 같이 했다. 자식의 고기를 삶아 아비를 봉양한 효자, 손가락을 잘라 시어머니의 위급을 구한 효부, 순사(殉死)한 열녀, 한때 그 어떤 황금의 비석보다 찬란히 빛났던 이들의 행적은 잊기워지고, 대신 아비를 치지 않으면 될 수 있는 효자와 시아버지를 쫓아내지만 않으면 될 수 있는

---

75) 『經國大典』은 승려·무당·광대·기생·상여군·상노비·백정과 함께 공장(工匠)을 여덟 천인의 하나라 했다.

효부와 성 다른 아이만 낳지 않으면 될 수 있는 열녀의 세상이 되었다.

나라에 대한 충성이나 친구간의 신의는 거대한 이기(利己)속에 매몰되었으며, 남녀 유별의 옛 율법도 깨어졌다. 공공연한 염문이 나돌고 거리에서 희롱하는 남녀가 생기는가 하면 처녀들은 젖을 싸매지 않고, 부끄럼 없이 종아리를 드러냈으며 조심성 없이 소리내어 웃었다.(「사라진 것들을 위하여」, 241-242쪽.)

앞서 인용문에서 볼 수 있다시피 시대의 발전과 더불어 우리의 전통사회를 떠받치고 있던 유학이 버림받게 되고 가치관의 혼란과 그에 따른 윤리와 도덕의 해이가 뒤따랐다고 서술한다. 물론 서구문화의 반입이 우리에게 무조건 나쁜 영향만 끼친 것은 아니었다. 그러나 이러한 바람에 휩쓸려가지 않고 꿋꿋이 자신의 본분을 지키려는 사람이 있는데 바로 갓을 만드는 도평노인이다. 그는 시대가 바뀌어도 갓 만드는 것을 포기하지 않고 다음 세대에까지 물려주려고 고집한다. 세상이 바뀌고 갓을 사는 사람도 수선하는 사람도 없는데 장마다 갓방 문을 연다. 역사발전의 논리에서 볼 때, 낡은 것이 사라지는 것은 필연의 추세이고 그 자리에 새 것이 자리 잡는 것이 순리이지만 도평노인은 이를 거부한다. 도평 노인의 창조적 의지에는 다소 과장된 열정이 나타나 있기는 하나, 그것은 세상의 변심에 대항하는 고립된 인물의 의지적 표현이라고 볼 수 있다. 주인공 도평노인의 의식 밑바닥에는 자신의 생업에 대한 애착에서 단순히 옛것을 고집하는 것이 아니라, 그러한 사물에 풍속적으로 육화되어 살아 있는 한국인의 고결한 전통적 정신을 계승한다는 사명감이 있다고 볼 수 있다. 다시 말해 '갓'은 양반의 위의(威儀)

를 갖추는 하나의 물건이지만, 그것에 깃들여져 있는 기품과 선비의식은 오늘날에도 오히려 살려야 할 소중한 가치라고 작가는 보여주고 싶었던 것이다. 바꾸어 말하면 오늘날의 도덕의 해이나, 혼란과 퇴폐는 양반사대부 정신이 오늘날에 살아남지 못한 이유에서 비롯되었다고 볼 수 있다는 것이다. 작가는 이러한 현실을 안타깝게 생각하고 있으며 그러한 의식을 도평노인이라는 갓장이의 몰락을 통해 보여주고 있다.

문학이 인간의 실현될 수 없는 꿈과 현실의 거리를 자신의 의사에 반하여 드러내고 불가능한 꿈이 아름다우면 아름다울수록, 삶은 비천하고 추하다[76]고 했듯이 앞서 살펴본 몇 편의 작품에서 작중인물들이 그토록 애착을 갖고 양반사대부 사회를 그리워하는 것은 그만큼 현재의 삶에 대해 환멸을 느끼고 있기 때문이라고 볼 수 있다. 작가는 분명히 양반정신에 대해 긍정적으로 생각하고 있고, 오늘날의 문제들은 모두 전근대의 소중한 정신을 이어받지 못한 데서 비롯되었다고 생각하고 있다. 앞서 살펴본 몇 편의 작품에서 양반형의 인물들이나 양반정신을 좇는 인물들은 모두 패배하는 것으로 끝난다. 그런 차원에서 우리는 작가가 소설을 통해 양반의식을 찬양하거나 긍정적인 면을 보여주고자 하는 데 있지 않다고 볼 수 있다. 작가의식의 심층적인 차원에서는 전근대의 사대부사회를 그리워하고 있으며, 그 이유는 현대와 비교했을 때 조화와 질서가 세워진 세계라고 보는 데서 기원되었다고 볼 수 있다.

---

76) 김현, 「문학은 무엇을 할 수 있는가」, 『문학이란 무엇인가』, 문학동네, 1994, 28-29쪽.

이문열이 이해한 현대는 혼돈되고 정의롭지 못하며 가치관이 혼란된 공간이다. 이에 반해 주자학과 성리학을 중심으로 양반사대부가 지배하던 시대는 가치관이 정립되고 모든 것이 조화와 질서가 있는 것으로 작가는 생각하고 있다.[77] 이러한 작가의식이 소설에서 다양하게 변용된 것을 앞서 몇 편의 작품을 통해 살펴보았다. 물론 이러한 복고적 의식은 정확한 역사의식을 동반했을 경우에만 의미를 갖는다. 이를테면 유교의 전통이 근대적 질서에 가장 역행하는 것으로 비판을 받고 있는 점이 바로 양반위주의 신분적 의식이라 지적될 수 있는데[78], 작가는 소설에서 이러한 점들을 간과하고 있다.

조선시기의 신분제 사회에서 양반사대부 계급은 귀족계급이었고 통치자들이었다. 그들이 정치적, 사회적 지배층이었음은 물론이었고 많은 토지를 소유하고 있었으며 그것을 기반으로 학문과 정치에 종사하였던 것이다. 물론 과거를 통해 현대의 문제점들을 반성하는 계기를 마련할 수 있다고 하나 소설에서 작가가 그토록 애착을 갖고 찬양하던 이른바 양반이라는 것의 실제는 과거의 신

---

77) "양반문화에 왜 그렇게 많은 사람들이 거부감을 가지는지 저는 이해가 되지 않습니다. 양반문화를 경시해서 제일 이익 보는 사람은 아마도 식민세력들일 것입니다. 한 나라를 지배하려고 할 때 상부구조 문화를 파괴하지 않으면 안 됩니다. 그것을 파괴해야지만 그 자리에 식민문화를 심을 수 있습니다. 왕이 안아 있고 양반이 남아 있으면 불가능하지요. 그것은 일제 강점기 때뿐만이 아니라 요사이도 마찬가지입니다. 양반문화를 파괴해야 랩인가 하는 노래도 들어오고 링컨전기도 들어옵니다. 이런 속셈 외에는 나는 이 양반이라는 것이 그렇게 철저하게 파괴되고 분해되어야할 이유를 전혀 알지 못합니다." (황국명, 이문열, 송명희, 정형철, 「선택하는 삶은 아름답다」, 『오늘의 문예비평』, 1997. 9, 35쪽.)

78) 금장태, 『유교사상과 한국사회』, 한국학술정보, 2008, 35쪽.

분제 사회에서 통치계급이었던 만큼[79], 귀족계급이었다. 그리고 실제로 소설에서 피력하고 있는 만큼 긍정적인 면모를 보여왔던 것은 아니다.[80] 조선시대 양반사대부 계층이 정치적 집단이었던 만큼 조선조의 몰락은 공리공론만 일삼고 당쟁에 여념이 없던 부패하고 타락한 세계관을 대변하고 있음을 간과해서는 안 된다.[81]

---

79) 조선왕조의 선비는 누가 뭐라 해도 정치가였다. 그들은 조선왕조 500년간 이 땅을 독점적으로 지배했다. 그들은 경제기반의 핵심인 땅(토지)과 노동력(노비)를 보유한 유산 계층으로, 별다른 직업을 갖지 않고도 양반의 체모를 유지할 수 있는 경제력을 갖추 자들이었다. 그뿐 아니라 고급 지식을 독점했고, 그것은 바로 정치권력의 독점으로 이어졌다. 한 마디로, 선비는 귀족적 성격의 세습 지배층이었다. 따라서 그들에 대한 평가는 그들의 정치 행위와 떼어서 생각할 수 없다. (계승범, 『우리가 아는 선비는 없다』, 역사의 아침, 2011, 277쪽.)

80) 소설에서 나타났던 양반의 모습과는 달리 실제의 양반의 모습은 연암 박지원의 「양반전」에서 양반의 모습과 많이 닮은 것이 실정이다. "야비한 일을 딱 끊고 옛을 본받고 뜻을 고상하게 할 것이며, 늘 오 경만 되면 일어나 황에다 불을 당겨 등잔을 켜고서 눈은 가만히 코끝을 보고 발굼치를 궁둥이에 모우고 앉아 동래박의를 얼음 위에 박 밀 듯 윈다. 주림을 참고 추위를 견뎌 입으로 설궁을 하지 아니하되 고치·탄뇌를 하며 입안에서 침을 가늘게 내뿜어 연진을 한다. 소매자락으로 모자를 쓸어서 먼지를 털어 물결 무늬가 생겨나게 하고, 세수할 때 주먹을 비비지 말고, 양치질해서 입내를 내지 말고, 소리를 길게 뽑아서 여종을 부르며, 걸음을 느릿느릿 옮겨 신발을 땅에 끄은다. 그리고 고민진보·당시품휘를 깨알같이 베껴 쓰되 한 줄에 백자를 쓰며, 손에 돈을 만지지 말고, 쌀값을 묻지 말고, 국을 먼저 훌쩍 떠먹지 말고, 무엇을 후루루 마시지 말고, 젓가락으로 방아를 찧지 말고, 담배를 피울 때 볼에 우물이 파이게 하지 말고, 아이들에게 주먹질을 하지 말고, 노복들을 야단쳐 죽이지 말고, 마소를 뚜짖되 그 판 주인까지 욕하지 말고, 아파도 무당을 부르지 말고, 제사 지낼 때 중을 청해다 재를 드리지 말고, 추워도 화로에 불을 쬐지 말고, 말할 때 이 사이로 침을 흘리지 말고, 소 잡는 일을 말고, 돈을 가지고 놀음을 하지 말 것이다." (이우성·임형택, 역편 『이조한문단편집』하, 일조각, 1978, 280쪽.)

81) 선비들이 권력을 장악했다는 16세기 후반에 백성들은 내내 굶주렸고, 국방력은 허약했으며, 백성들의 신뢰는 땅에 떨어지다 못해 지하로 들어갈 정도였다. 선비들이 정치의 전면에 나선 후에도 조선왕조는 농민들에게 언제 한 번 일정한 토지를 분배한 적이 없으며, 노비인구도 줄지 않았다. 오히려 선비들은 농장을 확대하고, 노비들로 경작케 해, 도식(徒食)하며 부를 쌓았다. 선비들은 군대에도 안 가고 군비를 위한 세금 납부도 거부했다. 왜란과 호란을 겪고도, 선비들 가운데 어느 누구도 '양반

역사적으로도 양반 사대부들이 지배하는 동안 조선은 세계에서도 제일 낙후하고 폐쇄한 나라로 전락되고, 양반계층도 시대에 변화에 적응되지 못했던 이유로 몰락의 길을 걸을 수밖에 없었다.[82] 작가는 양반정신이 지배하던 사대부 사회에 애착과 믿음을 갖고 있었지만 이러한 작가의 의도는 올바른 역사의식을 동반하지 못했기에 한계를 남긴다고 본다.

3.2 혈연적 가문에 대한 애착

주지하다시피 유학에서 중시하는 사회적 차원에서의 도덕과 규범은 오륜이라는 형태로 제시되어 있다. 그런데 오륜을 근거 지우는 것은 혈족 개념의 차원에 위치한다. 즉, 유학에서 내세우는 핵심덕목인 인은 '사람의 사람다움' 혹은 사람의 본성으로서 혈족에 대한 사랑에서 그 극치를 드러낸다.(仁者, 人也, 親親爲大, 『중용(中庸)』) 이처럼 유학의 기본 원리는 혈족 윤리적 차원의 규범에서 확인되는

도 무기를 들고 군대에 복무하자'고 주장한 사람이 없었다. 그러니 백성들의 신뢰를 얻기는커녕 불신만 키워갔다. (계승범, 『우리가 아는 선비는 없다』, 역사의 아침, 2011, 278쪽.)

82) 근대사의 분수령인 갑오경장(甲午更張)은 이 양반과 상민의 신분질서를 부정하는 것으로 그 출발점을 삼는다. 양반의 선험적인 우월성은 법률에 의하여 폐지되었고, 새로운 지식(서구문명)은 양반과는 인연이 멀었던 중인계층이나 양계(兩界: 함경도·평안도)출신의 지식인들에 의하여 선점되었다. 양반들의 전유물이었던 한학과 동양문화에 대한 소양은 현실에 대응할 수 있는 지식으로서의 효용성을 상실하였으며, 이런 과정에서 변화와 적응에 뒤진 양반들은 몰락할 수밖에 없었던 것이다. (주승택, 「이문열과 선비정신」, 『선비정신과 안동문학』, 이회, 2002, 217쪽.)

것이다. 소위 친친(親親)은 유가 사상의 가장 핵심적이고 기본적인 요소이자, 원리라 할 수 있다. 이것은 조선조 지배계급의 신분적 규정 요소로 직접 적용될 수 있는 것이 아니라 지배 계급 내부의 개별적 집단 사이의 차별성과 독자성을 결정짓는 변별 요인으로 기능하며, 개별적 집단 내적으로는 자기 집단 내부의 지배와 결속의 원리로 작용한다.

문중이라는 것은 바로 이러한 피의 윤리로 구성된 공동체라고 볼 수 있다. 소설에서 서술되고 있는 고향의 사람은 모두 같은 성의 사람들이 주로 모여 사는 동족부락이다. 오늘날 모든 사회 질서가 개인의 이익을 위해 움직이는 핵가족이라는 극도의 분화된 현대의 삶 속에서 피의 따뜻함은 분명 그리움의 대상일 수가 있다. 이문열이 소설에서 묘사한 고향이란 철저하게 혈족의 개념과 맞물려 있는 것이라고 볼 수 있다.

「지서(支署)-세 개의 에피소드」에서는 바로 혈연으로 구성된 문중의 세 개의 에피소드를 통해 혈연적 윤리의 중요성을 강조하고 있다. 우선 첫 번째 일화를 살펴보자면 일제말기 문중의 한 족인이 자신이 순사가 되고 출세하기 위해 독립운동을 하다 망명했다 국내로 돌아온 또래의 족인을 지서에 고소했다. 자신의 출세에만 정신이 팔려 있었으나 붙잡힌 족인을 보는 순간 그는 동요하기 시작한다.

그러나 그 황홀한 꿈은 잠시였다. 피투성이의 망명 지사가 세 명의 형사에게 이끌려 주재소에 들어서는 순간 그는 원인 모를 전율과 함께 죄책감에 젖어들었다.

나중에 그 자신도 그 순간 차거운 얼음 조각이 심장에 대인 것 같았다고 술회했을 정도였다.(중략)

그나 한번 그 망명 지사의 피를 보자 그토록 갈망했던 자신의 영달도, 오랜 원한도 눈녹듯 사라져 버린 것이었다. 같은 조상에게서 물려 받은 그 피는 그 순간 자기 피에도 흐르고 있다는 자각 때문이었으리라.(「지서(支署)-세 개의 에피소드」, 121-122쪽.)

그 못난 족인이 자신의 영달을 위해 독립운동을 했던 족인 지사를 고소했으나 붙잡힌 족인의 처참한 몰골을 확인하는 순간 그는 동요하기 시작한다. 그리고 곧 사형을 선고받을 것이란 말에 그 족인은 자신이 했던 짓을 후회하기 시작한다. 그리고 정신을 수습한 그는 형사들을 유인해서 다른 곳으로 보내고 그 독립운동을 하던 족인을 구출해서 같이 사라진다. 그 이유는 인용문에서도 밝혀진 것처럼 '같은 조상에게서 물려받은 피' 때문이었다. 이처럼 피의 윤리가 그만큼 한 못난 족인이 비뚤어진 욕심도 바로 잡을 수 있는 역할을 하고 있다는 것을 보여주고 있다.

두 번째 에피소드에서는 문중의 좌익과 우익의 대립 분열이 문제가 되었다. 10·1폭동이 터진 후 문중에서는 대대적인 좌익 탄압이 시작되었는데 문중 간에는 피를 흘리지 않았으나 외부에서 오는 사람들은 좌익 빨갱이에 대한 격렬한 증오 때문에 여러 가지 피해 사건이 발생할 수 있었다.

그런데 우리 고향에서 그런 피해를 막아준 것이 바로 그 피의 윤리였다. 족청(族

靑)계열이나 치안대에 나가는 문중의 우익 청년들이 힘을 합하여 눈먼 증오로부터 족인들을 보호한 것이었다.

오랜 세월 후에 그 때의 우익청년들은 회고했다.

"눈앞에서 고통을 받고 있는 것은 빨갱이기에 앞서 문중의 형제자매였어. 설령 그들에게 약간의 과오가 있었다 한들, 그리고 어떤 이념의 깃발 아래서든, 눈앞에서 고통받는 그들을 보고 있을 수만은 없었던 거야……." (「지서(支署)-세 개의 에피소드」, 123쪽.)

이처럼 소설에서는 좌익계열에 참여했던 것이 적발되어 위험한 상황에 처하게 된다. 하지만 그때 우익의 족인들은 조상의 피를 나눈 '피의 윤리'로 좌익에 참여했던 족인들이 피해를 받지 않도록 도와준다. 세 번째 에피소드의 경우 이와 반대로 6·25전쟁 초기 북의 점령 하에 우익의 족인들이 피해를 받게 된다. 좌익인사들이 우익활동을 했던 사람들과 그 가족들이 몽땅 잡혀서 학살을 계획하고 있었는데 그 잔혹한 계획을 문중의 민청원들도 알게 되고 그들은 잡혔던 문중들을 구출한다.

이제나 저제나 하고 총퇴각의 날을 기다리며 연일 술로 불안한 마음을 댈래던 내무서원들은 바로 그 총퇴각의 아침, 뜻밖의 일에 아연해졌다. 죄수 아닌 죄수들로 가득 찼던 지서건물은 텅비고, 직일(直日=당직)로 남아있던 내무서원은 피투성이가 되어 쓰러져 있었기 때문이었다.(「지서(支署)-세 개의 에피소드」, 125쪽.)

이처럼 족인들은 피의 윤리라는 이유 하나만으로 우익에 참여했던 문중들을 구출해냈던 것이다. 이처럼 세 개의 일화에서는 시대가 발전하고 이념이 끊임없이 변화되는 세상 속에서도 문중의 사람들은 같은 조상의 피를 이어받았다는 이유로 그 어떤 어려움도 이겨낼 수 있고 어떤 가치에도 쉽사리 편승하지 않으며 동족상잔이라는 비극을 막을 수 있었다는 것을 소설을 통해서 보여주고 있다.

유교의 가족의식에서는 조상에서부터 후손에로 혈연적 연결의 연속성을 중요시하는데 세 개의 일화는 바로 그러한 혈연적 연결의 연속성으로 말미암아 고향에서 일어난 여러 번의 위기상황을 모면할 수 있었고 고향의 족인들은 목숨을 구할 수 있었다. 같은 족손들끼리도 급변하는 시대 속에서 서로 적대관계로 변질될 수 있으나 피의 윤리는 오늘날에도 중요하고 의미있다는 것을 소설은 보여주고 있다.

이처럼 소설에서의 고향은 혈연적 원리로 지탱되는 사회이고 이것이 유교 사상의 내재된 엄청난 강점이라는 것을 작가는 보여주고 있다. 유교 사상은 사회의 최소 단위인 가족에 뿌리를 두고 있어 그러한 의식이 소위 개인의 영달이나 이념 등의 외부적인 여러 환경요소들에 의해 쉽게 동요되지 않는다는 점에서 분명히 의미가 있다고 생각된다. 공동체의 본질이 삶의 토대와 이상을 공유함으로써 구성원들에게 귀속감과 안전감을 제공하는 것이라고 했는데, 앞서 작품에서 보았던 혈연공동체로 이루어진 문중의 구성원들은 바로 이러한 공동체의 장점을 발휘한 것이라고 볼 수 있다.

동양사상이 조화와 협력을 지향하는 특징을 갖고 있는데, 소설에서 가족과 문중을 중심으로 하는 구성원들이 피의 윤리를 바탕으로 서로 도울 수 있었다는 것은 분명히 동양사상의 긍정적인 측면을 보여주고 있다고 볼 수 있다. 실제로 이문열도 자신의 부친이 이념의 선택으로 남쪽에 남겨진 가족들이 오랜 기간 힘겨운 세월을 버텨야 했던 것을 상기한다면, 혈연적 유대에 대한 작가의 애착은 얼마나 절실한 것인지를 가늠할 수 있을 것이다. 작가의 이러한 의식을 「지서-세 개의 에피소드」를 통해 드러냈던 것으로 보인다.

「다시 사라진 것들을 위하여」에서는 고향 문중의 여러 가지 풍습과 놀이에 대해서 상세하게 소개하고 있다. 여기서는 어떤 극적 갈등도 인물의 성격 형성도 없이 오직 과거의 풍습이 애틋한 향수와 함께 기록되어 있을 따름이다. 이 작품을 두고 김명인이 '양반 문중의 온갖 허접쓰레기 같은 풍속에 대한 시시콜콜한 보고'라고 혹평하는 것은 바로 이러한 까닭일 것이다.[83]

음력설과 정월 대보름의 중간에 있었던 공동취사인 '모듬', 봉건적 가족제도 아래서 여성들에게 이례적으로 허용된 행락이었던 '화전', 독립된 간식이 없었던 시대의 간식조달의 의미를 지녔던 '서리', 그리고 마을의 소풍이었던 '천렵', 그리고 '젯봉다리 싸움' 놀이 등등, 작가는 다분히 회고적인 정감으로 이러한 것들을 적고 있다. 이처럼 작가가 강한 그리움으로 묘사한 마을 축제의 일종인 모듬조차 유교의식의 범주를 벗어나지 않으며 오히려 양반씨족들의 결속을 다짐하는 공식적인 행사로 나타난다. 그러나 지금은 그

---

83) 김명인, 앞의 글, 178쪽.

런 풍습들과 놀이들이 사라지거나 더 이상 원래의 의미를 되찾지 못하고 있다.

-그러하였다. 십여년 전이 마지막이 되고 만 우리 문중의 모둠다운 모둠은. 그러나 그 후 이상하게 변질되어, 모둠 중의 약식 문회(門會)는 얼마 안 남은 문중재산을 다투다가 추악한 멱살잡이로까지 발전하기 일쑤였고, 모둠의 성격도 타향에서 성공을 거둔 족인(族人)의 자기 과시를 위한 것이 되거나, 다른 불순한 동기를 가진 것으로 전락돼 갔다. 젊은이들은 턱없이 취해 말썽을 부렸고, 살림에 쪼들린 문회(門會)는 그 모둠의 과용(過用)된 부분을 책임지지 않아 오래오래 잡음을 남겼다. 거기다가 모두 핵가족의 두터운 울타리 속에 숨어버린 것일까, 모둠의 발의가 있어도 참가자는 해마다 줄어-나중에는 불과 이삼 십 명만 모여 흐지부지하다가 근년에는 아예 발의조차 없었다.(「사라진 것들을 위하여」, 83~84쪽.)

지난날 우리들의 산과 들을 아름답게 수놓았던 남녀 숙항들의 화전도 그들의 세대로 끝이 나고 말았다. 혹은 취직을 해서 혹은 결혼으로 한번 그들이 사라져 버리자 뒤를 이을 세대는 없었다. 급속한 문중의 해체와 함께 또래의 형제자매들은 다섯도 제대로 모으기 힘든 지금 어떻게 옛날의 그 화전을 되살린단 말인가.(「다시 사라진 것들을 위하여」, 86쪽.)

위에서처럼 그 많은 고향의 놀이와 문중의 풍습은 시대의 발전과 더불어 이제 거의 사라졌고 작가는 이를 애석한 눈길로 바라본다. 그러나 눈여겨 둘 것은 그것이 단순한 지난날에의 불가능한 복귀를 아쉬워하고 있음이 아니라는 점이다. 흔히 사라져 없음으로

해서 무가치한 것이라고 생각하는 공리주의적인 가치관을 넘어서서 작가는 공동체의식의 소멸을 안타까워하고 있다. 그 많은 문중의 풍습과 놀이는 모두 많은 족인들이 함께 모였을 때 그 의미를 되찾을 수 있는데 작가가 아쉬워하는 것은 산업화와 핵가족화가 심해지면서 더 이상은 공동체적인 삶의 영위가 어려워졌다는 것이다. 옛 마을은 그것대로 많은 질곡과 결함을 지니고 있었으나 거기에는 특유한 공동체의식이 있었고 화자는 이러한 삶의 방식을 그리워했던 것으로 보인다.

경외서에 수록되어 있는 「과객(過客)」에서도 비슷한 맥락의 이야기가 나오는데 어느 날 생판 낯선 사람이 화자의 집에 찾아와서 하루 밤을 묵고 가겠다고 청한다. 그 사람은 문중의 족인이었는데 안면이 없는 사람이었다. 무턱대고 과객행세를 하여 화자가 처음에는 언짢아했으나 그와의 이야기를 나누면서 경계를 놓게 되고 나중에는 반갑게 맞이하게 된다. 그리고 화자는 자신이 족인을 받아들인 것을 두고 '지극히 사적(私的)이고 폐쇄적인 삶의 방식에 대한 본능적인 반발' 때문이었다고 말하는데 여기서도 작가는 공동체적 삶의 양식이 더 이상 존속되지 못한 것에 대한 애착을 보여주고 있다고 볼 수 있다.

이처럼 작가는 혈연의 윤리로 이루어진 공동체 사회에 대해 깊은 믿음을 보여주고 있는데, 혈연의 윤리는 시대를 초월하며 그 어떤 이념의 대립도 넘어설 수 있는 것이라고 굳게 믿고 있다. 공동체적 삶의 방식도 그리워하고 있으나 오늘날 이러한 삶의 방식은 모든 사회 질서가 개인의 이익을 위해 움직이는, 핵가족이라는 극도의 분화된 현대에서 피의 따뜻함과 공동체적 삶의 방식은 분명 그리움의 대상일 수가 있다. 피의 윤리는 분명히 시공을 초월하여 그 의미를 갖고 있는 것이며, 그것은 어떤 이념과 가치관을 초월한 인간의 유전적인 연대라는 점에서 분명히 유의미한 것이라고 본다. 특히 전쟁을 겪으면서 많은 가족들이 흩어지고, 이념으로 인해 서로 죽이고 하는 상황에서 작가는 과거 문중의 공동체적 삶의 방식을 그리워하게 되고 혈연적 연대로 이루어진 관계를 더 절실하게 필요하게 느껴졌던 것으로 보인다. 혹자는 혈연적 윤리로 이루어진 가족중심주의 또는 연고주의를 유교의 탓으로 돌리면서 공공의 업무를 혈연의 사사로움으로 망가뜨린다고 하나, 오로지 개인주의만을 지향하는 오늘의 현대 사회에서 혈연의 윤리를 바탕으로 하는 공동체적 의식은 현대인들이 반성할 수 있는 계기를 마련해준다고 볼 수 있다.

3.3 문중의 부정적 측면에 대한 소극적 묘사

대체로 『그대 다시는 고향에 가지 못하리』에서는 의지할 보편적 가치가 존재하는 세계에 대한 동경만을 보여준 것은 아니다. 왜냐하면 거기에는 또 다른 상처받은 영혼들도 있기 때문이다. 작가가 아무리 과거 유교적 보편적 가치에 애착을 갖고 거기에 대해 믿음을 안고 있다 할지라도, 유교적인 양반 사대부 문화가 지배를 하던 시대에는 필연코 부조리한 일들이 있기 마련이며 작가는 그러한 면을 지나칠 수는 없었던 것이다. 「상처」와 「인생(人生)은 짧아 백년, 한(恨)은 길어 천년일세-기상곡(奇想曲)1」 두 편에서는 문중으로 인해 상처받는 사람들이 나온다. 조선조 논리가 지배하던 고향에서 문중으로 인해 피해를 받는 사람이 있었던 것은 엄연한 역사적 사실이고 작가 이문열 역시 이러한 사실을 마냥 간과할 수는 없었던 것으로 보인다.

우선 「상처」에서는 순실누님와 희아주머니 두 명의 문중 여인이 나오는데 이들은 모두 보수적인 문중의 법도 때문에 피해를 받은 사람들이다. 순실누님는 엿도가를 하는 집 아들이라는 이유로 문중의 반대를 받았으나 결국은 결혼까지 가게 되었는데 이는 문중의 분노와 혐오를 샀다. 단순히 신분차이가 있다는 이유로 순실누님과 춘삼씨는 축복은커녕 문중으로부터 차별을 당했다. 문중의 집요한 멸시와 차별은 결국 이 부부의 삶을 망쳐놓았다. 문중으로 대표되는 양반 사대부 정신은 인간에 대한 차별을 두면서 많은 폐해를 낳았는데 이는 결코 쉽게 지나쳐서는 안 되는 부분이며 명철하게 정시해야 하는 부분이기도 하다. 순실누님의 경우 문중의 냉대 가운데서도 그런대로 장터에서 어렵게 버티고 생활하고 있지만 희아주머니의 경우 사정은 다르다. 몇 년 전 문중의 먼 친척인 희아주머니가 장터거리의 타성 청년과 사랑에 빠졌다는 이유로 문중의 맹렬한 반대를 받았고 그 이유로 수면제를 먹고 모든 것을 해결한다. 양반의 혈통을 가진 사람이 종살이를 한 집안과 결혼하는 것을 문중에서는 반대했고 이는 희아주머니를 죽음으로 몰아갔다.

이러한 문중의 논리는 두말할 것 없이 구시대의 신분제가 낳은 불합리다.

그런데 묘한 것은 그녀의 죽음에 대한 문중의 해석이었다. 그들은 거의 예외없이 그것을 그녀의 천품 깊이 스며 있던 반가(班家)의 자존심과 긍지가 천한 일시의 색정을 이겨낸 것으로 받아들였다. 즉 한 때의 실수로 장터거리의 상것과 어울렸지만 끝내는 자기로 인해 더럽혀진 일문의 명예와 위신을 괴로워하다 스스로 목숨을 끊어 사죄했다는 식이었다.(「상처(傷處)」, 110쪽.)

그런데 문중 사람들은 희아주머니가 자살한 것을 두고 '천품 깊이 스며 있던 반가의 자존심과 긍지' 때문이라고 받아들인다. 즉 '한때의 실수로 장터거리의 상것과 어울렸지만 끝내는 자신으로 인해 더럽혀진 일문의 명예와 위신을 괴로워하다 스스로 목숨을 끊어 사죄했다'는 것이다. 주지하다시피 이조는 유가를 국교로 하는 봉건적 신분제 사회였고 문중은 그것을 엄격히 지켰다. 시대가 바뀌었음에도 불구하고 문중에 남아있는 봉건적 신분제 의식은 거기에 대항하는 사람에게 이루 말할 수 없는 피해를 안겨준다. 화자는 이러한 문중의 잔혹성에 환멸을 느낀다. 그러나 화자는 희아주머니가 그냥 두려움에 떨고 슬픔에 젖어서 죽은 것일 뿐이라는 생각을 한다.

옛 고향의 치유될 수 없는 상처는 「인생(人生)은 짧아 백년, 한(恨)은 길어 천년일세-(기상곡)奇想曲1」에서도 나온다. 여기서는 여섯 명의 원귀가 나타나 그들이 문중에 의해 비인간적인 대우를 받고 억울한 죽음을 당한 것에 대해 서로 토로하고 있다. 소설에서 제기

된 원귀들은 억울한 죽음은 조금 과장되고 끔찍하기는 하나 그러한 사연들은 조선시대 사대부정신을 숭상하던 문중에서 발생할 수 없는 일이라고 단정하지는 못한다. 유교적 이념을 최우선으로 하는 사대부 양반 가문이라고 하지만 거기에는 항시 모든 것이 정의로운 것은 아니었[84]기 때문이다. 특히 인간성의 존엄이라는 관점에서 보면 이러한 부정적 측면은 한결 분명히 드러난다. 반드시 가렴주구와 부패와 타락이라고는 단정할 수 없다고 하더라도 사대부들의 의식과 행동에는 직접 또는 간접적으로 피지배계급에 속한 대다수 사람들의 인간성을 무시한 다분히 비인간적이고 잔인한 면을 내포하고 있었기 때문이다. 이조 시대의 사대부 계급은 엄격한 신분 질서를 유지시키기 위하여 휴머니즘의 기본 입장과는 거리가 먼 행위를 범하기 일쑤였다. 이동하[85]는 이 작품이 다른 작품들과는 비교할 수 없을 정도로 역사의 진실에 가까이 접근하고 있다고 높이 평가하면서도 봉건적 지배층의 잔학한 폭력 행사로 인하여 하층 계급이 모진 수난을 겪어야 했던 과거의 보편적 사실들을 극히 일부에만 해당하는 현상인 양 한정시켜 버리고 또한 사회전체의 구조적 병리보다도 개인적인 덕성의 유무가 더 중요한 것처럼 이야기함으로써 문제의 비중을 가능한 줄이려고 했다고 지적한다.

84) 역사적으로 볼 때 유교사회에 인간성을 억압하는 권위주의가 번성하였던 것이 사실이다. 그것은 유교의 이념이 쇠퇴하고 세속적인 욕망에 의하여 권위적 지배기능만 강화된 현상이다. 즉 상하적인 구조와 상호적인 관계의 조화가 깨어지면서 유교전통사회는 비인간적인 지배 체제로 타락하였던 것이다.(금장태, 『유교사상과 한국사회』, 한국학술정보, 2008, 20쪽.)

85) 이동하, 「낭만적 상상력의 세계인식」, 김윤식 외 『이문열論』, 삼인행, 1991, 47쪽.

필자 역시 문제의 비중을 줄이려고 한다는 것에 대한 지적에는 동의하는데 아래와 같은 대목에서 살펴볼 수 있다.

[저임과 피로를 못이겨 스스로 몸을 파는 어린 여공을 보았어. 그녀들의 헐한 노동으로 막대한 이익을 남긴 기업주가 흥청하는 것은 우리를 조 몇 말에 사서 대대로 부려먹은 이 집과 다를까?]

[듣고 보니 나도 본 것 같군. 하루 저녁 술자리에 몇 십만 원을 뿌리면서도 몇 천 원짜리 공구를 훔친 소년을 경찰에 넘긴 공장주가 있었지. 이제 그 소년은 흉악한 범죄자로 자라갈 것이고, 사실상 그의 인생은 끝났어. 배고파 턴 나를 때려 죽인 이 집과 다르지 않겠군]

[바람둥이 남편이 건드린 어린 가정부를 사흘이나 문간방에 가두고 매질한 후 내쫓은 그 마님도 마찬가질 거예요. 간통죄로 고소한다는 바람에 그 불쌍한 소녀는 억울한 걸 호소해 보지도 못한 채 길바닥에서 낙태를 했어요. 나를 죽인 이 집 새아씨와 무에 다를까요?]

[유독물질 넣어 만든 과자로 돈을 벌어 제자식에게는 외제(外製)과자를 사 먹이는 그 기업주도 남의 자식 귀한 줄 모르기는 젖을 도려낸 이씨집 마님과 같을 거야]

[그래요. 나도 보았어. 시궁창 냄새가 난다고 가정부 아주머니를 곁에도 얼씬하지 못하게 하는 재벌집 따님, 내 머리를 튀한 우리 아씨와 다를까) (「인생(人生)은 짧아 백년, 한(恨)은 길어 천년」, 170-171쪽.]

원귀들이 문중의 마지막 자손에 대해 복수하기 전에 서로 대화를 나눈 대목이다. 여기서 우리가 살펴볼 수 있었던 것은 그들이 과거에 인간적인 취급을 받지 못하고 모진 수난과 억울한 죽음까지

당해야 했었는데 그러한 상황이 시대가 바뀐 오늘날에도 여전하다는 것이다. 즉 그것은 양반이념을 숭상하는 문중이 처절하게 반성하고 개선해야 할 것이기보다는 어느 시대에나 보편적으로 존재하는 문제라는 점이 더 돋보인다. 이러한 시각은 봉건잔재에 대한 반성이나 성찰이 철저하지 못했고, 시대를 막론하고 존재하는 보편적인 것으로 생각하는 것이라는 점에서 분명히 한계를 보인다는 점에서 비판을 받을 수 있다.

이러한 문제점은 여기서 끝나지 않는다. 부당한 죽음을 당한 이 원귀들은 간신히 화를 면하여 살아남은 이 집안의 마지막 자손과 그의 딸에게 근친상간을 하게 함으로써 복수를 하는데 그 마지막 부분을 살펴보면 아래와 같다.

순간 늙은 거지가 갈퀴 같은 손으로 여인을 거머쥐며 처절하게 부르짖었다.

"야, 이년아, 옷 입어라. 옷 입어…… 아이쿠, 하느님……."

이어 늙은 거지는 가슴을 감싸 안고 방 안을 뒹굴다가 머리칼을 쥐어뜯으며 신음인지 흐느낌인지 모를 소리를 냈다. 앙상한 손가락 사이로 한웅큼 백발이 비어져 나왔다. (중략)

늙은 거지도 그 서까래를 본 듯 늘어진 그의 몸이 한동안 경련처럼 흔들리더니 이윽고 축 늘어졌다. 갑자기 홀로 깜박이던 촛불이 쓰러지며 방바닥에 흩어진 짚검불에 옮아 붙었다.

별스런 연료가 없었음에도 불은 기이하게 밝고 뜨겁게 타올랐다. 그리고 너울거리는 그 불꽃을 타고 마지막 인과의 끈에서 벗어난 영혼들이 손에 손을 잡고 하늘로 솟아올랐다.(「인생(人生)은 짧아 백년, 한(恨)은 길어 천년」, 173-174쪽.)

원귀들은 자신들의 죽음이 원통해 그 문중에 남은 마지막 자손과 그의 딸이 근친상간하도록 조종한다. 그 마지막 자손은 상대가 자신의 딸이었음을 알게 된 후 비분강개하며 그 굴욕감에 못 이겨 딸을 목 졸라 죽이고 자신도 목을 매달고 자살한다.

이렇게 소설은 원귀들이 끝내 마지막 복수까지 한 것처럼 소설은 마무리되고 있는데 여기서 쉽게 지나쳐서는 안 되는 문제점이 있다. 그것은 바로 거지로 된 마지막 자손의 죽음 방식이다. 비록 운 좋게 살아남은 자손이 근친상간하는 것으로 복수를 하게 되지만 소설에서 그것이 비극적인 장면으로 묘사되고 있다. 자신의 딸과 근친상간을 깨닫고 그 굴욕감을 못 이겨 자살하는 것은 어쩌면 양반이라는 사대부정신을 끝까지 고수하려는 것으로 볼 수 있거니와 죽음과도 바꾸지 않으려는 지조를 보인다는 느낌을 준다.

물론 작가는 이러한 죽음의 형식을 통해 이들 문중이 행했던 악랄한 것에 대해 최대의 모욕감을 주는 것으로 복수하는 것처럼 보여주려고 했는지는 모르지만, 결과적으로 이러한 자손의 죽음방식은 독자들에게 비장한 느낌을 주고 있는 것이 사실이다.

다시 말해 원한 맺힌 귀신들에 의한 조작으로 딸과의 근친상간을 하지만, 그는 그 자신의 비윤리적인 잘못을 발견하고, 양반으로서, 그리고 한 인간으로서 남은 마지막 인간적인 위엄을 지키기 위해 죽음과 대결해서 비극적인 종말을 거두게 된다. 이렇게 볼 때 작가는 비록 양반 문중의 비인간적인 행실이나 그것에 대한 반성하려는 듯한 의미를 보여주려고 「상처」와 더불어서 두 편의 글을 넣었지만 「人生은 짧아 백년, 恨은 길어 천년」에서는 작가의 의도와는 달리 그 한계점이 명확하게 드러났음을 부정할 수 없었다. 그리고 이러한 한계점은 어디까지나 단순한 실수가 아닌 작가의식의 소산이라고 보는 것이 적절하다고 본다.

4. 전통정신의 환기

본 장에서는 『황제를 위하여』를 중심으로 작가의 동양적 복고주의 의식이 어떻게 형상화되고 있는지를 살펴보고자 한다. 이문열의 『황제를 위하여』는 1980년부터 1982년까지 2년간에 걸쳐 《문예중앙》에 연재되었던 것을 이후 단행본으로 출간한 작품이다.[86)]작가는 이 작품으로 1983년 대한민국 문학상을 수상하게 되고 작가 스스로도 상당한 애착과 자신이 있어 1991년 재판 서문에서 '나의 여러 자식 중에서도 쓸 만한 자식 중의 하나라고 생각한다'는 첨언을 했으며 그의 대표작을 자천할 때면 빠짐없이 지목하곤 하였다. 그러나 기존의 『사람의 아들』이나 『젊은 날의 초상』 등과 비교했을 때, 의외로 평론가들로부터는 많은 주목을 받지 못했던 것

86) "이문열의 작품 가운데에서 『황제를 위하여』만큼 기구한 운명을 살아 온 작품도 찾아보기 드물다. 1980년부터 1982년까지 이 년에 걸쳐 계간 문예지 《문예중앙》에 연재한 다음 이 작품은 1982년에 처음 단행본으로 출판되었으나 초판에서 그만 그치고 말았다. 1984년에 다시 출판사를 바꾸어 출판하였으나 이번에는 출판사가 문을 닫는 바람에 역시 초판에서 끝나 버리는 불운을 맞았다. 1986년에 세 번째 출판사에서 출판되고 나서야 비로소 이 작품은 독자들한테서 큰 관심을 받기에 이르렀던 것이다." (김욱동, 「낭만적 이상주의와 거대 이론의 위기: 『황제를 위하여』」, 『이문열』, 민음사. 1994, 205쪽.)

또한 사실이다.

김현은 『황제를 위하여』를 두고 이문열의 가장 중요한, 그리고 가장 좋은 소설[87)]이라고 극찬하였고, 김욱동 역시 이 작품이 '한국 현대 소설사를 통하여서도 가장 획기적인 작품 가운데 하나'[88)]라고 높이 평가한 반면, 김명인은 일찍이 이 작품을 두고 '근현대사를 점철했던 우리 민족의 모든 노력을 싸잡아 풍자한', '거대한 한판의 풍자극'[89)]일 뿐이라고 혹평하였다. 권순긍 역시 근대화 과정에서 수난 받고 몰락해가는 유교적 전통의 모습을 그렸다고 요약하면서 이를 이문열이 지닌 중세 보편주의에 대한 향수[90)]라고 비평하였다. 이처럼 소설에 대한 양극화된 평가가 있다는 것은 어떻게 보면 그것이 그만큼 비평적이고 이론적인 쟁점을 제기하고 있으며, 소설 이해와 평가의 관행에 대한 중요한 도전을 내포하고 있다는 것으로 볼 수도 있다.

소설은 갑오농민전쟁이 일제의 강제 진압에 의해 무산되었던 1895년에 태어나 군부독재의 장기집권이 표면화되었던, 이른바

87) 김현은 이문열의 장편소설 『황제를 위하여』에 나타난 상호 텍스트성에 내재해 있는 「베끼기의 문학적 의미」를 논리적이라기보다 직관적인 감각으로 밝히고 있다. 그는 이문열이 어떤 원초 형을 시간적인 거리를 두고 베끼는 것은 단순한 모방으로만 끝나는 것이 아니라, 그것을 새롭게 해석하는 의미를 지니고 있다고 말하고 있을 뿐만 아니라, 이문열이 지닌 유장한 문체의 아름다움의 실체와 그것이 과거를 현재로 복원시키는데 어떠한 역할을 하고 있는 가를 설득력 있게 언급하고 있다. (김현, 「베끼기의 문학적 의미」, 『이문열론』, 삼인행, 1991, 256-265쪽 참조.)

88) 김욱동, 위의 글, 206쪽.

89) 김명인, 「한 허무주의자의 길찾기」, 김윤식 외 『이문열론』, 삼인행, 1991, 182쪽.

90) 권순긍, 「중세보편주에의 향수와 신식민주의적 妄論」, 『역사와 문학적 진실』, 살림터, 1997, 221-245쪽 참조.

'10월 유신'이 선포된 1972년에 생을 마친 남조선국 태조 광덕대비 백성제를 주인공으로 하여 그가 겪는 수난의 모습을 그 내용으로 하고 있다. 잡지사 기자인 '나'는 유사종교 취재차 계룡산에 갔다가 한 노인을 만나 백성제라는 교주의 실록을 보게 되고 후일 이에 근거해 그의 일대기를 꾸미게 된다. 주인공 황제는 계룡산 흰돌머리(白石里)마을에서 「정감록」의 신봉자인 정처사의 아들로 태어난다. 그는 조선왕조의 몰락과 동시에 자신이 예언대로 천하의 주인이 되었다고 생각하고 자신을 따르는 무리들과 함께 기행을 시작한다. 일본군을 습격했다가 혼이 난 그는 세상을 배우기 위해 전국을 떠돌고 급기야는 만주에 가서 비적 두목의 식객 노릇까지 한다. 후일 일본이 패망하자 고향으로 돌아왔지만 백성들은 그를 왕으로 모시지 않고 이승만 정권이 들어선다. 추종하던 무리들도 죽거나 흩어지고 궁핍과 고독 속에서 그는 자신만의 세계에 빠져든다. 마침내 그는 노장의 깨달음 속에서 생을 마감한다. 이처럼 황제는 20세기 현실을 살았다기보다는 제왕의 허구를 살았다고 해야 옳을법한 돈키호테와 매우 흡사한 인물이다.

특히 소설에서는 굉장히 많은 중국 고전들을 인용하고 있는데 유가를 비롯하여 도가, 묵가. 법가, 음양가, 명가 등 이른바 육가를 모두 언급하거나 인용하는가 하면, 이태백이나 두보 등의 시작품을 인용하기도 한다. 중국의 유명한 고전 작품치고 이 소설에서 언급하거나 인용하지 않은 작품은 사실상 거의 없다고 해도 크게 틀리지 않다. 작가는 황제라는 동양의 성현(聖賢)의 화신과도 같은 인물을 통해 근대의 모든 이념들과 대결하는 구도를 설정하였다. 다시 말해 소설은 풍부한 서사성의 실현을 지향한 허구이면서 또한 뚜렷이 교훈적인 의도를 내포한 우화이기도 한데 그것이 일정한 철학적, 도덕적 교훈을 전하려는 목적을 담고 있다는 것은 소설의 서문에서도 밝힌바 있다.

작가에 의하면 한국의 근대사는 이념과잉으로 인해 잘못 전개되었고, 그것은 우리 동양의 것보다 서구적인 것에 대한 집착에서 비롯되지 않았느냐는 것이다. 한국의 근대화는 서구 제국주의가 제공한 것에 의해 진행되었고 그 파행성으로 인해 여러 방면에서 많은 모순을 낳은 것은 사실이다. 그러한 잘못된 과거의 인식과 정신적 차원에서의 문제들을 동양적인 논리로 지우겠다는 시도는 의미있는 작업이라고 볼 수 있다.[91] 상고주의 혹은 동양의 고전적 세계에 대해 깊은 향수를 품고 있는 작가는 이러한 정신이 현실적으로 회복 불가능한 것임을 인지하고 있었으나, 역설적인 형식을 통해서라도 동양의 정신의 소중함을 보여주고자 했던 것으로 보인다.

그러나 결론부터 말하자면 작가는 소설에서 황제라는 인물을 통해 근대의 모든 추상적 이념을 부정하도록 설정하였는데, 그것은 일종의 정신적인 광기를 동반하지 않고서는 도무지 실천될 수 없는 형태를 안고 있는 것 또한 사실이다. 그러므로 작가는 『그대 다시는 고향에 가지 못하리』에서 동양적 정신에 대해 그리워하고 애착을 느끼는 차원에서 한 단계 발전하여 『황제를 위하여』에서는 실

91) 이동하는 『황제를 위하여』에서 나타난 이러한 양상을 바탕으로 "이 작품이야말로 당대의 급진적·전투적 민중주의에 대한 이문열의 싸움이 본격적으로 개시되었음을 알리는 첫 신호탄과도 같은 것이었다"고 지적하기도 한다." (이동하, 「작가정신과 시대상황」, 『이문열 문학앨범』, 웅진출판, 1994, 71쪽.)

천형의 인물을 보여주었으나, 작가의 의도와는 달리 근대적 이념의 '지우기'보다는 '환기'라는 차원에서 그 의미를 찾을 수 있다고 본다.

4.1 정신적 지주로서의 천명의식

중국 고대민족의 민족 신앙의 중심을 이루는 것은 천, 즉 상제(上帝)에 대한 신앙이다. 사람은 모두 천으로부터 태어났다고 하는 신앙, 다시 말하여 인간의 조상은 천이라고 믿는 신앙이 곧 중국 고대인들의 민족 신앙이었다.[92] 이는 이른바 천명[93]사상이라고 할 수 있는데 대체로 도가에서는 명정론을 주장하였고, 유가 주류파는 천명과 인력의 조화를 주장하였다. 『논어』에 "죽고 사는 것은 운명에 달려 있고 부귀는 하늘에 달려 있다"[94]라는 유명한 구절이 있듯이 유가에서는 천명을 숭배한다. 그러나 유가에서 말하는 이러한 천명은 신과 같은 초월자, 즉 시간과 공간을 벗어나 있는 초월적인 존재를 의미하는 것은 아니며, 인간의 정신이나 의식 활동의 내재성에 대립하는 외부적인 대상을 의미하는 것도 아니다. 공자는 '오

92) 안병주, 「산업사회와 유교의 인간관」, 『인문과학』, 제5집, 28쪽 참조.

93) '천명'이라는 용어는 서주시대의 문헌에서 처음 나타나는데, 예를 들어 「서경」 「대고편」(大誥篇)의 "천명을 헤아려 알 수 있다(其有能格知天命)"이 나온다.

94) 『논어』, 「안연편」 死生有命, 富貴在天.

십에 천명을 깨달았다'[95]고 하고 '천명을 알지 못하면 군자가 될 수 없다'[96]고 하면서 어떠한 논리도 천명을 거역할 수는 없다고 하였다. 사람은 천명을 순응하고 천도를 이행해야만 하고 천명은 어떠한 경우에도 사람의 주관적인 의식에 따라 변화하지 않는다는 것이다. 그래서 공자는 '군자는 세 가지를 두려워한다. 천명을 두려워하고, 대인을 두려워하고, 성인의 가르침을 두려워해야 한다.'[97]고 한다. 즉 천명은 만물의 창조원리와 운명이라는 두 가지 의미를 담고 있다. 그런 차원에서 천명은 한 인간의 의지를 통해 결정되는 것이 아니고, 그것은 따를 수밖에 없는 것이며 거역해서는 안 되는 유교의 보편적 이념이라고 할 수 있다. 그리고 진정한 군주는 이러한 신성을 구현하여 하늘의 뜻과 만난 사람이다. 그런 사람을 유교는 성현이라 하여 추앙한다. 하여 성(聖)이란 글자는 '하늘의 말씀을 잘 듣는 자'라는 뜻이다.

황제가 어린 시절 고향에서 몇 차례의 기이한 사건이 발생하게 되는데, 이러한 일들을 계기로 고향사람들은 모두 황제가 천명을 타고난 사람임을 믿어 의심치 않게 된다. 그는 1895년에 태어나 1910년에 이른바 천명을 깨닫고 1934년에 소수의 추종자를 거느린 남조선국의 왕으로 즉위하여 1969년에는 제위에 오르고 1972년에 죽는 것으로 소설을 끝난다. 소설에서 황제의 긴 삶은 자신을 이해해 주지 않은 세상 사람들과의 끊임없는 싸움으로 점철되어

95) 『논어』, 「위정편」 五十知天命.

96) 『논어』, 「요왈편」 不知命 無以君子也.

97) 『논어』, 「계시편」, 君子有三畏, 畏天命, 畏大人, 畏聖人之言.

있다. 황제는 자신의 주변상황이 지극히 불리하게 작용하더라도 그것에 굴복하지 않고, 철저하게 옛날 중국 황제들의 고사에서 만들어진 삶의 틀 속에서 사고하고 행동하며 격동의 세월 속에서 시대와 대결한다. 황제가 자신의 이루고자 하는 바를 포기하지 않고 시대와 대결할 수 있었던 이유는 자신의 천명에 대한 믿음이 확고했기 때문이다. 다시 말해 소설의 전체 구성이 황제가 천명을 얻는 과정, 천명에 의지하여 세상과 대결하는 과정, 천명의 신념을 내려놓는 세 단계로 구성되었다고 해도 과언이 아니다.

자신이 천명을 받고 있다는 황제의 입장에서 볼 때, 오로지 천명만이 천지만물의 원리이며 과학과 이성을 바탕으로 하는 의식적인 모든 것들은 현대의 '미신'에 불과하다. 과학과 이성을 바탕으로 하는 모든 지혜가 황제의 입장에서 볼 때 참다운 예지가 아니기 때문에 그러한 것들은 모두 거부된다. 황제가 스승으로 모셨던 큰 선생의 떠남도 황제의 천명에 대해 수용할 수 없었기 때문이다.

"그 하나는 얽히고 설킨 만국의 사정이오. 서양인들의 기계 문명에 의지한 막강한 힘은 우리의 오랜 대국(大國)이던 중화조차 노략하고 능욕하고 있소, 하물며 힘없고 작은 우리 조선이겠소? 우리가 힘을 길러 그들과 대등해지는 날까지의 몇십 몇백 년은 어차피 그들 힘센 서양인들이나 재빨리 그들의 기술을 배운 왜인들의 손을 벗어나지 못할 것이오. 더구나 만국 정치의 대세는 왕을 폐하거나 있어도 통치하지 않는 형태로 기울어져 가고 있다 하오. 그런데 우리만 허황된 비기(祕記)를 따라 무슨 성(姓) 어디 몇 년, 무슨 성 어디 몇 년, 하는 식으로 구태의연한 왕조가 이어가겠소? 인구 십만도 먹일 물이 없는 이 계룡산 골짜기가 도읍이 되겠소?

다른 하나는 주인장이 꿈을 걸고 있는 아드님이오. 확실히 그 아이는 기억력이 뛰어나고 용모도 수려하오. 천성도 순수하며 대범하고. 그러나 새로운 왕조를 개창할 왕자(王子)의 재목은 아니오. 난세를 헤쳐나갈 간흉계독(姦凶計毒)이 없고, 모사(謀事)는 치밀하지 못하며, 판단은 무디고, 때에 당하여 대처함이 느리오. 뿐만 아니라 주인장의 망상으로 깊은 해독을 입어, 그릇된 신념이 종종 원래의 장처(長處)마저 가리고 있소……"(『황제를 위하여1』, 54-55쪽.)

앞서 인용문은 황제를 가르쳤던 선생이 한 말인데, 황제가 열 살일 때 황처사는 과객 한 분을 맞이하면서 추후 그는 큰 선생으로 불리며 삼년간 황제를 가르친다. 그러나 큰 선생은 과학과 합리적인 이성을 믿는 사람으로 황제의 천명에 대해 회의적이다. 그 이유는 소설에서 두 가지로 분류된다. 큰 선생은 외적인 요소로 시대적 환경을 언급하고, 내적인 요소로 황제의 자질을 지적하며 황제의 천명은 결코 이루어질 수 없다고 지적한다. 큰 선생은 이 두 가지를 바탕으로 황제에게 깃 든 천명신념은 결코 이루어질 수 없는 헛된 꿈이라고 주장하나 황제를 비롯한 가족들은 큰 선생의 말을 받아들이지 않는다. 결국 황제의 천명을 믿지 않는다는 이유로 큰 선생은 흰돌머리를 떠나게 된다. 천명은 황제에게 세상을 살아가는 하나의 이념이자 무기로 변모하게 된다. 이를테면 황제가 기병하여 일본군과 싸운 파왜관 전투를 일으킨 것도 황제의 천명에 대한 확연한 믿음이 있었기 때문이고, 전투에서 실패하여도 자신의 천명에 대한 믿음이 있기에 좌절하지 않는다.

"하늘이 나를 상케 하시는구나, 하늘이 나를 상케 하시는구나. 이제 내 무슨 낯으로 백석리(흰돌머리 마을)의 부형을 대하랴." (중략)

하늘이 황제를 버리셨는가, 상제(上帝)께서 적도에게 내릴 복주(伏誅)의 부월(斧鉞)을 잊으셨는가. 황제 상심하시어 자진(自盡)하려 하셨음은 억색(臆塞)한 김에 잠시 신지(神志)가 흐려지셨음이라. 쇠는 달구고 때릴수록 굳세지며, 사람은 간난은 통하여 더욱 큰 그릇을 이루나니, 하물며 제왕의 길에 있어서랴. 옛날 구천(句踐)이 섶에 누워 쓸개를 맛본 것이나, 저 한고조(漢高祖)가 당한 평성(平城)의 수모 또한 황제께서 겪은 파왜관의 참패와 무엇이 다르리오.

오로지 훗날의 영광을 더욱 빛내기 위한 하늘의 배려였으리라.(『황제를 위하여 1』, 84-99쪽.)

황제가 기병을 했던 것도 하늘을 대신하여 정의를 실현한다는 대의명분을 갖추고 있었으며, 그러한 믿음이 확실했기에 그는 상대하기 어림도 없는 일본군들을 상대로 전투를 벌일 수 있었고, 전투가 패하고 많은 이들이 인질로 잡혀가자 서슴없이 적군 사령부에 가서 자신이 볼모를 자처하고 수하들을 구할 수 있었던 것도 자신의 천명에 대한 믿음이 있었기 때문이다. 물론 황제는 전투에서 패하자 '하늘이 나를 상케 하시는구나'며 한탄하지만 앞서 실록에서처럼 황제는 그것 역시 훗날을 위한 하늘의 계시라고 와신상담의 기틀을 마련한다. 그렇게 철석같이 자신의 천명을 믿고 있었기에 파란만장한 근대의 시기를 거치면서도 자신의 의지를 굽히지 않고 견지할 수 있었던 것이다. 그리고 황제의 가천하(家天下) 및 천명사상을 거부하는 일체의 사상·종교는 황제로부터 중사(衆邪)로 판정되며 모두 적으로 간주된다. 그러나 시대의 흐름은 언제나 황제의 의도와는 어긋났고 종국에 가서는 자신이 지키고자 했던 마지막 근거지인 횐돌머리마저 떠나야 할 때 황제의 천명에 대한 신념은 조금씩 변모해간다. 황제가 자신의 신념이 크게 동요된 사건이 발생하는데 바로 4·19 사건이었다. 드디어 하늘이 자신을 알아주고 있다는 것을 다시 확인하게 된 황제는 기병을 준비하는데 모든 것이 여의치 않았다. 서울로 진군하려던 차 황제는 정권이 민주 패거리에게 접수되고 윤모(윤보선)란 사람이 대통령이 되었다는 것을 알게 되면서 크게 좌절한다.

"아아, 이 백성이 어찌도 이리 어리석더란 말인가, 이왕에 거짓 왕을 내쳤거든 어찌 참 주인을 알아보지 못한단 말인가. 실로 앞날이 근심되니, 언젠가 너희가 반드시 사는 것이 죽는 것보다 못한 지경에 빠지리라."

그리고 다시 뒷날을 기약하며 회군(回軍)하였다. 오오 진실로 멀구나, 천명(天命)이여, 무심하구나 천도(天道)여.(『황제를 위하여2』, 201쪽.)

황제는 자신의 천명을 하나의 이념과 무기로 삼고 파란만장한 역사의 소용돌이를 헤쳐 나왔으나 해방이 되고 4·19가 터지면서 황제는 스스로 천명의 이념을 스스로 내려놓게 된다. 그는 당시 그의 기병을 막아 나선 어떤 식자의 권유를 순순히 받아들이게 되고 다음해에 5·16이 일어나도 아무런 행동도 취하지 않는다. 수많은 역경을 견디면서도 자신의 천명에 대한 믿음을 의심치 않았으나 종국에 가서는 스스로 천명에 대한 신념을 포기하며 노장의 침잠에 들어간다. 이러한 결과는 분명히 황제의 실패라고 볼 수 있다. 황제는 천명을 굳게 믿고 자신의 이념으로 삼았으나 이루고자 하는 목표를 달성하지 못했기 때문이다.

작가는 동양의 전통정신 전반에 애착과 믿음을 갖고 있었는데 천명의식도 그 중의 하나라고 볼 수 있다. 만약 작가가 천명이라는 의식에 대해 긍정적으로 묘사하려고 했다면 소설은 황제의 승리로 끝나야 한다. 그러나 오늘의 현대의 사회가 과학과 합리주의 이성을 바탕으로 된 세계임을 염두에 둘 때, 황제의 천명사상은 처음부터 실현될 수 없는 헛된 꿈이라고 볼 수 있다. 그런 차원에서 작가는 합리주의자이며 현실적이라고 할 수 있다. 소설에서 천명을 정신적 지주로 삼은 황제가 소설의 말미에 이르러 모든 것이 헛된 것임을 시인하며 자신의 천명에 대해서도 포기하는 모습을 보여주는데 이러한 모습은 황제의 실패이기도 하지만 천명의 실패라고도 볼 수 있다.

그러나 여기서 주목할 것은 황제가 오로지 천명만을 믿고 무모한 실천을 했다는 점이다. 천명이라는 것이 실현되려면 인력과의 적절한 조화가 필요한데, 황제는 오로지 천명에만 의지하여 무모한 일들을 감행했다. 그나마 황제가 오랜 시간동안 생존할 수 있었던 이유도 마숙아나 김광국과 같은 합리주의 이성을 바탕으로 한 보좌들이 끊임없이 황제의 무모한 도전을 만류했었기 때문이다. 만약 황제가 오로지 자신만의 천명만을 믿고 주위에 마숙아나 김광국과 같은 충신이 없었다면 그는 훨씬 일찍 생명마저 잃을 수 있는 상황을 모면하지 못했을 것이다. 그런 차원에서 황제의 실패는 천명의 패배가 아니라 황제의 잘못으로 볼 수 있다.

그럼에도 불구하고 황제를 통해 천명의 적극적인 의미를 도출하자면 황제가 살았던 시기가 한국의 근대 역사에서 제일 혼란했던 격동의 시기라는 점이다. 혼란기의 사람들이 모두 자신의 정체성을 잃고 역사의 소용돌이 속에서 좌절하고 우왕좌왕할 때, 황제는 그래도 천명이라는 정신에 기탁하고 있었다. 황제는 자신의 천명을 믿고 일본군과도 전투를 벌이고, 한동안은 풍요로운 생활도 즐길 수 있었다. 황제를 가르쳤던 큰 선생의 지적대로 행동했다면 황제는 그냥 몰락한 시골농부로 인생을 마감했을 것이다. 격변의 세계에서 황제는 천명이라는 무기가 있었기에 그는 삶의 절대다수기간 희망을 안고 살 수 있었다.[98] 다시 말해 황제가 실패했던 것이 그가 무모하게 실천했기 때문이지 황제의 실천이 인력과의 적절한 조화를 이루었다면 충분히 자신의 목표를 달성할 가능성도 있었다는 말이다. 역사의 현실이 불가항력적인 것을 염두에 두면서 황제

---

98) 소설에서 황제는 세상과 대결함에 있어 천명사상이 필요했는데, 이러한 상황은 천명사상이 애초에 기원된 맥락과도 대동소이하다. 이춘식에 의하면 "천명사상이란 주나라 정치철학의 핵심적 내용이다. 원래 주는 상 왕조의 통치권에 속해 있던 나라였으나, 세력이 강해짐에 따라 마침내 주군(主君)을 배반하고 새 왕조를 창건하였다. 새 왕조의 창건자들은 주의 건국에 도움을 주었기에 봉건제후가 된 세력들에게 자신들의 상 왕조 정벌이 폭거나 아니라 정당한 도덕적 근거가 있음을 선전하였다. 그 내용은 이러하다. 원래 하늘은 현명하고 덕이 있는 한 사람을 선택하여 이 세상 전체(天下)를 통치하도록 명한다. 이 사람은 하늘로부터 위임 통치의 명을 받은 사람인 것이다. 그는 하늘의 아들(天子)로 일컬어진다. 주의 건국자(武王 주공의 형)야말로 그러한 인물이다. 원래는 상 왕조의 임금들이 하늘의 명을 받아 통치하고 있었다. 그러니 이들은 선정을 베풀지 않고 폭정을 행하였기에 하늘은 그들에게서 명을 거두어들이고 주어게 새로이 명을 내렸다. 무왕의 상 왕조 정복은 하늘의 뜻에 따른 행위이지 결코 폭거가 아니니다. 주공의 이러한 선전은 어느 정도 효과가 있었을 것으로 추정된다."고 하였다. (이춘식, 『중화사상』, 교보문고, 1998, 78쪽.)

의 천명사상이 단순히 묵묵히 자신의 운명을 받아들이는 것이 아니라 혼돈의 세월에서 거기에 맞서 대항할 수 있는 힘이고 하나의 이념을 제공해주었다는 점에서 우리는 그 의미를 찾을 수 있다.

4.2 도덕규범으로서의 왕도정치

유학은 정치에 있어서 도덕적 인간을 숭상하며 인륜을 강조한다. 특히 유교전통은 나라를 다스리는 데 법에 의지하기보다는 통치자의 도덕적 인격에 훨씬 큰 비중을 두고 있는데 즉 유학은 국가를 이끌어가는 임금의 경우도 반드시 도덕적 군자(君子)여야 한다는 인식과 함께 예(禮)에 대한 도덕적 사회규범을 정치철학에도 반영하여 왕도[99]정치(王道政治)를 이상으로 삼는다. 맹자의 이상주의적 정치사상을 전통적 개념에 따라 왕도사상[100]이라고 부른다. 맹자

99) 왕도란 당우(唐虞) 삼대(三代)를 통하여 실현되었던 요(堯)·순(舜)·탕(蕩)·문(文)·무(武)의 옛 성왕(聖王)들이 천하를 다스리던 도(道) 즉 방법을 말한다. 이 '왕도'(王道)라는 말은 「서경(書經)」 「홍범장(洪範章)」에서 비롯되었다. "치우치지 않고 기울어짐도 없으면 '임금의 길'(王道)은 널리 시행될 것이며, 기울어지지 않고 치우치지도 않으면 '왕도'는 바르고 곧을 것이니 법칙을 지키는 이들만 모으면 법칙을 지키는 이들이 따르게 되리라." 여기에서 왕도란 도덕정치의 이상(理想)을 대표하며, 이러한 이상정치는 맹자에 의해 크게 드러나게 되었다. 그러나 맹자의 왕도정치는 바로 공자의 '정치는 덕으로써 행한다.'(爲政以德)는 사상을 바탕으로 전개되었다. (최근덕 외 공저, 『유학사상』, 성균관대학교 출판부, 2000, 140-141쪽.)

100) 왕도정치 사상의 바탕은 바로 「대학」의 기본 주제인 성의·정심·수신·제가·치국·평천하다. 이에 따르면, 왕의 권위는 하늘이 준 것이고 백성을 낳은 주체 또한 하늘이니, 왕은 늘 민심을 통해 하늘의 뜻을 살펴 그대로 행해야 한다. 그것을 잘하려면 하늘이 준 인성을 바르게 닦아야 한다. 마음속 생각을 선으로 가득 채워 귀신이 침범하지 못하도록 갈고 닦아 마음을 바르게 하는 것이 바로 성의와 정심의 수

는 힘에만 의존하는 패도주의(覇道主義)의 대국정치(大國政治)보다 덕행으로 이웃의 공동체에 감동을 줄 수 있는 소국주의(小國主義)를 왕도정치의 이상으로 간주하고 있는 것으로 보인다.

왕도정치는 국력의 물리적 크기와 전혀 상관없는 개념이다. 그 땅이 비록 작으나, 그 도덕적 품행이 사해를 감동시키고 모으는 것이 왕도의 본질에 해당된다. 다시 말해 왕도는 덕을 근본으로 하며 의(義)를 우선한다. 패도는 힘을 근본으로 하고 리(利)를 우선한다. 그래서 맹자는 "백성은 국가에서 가장 중요한 요소이다. 사직(社稷)이 그 다음이요 군주가 가장 가볍다."[101]고 말하는데 이러한 민본주의 사상은 중국 역사상에 막대한 영향을 끼쳤다.

맹자는 왕도와 패도를 구별하는 기준을 '덕으로써 인을 행하는 것'과 '힘으로써 인을 가장하는 것'에 두고 있다. '덕으로써 인을 행하는 것'은 덕화와 예치의 방식으로써 사람 마음을 얻고서 천하의 치평(治平)을 이루는 것이다. 그러나 '힘으로써 인을 가장하는 것'은 단지 인의라는 이름만을 빌렸을 뿐 실제로는 무력을 사용하여 정벌하고 정권을 수립하는 것이다. 즉 이러한 정치는 인심의 진정한 동의를 얻기 어렵다. 단지 반항할 수 있는 힘이 부족하기 때문에 일시적으로 복종하는 것에 불과한 것이다. 맹자는 이러한 덕과

련 단계다. 이렇게 자신을 바르게 세우고 닦음으로써 만백성의 모범이 되어야 한다. 그렇게 왕이 솔선수범한다면 굳이 법령을 일일이 만들어 반포하지 않아도 사회질서가 저절로 이루어진다는 것이다. 이것도 이론적으로는 매우 설득력이 있으며, 왕의 전제와 학정을 견제하는 힘을 가지고 있었다. 그래서 중국의 경우에는 군주의 권한을 일부 견제하는 순기능을 한 것도 사실이다. (계승범, 「왕도와 신도」, 『우리가 아는 선비는 없다』, 역사의 아침, 2011, 113쪽.)

101) 『맹자』, 民為貴 , 社稷次之 , 君為輕.

힘으로써 왕도와 패도의 다름을 구분하였다. 이러한 관념은 공자가 말한 "법령으로써 백성들을 인도하고, 형벌로써 다스린다면 법의 제재는 면할 수 있지만, (자신의 잘못에 대하여)수치심을 갖지는 못한다. 덕으로써 인도하고, 예로써 다스린다면(자신의 잘못에 대하여) 수치심을 가지며 또 올바르게 될 것이다"[102]로부터 온 것이라고 할 수 있다.

동양에서 지도자의 이상적 상이 유교에서 왔다[103]는 것을 염두에 두고 볼 때, 소설에서 정통 유학을 위주로 지식을 습득한 황제 역시 이러한 유가 성인의 왕도정치 신념을 갖고 이행하려고 노력해온 인물이다. 『영웅시대』가 서구적인 영웅 개념에서 조명한 한 소설적 영웅의 이야기였다면, 『황제를 위하여』는 그와는 반대로 동양의 고전적인 성인 개념으로부터 동양적 영웅의 면모를 구축하려한 작품이라고 할 수 있다.[104] 다시 말해 이문열이 그려낸 황제 속에는 고전적 성현의 이미지와 미치광이의 이미지가 서로 겹쳐서 공존하고 있다. 그는 자신의 천명을 굳게 믿고 있었으며 그것을 바탕으로 개화기 이후 역사상 수많은 일들과 부딪치면서 좌절하지 않고 왕도정치 신념을 이행해온 인물이다. 그는 요순과 같이 패도를 행하지 않았으며 흰돌머리를 중심으로 왕도정치를 펼친다. 황제의 태어남부터 심상치 않았던 것처럼 그의 인품도 또한 일반 사

102) 『논어』, 「위정」, 道之以政，齊之以刑，民免而無恥；道之以德，齊之以禮，有恥且格.

103) 김승옥, 「동양 문학사상의 근원」, 『서정시학』, 2007, 제17호, 3007쪽.

104) 김경수, 「부조리한 세계와 소설의 주인공」, 이태동 편, 『이문열』, 서강대학교 출판부, 1996, 189쪽.

람이 따라오지 못할 만큼 뛰어났다. 황제는 자신의 천명에 대한 믿음을 바탕으로 성장하면서 삶 속에서 왕도정치를 실천한다. 물론 이러한 소설에서 언급되고 있는 왕도정치는 위계질서[105]를 바탕으로 한 것이다.

대표적으로는 그가 파왜관 전투에서 있었던 일이다.

"지금이 호기(好機)입니다. 신호를 하십시오."

산꼭대기 부근에서 그런 왜병들의 동태를 살피고 있던 방량이 황제에게 속삭였다. 계곡의 중군에게 공격 개시를 알리는 신호용의 육혈포를 쏘라는 말이었다. 그러나 황제는 문득 무엇을 생각했는지 무겁게 고개를 저었다.

"군자는 남의 위급을 틈타지 않는다 하였소."

"그렇지 않습니다. (중략)"

그러나 황제는 뜻을 바꾸지 않았다.

"승리를 훔치는 것은 소인배나 간웅(奸雄)이 할 짓이요, 떳떳한 군자의 도리는 아닐 것 같소, 더군다나 적은 겨우 십여 명, 하물며 기습을 하겠소. 나는 송양공(宋襄公)의 인의(仁義)를 배워 이 골짜기에 뼈를 묻을지언정 승리를 도적질하는 패도(霸道)를 배우지는 않겠소." (『황제를 위하여1』, 85-86쪽.)

---

105) 공자님이 꿈꾸는 왕도 정치에서는 평등의 개념은 별로 중요하지 않다. 가르침에 차별은 없다.(有教無類 衛靈公 38)라는 공자님 말씀에서 공자님의 평등사상을 읽는 사람도 있다. 맞다. "한 다발의 육포라고 가지고 오면 그 누구라도 나는 기꺼이 가르침을 베풀었다. (自行束脩以上 , 吾未嘗無誨焉. 述而 7)"라고 말씀하신 분이 공자님이다. 공자님에게서 신분적 차별은 존재하지 않는다. 기회의 차별은 존재하지 않는다. 하지만 배움과 깨달음의 평등까지 거기서 읽으면 좀 곤란하다. 인간이라는 존재가 양(量)적으로 똑같은 개인들이라는 의미의 평등사상은 그 말씀에 해당되지 않는다. 진형준, 『공자님의 상상력』, 살림, 2012, 303쪽.

자신의 천명을 굳게 믿는 황제는 기병을 하여 일제를 습격하고자 했으나 관건적인 시각에 군자의 도를 운운하며 절묘의 타이밍을 놓치고 전투는 실패하게 된다. 황제는 천하의 모든 사람들이 자신의 백성이라고 생각하며 덕으로 다스리고자 하며 인의를 지킨다. 물론 황제가 군사 방량의 말을 듣고 기습을 했다고 하더라고 그들이 승리할 수 있다는 보장은 그 어디에도 없다. 오히려 더 큰 사상자를 낼 수 있는 상황을 초래했을지도 모른다. 왕도란 성현이 백성을 사랑하는 인정을 의미하는 것처럼 황제는 그것을 적에게도 적용하며 자신이 직접 실천한다. 그러나 황제의 실천은 결국 실패로 끝나고 황제를 비롯한 흰돌머리의 사람들은 전투에서 대패하게 된다. 왜군과의 전투에서 패한 황제는 홀로 세상을 배우고자 방랑의 길을 나섰다가 경기도의 한 주막에서 한 모녀를 만나게 되는데 여기서 황제는 다시 한 번 자신의 왕도신념을 실행에 옮긴다.

경기도로 접어드는 길목의 한 주막에서 황제는 늙은 퇴기의 하소연을 듣고는 자신의 백성이 고통 받고 있다는 마음에 자신이 갖고 있던 재화를 모두 건네주게 된다. 어리석은 황제는 늙은 주모와 그의 딸의 말을 순순히 믿고 사기를 당한다. 황제가 사기를 당하게 되었던 중요한 점은 그가 천성으로 선량했던 점도 있었지만, 더 중요했던 것은 자신은 천명을 갖고 태어났으며 자신이 황제라는 믿음을 바탕으로 왕도정치를 실천해야 한다는 신념을 갖고 있었기 때문이었다. 그러나 이러한 황제의 선한 마음은 두 모녀에게 이용되어 황제는 자신이 갖고 있던 모든 재화를 잃게 된다.

이러한 황제의 신념은 그가 마숙아를 얻게 되는 과정에서도 드러난다. 왕도정치의 실현을 위하여 요구되는 요소 중 하나가 임금을 도와 인정(仁政)의 실무를 담당할 현자(賢者)의 등용이라고 할 때, 마숙아는 바로 황제가 인덕을 베풀어서 얻은 충신이라고 할 수 있다. 황제는 서울에서 마숙아라는 협잡꾼 때문에 자신이 갖고 있던 마지막 재화까지 탈탈 털리게 되나 황제를 그를 나무라지 않고 고향에까지 데려오게 된다. 그러나 흰돌머리에서 마숙아의 정체가 드러나면서 황처사는 크게 노하고 그를 처형하기에 이르는데, 황제가 이때 나타나 황처사를 설득하여 마숙아를 구한다.

"아버님께서는 거침없이 마공(馬公)을 흉악하다고 이르시나 어찌 인성(人性)에 흉악함이 따로 있겠습니까?

일찍이 맹자께서 말씀하시기를 풍년에는 젊은이들이 거의 선량하고 흉년에는 거의 포악한데 그것은 사람의 본성이 그렇게 다른 것이 아니라 그들의 마음을 그렇게 만든 원인이 따로 있었을 것이니, 마치 같은 토지에다 같은 시기에 보리를 묻어도 그 결실이 서로 다른 것은 우로(雨露)와 사람의 손질이 같지 않아서 그런 것과 같다고 했습니다.

또 말씀하시기를 우산(牛山)의 나무들은 일찍이 아름다웠으나 큰 도읍에 가까이 있어 함부로 베어내고 말았으니 어찌 아름다울 수 있으랴, 밤낮 자라고 비와 이슬에 싹이 돋았으나 또 소와 양을 몰고 까 마구 먹였으니 저렇게 벌거숭이가 되고 말았노라, 사람들이 그 벌거숭이 산을 보고 저기에는 원래 나무가 없었다고 하니 그것이 어찌 산의 본성이겠는가, 이와 마찬가지로 사람의 본성엔들 어찌 양심이 없겠는가, 사람이 양심을 잃어버리는 일도 도끼로 나무를 날마다 베어냄과 같으니라, 했습니다.

진실로 그러하니, 대개 마공(馬公)의 허물도 그와 같습니다. 비록 일시 궁하여 나를 속였으나 그것이 어찌 마공의 본성이겠습니까? 어리석은 소견으로는 지난 허물을 탓하여 능력 있는 선비의 시체를 날짐승의 밥으로 버리는 것보다는 살려 그 빼어난 재주를 이롭게 쓰는 것이 나을까 합니다. (『황제를 위하여1』, 140-141쪽.)

황제는 마숙아가 자신에게 사기를 친 것은 맞으나 그것은 당시의 시대적 환경으로 말미암아 어쩔 수 없었던 것으로 변호해준다. 황제의 도움으로 마숙아는 흰돌머리에서 다시 새로운 사람으로 태어나게 되며 죽을 때까지 황제를 보필하는 충신이 된다. 그리고 이러한 마숙아의 변모는 황제의 왕도정치에 대한 신념이 있었기 때문인 것으로 소설에서는 보여주고 있다. 그리고 1945년 일본군이 패망할 무렵 황제는 드디어 다시 기병을 하게 되는데 여기서도 황제는 자신의 인의를 다시 한 번 베풀게 된다. 과거 자신이 그렇게 증오하던 왜놈들마저 황제는 자신의 백성이 될 수 있다는 생각으로 그들을 용서한다. 물론 그 왜적들은 소련군의 무장 해제를 기다리고 있는 패잔병들이어서 황제가 어떻게 할 수 있었던 상황은 아니었다. 그럼으로 인해 황제의 의도는 다시 한 번 무산된다. 이처럼 앞서 총 네 차례의 사건을 통해 우리는 황제가 시종 왕도정치를 몸소 실천하나 대체로 그것은 기상천외하고 것으로 드러나고 대체로 황제가 피해를 보는 것으로 드러난다.

이른바 왕도정치라 함은 통치자의 덕을 통해 정치를 실현하는 것이라고 했는데 그것은 물리적인 힘이나 폭력이 아닌 솔선수범의

덕이다. 그러나 사제지간이라면 몰라도 권모술수가 난무하는 정치 무대에서는 이러한 신념이 제대로 실현되기는 어렵다고 할 수밖에 없다. 실제로 역사에서도 공자와 맹자 이후 중국의 역사에서 패자가 통일제국을 세운 경우는 많지만 왕자가 그렇게 한 예는 찾아볼 수 없다는 점에서도 알아볼 수 있다. 그렇게 때문에 소설에서 황제가 그러한 신념을 갖고 혼란된 세상을 산다는 것은 실패할 수밖에 없다고 볼 수 있다.

작가는 이른바 동양적인 사상에 애착을 갖고 있었던 것으로 황제의 왕도정치에 대한 신념이 실패로 끝나게 되나, 그 자체에 대한 비판을 하는 것은 아니다. 작가는 왕도사상을 긍정적으로 그리려고 했으나 결론적으로 이러한 사상은 시대착오적인 것으로 결론난다. 그러나 작가의 초점은 사상의 자체의 성공여부에 있지 않았다. 이러한 지적은 황제를 보필했던 김광국이 공산주의자 이현웅을 따라 나서는 융에게 한 말에서 드러난다.

"나도 한마디 해야겠다. 확실히 네 아버지에게는 황당무계한 데가 있다. 아주 나쁘게 말하면 미치광이라고 할 만큼. 그리고 대부분의 결함은 종종 남에게 해를 끼친다. 시기(猜忌)란 결함을 가진 사람은 그로 인해 남을 헐뜯고, 탐욕이란 결함은 이웃의 재물을 훔치게 한다. 특히 편협한 계급의식이나 권력욕, 명예욕, 증오 따위의 정신적인 결함이 어우러져 어줍잖은 이념(理念)의 탈을 쓰게 되면 세계와 인생에 대한 그 피해는 예측하기 어려울 정도로 크다.

그런 점에서 네 아버님이 가진 정신적 결함은 오히려 우리들 중 누구의 것보다 적다. 누군가 곁에서 적절히 조절해주기만 하면, 결코 남에게 해는 되지 않을 것이다. (『황제를 위하여1』, 281쪽.)

김광국은 황제의 천명을 비롯하여 가천하(家天下) 사상이나 왕도 정치에 대한 신념은 비록 그것이 시대와 어긋나는 부분이 있고 가끔은 황당하다는 느낌을 준다는 것을 시인하고 있다. 소설에서도 황제는 자신의 왕도정치를 고수하지만 대체로 황당하거나 어리석은 소치로 결론 나거나 황제가 피해를 보는 경우가 훨씬 많다.

그러나 김광국이 지적한 것처럼 황제의 신념은 황당하나 어디까지나 남에게 해를 끼치지는 않는다는 것이다. 황제의 가천하(家天下) 사상이나 왕도정치는 현실적으로 실천될 수 없는 것은 사실이다.

과거 동양의 많은 전통적 정신들이 현대의 병리를 비판하는 수식어로 기능하고 있다는 점을 염두에 두었을 때, 황제의 왕도정치라는 것도 이러한 지점에서 살펴볼 수 있다고 본다. 작가는 근대의 모든 이념들을 부정적으로 바라보고 있는데 그 이유는 서로에게 피해를 주고 있기 때문이다. 그리하여 소설에서 황제는 자신의 신념을 갖고 실천하나 실패하는 것으로 결론나지만, 어디까지나 그의 신념은 남에게 피해를 주지 않았다는 것이다. '황제가 그의 미망으로 말미암아 벌인 일련의 희극적 해프닝들은 그것을 뒤집어 보면 실은 제왕학(帝王學)의 수련이 사람에게 길러 주는 고결한 덕성과 유관한 경우가 허다하다'[106]라고 하듯이 동양의 이념이 현대의 사회와는 어긋나는 지점에 있다고 하나 근대 수많은 이념들이 서

106) 황종연, 「이념으로부터의 자유를 위한 우화」, 이문열 편, 『황제를 위하여2』, 2001, 252쪽.

로 충돌하면서 유혈사태나 생이별을 초래하는 비극적인 상황을 견주어 볼 때, 소설에서 황제의 왕도정치에 대한 이념은 이러한 근대의 이념과 사상을 반성하게 하는 하나의 계기를 마련했다고 볼 수 있다.

4.3 공맹사상을 통한 추상적 이념부정

황제가 본격적으로 하늘의 소리를 듣고 자신에게 부여된 역할을 인지하게 되면서부터 그의 세계와의 대결은 시작된다. 황제의 세계와의 만남은 고향 백석리에서의 일본군과의 전투, 대전에서 기차를 보고 놀라는 일, 수원에서의 일본 헌병과의 시비, 그리고 간도로 옮긴 뒤의 터무니없는 국가 건설 등, 수도 없이 벌어진다. 또한 그 와중에서 황제는 기독교, 사회주의, 공산주의 등의 사회적 사상조류를 접하게 되고, 해방 후에는 미군과는 대면하는 등 자신의 이상주의와 배치되는 또 다른 이상주의의 조류와 연이어 조우하게 된다. 『황제를 위하여』의 황제는 광인으로 시대의 반항아로서의 성격을 지닌다. 루쉰의 「광인일기」(狂人日記)에서 전근대의 인습과 제도가 사람을 잡아먹는 괴물이었다면 『황제를 위하여』에서는 근대의 서구 문물과 이데올로기가 사람을 잡아먹는 괴물로 표상된다.

황제의 정치적, 이념적 입장은 유가와 법가를 양쪽 날개로 삼는 왕도정치인 만큼 그것이 서양에서 유입된 근대 정치 이념과 정면으로 충돌하리라는 것은 어렵지 않게 예상되는 일이다.

작가는 황제라는 인물을 내세워 근대 한국의 정치 이념들에 대해 총괄적으로 부정한다. 작품의 서문에서 작가는 "멀게는 개화파(開化派)와 수구파(守舊派)의 투쟁에서 가깝게는 민주(民主)·공산(共産)의 대립에 이르기까지 근세사에 있어서 가장 격렬하고 비극적인 사건들은 모두 이념의 부재에서가 아니라 과잉에서 왔다"는 주장을 펴고, 작품의 중요한 의도 중의 하나가 그러한 이념 과잉에 빠져들지 않도록 제어하는 '조그만 장치'를 만드는 것이었다고 밝히고 있다. 다시 말해 작가는 우리가 근대화를 지나오면서 새롭게 받아들였던 모든 가치와 세계관을 당연히 여기는 그러한 관념을 전통적 동양적인 가치와 사상을 통해 환기시켜 우리가 쉽게 지나쳐왔던 어떤 자신들의 소중한 가치들을 다시 되살피는 기회를 마련하고자 했던 것이다. 구체적인 양상은 두 가지로 분류되는데, 차례로 정치적 이념에 대한 비판과 종교에 대한 비판이 있다. 정치적 이념에 대한 비판에는 공산주의와 민주주의가 포함되고, 종교에 대한 비판에는 기독교와 불교가 포함된다.

황제는 근대의 모든 추상적 이념에 대해 대결하고자 하나 첫 번째 타깃은 공산주의이다. 물론 황제는 공산주의나 민주주의나 모두가 지배를 위한 술수 내지는 계략이라고 판단하며 민주주의에 대해서도 신랄한 비판을 하지만 공산주의에 대한 비평이 훨씬 많은 분량을 차지한다. 소설에서 공산주의에 대해 반감을 갖게 된 사연은 여러 가지 있다. 간략하게 살펴보면 아래와 같다.

황제의 입장에서 보면 남이든 북이든 6·25는 그대로 하나의 거대한 모반(謀叛)

이었다. 그러나 증오나 적개심으로 보면 더 강한 적성(敵性)을 지닌 것은 북의 공산비(共産匪)였다. 일찍이 척가장 시절에 신민들을 선동하여 최초의 모반을 꾀한 것도 공산비 이현웅이었으며, 태자 융(隆)을 현혹시켜 마침내 부자(父子) 군신(君臣)의 의(義)를 저버리게 한 것도 바로 그 공산비의 이단적인 이론이었다. 위무 당당한 개선 행렬를 초라한 거지로 만들어 입국하게 한 것도 모택동의 졸개들인 중국의 공산비였고, 야반에 얼어붙은 임진강을 건너게 한 것도 바로 그 북녘의 공산비들이었다. 뿐인가. 오오, 척 귀비(戚貴妃), 그렇게 사랑하던 그녀를 죽인 것 또한 붉은 반도들의 사주를 받은 아라사(鵝羅斯)의 공산비들이 쏜 총탄이 아니었던가. (『황제를 위하여2』, 89쪽.)

앞서 인용문에서 볼 수 있다시피 황제가 공산주의에 대해 굉장히 반감을 갖고 있었던 것은 아무 이유 없었던 것은 아니었다. 황제가 공산주의에 대해 대결의식을 갖게 된 것은 자신이 직접 피해를 보았던 경험이 있기 때문이다. 황제는 그 이념 자체에 대해 반감을 갖고 있었던 것이 아니라 실제로 공산주의로 인해 직접적으로 피해를 보았기 때문이다. 작가는 황제가 공산주의로 인해 여러 차례 피해를 입는 것으로 설정함으로써 황제가 공산주의에 대해 반감을 갖게 되는 개연성을 마련한다. 소설에서 황제가 공산주의에 대해 원한을 갖게 된 것은 이현일이라는 공산주의자로부터 자신이 어렵게 준비해왔던 동장의 왕업을 통째로 빼앗길 뻔했던 사건이며 그 후에 이현웅이 자신의 아들 융을 현혹시켜 자신의 곁을 떠나게 한 사건이다.

소설에는 이현웅이라는 사람이 나오는데 황제는 그의 이념을 비평한다. 이현웅은 1930년의 간도폭동 때부터 화요회계에서 활동하여 오다가 일본 경찰에 쫓겨서 황제의 농장에서 생활하게 된다. 그는 철저한 공산주의자로서 자신의 신분을 감쪽같이 속이고 황제가 만든 학교에서 교편을 잡는다. 그는 황제나 그의 추종자들이 모두 어수룩한 미치광이라는 판단이 들자 농장을 적화하여 자신의 정치 활동 기지로 삼으려는 음모를 꾸민다. 그러나 음흉하면서도 우둔한 면이 있는 그는 소작쟁의 선동이 성공하기도 전에 그의 신분을 노출시키고 만다. 그를 교원으로 불러들인 김광국에게서 협조를 구하려는 시도 역시 실패로 끝난다.

"사양하겠소. 내게 무슨 대단한 이념이 있어서가 아니라, 이형이나 그분이나 이 장원의 사람들에게는 비슷한 존재이기 때문이오. 즉 바꾸어 봤자 본질적으로는 별로 달라지는 게 없을 거요."

"무슨 뜻이오?"

"이형의 유물 사관(唯物史觀)이나 그분의 천명(天命)이나 그것이 어떤 필연성에 의지하고 있는 점에는 똑같은 발상(發想)이 아니겠소? 그리고 프롤레타리아 혁명에 대한 이형의 신념과 정열이나 그분의 정감록에 대한 믿음과 그 실현을 위한 노력이나 또한 크게 다를 게 무엇이겠소?

이상적인 형태로만 실현된다면 어떤 이념과 체제이든 국민들에게 복이 될 것이고, 그것이 악용되기 시작하면 그 어떤 아름다운 이념과 체제고 국민들에게는 다만 고통스런 멍에에 지나지 않을 거요. 요컨대, 이념과 체제란 지배하는 쪽의 구실과 수단이지, 지배받는 쪽으로서는 어떤 것이건 본질적인 차이가 없소. 마치 지금 이형이 그분을 내쫓기 위해 소작료의 인하를 내세우고 있지만, 일단 그 일에 성공하면 그들의 몫은 이형이 차지하게 될 것처럼, 그래서 이곳 사람들이 물어야 할 소작료는 전과 다름없이 5할인 것처럼." (『황제를 위하여1』, 264-265쪽.)

공화주의자로 소개되는 김광국은 유물사관이나 천명(天命)사관이나 '어떤 필연성에 의지하고 있다는 점에서는 똑같은 발상'이며 '이념과 체제란 지배하는 쪽의 구실과 수단이지, 지배받는 쪽으로서는 어떤 것이건 본질적인 차이가 없다'는 이유에서 이현웅의 협력 제의를 뿌리친다. 다시 말해 김광국의 견해로 볼 때 황제의 천명신념도 하나의 이념으로 그것이 이현일이 굳게 믿고 있는 공산주의와 근원적인 차원에서 결코 다른 점이 없다는 것이다. 즉 어떤 이념의 좋고 나쁨은 그것을 실천하는 사람에 달려있지 이념 자체에 좋고 나쁨에 본질적인 차별이 없다는 말이다. 이러한 논쟁은 김광국과 이현일에 의해서 끝나지 않는다. 공산주의 이념이 정치적 지배의 수단에 지나지 않는다는 주장은 황제가 이현웅을 모반죄로 붙잡아 문초하는 장면에서 보다 맹렬한 모습으로 제시된다.

"일하지 않는 자는 먹지 말아야 하고 벌지 않는 자는 쓰지도 말아야 하는 법이오. 그런데 당신은 일하지도 않고 벌지도 않으면서 저 사람들보다 더 기름진 음식을 먹고 더 좋은 옷을 입고 있소. 그게 바로 저들이 애써 만들어 낸 재화를 빼앗거나 가로챈 것이 아니고 무엇이오?" (중략)

"내 오랫동안 읽고 들었으나 하늘 아래 새로운 것이란 별로 없었다. 오늘날 무슨 만고불변의 새로운 진리를 깨달은 것처럼 목청을 돋우는 자들의 주장도, 가만히 살펴보면 옛 성인이나 현자의 깨달음에 혹은 생각을 보태거나 줄이고 혹은 말을 교묘하게 꾸미거나 이로(理路)를 비틀어 놓은 것뿐이었다.

맑시즘인지 말오줌인지 내 알 바 아니지만, 기왕의 네 주장이 그를 따른 것이라면 그는 필시 허행(許行)의 소설(小說)을 치장하고 비튼 것에 틀림이 없다.

공자께서는 이단(異端)을 공격하는 것이 무익하다 하셨지만, 특히 아성(亞聖)의 말씀에 그를 논한 것이 있기로 내 너에게 돌려주고자 한다." (『황제를 위하여1』, 270-271쪽.)

황제는 우선 이현웅이 내세우는 경제적 평등의 교의를 듣고서 공산주의자란 '허자의 아류'라고 일갈한다. 허자(許子)란 『맹자』의 「등문공」(滕文公)장에서 위정과 농사의 겸업을 주장했으나 분별이 없다고 맹자의 비판을 받은 인물이다. 근대적인 이념이라는 것이 본질적으로는 새로운 것이 전혀 아니라고 보는 황제의 생각이 전형적으로 표출되어 있는 이러한 비판에서 그는 만인 평등을 내세운 혁명의 이념에 정치권력의 찬탈을 위한 현혹의 계략이 잠복되어 있다는 신랄한 공격을 퍼붓는다. 공산주의가 파렴치한 정치적 모반의 허울 좋은 구실일 따름이라는 황제의 주장은 다음과 같은 구절에서 강도 높게 펼쳐진다.

너희들은 입만 벌리면 인민, 인민 하며 오직 백성들만을 위해 일하는 것처럼 꾸미지만, 실제로 너희가 구하는 것은 순리(順理)로는 얻을 수 없는 다스리는 자의 자리이다. 이 백성이 너희들의 달콤한 꼬임에 빠져 나라의 대권을 너희 손에 쥐기만 하면, 너희들은 지금에 다스리는 자의 몇 배로 혹독하게 이 백성을 착취하고 부려먹을 자들이다. 결국 너희들은 무슨 천지개벽이나 되는 것처럼 혁명을 말하고 있으나 이 백성의 입장으로 보면 다스리는 자가 달라지고 빼앗기고 혹사당하는 구실이 달라졌을 뿐이다. 너희들이 말하는 낙원(공산주의 낙원)은 오직 새로운 무하유지향(無何有之鄕)일 따름이다……. (『황제를 위하여1』, 273-274쪽.)

이처럼 황제는 유교의 아성(亞聖)으로 불리는 맹자의 말을 인용하여 이현웅이 고수하고 있는 공산주의사상도 하나도 새로울 것이 없다는 것을 반박하고 있다. 공산주의 이념과의 대결에 있어 작가는 단순히 이현일이라는 도식적으로 악랄한 형상으로 설정하기 보다는 황제와의 논쟁을 통해 공산주의 사상에 대해 비평을 한다는 점에서 기존의 다른 소설과 어느 정도 차이가 있다고 볼 수 있다.

물론 소설이라는 장르를 고려하여 공산주의에 대한 전반적인 이념을 세밀히 논쟁하지 못하고 황제의 논쟁에 유리한 대목만을 선정하여 이현일과 대치시켰던 것은 어느 정도 한계가 있다고 볼 수는 있다. 김광국의 주장에서 공산주의 이념이 황제의 천명과 다를 것이 없다는 점에 초점을 두고 있다면 황제는 초점은 공산주의의 이념도 그 본질에 있어서는 착취하는 구조를 갖고 있다는 점을 설파하고 있다. 그래서 '이념에 대한 황제의 비판적 논변은 정치 현실을 호도하여 특정 개인이나 집단의 권력에 봉사하는 이념의 은폐적, 기만적 작용을 일깨우는 것으로 일관되어 있다.'[107]는 지적은 적절하다고 볼 수 있다.

소설에서 황제의 민주주의에 대한 비평은 사회주의나 공산주의

107) 황종연, 앞의 글, 269쪽.

에 대한 비평에 못지않다. 소설에서 그것은 김광국과의 관계에서 선명하게 드러난다. 이현웅이 사회주의 정치이념을 주창하고 있다면 김광국은 민주주의를 주창하고 있는 사람이다. 하여 그는 일본에 대한 증오심에 있어서는 황제에 못지않았지만 건국의 이념은 황제와 전혀 달랐던 것이다. 애초부터 그는 신파(新派)를 지지해 오던 입장이라 황제의 천명은 그에게 있어 아무런 설득력이 없다. 그러나 황제는 김광국이 주장하는 민주주의의 세 요소를 조목조목 비판하면서 그 허구성을 폭로한다.

"내 너를 잘못 보았다. 인민의, 인민에 의한, 인민을 위한 나라라니, 도대체 그게 무슨 뜻이냐?

먼저 인민의 나라를 살펴보자. 겉으로야 걸주(桀紂)와 같은 폭군도 공맹(孔孟)과 같은 성현도 마찬가지로 그와 같이 주장했다. 그러나 그것은 한낱 비유로서, 다스리는 자의 자세를 깨우치기 위함이었지 천하의 임자가 바로 우매한 백성이란 뜻은 아니었다.

인민에 의한 나라라는 것도 그렇다. 제왕도 민심을 등지고 홀로 설 수는 없지만, 그렇다고 지각 없는 백성들이 그 다스리는 자를 스스로 뽑는다는 뜻은 아니었다. 신라의 화백제도(和白制度)나 몽고의 홀리늑대(忽里勒台=쿠릴라이, 즉 부족회의)가 다 그 뜻을 가지고 있었으나 모두가 천명(天命)을 모르는 야만의 풍속이었다. 나라를 다스리는 데 중인(衆人)의 지혜를 모으는 것이 비록 현명한 방법이긴 하나 어찌 하늘의 밝음에야 비하겠느냐?

끝으로 생각해 볼 것은 인민을 위한 나라다. 다만 그 진심이 얼마나 들어 있느냐의 차이뿐, 지난날 어떤 치자(治者)인들 그걸 내세우지 않은 적이 있느냐? 그러나 다시 살피면 그 또한 백성의 호응을 얻기 위한 한낱 구호요, 실은 제왕의 영광과 위엄을 더하기 위해 백성의 재물을 빼앗고 필사(必死)의 전쟁터로 내몰기 위한 구실에 지나지 않았다. 진심으로 그 백성을 위해서였다면 저 화려한 궁정은 무엇이며 일없이 백성의 재물만 축내는 수천 궁녀와 수백 환신(宦臣)은 무엇이냐? 신과 내를 흐르는 백성의 피는 무엇이며, 고전장(古戰場)을 뒹구는 수많은 원통한 해골은 또 무엇이냐?

네가 주장하는 세 가지는 비록 그 말이 아름다우나 뜻이 거짓되고 허황함은 이와 같다. 그리고 그 세 가지를 골자로 하는 민주(民主)란 것도-제왕을 대신하여 백성들 위에 군림하려는 사특한 자들의 술수이거나, 동방을 침노하기에 앞서 그 군주를 내몰고 자기들의 앞잡이를 대신 세우려는 양이(洋夷)의 간교로운 계략에 불과하다." (『황제를 위하여1』, 228-229쪽.)

황제에 따르면 '인민의 나라'는 '한낱 비유로서 백성이란 뜻은 아니었다' 는 것이다. 그리고 그러한 주장은 고대 공맹과 같은 성현도 이미 주장했던 것이다. '인민에 의한' 역시 '제왕도 민심을 등지고 홀로 설 수는 없지만, 그렇다고 지각없는 백성들이 그 다스리는 자를 스스로 뽑는다는 뜻은 아니었다'고 하면서 그것은 천명(天命)을 모르는 자들의 소행이라고 주장한다. '인민을 위한 나라' 역시 '백성의 호응을 얻기 위한 한낱 구호요, 실은 제왕의 영광과 위엄을 더하기 위한 구실에 지나지 않았다'고 한다. 황제는 민주주의의 기본 강령들이 과거 동양의 정치사를 통해서 이미 본색이 드러난 허구임을 역설하고 있는 것이다. 지금까지 모든 권력이 백성 혹은 인민의 이름으로 지배의 명분을 만들었으나 실제의 정치는 백성 혹은 인민에 대한 수탈을 일삼았다는 역사적 교훈에 비추어 그는 민주를 표방하는 정치 세력의 저의를 의심하면서 민주라는 것도 서양 사람들이 동양 국가들을 지배하기 위하여 교묘하게 이용하는 일종의 지배 이데올로기의 한 형태에 불과하다는 것이다. 다시 말해 이른바 민주주의라는 것도 위계질서를 바탕으로 하는 한낱 새로울 것이 없다는 것을 강조하고 있다. 즉 민주주의라는 정치제도에 대한 질문을 하게 된다.[108)]

그러나 김광국은 마숙아의 설득으로 황제의 곁에 남아서 황제의 왕업을 보좌하게 된다. 새로운 교육을 받은 신 청년인 그에게 황제의 천명설이나 가천하사상은 한낱 부질없는 환상이나 미망에 지나지 않기 때문에 황제의 이러한 논리는 김광국에게 설득력은 없다고 보인다. 그는 처음에는 단순히 도피 생활을 하기 위한 방편으로

108) 오늘날 절대다수의 사람들은 민주주의 정치제도에 대해 일말의 회의도 하지 않고 그것이 최선인 것 마냥 생각하고 있다. 진형준은 오늘날의 민주주의 정체제도에 대해 회의하며 다음과 같이 지적한다. "사실 우리는 민주주의라는 말에 너무 절대적인 가치를 부여하며 살고 있다. 많은 사람들이 민주주의를 절대 선(善)으로 생각한다. 그런데 민주주의가 절대로 절대 선이 아니라는 이야기가 바로 영구의 잘 알려진 정치가의 입에서 나왔다. 그는 "민주주의는 최악의 정체제도이다. 다만 이제가지 존재했던 정체제도들을 제외한다면."이라고 말했다. 처칠의 기지가 번득이는 말이다. 우리로서는 민주주의가 지금으로서는 최선이지만 절대적은 아니라는 메시지만 읽어내도록 하자. (중략) "사람이 도를 넓힐 수 있는 것이지 도가 사람을 넓힐 수 있는 것이 아니다. 人能弘道非道弘人 衛靈公 28"라고 공자님은 말씀하셨다. 도(道)조차 인간 밖에 존재하는 절대적 기준이 아닐진때 인간이 만든 민주주의라는 제도에 그런 절대성을 부여하는 것은 무리가 아니겠는가? 민주주의에, 더 나가 민주주의라는 호칭에 절대성을 부여하는 것은 오히려 민주주의적 가치를 훼손하는 일이 아니겠는가? 도가 실체가 아니듯이 민주주의는 완벽한 신의 신물이 아니다. 그것은 인간이 만든 제도일 뿐이다. 인간이 만든 제도도, 만물이 유전하듯이 유전한다. 하나의 생명체에 수명이 있듯이 거기에도 수명이 있을 수 있다. (진형준, 『공자님의 상상력』, 살림, 2012, 308-310쪽.)

서 황제 일행과 함께 생활하지만, 그들과 함께 생활하는 동안 자신도 모르게 황제의 이상과 꿈을 이해하는 그의 충실한 신복으로 변모하게 되고 그러던 중 해방을 맞이하자 그는 황제 일행을 만주에서 서울까지 무사히 인솔하는 데에 그야말로 헌신적인 노력을 아끼지 않는다. 김광국은 황제를 보좌하여 많은 어려움을 이겨내지만 황제를 서울까지 인솔하고는 황제를 떠나 자신의 우익활동에 몸을 던진다. 김광국이 황제를 떠남으로써, 다시 말해 우익 계열에서 활동하다 '헛된 피를 뿌리'는 것으로 작가는 다시 한 번 자신의 민주주의에 대한 입장을 보여주고 있다. 혼란되고 격변하는 시대 속에서 황제는 비록 세인이 보기에 황당한 천명이라는 신념을 갖고 있으나 그는 어디까지나 좌와 우에 편향하지 않고 자신만의 길을 고수했으며 언제까지나 자신의 생명을 보존할 수 있었다.

황제는 일체의 종교에 대해서도 반감을 갖고 있는데 그 원인인즉 모든 외래종교는 서양문물을 대표하는 것이기도 하기 때문이다.[109] 소설에서는 우선 기독교 문제가 다루어지고 있다. 황제가

109) 1880년대는 한국 문학이 가장 비극적인 모습이 점철될 때이다. 적어도 몇 백 년 동안의 오랜 융화 과정을 거쳐 사회화된 불교·유교에 비해서 서구 문화의 대표처럼 소개된 기독교는 너무나 당돌히 한국 문화에 접목되었기 때문이다. 기독교의 한국에서의 정착에 대해 파머는 매우 흥미 있는 관찰을 하고 있다. 그에 의하면 한국에서 기독교가 정착할 수 있었던 가장 큰 이유는 그것이 민족주의의 증오의 대상이 아니었다는 데 있었다. 같은 기독교가 유사한 정신세계를 형성하고 있는 중국에서 정착치 못한 것은 그에 의하면 중국에서는 기독교가 민족주의의 증오의 대상이었기 때문이다. 중국은 기독교로 대표되는 서구의 잔인한 잠식력에 완전히 마비되었고, 나라를 살리는 길은 기독교에 대한 반발로 나타났다. 한국의 경우, 민족주의의 증오의 대상이 된 것은 일본이다. 중국에서처럼 유럽은 증오의 대상이 아니었고, 일본을 물리치기 위해서는 서구 문화를 정착시키는 길밖에 없다는 것이 선각자들의 지배적인 생각이었다. 그래서 기독교는 서구 문화 수입과 일본 배척의 두 양상을 띤 채 우리나라에 쉽게 정착된다. 대부분의 선각자들이 기독교인이었다

한 차례의 방랑을 마친 후 고향 마을에 머물러 있던 당시, 기독교를 전도하기 위해 찾아든 두 명의 '낯선 양복쟁이'들과 맞부딪치는 대목을 통해서이다. 황제는 다짜고짜 다가가서 그들과 하느님과 예수에 대해 논쟁을 벌인다.

"바로 야소 씨(耶蘇氏)를 말하는구려. 논어에 이르기를 자기 조상의 귀신이 아닌 것을 제사하는 것은 아첨이라 하였으나(非其鬼而祭之, 諂也), 한번 들어 보기나 합시다. 대체 야소 씨의 가르침이 어떤 것이길래 그처럼 대단하오."

"한 마디로 남을 사랑하는 것이외다."

"그야 대단할 것도 없지 않소? 불문(佛門)의 자비나 유가(儒家)의 인(仁)인들 남을 미워하라고야 했겠소이까?"

"그러나 예수님의 사랑은 그보다 몇 배나 깊고 크오. 그 분은 이웃을 제 몸처럼 여기고 남이 내게 해 주기를 원하는 대로 내가 먼저 남에게 베풀라 하셨소. 원수조차 사랑하라 하셨으며 오른뺨을 때리면 왼 뺨을 내밀라 하셨소."

"그 정도라면 하나도 새로울 게 없지 않소? 내가 원하지 않는 바를 남에게 베풀지 말라(己所不欲 勿施於人)든가, 남이 나를 해롭게 함을 원치 않듯이 나 또한 남에게 해를 가함이 없고자 한다(我不欲人之加諸我吾欲無加諸人)란 논어의 말을 뒤집으면 바로 앞의 가르침이 될 것이요, 노자(老子)의 덕으로써 원한을 갚는다(報怨以德)란 말이나 공자가 한마디로 평생을 행할 만한 일이라고 추천한 서(恕)란 말 또한 뒤

는 사실은 퍽 중요한 사실이다. 마찬가지로 초기 현대 소설의 주인공들이 대부분 기독교도이었다는 사실 역시 주목하지 않으면 안 된다. 말하자면 일본의 침략이 시작된 이래 유교적 태도가 그 응고된 규범 때문에 그것에 효과적으로 대처하기 힘들게 되자 서구화에 의한 방법으로 그것을 물리쳐보겠다는 생각이 팽대한 셈이다. (김현, 「한국 문학의 양식화에 대한 고찰」, 『현대 한국 문학의 이론/사회와 윤리』, 문학과지성사, 1991, 45쪽.)

의 가르침에 무에 크게 다르겠소?" (『황제를 위하여1』, 158-159쪽.)

이처럼 황제는 기독교와의 대결에서 유가의 논어사상에 의지한다. 황제는 동양의 정신을 내세워 기독교 전도사들과 논쟁을 벌이는데 물론 여기서 결정적인 한계는 황제가 비정상적인 망상에 사로잡혀 있는 인물이라는 것이다. 이동하는 '황제는 상당히 이로정연(理路整然)한 논리를 보여주지만, 그것은 어디까지나 협소한 그의 정신체계 내에서만 가까스로 통용될 수 있는 이로 정연함이고 협소한 정신 바깥에 펼쳐져 있는 넓고 다채로운 세계에 대한 인식도, 현실적 판단능력도 없'어 '기독교를 하위개념으로 포함하고 있는 서양문명이 본격적으로 덮쳐올 때 황제가 그것을 상대하여 이겨내는 것은 불가능한 일이다'[110]라고 평가하는데 필자도 역시 이러한 지적에 동의하나 본고는 조금 다른 차원에서 살펴보고자 한다. 앞서 인용문에서 볼 수 있다시피 황제가 강조하는 바는 동양의 논리 다시 말해 공자의 유교사상이 기독교보다 낫다는 것을 강조하려는 바는 아니다. 황제는 단지 기독교에서 고수하는 이념들이 과거의 공자로 대표되는 동양의 사상들과 비교했을 때 하나도 새로울 것도 없다는 것에 더 초점을 두고 있는 것으로 보인다. 그리고 황제가 자신만의 정신세계 속에서만 이로정연할 수 있었던 것과 마찬가지로 두 전도사도 기독교에 대한 깊은 조예가 있었던 것은 아닌 것으로 보인다. 황제와의 논쟁에서 알 수 있다시피 두 전도사는 도식적

110) 이동하, 「이문열의 소설과 기독교」, 『한국현대문학연구』 제28집, 2008, 492-493쪽 참조.

으로 성경의 내용을 암기하면서 그것을 통해 어쭙잖게 선교하고자 했던 것이다.[111] 그랬기 때문에 그들은 황제와의 논쟁에서도 결코 우위를 차지할 수 없었던 것이다. 작가는 황제와의 기독교에 대한 논쟁을 통해 동양적인 사상과 전통을 다시 되새길 수 있는 계기를 마련했던 것으로 보인다. 그리고 그러한 황제의 신념은 두 전도사를 물에 빠뜨리는 것으로 정신적인 승리나마 얻게 된다.

황제는 후기에 들어서면서 천명설이나 가천하사상도 종교적인 색채를 더해간다. 특히 이와 관련하여 불교를 살펴보면 다분히 뜻밖의 상황이 나타난다. 황제는 다분히 불교에 대해 호의적이었으며 그가 받아들인 두충도 승려 출신이었던 것이다. 그러나 천도를 전후하여 황제는 불교에 대해서도 적의를 갖게 된다. 이에 대해서는 두충과 황제와의 불교에 대한 논쟁을 통해 알아볼 수 있다.

"불씨가 성인이란 소리 역시 두공(杜公)에게서 처음 듣겠소. 대개 성인이란 인륜(人倫)을 저버리지 않는 가운데서 나는 법인데, 불씨는 먼저 자식으로서 아비의 바램을 어기고 왕위를 버렸으니 부자(父子)의 도리를 다하지 못했고, 신하로서의 나라와 군부(君父)를 버렸으니 군신(君臣)의 도리도 다하지 못했소. 또 처자를 두고

111) 이광수는 『신생활론』(1918년)에서 우리에게 문자로 발표된 기독교도의 신앙고백이 없고, 독자적인 성경주석이나 설교집이 나오지 않았음을 들어 '역사가 아무리 오래고 신자 수가 아무리 많게 된다 하더라도 신앙과 교리가 완전히 흡수된 실증을 보이기 전에는 조선 야소교회는 정신적 근거가 없는 것' 이라하여 한국인의 기독교 신앙의 피상성을 지적하고, '吾人은 결코 일요일에 회당에 가서 찬송하고 기도하는 것만이 하나님께 봉사함이 아니라, 일요일을 제외한 他6일만에 인류의 복리를 위하여 하는 사업이 온통 하나님께 봉사하는 것이외다' 라하여 성육(成肉)한 예수의 인류 구제의 정신을 외면한 형식적 교회주의를 비난하고 있다. (이보영, 「기독교문학의 가능성」, 『한국현대소설의 연구』, 예림기획, 2001, 15-16쪽 참고.)

설산(雪山)으로 들어갔으니 부부(夫婦)의 도리도 다할 수 없었으며, 세속을 버렸으니 붕우(朋友)의 도리를 다할 수 없었고, 생사(生死)를 잊으니 장유(長幼)의 도리 역시 지킬 수 없었을 것이오. 이와 같이 인륜의 중요한 다섯 가지를 모두 지키지 못했는데 어찌 불씨를 성인이라 할 수 있겠소?" (『황제를 위하여2』, 184쪽.)

앞서 인용문에서와 같이 두충이 불씨 역시 공맹과 노장과 같은 성인이라고 반박하자 황제는 이와 같은 유교적인 논리를 들어 다시 반박한다. 유, 불, 도 삼자가 동양사상의 주춧돌을 이루고 있는 것이라고 할 수 있는데 작가는 여기서 유독 불교만을 빼어놓고 유교의 논리를 통해 불교를 비판하고 있다. 황제가 의지하고 있는 것은 유교에서 맹자의 오륜사상이다. 황제는 불씨의 여러 주장이 이러한 유교의 논리에 부합되지 않는 것을 주장으로 성인이 될 수 없다고 주장한다. 이러한 점을 통해 볼 때 작가는 불교를 동양적인 사상과 서로 대립되는 사상이라고 인식하고 있었던 것으로 보인다.[112] 종합하면 사회주의와 민주주의, 기독교를 비판함에 있어서 황제는 유가의 공맹의 논리를 들어 반박하는데 그 논리적 지점은 그것이 맞다 틀리다에 달려 있는 것이 아니라 하나도 새롭지 않다

112) 이러한 작가의 주장을 뒷받침하는 것으로 앞서 장편 「사람의 아들」에서도 주인공 아하스 페르츠가 여러 지역을 편력하면서 인도에서 찾은 신도 자신의 신이 아니라고 했던 것으로부터 알 수 있다. 아하스 페르츠가 불교에 대해 말한 구절로 보이는 것은 따로 있다. "불타는 그들의 신앙을 추상적인 범시논(汎神論)에서 위장된 무신론으로 바꾸었다 해탈(解脫)이란 이름을 가진 욕구(欲求)의 선택법. 천 개의 작은 욕망은 버렸으나 그 모든 것을 다 합친 것보다 더 큰 욕망을 얻었나. 해탈을 향해 타오르는 그 치열한 욕망은 어쩔 것이랴. 만 개의 번뇌는 껐지만, 그걸 위해 타오르는, 하나지만 만개를 합친 것보다 더 세찬 번뇌의 불길은 어쩔 것이랴." (이문열, 『사람의 아들』, 민음사, 2001, 199쪽.)

는 지점에 있다. 그와 더불어 불교를 비판함에 있어서는 유교논리를 들어서 불교의 논리를 부정하고 있다. 앞서의 비판이 공맹의 이념의 환기를 시킨다는 점에서 일정한 의미를 취득할 수 있지만 불교에 대해서는 오로지 공맹의 이념을 바탕으로 부정하고 있다는 점에서 그 의미는 상당히 한계점을 보이고 있다고 본다.

4.4 현실수용으로서의 무위자연

황제는 자신의 신념과 대치되는 모든 것과 대항하나 번번이 실패한다. 그러나 황제는 자신의 이상주의가 시대와 걸맞지 않는다거나, 자신이 받은 천명이 과대망상의 결과라는 것을 깨닫지 못한다. 황제는 그럴 때마다 오히려 자신의 소명을 확고하게 믿으면서, 자신의 신념이 구현되지 못하는 무질서한 세계를 원망하고 한탄한다. 그러나 6·25 전쟁과 함께 그의 삶은 급속한 영락의 길에 들어선다. 전란의 와중에서 두 아들을 연이어 잃어버리고, 수하의 배신을 당해 가산마저 날려 버린 그는 신도안 골짜기로 이주하고 여러 사교집단들 사이에서 도교를 배경으로 정진인 행세를 하는 처량한 신세가 된다. 이러한 황제의 전락은 명백히 패배한 인간의 비참한 말로로 보인다.

소설의 말미에 이르면 중대한 전환이 일어난다. 시종 신념과 자긍에 차 있던 황제가 자기 사상의 헛됨을 깨닫게 되면서 무위자연을 가르치는 노장철학에 몸을 던지는 것이다. 노장 사상의 관점에서 보면 그가 지금까지 온갖 정력과 노력을 바쳐 남조선 왕국을 창건하고 황제로서 군림하여 온 것이 그야말로 보잘 것 없는 것이라는 것이다. 황제는 왕업의 달성이라는 그의 삶의 목표가 미망이었고, 따라서 그것을 위한 노력도 부질없는 것이었음을 결연히 시인한다.

지금까지 공(公)과 이 몸이 아울러 얻고자 힘쓴 것은 바로 그 달팽이의 뿔에 세운 나라였소. 생각해 보시오. 우리가 무사히 삼한(三韓)을 평정하고 요동의 옛땅을 회복한들 저 아득한 우주에 비해 무엇이겠소? 기기다가 지금은 그나마도 제대로 얻지 못해 궁벽한 산곡에서 앙앙불락이었소. 이 몸은 이제 그 미망에서 깨어나고자 하오. 한 조각의 하늘과 한 줌의 흙에 내 나라를 구하는 것이 아니라, 차고 꽉 차 있어도 있는 데가 없는 우(宇)를 하늘로 삼고 길이길이 있어도 처음과 끝이 없는 주(宙)를 땅으로 삼는 나라를 찾으려 하오. 이십 년 전 좌보(左輔) 김광국이 떠나가면서 말한 마음속의 크고 환한 왕국도 어쩌면 그 같은 게 아니었는지 모르겠소. 그러니 변공(卞公), 지금까지 우리가 부질없이 구해 온 이 작고 초라한 나라에 너무 연연하지 마시오. 우리들의 진정한 나라는 드높은 정신 속에 있고, 드높은 정신은 육신에 구애되지 않는 법이오. 비록 우리의 몸이 천리를 격해 있더라도 이 지극한 도를 잊지 않으면 언제나 함께 있는 것이오. (『황제를 위하여1』, 241-242쪽.)

앞서 인용문은 충신 변약유를 보내면서 황제가 한 말인데 이로부터 70여년을 집요하게 추구하여 온 세계가 한낱 부질없는 미망에 불과하다는 것을 시인하며 노장철학에 몸을 던진다. 특히 후기의 황제는 노장의 도인에 가까우며 소설의 말미에 황제가 제시한 고유문(告諭文)은 노장의 사상들을 거의 통째로 가져온 듯한 느낌마저 준다. 더 이상 천명과 왕도가 통하지 않는 엄연한 현실에 대한 대응으로 도가사상에 심취하는데 이는 그가 천명에 대한 집념에서 벗어났다는 증표이기도 하다. 다시 말해 자신이 지금까지 만들려던 왕국은 어쩌면 광활한 우주와 비교했을 때 그야말로 보잘것없이 미미한 것이라는 것이다. 도가적 철학이 인간의 이성과 능력에 대한 믿음에서 벗어나는 것으로부터 출발한다는 것을 염두에 둘 때, 우리는 황제가 노장의 도를 깨우친 사람이라고 볼 수 있다. 자신의 천명 소신을 지켜오며 일생을 맞서 싸워온 황제가 하루아침에 자신의 자신이 만들고자 했던 성현의 이상주의 국가의 건설이 부질없는 것이라고 인정하는 모습에서 그것은 일면 현실패배라고 볼 수 있다.

그러나 각도를 달리하면 황제는 자신의 이상을 현실세계에서 구축하지 않고 또 다른 이상 세계에서 구하겠다는 의지로 보인다. 다시 말해 현실 세계를 지워버림으로써 자신의 이상을 계속 관철시킨다고 볼 수 있다. 왜냐하면 황제는 왕업의 관념이 실제의 현실과 괴리되어 있다는 것을 깨닫고 있다는 것이 아니라 그것이 하찮고 어리석은 욕심이라는 도가적인 이치를 깨닫고 있는 것이다. 그리고 그 배경에는 진정한 삶의 세계를 인간의 나라가 아니라 우주의 자연에서 찾는 도가적 관념이 펼쳐져 있다. 즉 황제는 자신의 천명과 제왕적 신념이 미망이라는 것을 깨닫고 현실로 복귀하는 것이 아니라 한 단계 더 발전하여 우주적인 차원에서 고민하는 보다 이상적인 세계로 심취한다. 그리하여 황제는 일생을 혼란된 현실에 타협하지 않고 자신만의 동양적 이념의 집에서 살 수 있게 된다.

그로 인해 황제는 현세의 질곡에서 벗어날 수 있는 지평을 마련하게 되며 보다 큰 자유를 얻게 된 것처럼 보인다. 황제는 자신의 제왕적 삶의 이상과 천명에 대한 신념으로 여타의 근대적인 각종 이념을 부정했지만 이제는 도가철학에 귀속함으로써 자신이 고수하던 기존의 이념마저 덧없었음을 시인하며 부정한다. 결국 황제는 초월적 자아로서의 본래의 지인(至人)의 경지로 돌아가고 황제의 왕국은 현실이 아닌 정신세계의 영토에 세워진다. 결국 황제는 패배를 인정하는 것이 아니라 더 큰 '승리'를 확보했다고 볼 수 있다.

그러나 황제의 이러한 노장의 정신으로의 귀의는 '현실적인 실효성'[113]의 측면에서 큰 작용을 하지 못하는 것이 사실이다. 소설에서 알 수 있다시피 황제가 자신만의 정신적 승리를 거두었을지는 모르지만, 현실의 척도에서 볼 때 황제는 실패자다. 황제는 근대의 모든 이념을 상대로 싸워왔기에 어쩌면 황제의 몰락은 서사의 필연적 귀결로 보일 수밖에 없다. 황제가 역사의 흐름을 거역하고

113) "그러나 다시 생각해 보면, 老莊의 사상 또한 우리의 현실 속에서는 오래 전에 죽어버린 것이 아니던가. 황제가 일평생 자기의 그림자처럼 이끌고 다닌 고대 유교의 정치철학이 현실적인 실효성을 전혀 갖지 못하게 돼버린 것과 꼭 마찬가지로, 그가 생애의 마지막에 가서 몸담은 노장사상에도 역시 현실적인 실효성은 아예 없게 된 것이 아니던가. 노장이 제 아무리 천지를 집으로 삼는다고 큰소리쳐도 오늘날 그들의 집에 들어가 살려는 사람은 거의 없다. 그러니까 전환이 일어난 후에도 황제의 운명은 여전한 고독과 소외의 그늘 속에서 맴도는 신세를 벗어나지 못한다- 슬픈 일이다. 이를테면 우리의 황제는 처음부터 당당한 자기의 집을 가지고 있었으며, 말년에 이르러서는 더 크고 번듯한 집으로 이사를 감으로서 자신의 행복을 과시하였는데도 그의 이야기가 결론적으로 남긴 것은 살 집을 갖지 못한 우리 시대 전체의 비극을 더욱 아프게 보여 주는 것에 지나지 않았던 셈이다. 이 얼마나 통렬한 아이러니인가." (이동하, 「집없는 시대의 문학」, 『집없는 시대의 문학』, 정음사, 1985, 172쪽.)

허황된 믿음과 무모한 실천을 통해 시대와 대결한다는 점과, 그러한 시도가 일종의 낭만적 비약을 보여준다는 점에서 한계라고 할 수도 있다. 그러나 황제는 시종 혼란된 시대 속에서도 현실에 타협하지 않으면서도 끝까지 시류를 따르지 않고 자신만의 정신적 지주를 갖고 있었으며, 그것이 비록 현실적으로 초라하게 보일 수 있지만 최소한 '헛된 피'를 흘리지 않았고, 남에게 피해를 주지 않았다. 그런 차원에서 황제는 장자가 주창하는 안명무위(安命無爲) 전생보신(全生保身)[114]의 철학적 경지에 도달했다고 볼 수 있다.

---

114) 장차 철학의 주요 특색은 정신적인 자유를 추구하는 것과 소요유라고 말하였는데 여기에서는 또 장자 철학의 중심문제가 천성을 보존하고 몸을 보존하는 것(全生保身)이라고 말한다. 그러면 이 둘은 어떤 관계인가? 사실 이 둘은 완전히 일치한다. 장자는 전생보신(全生保身)의 가장 좋은 형식이 소요무위(逍遙無爲)이고, 소요무위의 근본 목적이 전생보신하는 데 있다고 인식하였다. 「소요유」편에서 혜자(惠子)에게 장자가 말한 것을 다음과 같이 기록하였다. "이제 당신은 큰 나무를 가지고 쓸모없음을 걱정하는데, 어지 무하유지향(無何有之鄕)이나 광막한 들에라도 심어서 그 곁에서 아무 것도 하는 것 없이 방황하거나 그 아래 누워서 소요하지 않는가? 도끼에 잘리지 않고 만물이 해치려 하지 않을 터이니 쓸모가 없을 수는 있어도 어찌 곤란한 것이겠는가?" 소요하고 방황하는 목적은 도끼에 잘리지 않는 데에 있고 비록 쓸모없는 것이라도 스스로 그 속에서 기쁨을 느낀다. 「산목」편에서는 장자와 제자의 대화를 기록하고 있다. "제자가 장자에게 묻기를 '어제 산 속에서 본 나무는 쓸모가 없어서 천수를 마칠 수 있었고 오늘 주인의 거위는 (그 반대로) 쓸모가 없다는 이유로 죽었습니다. 선생님은 어느 쪽에 처하시겠습니까?' 고 묻자 장자가 웃으며 말하기를, 나는 쓸모 있는 것과 쓸모 없는 것의 중간에 있을 것이다. 그런데 쓸모가 있는 것과 쓸모가 없는 것의 중간에 있다고 하는 것이 도에 들어맞는 것 같지만 정말 도에 들어맞는 것이 아니다. 따라서 구속되고 지치는 것을 면할 수는 없다. 만약 자연에 순응하며 자유자재로 떠돌아다닌다면 이렇지 않다. 칭찬도 없고 비방도 없으며 때로는 용처럼 날아오르고 때로는 뱀처럼 엎드리며 시간의 추이에 따라 변화하지 한쪽에 치우치고 싶어 하지 않는다. 때로는 나아가고 때로는 물러나며 조화를 법도로 삼아 유유자적하게 만물의 처음 상태에서 떠돌아다닌다면 이렇지 않다. 칭찬도 없고 비방도 없으며 때로는 용처럼 날아오르고 때로는 뱀처럼 물러나며 조화를 법도로 삼아 유유자적하게 만물의 처음 상태에서 떠돌아다니며, 사물을 부리지 사물에 의해서 부림을 당하지 않는다. 그렇다면 어찌 구속되고 지칠 수 있겠는가? (리우샤오간 저, 최진석 옮김, 『莊子哲學』, 소나무, 1998, 324-325쪽.)

5. 봉건적 가부장제에 대한 믿음

《世界의 文學》에 8회로 나누어 연재한 후 원고지 수백 장의 분량을 더 추가하여 두 권의 단행본으로 묶어낸 장편 『영웅시대』는 이문열 문학을 이해하는 데 있어 없어서는 안 될 가장 중요한 작품 중 하나라고 할 수 있다.[115] 작가 개인의 사적인 체험을 기반으로 한 사소설(私小說)이면서 한국전쟁을 전후한 시대의 정치적 이념을 문제 삼은 『영웅시대』는 동경유학생이었다가 남로당계 공산주의자가 되고 월북하여 숙청되는 관념적 공산주의자 이동영의 파란만장한 삶과 남한에 남겨진 가족들이 겪는 수난을 그렸다.

『영웅시대』는 작가 자신의 가족사를 배경으로 하고 있다. 격동하는 정치와 역사의 소용돌이에서 혼돈에 빠져 방황하고 갈등하는

115) 이동하는 이 작품을 두고 "작가인 이문열 자신에게 있어서 하나의 비약을 이룩하게 하는 계기가 되었을 뿐 아니라, 80년대에 이르러 소설장르가 침체 일변도로 빠졌다는 그간의 통념을 깨뜨리는 데에도 커다란 몫을 한 것이다. 더 나아가 『영웅시대』는 남북과 분단과 6·25라는 엄청난 민족사적 비극을 사상적(이데올로기적) 측면에서 파고 들어간 획기적인 업적으로서 비단 문학에 관심을 가진 사람들 뿐 아니라 우리 시대의 삶을 그 역사적 심층과 연관 지어 생각하는 모든 사람들에게 뜻깊은 독서의 대상이 될 수 있는 자격을 지녔다"고 높이 평가했다. (이동하, 「'이데올로기 시대'를 超克한 새로운 地平」, 『廣場(Forum)』, 세계평화교수협의회, Vol.138, 1985, 166쪽.)

청년 지식인 이동영은 작가의 아버지를 모델로 하고 있다. 작가는 이 소설에 이르러서야 아버지를 정면으로 마주보게 되는데, 그 이전의 1979년에서부터 1981년에 이르는 『사람의 아들』과 『그대 다시는 고향에 가지 못하리』와 『젊은 날의 초상』에서는 아버지의 존재가 은폐되어 있었다. 『영웅시대』는 6·25를 소재로 한 전쟁소설이면서 동시에 한 사회주의자의 출현과 전락과정을 그림으로써 사회주의의 실상을 비판적 각도에서 파헤치려 했다는 점에서 이념소설이라고 볼 수 있다. 작가가 정치적 보수성을 드러내며 본격적으로 이념의 판도라 상자를 연 것은 이때(1980년대 후반부)부터이다.[116) 물론 6·25를 소재로 한 소설들 중 이문열의 『영웅시대』처럼 공산주의자를 주인공으로 선정하여 사회주의의 강령과 행위가 안고 있는 허상과 모순을 논리적 절차를 섞어 가며 지적하려 한 작품이 없었던 것은 아니다.[117)] 그러나 이문열만큼 한국사회의 이념 문제를

116) 한형구는 80년대 작단의 주요한 특징으로서 '분단소설'의 양산이라고 지적하며 그 이유로 "정치적 상황의 요인(당대적 현실에 대한 자유로운 접근의 어려움) 말고도 6·25에 대한 총체적 객관화가 가능한 시점에 이르렀다는 점(시간적 거리의 확보), 6·25에 대한 유년기 체험세대의 문학적 열정이 절정기에 이르렀다는 점(세대론적 요인), 냉전적 사고방식이 완화되는 추세 속에서 『광장』, 『장마』, 『지리산』 등의 전대의 분단 소설적 성과가 궤적으로 재음미될 수 있었다는 점(문학사적 요인), 정치현실에 대한 간접적 비판의 의미를 지녀 폭압적 군사문화의 비이성적 성격과 그 역사적 연운을 은유적으로나마 지시할 수 있었다는 점(의사-지시적 언어의 현실 비판적 성격)"으로 분류하여 제기하였다. (한형구, 「『영웅시대』의 생성과 수용의 의미망」, 『문학사상』, 1989. 08, 114쪽.)

117) "1960년에 나온 崔仁勳의 『廣場』이 지진 월북하였다가 6·25 당시 북쪽의 장교로 내려온 청년을 주인공으로 내세운 적이 있으며 朴景利의 『市場과 戰場』 역시 허무주의적인 커뮤니스트 하기훈을 등장시켜 이채를 보인바 있었던 것이다. 그러나 『영웅시대』가 이러한 과거의 선례를 뛰어 넘어 새로운 차원을 개척하였다고 말할 수 있는 것은 이 글의 첫머리에서도 잠시 언급하였던 것처럼 이데올로기의 측면을 과감하고도 극명하게 부각시켰다는 점에서 찾아진다. 하기야 『광장』에서도 이데

적극적으로 작품 속으로 끌어들이는 작가도 드물다. 보수주의 이데올로기의 수호자, 우익의 대표, 문단권력의 산실, 심지어는 파시스트라는 거친 비난들은 이문열의 작품이 지닌 이념과의 친연성을 단적으로 보여준다. 권력으로 직결되는 보수주의를 질타하는 윤리적 시선, 그리고 부당함을 당당하게 발설할 수 있는 작가의 용기에 대한 동경, 공적 토론에서의 지칠 줄 모르는 의견 충돌 등의 핵심에는 이렇게 이문열의 이념 문제가 놓여 있다.[118)]

『영웅시대』는 작가가 자신의 가족사를 매개로 해서 6·25의 의미를 최대한 깊은 곳에서 건져 내려 한 노작이라 할 수 있는데, 출간 당시부터 많은 논란을 일으켰으며 지금까지도 대체로 저널리즘적인 관심에 머물렀을 뿐 그에 합당한 학술적 조명을 받지 못했다. 이문열의 문학을 사회 정치적인 측면에서 접근하다 보니, 연구 주제적인 측면에서 다양성을 확보하지 못하고 있다.

『영웅시대』는 한국소설사에서는 거의 처음으로 남로당계 지식인 공산주의자를 주인공으로 설정, 6·25의 이데올로기적 측면에 대한 접근을 정면으로 시도한 작품이라 하겠다. 6·25소설의 새로운 지평을 여는 데 문학사적 계기를 마련했다는 점에서 대단히 큰

올로기의 차원이 다소 문제되기는 했지만 그것은 따지고 보면 치졸하기 짝이 없는 단세포적 발상의 수준에서 처리된 것에 지나지 않았었다. 본시 『광장』이란 소설은 그것이 지금까지 받아온 숱한 찬사에도 불구하고 실제에 있어서는 문학청년의 습작 수준을 크게 넘어선 것이 아니다. 그리고 『시장과 전장』의 기훈은 매우 특이한 개성의 소유자로서 鄭明煥과 같은 탁월한 평론가에 의하여 주목받은 바 있으나 그 개성의 핵을 이루고 있는 것은 허무주의와 로맨티시즘의 기묘한 혼합이며 따라서 마르크스주의의 이데올로기와는 동떨어진 자리에 터를 잡고 있는 셈이다. (이동하, 앞의 글, 171쪽.)

118) 권유리아, 『이문열 소설과 이데올로기』, 국학자료원, 2009, 16쪽.

의의를 지니는 것으로 말해지고 있다.[119)]

소설은 『사람의 아들』과 마찬가지로 교차식(交叉式)서술 방법을 사용하는데, 여기서 교차식 서술방법이란 중심 플롯이 일직선적으로 진행하지 않고 보조 플롯과 엇갈리어 진행하는 방법을 말한다. 이동영을 중심으로 전개되는 플롯이 이 작품의 중심 플롯이고, 그의 가족을 중심으로 전개되는 플롯이 보조 플롯이라고 할 수 있다.[120)] 반드시 규칙적으로 되풀이되는 것은 아니지만 대체로 이동

---

119) 소설가 김원일은 아래와 같은 네 가지 방면에서 『영웅시대』의 의미를 지적했다. "첫째, 여지껏 금기로 여겨졌고, 분명 지구상에 있으며 가리워진 세계로서 존재하는 북한 땅을 소설의 무대로 삼았다는 점이다. 또한 희귀한 예가 되겠지만, 그 주인공을 북한의 고급장교로 선택할 수 있었던 작가의 윤리적 용기이다. 둘째, 저 서구에서 이식해 와 한 시절 이 땅을 풍미했고, 지금도 끊임없는 논쟁의 표적이 되는 이데올로기의 핵심을, 안보상 한계까지 접근하여 그 답을 이 땅에서 살고 죽어간 인물을 통하여 구체화해 보려는 작가의 고통스러운 싸움을 목격할 수 있었다는 점이다. 이미 『사람의 아들』을 통하여 신과 인간의 문제를, 『그대 다시 고향에 가지 못하리』, 「금시조」에서 동양 정신의 고고한 절의를 보여줌으로써 우리 소설의 한 취약점이었던 철학적 주제를 소설에 수용한 바 있던 작가가, 우제 우리가 오늘에 살기까지의 사상적 맥락을 육화했다는 점은 귀하게 상찬해주어야 하리라 본다. 셋째, 비록 이 소설이 자서전적 요소가 많이 가미되었더라도 육이오를 체험하지 않은 세대에 의해 정공법으로 다루어진 장편이란 점에서 우리 문학의 내일에 큰 가능성을 예견케 해주었다. 넷째, 이 소설은 1920년대 초 무정부주의 운동과 함께 발흥된 우리나라 공산주의 운동사와 일본 제국주의 그늘 아래 이식된 초기 자본주의 형성 과정의 한 맥락을 짚어보는 자료적 측면에서도 그 값어치가 한 자리를 차지함에 유념해 볼 필요가 있다." (김원일, 「비극의 확인과 그 각성」, 『문예중앙』, 1984 겨울, 454-455쪽.)

120) 이 소설은 상·하 두 권에 총 6부 44장과 간단한 에필로그로 구성되어 있다. 이 44장 가운데에서 이동영에 관한 플롯은 25장을 차지하고, 그의 가족에 관한 플롯은 19장을 차지한다. 가족에 관한 플롯도 많은 부분이 이동영의 어린 시절과 학창 시절, 정인과의 결혼, 그리고 전쟁이 일어나기 바로 앞서 그의 행적을 다루고 있다. 전쟁중 S시에서 헤어진 다음에 일어나는 사건만이 이동영과 직접적으로 연관되어 있지 않다. 다시 말해서 작가는 이동영의 가족에 관한 플롯보다는 역시 이동영에 관한 플롯에 더 큰 관심을 보인다. 그런 차원에서 이동영에 관한 이야기를 중심 플롯이라고 부르고, 그의 가족에 관한 이야기를 보조 플롯이라고 부른다.

영에 관한 플롯이 먼저 진행한 다음 그의 가족에 관한 플롯이 전개되고 그것에 이어서 다시 이동영의 플롯이 계속된다. 비록 이동영을 중심으로 하는 플롯이 소설의 중요한 구성을 이루고 있다고 볼 수 있지만 정인과 시어머니를 비롯한 가족의 플롯도 소설에서는 중요한 역할을 하고 있다.[121)]

작가는 이 작품을 통해 단순히 사회주의 이념에 대해서 비판을 하려고 했던 것은 아닌 것으로 보인다. 이는 작품의 말미의 '동영의 노트'에 자세히 서술되어 있으며 '작가의 말'에서도 스스로 밝히고 있다.[122)] 작가는 비록 이념일반에 대해서 비판의식을 갖고 있었으며 소설의 말미에 '아들에게'란 이름으로 긴 편지에서 모든 이념을 거부하고[123)] 남는 것은 휴머니즘과 민족주의라고 말해주고 있지만

---

121) 사실 두 개의 플롯은 서로 별개의 것이 아니고 서로 깊이 연관되어 있다. 이동영의 가족과 연관된 플롯은 얼핏 전쟁과는 비교적 무관한 것처럼 보일지 모르지만 실제로는 전쟁과 밀접한 관련을 맺고 있다. 그들은 한결같이 전쟁의 피해자들이다. 전쟁이 일어나기 전만 하더라도 유복하게 살아왔던 그들이 그토록 고통을 받는 것은 이동영이 사회주의 이념과 사상을 선택하였기 때문이며 또한 그가 참여하고 있는 전쟁 때문에 야기되는 것인 만큼 그와 결코 무관하다고 할 수 없다.

122) 소년시절의 내게 있어서 공산주의란 말은 종종 피 묻은 칼이나 화약 냄새나는 총 같은 것과 비슷한 것으로만 이해되었다. 그러나 차츰 철이 들면서 그것이 형체도 색깔도 냄새도 없는, 다만 말이란 무책임한 그릇에 담겨진 생각의 다발이라는 걸 알게 되자 이번에는 그게 이상해졌다. 어찌하여 그런 생각의 다발이 피문은 칼이나 화약냄새 나는 총이 되었는가? 그러다가 더욱 철이 든 위에는 우리가 거의 20년 동안이나 「사회생활」과 「공민(公民)」과 「일반사회」와 또 「현대사」에서 무슨 거룩한 종교처럼 믿어 왔던 자유민주주의도 적에 대해서는 똑같은 역할을 해왔음을 알게 되면서 나의 이상함은 더 많은 가지를 쳤다. 이 아시아적(的) 전제국가의 폐허 위에서 대규모로 일어났던 지식인의 탈주(脫走)」에 대해, 그들의 미혹과 방황, 독단과 편견에 대해, 설익은 사상의 독기(毒氣)와 일쑤 목적의 전도(顚倒)를 일으키는 이념(理念)일반에 대해. (『영웅시대』, 하, 670쪽.)

123) 사회주의나 자본주의는 문명사적 둘 다 근대의 산물인데, 소설에서는 주인공은 이 이러한 이념을 모두 거부하는데 일종의 아나키즘에 대한 편향을 보여주고 있다.

어쨌든 작품의 대부분의 편폭에서는 사회주의 이념비판으로 일관되어 있음은 부정할 수 없다. 그리고 가부장제는 소설을 이해하는 중요한 주제로서 작품의 시작에서 말미에 이르기까지 사건전개의 근간을 이루고 있다. 특히 『영웅시대』에서 가족주의는 존재의 개별성을 철저하게 부인하는 양상을 보이고 있다. 가족이 최고의 가치로 부각되면서 소설에 나오는 구성원들은 가족에서 정체성의 기원을 찾고자 한다. 이에 필자는 소설에 나타난 가부장의 형태는 작가의 동양적 복고의식과 불가분의 관계가 있다고 본다. 본 장에서는 소설에서 나타나는 가부장제가 작품의 주제인 이념비판과 어떤 관련이 있으며 구체적으로 어떻게 형상화되고 있는지를 살펴보고자 한다.

5.1 이념비판을 위해 선택된 가족주의

소설은 주인공 이동영의 이야기를 한 축으로 하고, 그의 노모와 아내 정인의 이야기를 다른 한 축으로 하고 있으나 두 이야기는 별

이문열만큼이나, 이병주를 제외한다면, 소설(『영웅시대』, 『황제를 위하여』, 『변경』)등에서 아나키즘을 빈번하게 그리고 일종의 연민을 가지고 다룬 작가는 드물다. 박경리도 『시장과 전장』에서 아나키즘을 소개하지만 그것이 전부다. 아나키즘은 이문열의 소설에 수시로 등장하여 공산주의에 대한 대항이념으로서, 이념적 폭력에 대한 견제력으로 그리고 상실된 유토피아에 대한 열정으로 묘사되고 있다. 파괴주의자나 테러리스트의 이념 정도로만 알려졌던 아나키즘에 대하여 제대로 된 시야를 제공했다는 의의를 갖는다. (김성국, 「이문열과 아나키스트 자유주의」, 『사회와 이론』, 통권 제28집, 2016년 5월, 172쪽 참조).

개의 것이 아니다. 한 가족으로 살던 동영과 그의 가족은 동영이 사회주의 운동에 입문하게 되면서 생이별을 하게 된다. 동영이 사회주의에 참여하다 북으로 갔던 것이 그들 가족의 해체를 초래하게 되었고 이로 인해 정인과 시어머니를 비롯한 가족들은 모진 고난의 세월을 겪어야 했던 것이다. 작가는 비록 동영이 사회주의 이념에 대해 회의와 환멸을 느끼는 축에 중심을 두고 있는 것으로 보이지만 소설의 다른 한 축인 시어머니와 정인을 비롯한 가족들이 겪게 되는 고난도 디테일하게 보여주고 있어 소설의 중요한 축을 담당하고 있다. 동영이 선택한 이념 자체의 좋고 나쁨을 떠나 그로 인해 남은 가족들이 고난을 겪게 되었다는 점을 통해 우리는 작품의 일차적인 주제는 작가가 가족을 통해 이념을 비판하려고 한 것이라는 점을 알 수 있다.

우선 동영을 중심으로 한 축의 이야기를 살펴보면 아래와 같다. 돌내골 대지주의 아들로 태어난 동영은 '돌내골 암범'이라는 별명을 가진 어머니의 거의 절대적인 보호 아래서 자라났다. 영남세가의 사파종부(私派宗婦)이면서 일찍이 과부가 된 어머니는 암암리에 아들에게 영웅 심리를 심어 주었고, 많은 사람들 위에 군림하는 영웅적 존재가 될 것이라 기대한다. 그러던 중 동영은 외종숙 '노령아재'로부터 공산주의사상에 대한 교육을 받게 되고 이어 당내의 거물급 아나키스트 박영창으로부터 감화를 받아 '자주실천연구회'라는 아나키즘 단체에서 활동하게 된다. 이런 가운데 동영은 어머니가 가문의 번성을 낙관적으로 생각하는 것과는 달리 자신이 속해 있는 지주계급, 부르주아의 몰락을 예감하게 된다. 이동영이 이런 예감에 사로잡히게 되었다는 점은 그가 어째서 공산주의자의 길을 택하게 되었는가에 대한 답을 유도하는 과정에서 매우 큰 의미를 갖게 된다.

"그러나 지금에 와서 생각해 보니 제가 이 길로 들어선 동기를 가장 간략하게 설명할 수 있는 것 중의 하나는 그가 부여한 동기일 것입니다."

"그게 뭔가?"

"잔존(殘存)의 방식-살아나기 위한 선택이죠."

"살아나기 위한 선택?"

"그렇습니다. 원래 제 의식의 출발은 봉건적인 가부장(家父長)제도였습니다. 어린 제가 학문을 배우러 나온 것은 나날이 몰락해 가는 일문을 중흥시키기 위해서였습니다.

하지만 제가 신학문을 통해 어렴풋이 깨닫게 된 것은 우리 계급, 다시 말해 아시아적전제국가의 봉건귀족은 어쩔 수 없이 몰락하리라는 것이었습니다. 옛 형태 그대로는 살아남을 수 없을 것이라는 예감이었죠. 그걸 자명한 것으로 확인해 주고 새로운 대안으로 사회주의를 추천한 사람이 노령아재였습니다. 부정의 부정(否定)이란 논리였죠." (『영웅시대』, 상, 224쪽.)

앞서 인용문에서 알 수 있다시피 동영이 사회주의에 가담하게 된 이유는 조금 남다르다. 동영이 "신학문을 배우러 나온 것은 나날이 몰락해 가는 일문을 중흥시키기 위해서"라고 말하는 데서 알 수 있다시피 동영의 월북은 자신의 이념적인 확신에 의한 것이 아니라 집안이 "살아남기 위한" 궁여지책으로서이다.

다시 말해 동영의 사회주의 가담은 가족회복이라는 절대 명제, 즉 가문을 지키기 위한 목적이었다는 것이다.[124] 이처럼 이동영의 모든 행동의 근원에는 가부장제적 사고가 지배하고 있었다.

"그것이 제가 이 길로 들어선 첫 번째 동기입니다. 무산대중(無産大衆)에 대한 연민이나 소외된 계층에 대한 양심적인 분노 같은 것은 나중에 덮어쓴 가면 같은 것이죠. 우리 계급의 지난 죄악에 대한 적극적인 참회나 그 불합리한 제도가 우리에게 베푼 부당한 혜택의 과감한 환원(還元)도 그런 동기에서 나온 기교적인 연출이었습니다."

"말하자면 살아남기 위한 아첨과 뇌물이었다는 뜻이겠지?"

"그렇습니다. 양반지주 출신을 괴로워한 것은 그것이 정말로 괴로웠기 때문이 아니라, 그렇게 함으로서 미래의 동료들, 즉 무산대중의 호의를 얻기 위해서였습니다. 천석지기 전답을 아낌없이 팔아 당에 바친 것도 그것이 원래 인민의 것이었기 때문이어서가 아니라-나를 자기들의 계급 속에 받아 달라는 뇌물이었습니다."

(『영웅시대』, 상, 225쪽.)

역사의 필연적인 요청으로 자기 계급과 집안은 몰락할 것이라는 예감, 이어서 빚어진 '살아남아야겠다'는 비장한 결의는 밭이 되었고 이 밭에 노령아재의 사상교육, 박영창의 사상과 중개역할, 어머

124) 정호웅은 동영 개인의 선택을 마치 불안한 시대 지식인 일반의 선택으로 간주하는 것은 부적절하다고 말한다. 그에 따르면 이 당시 지식인들은 소설에서의 주인공인 동영과는 달리 구체적인 토대에 객관적인 근거를 두고 있는 현실 타개의 한 방안으로서 사회주의 이념이나 사상을 선택했으며, 그들이 선택한 이념이 바로 유토피아적 실천 이념인 사회주의라고 주장한다. (정호웅, 「관념 편향적 창작방법의 한계」, 김윤식 외, 『이문열론』, 삼인행, 1991, 158쪽.)

니에 의해 어려서부터 몸에 배어 온 영웅심리 등이 씨앗으로 뿌려져 마침내 사회주의자 이동영이라는 결실이 맺어지게 된다. 한마디로 동영은 자신과 집안이 '잔존할 수 있는' 방안을 사회주의 이론에서 구하고자 한 것이다. 그리하여 동영은 자신의 사상적 스승인 박영창에게 "무산대중에 대한 연민이나 소외된 계층에 대한 양심적인 분노 같은 것을 나중에 덮어 쓴 가면"(225쪽)이라고 솔직하게 속을 털어 보였고 이어 "양반지주출신을 괴로워하는 것은…무산대중의 호의를 얻기 위해서였다"(225쪽)고 고백하기에 이른다. 이처럼 양반사대부 집안의 종손이었던 동영이 아나키스트에서 볼셰비키로 변신하는 과정에서 근본적으로 작용한 것은 사대부의식 혹은 가부장제였다는 고백은 김윤식이 지적한 대로, 좌파 지식인의 이념 선택의 동기로는 매우 이례적[125)]이라고 할 수 있다.

실제로 국군들의 1·4후퇴로 서울을 재탈환한 후에도 동영은 제일 먼저 자신의 가족을 애타게 찾아 나섰으나[126)] 한 달 넘게 자취는 물론 생사까지 알 수 없게 되자 "자신이 이미 이 전쟁과는 무관해져 버린 듯한 느낌"을 갖게 되었다고 고백하기에 이른다. 그러나 앞서 동영이 가족을 위해 사회주의에 가담하게 되었다는 고백과는

---

125) 김윤식, 앞의 글, 276쪽.

126) 이동영의 가족은 중공군이 서울 근교까지 밀려오자 수용소에서 풀려나 서울로 돌아온다. 먹을 것과 갈 곳이 없는 가족은 대지주 적에 자신들의 도움을 자주 받던 친지를 찾지만 빨갱이라는 소문 때문에 전과 같이 매몰찬 대접을 받게 된다. 중공군이 곧 서울로 입성한다는 소문은 무성하지만 이동영이 함께 내려오리라는 소식은 어디서도 들을 수 없게 된다. 더욱이 대구로 내려간 자식 남매를 걱정하던 끝에 시어머니와 정인은 시외삼촌댁의 배려로 마지막 피난 열차를 타고 남쪽으로 내려가게 된다.

달리 이러한 플롯은 소설의 전개에서 고작 한번밖에 나타나지 않는다. 뿐만 아니라 안나타샤와의 관계에 대한 많은 서사는 동영의 애초의 사회주의 입문 목적과는 서로 상충됨을 보이고 있으며 (동척시기와 전쟁초기 어울렸던 임숙경도 포함됨)[127] 동영의 가문의 존속을 위한 목적이라는 설정은 다소 관념적이라는 지적을 피할 수 없다고 볼 수 있다.

앞서 우리는 동영의 사회주의 이념의 선택으로 인해 남은 가족들이 가족의 해체를 겪으면서 모든 고난이 시작되었다고 언급했다. 작품의 주제가 이념을 비판하고자 하였던 것만큼 소설은 가족의 해체와 고난을 겪게 되는 것을 통해 이념을 비판하고자 했던 것이다. 다시 말해 사회주의 이념과 가부장제 이념은 직접적이지는 않지만 서로 대립의 구도를 이룬다고 볼 수 있다. 그런데 아이러니하게도 동영이 사회주의에 입문하게 된 계기도 자신들의 가문(사대부 양반가문)의 존속을 위하였던 것이다. 작가는 왜 실제 상황과는 다소 어긋나는 구도를 설정하였을까 하는 의문을 가지지 않을 수 없게 한다. 그리하여 우리는 아래와 같은 두 가지 구도를 생각해볼 수 있다. 하나는 가족과 관계없이 애초에 동영이 사회주의 이념에 대해 굳은 신념을 갖고 사회주의에 심취했다가 점차 자신의 이념에 대해 환멸을 느끼면서 몰락하는 과정을 그려냄과 동시에 남은 가

127) 소설에서 동영이 애인이었던 임숙경을 그리워하는 장면이다. “그 씁쓰름한 기억에도 불구하고 동영의 육체는 임숙경을 그리워하고 있었다. 생사를 알 수 없는 아내 정인(貞仁)에게는 작은 죄책감도 없이 무슨 뜨거운 배암처럼 감겨오던 임숙경의 숨결을, 세월이 가도 시들지 않고 오히려 더 요염하고 풍만하게 피어오르던 그녀의 몸을 그리움으로 떠올리고 있는 것이었다.” (『영웅시대』, 상, 141쪽.)

족들이 그로 인해 고난을 겪게 되는 과정과, 다른 한 가지는 소설에서 보여준 것과 같이 동영이 가족을 위해 사회주의에 입문했다가 이념에 대해 환멸을 느끼면서 몰락함과 동시에 남은 가족들도 고난을 겪게 되는 두 가지 구도이다. 추측건대 작가는 동영이 굳은 신념을 갖고 사회주의에 입문했다가 차차 환멸을 느끼는 것보다는 애초에 단순히 가족을 위해 혹은 자신들의 가문을 위래 사회주의에 입문했다고 설정하는 것이 이데올로기 비판에 보다 효과적이라고 보았던 것으로 판단된다.

그러나 앞서 살펴보았듯이 동영의 그러한 애초의 신념과는 달리 소설의 전개 속에서 동영이 사회주의 이념 자체에 대한 회의와 환멸을 느끼는 서사는 동영과 주변 사람들에 걸쳐 여러 번 보이지만 정작 동영이 사회주의에 가담한 후 가족을 걱정하는 대목은 1·4 후퇴 때 서울에서 보인 한 번에 그치고 있다. 그리고 가족과 헤어진 후 있었던 동영과 안나타샤와의 복잡한 불륜의 관계는 동영의 신념의 진실성에 대해 회의를 느끼지 않을 수 없게 한다. 왜냐하면 가문을 지키는 것과 불륜을 저지르는 일은 서로 별개의 일이 아니기 때문이다. 따라서 소설에서 가족이 척박한 사회를 견뎌내는 위안제의 기능을 제대로 수행하고 있다는 논리는 적어도 동영에게는 보이지 않는다.

그리고 이보다 더 선명하게 보이는 문제점이라면 작가는 동영이 끊임없이 회의와 환멸을 느끼는 밑바닥에 놓인 기본 항을 출신성분으로 설정하였다는 점이다. 이동영이 어떤 요직에도 나아가지 못하고, S농대학장이라든가 원산농대 부교수로 머무른 것은 한

편으로는 당의 지령이기도 하지만 다른 한편으로 보면 동영 자신의 선택이기도 하였다. 즉 갈 데 없는 지주 출신성분이라는 점이다. 작가는 이 사실을 여러 곳에 복선으로 깔아 놓음으로써 작품 구조의 견고성을 확보하고 있다. 이처럼 소설에서 주인공 동영이 지주계급 출신이라는 것은 굉장히 중요한 것으로 표상되고 있다. 이러한 요소는 비단 동영에게만 드러나는 것이 아니고 김철에게도 보인다.

그러자 김철이 쓸쓸하게 웃었다. 어느 새 비행기 편대를 만나기 전의 감정으로 되돌아간 것 같은 표정이었다.

"혁명전사가 아니라 운수 나쁜 노름꾼이지. 자네도 마찬가지겠지만……"

"그게 무슨 뜻인가?"

"우리는 두 번이나 끝발을 잘못 골랐어. 그 한 번은 삼국지에서 기른 소(小)영우주의를 부르조아적인 시민혁명에서 구하지 않고 프롤레타리아 혁명전선에서 구한 거야. 봉건귀족에 해당하는 양반계급에 속한 주제에 역사의 한 과정을 생략하고 도약을 시도한 거지. 이제 그 실수가 출신성분이란 이름으로 댓가를 요구하고 있어"

"자네도……?"

"거기다가 더욱 한심한 것은 최근까지 그런 출신성분을 자랑해 온거야. 크로포트킨처럼 공작(公爵)쯤으로 태어나지 못한 것을 은근히 서운해 하면서 그래도 플레하노프 정도는 꿈꾸었지. 자네와 내가 다른 점은, 다만 내가 먼저 자신의 출신성분이 치명적인 약점일 수도 있다는 걸 알아챈 점이야. 이미 만주시절부터 나는 그런 조짐을 피부로 느끼고 있었거든. 그래서 귀국 뒤로는 철저하게 자신을 은폐했지. 무지렁뱅이 농군의 자식으로 태어나 일찍 고아가 된 걸로 말일세. 만일 석 달 전에만 자네를 만났어도 나는 틀림없이 자네를 모른 척했을 거네. 그런데-결국은 드러나고 말았어. 남쪽으로 밀고 내려갈수록 나를 알아보는 사람들이 늘어나 결국은 드러나고 만 거지. 아무데 천석군 김참봉(參奉)네 손자라는 게 말일세"(『영웅시대』, 상, 76-77쪽.)

동영과 비슷한 출신의 김철의 말에서 드러나다시피 그들이 실패를 할 수밖에 없는 이유는 자신들의 출신문제라는 것이라는 것이었다. 자신들의 양반계급의 출신이기 때문에 그들은 사회주의에 몸을 던졌다 하더라도 결코 인정받을 수 없다는 것이다. 그런 이유로 좌절을 겪던 김철은 '자살'과 유사한 방식으로 전쟁에서 목숨을 바친다. 동영의 경우도 이와 비슷하다. 1943년 졸업하고 귀국한 그는 동청에 위장 취업하여 농장 관리인으로 근무하였으며, 해방 직후엔 남로당으로 편입되었다. 남로당 공작대원으로 체포되어 일 년간 감옥에 있었던 그는 6·25가 터지기 1년 전에 석방되었으며, 투쟁 경력의 유효성이 인정되어 수복한 서울에서 이승엽 밑에서 행정요원으로 근무하다가 결국 S시의 농과대학 학장으로 밀려났다. 그 이유는 남로당 성분이라는 것 이외에도 지주계급이라는 출신성분과 무관하지 않았다.

작가는 이와 같은 구도를 통해 사회주의 이념을 비판하고자 하였으나 여기에는 하나의 문제점을 안고 있다. 즉 김철과 동영이 지주나 사대부양반계급이 아니었고 가난한 농민 출신이었다면 그들이 사회주의에 가담한 것은 정확한 선택이며 자신들이 원하는 바를 이룰 수 있다는 가설이 성립되기 때문이다. 다시 말해 김철이나 동영이 실패할 수밖에 없는 이유가 이념 자체에 있다는 것에 초점이 맞추어져 있다기보다는 그들의 출신에 의해 결정된다고 볼 수 있기 때문이다. 물론 작가는 이밖에도 여러 인물과 사건을 통해 사회주의 이념에 대한 비판의식을 핍진하게 보여주고 있다. 그러나 소설에서 동영과 김철에 한해서만은 그들이 실패했던 이유를 자신들의 출신을 고려하지 않은 잘못된 선택으로 치부될 수 있다. 사회주의 이념에 깊은 회의에 빠신 나머지 종말에 가서는 환멸을 느끼는 것마저 모두 자신의 출신을 고려하지 않고 잘못한 선택으로 취급될 수 있기 때문에 사회주의 이념비판에 대한 무게는 훨씬 줄어들게 된다. 작가의 의도는 동영이 가족주의에 의해 이념선택을 했다는 것을 통해 보다 신랄한 이념비판을 의도했으나, 결론적으로 이러한 구성이 오히려 작가의 생각과는 달리 역효과를 얻고 있음을 부인할 수 없다.

5.2 가부장제의 틀에서 인식되는 사랑

동영의 이야기를 함에 있어 정인을 제외하고도 떼어놓을 수 없는 여인이 있는데 바로 안나타샤(안명례)이다. 이동영이 안나타샤를 처음 만난 것은 유격대의 간부요원으로 임무를 받고 부대로 향하는 길에서였다. 그리고 그 이후로 이동영이 가는 곳마다 그녀는 그림자처럼 늘 그의 뒤를 따라 다닌다. 더욱이 이동영이 위험하거나 난처한 상황에 놓여 있을 때면 으레 구원의 천사처럼 나타나 그를 도와주곤 한다. 두 사람의 관계와 관련하여 정호웅은 그들의 만남이 '기묘하다 할 정도로 우연적'이어서 작가의 '의도적 조작'이 뚜렷이 드러난다고 지적한다.[128] 이동하 역시 작가가 소설에서 안나타샤와 같은 인물을 형상화하는 데 통속성을 드러내고 있다[129]고 지적하고 있다. 적절한 지적이기는 하나 소설에서 안나타샤와 아내 정인이 여러 면에서 대조된 모습은 보여준다는 점에서 의미 있는 설정이라고 본다.

"생각하면…… 너무 먼 길을 돌았군요. 그때 출발해서-그 수려하던 나로드니끄를 이렇게 찾아오는 데 꼭 17년이 걸렸어요"

"나는 만주나 모스크바에 가 본 적이 없오"

동영은 반드시 반박이나 빈정거림의 의도 없이 그렇게 대답했다. 그녀는 동영의 말에 개의치 않고 진지한 독백처럼 계속했다.

"그래도 나는 그때 당신을 향해서 출발했던 거예요. 그 길로 무턱대고 가면 언

---

128) 정호웅, 앞의 글, 296쪽.

129) "이 부분에서 한 가지 꺼림칙하게 느껴지는 것은 안 나타샤의 존재이다. 동영이 전쟁 초기부터 회의에 빠져 소극적인 태도에로 기울기 시작했다는 사실과 그럼에도 불구하고 그가 일찌감치 숙청되어 버리지 않고 휴전 무렵까지 버틸 수 있었다는 사실을 조화시키기 위해서는 강력한 후원자의 존재가 반드시 필요했던 셈이고 안 나타샤와 같은 인물의 설정 자체는 그런 점에서 정당화될 수 있다고 여겨지지만 그녀를 구체적으로 형상화하는 과정에 있어서는 아무래도 통속성을 드러내었다는 혐의를 면하기 어려운 것이다. 그녀에게서 우리가 느끼는 분위기는 공연한 신비주의 취향으로 포상한 오락영화의 그것에서 그다지 먼 것 같지 않다. 본래 이문열은 연애문제를 다루는 데에는 능숙한 편이 아니거니와 『영웅시대』에 그려진 동영과 안 나타샤와의 관계도 그런 점에서 예외가 되지는 못하였다. 유감스러운 일이다. (이동하, 앞의 글, 176쪽.)

젠가는 당신을 만나게 되리라 믿고 있었어요."

"당신에게 그런 미련스러움이 있었다니 믿어지지 않소."

"물론 나중에는 한 환상이 되었지만 모스크바 시절까지도 당신이 어느 음울한 거리 모퉁이에서 불쑥 나타날 것 같아 종종걸음을 치곤했지요." (『영웅시대』, 하, 540-541쪽.)

안나타샤가 동영을 처음 만났을 때는 동영이 대학 일학년 시절이다. 여름방학에 동영은 사리원 읍내에서 40리쯤 들어간 시골 마을 오송리에서 야학을 하는 친구를 도와 열흘쯤 일한 적이 있었다. 그때 동영은 야학에 나올 여유도 없으나 배우고 싶어 하는 열네댓 살의 소녀에게 로자 룩셈부르크의 전기를 주고 왔다. 잘 생긴 동경 유학생에 대해 14살 먹은 가난한 소작농의 딸이 가졌던 동경, 그 '수려한 나로드니끼'에 대한 사춘기적 동경이 집요한 사랑의 동기로 변모하였다. 그래서 어린 안나타샤는 그 마음을 간직하고 동영을 만나기 위해 갖은 노력을 했다. 소설에서 정인의 동영에 대한 사랑이 봉건적 가족주의에 근거하는 운명론적인 것이었다면 안나타샤의 동영에 대한 사랑은 추상적인 낭만적 수식에 의한 것이었다. 그랬기 때문에 안나타샤가 동영은 자신이 어떤 대가도 바라지 않고 유일하게 '몸을 맡긴' 사람이라고 고백까지 한다. 심지어 전쟁초기부터 심각한 회의에 빠져 소극적인 태도에로 기울기 시작한 동영을 휴전 무렵까지 버틸 수 있도록 강력한 후원자가 되어준다. 다시 말해 안나타샤의 사랑은 이념을 초월한 순수한 사랑이라고 할 수 있다.

이러한 사랑은 앞서 그녀가 당내에서 권력과 지위를 얻기 위한 안쓰러운 권력형 매음과 선명하게 대조된다. 작가의 의도는 동영에 대한 순수한 사랑과 비열한 권력을 위한 매음을 대조함으로써 이데올로기와 권력의 비윤리적이고 악랄한 면을 비판하고자 했던 것으로 보인다. 그러나 이러한 양상은 소설의 후반부에서 전환된다.

동영은 1953년 초에 원산에 있는 농과대학 농경과의 부교수로 취임하는데 그때 동영이 속해 있는 남로당계열의 고급당원들을 대상으로 한 숙청작업이 진행되기 시작하였으며 동영은 늘 숙청의 공포를 느끼게 된 다. 그는 결혼 상대자가 될 만큼 가까워진 안나타샤에게 일본으로 탈주할 배를 탈 수 있게끔 주선해 달라고 부탁하였으나, 배에 오르기 직전 남로당 사람들과의 의리를 상기한 끝에 그냥 남아 있기로 작정한다. 그러나 사실 안나타샤는 더 이상 동영을 자신의 곁에 둘 수 없을 만큼 자신의 입지가 위험해지자 동영을 '배신'하게 된다.

얼마나 지났을까-동영에게는 무한한 세월이 흘러간 듯하지만, 실은 자기가 탈 번했던 배가 다급한 발동 소리와 함께 어두운 바다로 사라진 지 채 십 분도 못 되었을 때였다. 갑자기 멀지 않은 곳에서 몇 줄기 탐조등(探照燈)이 번쩍이더니 총소리와 함께 확성기를 통한 남자의 거칠고 위협적인 목소리가 들려왔다.

"배를 세워! 발동을 꺼라. 너희들은 모두 포위돼 있다"

바닷가 바위기슭을 후리는 파도 소리에도 불구하고 조금만 주의를 기울이면 알아들을 수 있을 만큼 뚜렷했다. 그러나 그때 이미 깊이 모를 잠 속으로 빠져들고 있는 동영의 의식에는 끝내 와 닿지 않았다. 그 불행한 탈출선은 미리 부근에 대기하고 있던 두 척의 작은 무장선(武裝船)에 의해 앞뒤를 차단당해 있으며 그 중 한 척의 뱃머리에는 정규의 복장을 한 안명례가 서 있다는 것, 그리고 그녀의 볼에는 동영이 탈출선 안에 없음을 확인한 때부터 한 줄기 눈물이 타내리고 있음을 동영이 알 리는 더욱 없었다. (『영웅시대』, 하, 599.)

그녀의 동영에 대한 사랑은 앞서의 동영이 탈출하기 이전까지는 어떤 이념을 초월한 순수한 사랑이었던 것이다. 그런데 남로당에 대한 당내숙청이 강화되면서 안나타샤의 입지마저 위험해지자 그녀는 스스로 동영에게 잘못된 정보를 흘려주며 동영을 자신이 놓은 덫에 걸려들도록 한다. 소설의 전반부에서는 순수한 사랑이 어떤 어려움도 이겨낼 수 있는 것처럼 보였으나 자신의 권력과 당내의 입지와 연관될 때 안나타샤는 서슴없이 자신의 사적인 감정을 포기한다. 얼핏 보면 앞뒤가 서로 모순되는 것처럼 보일 수도 있다. 그러나 자세히 살펴보면 양자는 결코 모순적이지 않다. 작가의 초점은 안나타샤의 동영에 대한 사랑 자체가 변했다는 것이 아니라 안나타샤가 자신의 권력을 위해서는 사랑도 저버릴 수 있다는 것을 보여주고자 했던 것이다. 작가는 이러한 구도를 통해 순수한 사랑도 잠식하는 이념과 권력의 비열한 속성을 폭로하고 비판하고자 하였던 것이다. 그러나 동영과 안나타샤의 관계를 심층적으로 살펴보면 다른 문제점을 안고 있다. 우선 우리는 동영과 안나타샤의 관계의 양상에 대해 조금 자세히 살펴보도록 하겠다.

기대 이상으로 동영의 머릿속은 곧 안(安)나타샤의 벗은 몸으로 가득 찼다. 동영의 앞뒤없고 갑작스런 욕망을 배경으로 실제보다 한층 아름답고 풍만하여 현란한 빛까지 뿜고 있는 듯한 알몸이었다. 그 현란한 빛에 밀려났는지 멀리 휴양소가 보이면서부터는 마음 어느 구석에도 작은 그늘조차 남아 있지 않았다. 나는 이제 곧 너를 만난다. 그리고 느닷없이 불타는 무슨 거친 짐승처럼 너를 핥고 짓씹고 찢어 놓을 것이다……(『영웅시대』, 하, 473쪽.)

소작인의 딸로 태어나 온갖 역경을 통과하면서 사회주의 권력의 핵심 인물로 성장하기까지 안나타샤의 현실 타개 능력은 실로 영웅적인 것이었다. 그럼에도 불구하고 소설에서 안나타샤의 성공은 매음을 통해 가능했던 것으로 인식되고 있다. 이러한 가부장제의 윤리는 안타나샤의 모든 성취와 화려한 공적 지위를 허위로 만들어 버린다. 낮은 당내 서열에도 불구하고 동영이 안나타샤에 대하여 지배권을 행사할 수 있는 것은 가족주의라는 전제 하에서만 가능했던 것이다. 여기에는 동영과 안나타샤를 남편과 아내의 관계로 환원시키려는 가족주의 논리가 작동하고 있음을 보여주고 있다고 볼 수 있다. 동영이 안나타샤의 결혼 요구를 수용한 바는 없지만, 두 사람이 부부와 흡사한 관계에 있었던 것은 사실이다. 가족주의에 의하면 여성의 능력이 가족 내 지위를 결정하지 않기에[130] 동영이 안나타샤를 "무슨 짐승처럼" "핥고 짓씹고 찢어 놓"고 싶은 육

130) "영웅적인 여성도 아내로 명명되는 순간 존재감을 부여받지 못하는 비사회적 존재로 전락하는 것이 가부장제의 함정이다." (이득재, 『가족주의는 야만이다』, 소나무, 2001, 39쪽.)

체적 가학의 대상으로 인식할 수 있는 것도 둘의 관계를 가족관계로 이해하기 때문이다.

앞서 언급했듯이 정인이 봉건적인 전통적 가부장제에 갇혀 있다면 안타나샤는 이와 달랐다. 동영은 안나타샤를 가부장적인 시각에 의해서 이해하지만 그 가부장은 허상의 가부장이기 때문에 실패의 요인을 안고 있었다. 정인은 동영의 그에 대한 봉건적 지배적 관계를 수용할 수 있으나 안나타샤의 경우 끝내는 거부한다. 그녀는 자신의 목표를 달성하기 위해서는 수단과 방법을 가르지 않고 온갖 역경을 겪으면서도 권력의 핵심부 자리까지 오른 신식여성이다. 그렇기 때문에 안타나샤가 최종적으로 동영을 배신한 것은, 시점을 달리하면 안나타샤가 가부장적인 구속을 부정하는 것이라고도 볼 수 있다. 만약 안나타샤가 아내 정인과 같이 가부장제의 틀에서 한 치도 벗어나려 하지 않으려 했다면 그녀는 동영의 밀항을 진심으로 도왔을 것이며 결코 '배신'하지 않았을 것이다.

작가는 순수한 사랑도 잠식하는 이념의 폭력성과 허구성을 폭로하고자 했으나 그 이면에는 안타나샤가 자신의 주체성을 확립해 가는 과정이 있었다고 볼 수 있다. 그렇기 때문에 작가는 가부장적인 구도를 통해 이념을 비판하고자 했고 실제로 소설의 다른 한 축인 정인과 시어머니에게서는 그러한 구도가 잘 형상화되었지만 적어도 안나타샤에게 있어서는 반대로 나타났다. 그것은 앞서 지적했듯이 안나타샤는 정인과 달리 가부장제의 구속을 거부했기 때문이다.

5.3 가부장제 대안으로서의 기독교귀의

지금까지 많은 비평가들은 『영웅시대』의 장르적 특성을 전쟁 소설, 6·25소설, 가족사 소설, 또는 이념비판 소설 등으로 규정지어 왔다. 물론 이 작품은 이러한 특성을 골고루 갖추고 있는 것이 사실이다. 그러나 주인공 이동영과 그의 가족이 몰락하는 과정을 다룬다는 점에서 이 작품은 가족사 소설로 범주화할 수 있다.[131) 『영웅시대』 작품 분량의 반 정도를 차지하고 있는 것은 이동영의 가족들(아내 정인과 어린 남매들, 그리고 노모)에 관련된 이야기이다. 앞서 언급했듯이 소설의 일차적인 주제는 동영이 사회주의 운동에 가담하면서 가족들이 이로 인해 겪게 되는 고난의 과정을 상세히 묘사하여 이념을 비판하는 것이었다. 다시 말해 동영 때문에 무고한 가족들이 빨갱이 가족이라는 이유로 온갖 시련과 고난을 겪어야 했던 것이다.

오현(五賢)의 가운데 한 분을 조상으로 모시고 13대에서 5대가 당상(堂上)이상의 벼슬을 지낸 영남의 세가이던 동영의 가문은 전쟁을 겪으면서 그야말로 산산조각이 나다시피 한다. '글 천석, 살림 천석, 인심 천석'을 자랑하던 가문이 몰락의 길을 걷는 것은 물론이고 동영은 가족과 영원히 헤어지고 남한에 남아 있는 그의 가족은 더할 나위 없이 큰 고통과 좌절을 경험한다. 고향 마을에서는 '돌내골의 암범'이라는 별명과 함께 여걸처럼 군림하고 영남 세가의 문

131) 김욱동, 앞의 책, 263쪽.

중에서는 종부(宗婦)로 행세하던 동영의 어머니는 이곳저곳 떠돌아 다니던 중 중병에 걸려 수술 한 번 제대로 받아 보지도 못하고 그만 세상을 떠난다. 동영의 아내 정인은 술집을 겸한 국밥집을 경영하다가 포목상으로 간신히 생계를 유지하는 수준이다. 그리고 동영의 큰아들은 중학교도 제대로 다니지 못한 채 엿판을 메고 장터에 돌아다니는 신세가 된다.

실제로 소설에서 동영을 제외한 나머지 가족들은 이념과 직접적인 관련이 없다. 정인이 동영을 위해 사회주의 활동을 돕는 것도 그 이념에 대한 이해를 바탕으로 행하여졌다기보다는 오로지 동영을 위해서였던 것이다. 이러한 심리적 상태는 정인과 시어머니 모두에게서 드러난다. 그리고 그들은 단순히 동영의 선택으로 말미암아 희생하는 존재에 불과했다.

남들에게는 소중히 다루어져야 할 몸의 상태가 자기에게는 위험 앞으로 나가야 할 구실이 되다니. 그녀는 가만히 자신의 배를 쓸며 그 속의 아기에게 중얼거렸다.

"가엾은 것, 놀라지 마라. 모두 네 아버지를 기쁘게 해드리기 위한 거란다. 인민도 계급도 착취도 이 어미는 몰라. 혁명도 투쟁도 내게는 두려운 말일 뿐이지만 그래도 아버지가 원해서 나왔단다. 다른 어머니가 다시는 이런 일을 하는 일이 없는 세상을 만들기 위해 오늘 이 어미가 여길 나와야 하는 거란다……" (『영웅시대』, 상, 40-41쪽.)

"못난 것. 내 아들이야 그럴 리 없지만, 너는 유학생들이 부모가 정해 준 구식여성을 버리고 신여성과 결혼한 얘기를 듣지도 못했느냐? 또 설령 가문의 체면이나 인간이 불쌍해서 함께는 살아도 일생을 무식꾼으로 천대받고 싶으냐?"

그러더니 이내 노기를 풀면서 달랬다.

"더구나 이일은 내 자식이요, 네 남편인 저 아이를 위한 일이다. 나는 오직 가문만을 위해 하나뿐인 아들에게 아무짝에도 소용없는 무식꾼을 아내로 맞게 한 못난 어미가 되고 싶지 않다."

큰아이가 들어서는 바람에 일 년 남짓으로 끝나고 말았지만 정인의 유일한 학력인 성신(聖信)여학교 3학년 중퇴는 그렇게 해서 얻어진 것이다. (『영웅시대』, 상, 60쪽.)

앞서 인용문에서 살펴볼 수 있다시피 정인과 시어머니의 유일한 목적은 동영이었다. 정인이 유학을 하는 것도 '아무짝에도 소용없는 무식꾼 아내'가 되지 않기 위해서였다. 사실 월북한 동영의 가부장적 권위를 강조하는 것은 여성인 정인과 시어머니였다. 소설에서 그들의 자아실현은 오로지 동영의 성공을 위해 존재한다. '인민도 계급도 착취'도 모르는 정인이 사회주의 투쟁에 가담하는 것은 남편이 원해서, 혹은 남편을 기쁘게 해드리기 위해서였다. 여기서 어떠한 고통도 감내해야 한다는 당위성 속에 여성은 존재하지 않는다. 오로지 모든 당위성은 남편 동영으로부터 나온다. 그렇기 때문에 그녀는 살을 찢는 육체의 고문보다 남편의 몰락을 더 두려워하고 있었던 것이다. 그녀에게 있어 모든 행위의 준거는 가족주의였다. 가족의 최고의 가치였고 구성원들은 가족에서 자신의 정체성의 기원을 찾는다. 반대로 가문의 존속을 위해 사회주의에 가담하게 된 동영은 가족과 헤어진 후 가부장적인 이념 안에 갇히지 않았고, 그 점에 있어서 남겨진 가족보다 훨씬 자유로웠다.

그러한 가운데 동영이 오랫동안 소식이 없자 나머지 가족들은 점차 동영에 의해 형성된 가부장적인 영향권에서 스스로 회의하기 시작한다.

"아범은 말했다. 이 전쟁은 인민을 위한 전쟁이라고, 그렇다면 아범이 말한 그 인민은 어디 있단 말이냐? 내 보기에 이남에는 하나도 없고 이북에도 그리 많이 있을 성싶지는 않다. 혹 그 인민이란 아범이 밤새워 읽던 그 두꺼운 책 속에나 저희끼리 모여 밤새워 떠들던 말 속에만 살아 있는 허깨비나 아니냐? 아범은 그 허깨비 같은 인민을 위해 생사람 잡은 것이나 아니냐?" (『영웅시대』, 상, 121쪽.)

그 밖에 달리 그 복역기간 동안에 있은 일로 정인의 의식에 닿아 오던 것이 있다면 자기와의 대면 또는 자신의 존재에 대한 내면적인 성찰(省察)이었다. 그때껏 정인이 생각해 온 자아는 그 실체라기보다는 주로 외부세계와 관계로 파악되는 자아였다. 남편 동영의 영향 탓이겠지만, 다정다감하던 소녀 때를 제외하면 정인은 한 번도 삶이 정치적 사회적으로뿐만 아니라 내면적으로도 구원받아야 할 어떤 것이라고는 생각하지 않았다. 정치나 경제제도를 중심으로 한 외부적인 조건만 획득되면 당연히 자신의 존재는 충일되고 자아는 성취될 것으로 믿었다.

그런데 일체의 외부에서 오는 자극으로부터 감정의 벽을 쌓고 자기 속에 홀로 머무르게 되면서 정인은 비로소 그때껏 존재의 일부 또는 자아 그 자체의 발현(發現)으로 여겨 온 모든 것들과는 무관한 다른 자아 그 자체의 발현으로 여겨 온 모든 것들과는 무관한 다른 자아가 있음을 깨달았다. 설령 남편이 이상하는 세계가 실현되어 모두가 평등하고 자유롭고 풍요한 삶을 누리게 되고, 자신도 그 가운데서 살게 된다 해도, 채워지지 않을 그 무엇이 있을 것 같았다. (『영웅시대』, 하, 504-505쪽.)

가족의 논리에 종속되었던 시어머니와 정인은 서서히 균열의 조짐을 보이기 시작한다. 여자로서는 버거운 피난생활, 감옥살이, 자식들과의 이별, 기아와 죽음의 가파른 경계를 넘나들면서 가족들의 생각은 조금씩 달라지기 시작한다. 그러던 터에 시어머니는 이런저런 고생 끝에 암에 걸린 후 치료 한 번 제대로 받지 못하고 죽게 된다. 정인은 그동안 시어머니와 나누던 이야기들과 유언에 따라 동영이 오지 않을 것이라는 현실을 받아들이기로 마음의 결정을 한다. 그리고 지친 영혼을 기독교의 신에 의탁함으로써 남편 동영을 가슴에서 지워내는데 이는 명백히 이데올로기 비판으로 초점으로 집중하고 있다.

소설에서 그렇게 가부장적인 테두리에서 한 치도 벗어나려 하지 않으려 했던 가족들이 스스로 사회주의 이념과 정면으로 배치되는 기독교를 수용하고 기독교를 믿게 되는 것에는 여러 가지 의미가 함축되어 있다.[132] 우선 겉으로 볼 때, 이는 동영의 세계를 벗어

132) 기독교의 한국에서의 정착에 대해 파머는 매우 흥미 있는 관찰을 하고 있다. 그에 의하면 한국에서 기독교가 정착할 수 있었던 가장 큰 이유는 그것이 민족주의의 증오의 대상이 아니었다는 데 있었다. 같은 기독교가 유사한 정신세계를 형성하고 있는 중국에서 정착치 못한 것은 그에 의하면 중국에서는 기독교가 민족주의의 증오의 대상이었기 때문이다. 중국은 기독교로 대표되는 서구의 잔인한 잠식력에 완전히 마비되었고, 나라를 살리는 길은 기독교에 대한 반발로 나타났다. 한국의 경우, 민족주의의 증오의 대상이 된 것은 일본이다. 중국에서처럼 유럽은 증오의 대상이 아니었고, 일본을 물리치기 위해서는 서구 문화를 정착시키는 길밖에 없다는 것이 선각자들의 지배적인 생각이었다. 그래서 기독교는 서구 문화 수입과 일

나 기독교의 세계로 귀의함으로써 사회주의와 기독교의 대결에서 기독교의 승리처럼 보일 수 있다. 실제로 소설에서 정인과 시어머니는 애초에 동영의 사회주의 운동에 동조하던 입장이었기 때문이다. 그러나 앞서 살펴보았듯 가족들의 사회주의에 대한 동조는 진정한 이념에 대한 이해를 바탕으로 이루어진 동조가 아니라 동영에 의한, 혹은 동영을 위한 동조였다. 그런데 이러한 점에 있어서는 기독교도 마찬가지였던 것이다.

"니는 하나님이나 잘 섬기그라. 예수 믿는 거 꼭 잊지 마래이, 지금 세상 보이 그 귀신이 제일로 힘있는 것 같다. 그 많은 양놈들 면면이 잘봐주이 내 새끼들이라꼬 왜 안 봐 줄로? 조상귀신은 내한테 맽기고 니는 참말로 예수한테 복받는 사람 돼야 한데이. 아이들도 모도 예배당에 데리가는 거 잊지 말고……"(『영웅시대』, 하, 631쪽.)

"하나님이 계신 건 어떻게 알았습니까?"

"그분을 믿어 위로와 기쁨을 얻었기 때문입니다."

"그날 새벽 만약 이곳이 교회가 아니고, 섬기는 분도 여호와와 예수 그리스도가 아니었다면 어떻게 했겠습니까? 전부터 알고 있던 절이나 용한 무당의 집이었더

본 배척의 두 양상을 띤 채 우리나라에 쉽게 정착된다. 대부분의 선각자들이 기독교인이었다는 사실은 퍽 중요한 사실이다. 마찬가지로 초기 현대 소설의 주인공들이 대부분 기독교도이었다는 사실 역시 주목하지 않으면 안 된다. 말하자면 일본의 침략이 시작된 이래 유교적 태도가 그 응고된 규범 때문에 그것에 효과적으로 대처하기 힘들게 되자 서구화에 의한 방법으로 그것을 물리쳐보겠다는 생각이 팽대한 셈이다. (김현, 「한국 문학의 양식화에 대한 고찰」, 『현대 한국 문학의 이론/사회와 윤리』, 문학과 지성사, 1991, 45쪽.)

라도 그 새벽처럼 의지하고 기구할 수 있었겠습니까?" (중략)

그 새벽 그녀에게 중요했던 것은 어떤 든든한 피난처와 매달릴 존재였을 뿐, 그 존재의 이름은 아무런 의미도 가지고 있지 않았다. 자신이 전부터 알고 있었던 절이나 무당의 집이었더라도 그녀는 틀림없이 그리로 달려왔을 것이다. (『영웅시대』, 하, 721-722쪽.)

시어머니의 유언에서도 알 수 있듯이 그들에게 있어 기독교란 가족을 의탁할 든든한 보호소에 지나지 않았던 것이다. 하여 시어머니에게 기독교의 내용이나 사상은 전혀 중요한 게 아니었다. 시어머니에게 있어 중요한 것은 가계를 보존하는 일이어서 기독교는 그녀에게 일종의 샤머니즘과도 같은 것으로 인식되었던 것이다. 이러한 점에 있어서는 정인도 마찬가지이다. 정인이 기독교가 아닌 "절이나 무당의 집이었더라도 그녀는 틀림없이 그리로 달려왔을 것이"라는 고백에서도 이 점을 확인할 수 있다. 즉 기독교는 이들에게 가족을 회복할 수 있는 수단에 지나지 않았다. 그런 차원에서 시어머니와 정인이 이해하고 있는 기독교 역시 가부장제의 틀 안에 자리 잡고 있다는 것으로 볼 수 있다. 물론 이 점에 대해서는 이미 많은 연구자들이 지적한 바 있다. 즉 정인은 동영의 그늘로부터 벗어났을 뿐 기독교의 가족주의 속에서 여전히 보호받는 자에 머물고 있다는 것이다. 기독교의 이념은 유교의 가족주의와 여러 면에서 유사[133]하기 때문에 이러한 설정은 설득력이 있다고 볼 수

133) 제사를 거부함으로써 유교적 사회를 뿌리부터 부정한 기독교가 그럼에도 불구하고 급격한 교세 확장을 이룰 수 있었던 것은 다른 측면에서의 유교를 수용하고 있

있다. 또 실제로 소설에서 정인과 시어머니는 동영이 부재하는 기간에 기독교 목회자들의 도움을 여러 차례 받은 적이 있다. 그렇기 때문에 정인과 시어머니가 가부장적 이념을 고수하며 기독교로 귀의하는 것은 어쩌면 구원을 받는 것처럼 보이지만, 현실초월이나 현실극복이 아니기에 실패한 몸짓에 불과했다.

그렇다면 우리는 왜 소설에서 정인과 시어머니가 동영을 떠나 스스로 독립하는 모습을 보여주지 않고 시종 가부장적인 틀 안에 가두어두고 있는지 생각해보게 된다.[134] 앞서 살펴본 바를 토대로 추려보자면 남은 가족들이 가부장적 의미로 인식된 기독교에 의지하지 않고 당당하게 삶아가는 모습을 보여주었다면 작가의 이념비판에 대한 강도는 약해지게 된다. 소설에서 보이는 것처럼 정인과 시어머니를 비롯한 가족들은 한 번도 가족주의 틀에서 벗어난 적이 없다. 실제로 소설에서 가족주의 이념은 정인과 시어머니가 역사의 소용돌이를 헤쳐 나가는 힘으로 표상된 대목은 많지 않았다. 반대로 가족들이 가족주의에 의지해야만 하는 약자로 표상되는 부분이 훨씬 많았다. 그들에게 있어 삶의 목적은 오로지 동영에 의해 결정되었고 그것이 더 이상 불가능해지자 기독교에 귀의했던 것이

기 때문이다. 말하자면 한국 사회의 기독교의 원리는 하나님을 가부장으로 하는 유교적 가족주의와 매우 흡사하다. 전쟁으로 가족이 붕괴되자, 기독교는 예수의 피를 나눈 유사 혈연가족에 바탕을 둔 공동체의 이념을 제시하면서 대중들을 교회로 불러 모으기 시작했다. (임의숙, 2005, 324쪽. 「한국 가족문화와 기독교」, 『한국기독교신학논총』, 제14집, 2005, 324쪽.)

134) 이 점에 대해서는 김원일도 지적하였다. "정인이 전쟁의 자리에서 남편을 지워버리고 신을 맞아들이는 안이한 타협보다도 분단 현실 속에 괴로와하는 이 많은 서민의 어려운 삶과 어깨걸이하여 누구보다도 건강성을 회복해서 시어머니와 남편이 지하에서 보란 듯 꿋꿋했으면 하는 아쉬움을 남긴다." (김원일, 앞의 글, 457쪽.)

다. 소설에서 그들은 시종 가부장적인 의지처가 필요하였고, 가족주의 틀에서 벗어날 능력이나 의식을 갖추지 못했던 것으로 표상되고 있다. 그렇기 때문에 동영의 부재는 가족들에게 더 큰 불행으로 다가올 수밖에 없다. 하여 작가가 가부장제의 대안으로서 기독교에 귀의한 것으로 설정했던 것은 이념비판에 초점이 맞추어져 있기 때문이라고 볼 수 있다.

6. 예도정신과 탈이념적 지평에 대한 관심

본 장에서는 이문열의 소설 중에 예술가소설[135]을 다룬 소설을 중심으로 살펴보고자 한다. 작가들의 작품세계를 면밀히 들여다보면 한두 편의 예술가소설이 포함되어 있는데 이문열은 등단작 「새하곡」이 당선되던 그해부터 예술가소설인 「들소」를 발표해서 예술가에 대한 깊은 사유를 보여주었다. 이문열이 초기부터 예술가소설을 창작하고 있었다는 사실은 작가가 자신의 존재론적 확인 작업을 애초부터 진행하고 있었다는 사실에 다름 아니다. 지금까지 그는 여러 편의 예술가 소설을 발표했는데, 이를테면 「들소」, 「금시조」, 『시인』, 「시인과 도둑」, 『리투아니아 여인』 등이 있다.

예술가소설에 등장하는 예술가들은 단순히 장인으로서만이 아닌, 예술의 본질에 대한 진지한 고민을 하면서 삶의 방식에 대한 탐색가지도 하고 있는 것이다. 그렇기 때문에 예술가소설은 단순히

135) 예술가소설은 소설가 혹은 그 밖의 예술가가 주인공으로 등장하여 정신적 육체적 성숙을 거치는 동안에 예술가로서의 숙명을 인식하고 예술적 기법에 통달하게 되는 성장 과정을 그린 것으로 예술가의 자의식, 삶과 예술 사이의 관계를 탐구하는 소설을 가리키는 용어다.(M.H. Abrams, 최상규 역, 『문학용어사전』, 예림기획, 1997, 242쪽.)

예술가의 삶을 형상화한 작품이라기보다는, 예술가소설만의 고유한 약식과 문제성을 지닌다.[136] 이는 근대사회의 성립과 함께 예술가가 사회로부터 분리되면서 삶과 예술이 분열될 수밖에 없음을 의미한다. 그래서 예술가소설에는 현실적 자아와 예술적 자아 사이의 치열한 대립과 극복 과정, 그리고 예술적 완성을 위한 지향점을 찾는 모습이 내적 형식을 이룬다. 즉, 예술가소설은 예술가를 주인공으로 하고 그 주인공의 예술 행위에 관련된 사건들이 주요 구성이 되어 예술가로서의 사명의 문제, 자신과 사회의 관계, 또는 예술 창조의 본질에 대한 문제가 중요하게 다루어지는 것이다.

한국 현대소설사에서 예술가 소설이 등장한 시기는 1920년대 전반이라 할 수 있다. 그런데 이 시기 예술가소설은 예술가를 소재로 한 예술지상주의에 입각한 작품들이 대부분이어서 본격적인 예술가소설의 형태라고 보기 어렵다. 1930년대에 이르러서야 식민지 궁핍화로 인한 삶과 예술의 갈등이라는 문제가 작품 전면에 부각되면서 예술가소설은 다양한 양상으로 전개되었다.[137] 1920년대 염상섭과 현진건, 그리고 1930년대의 김동리는 예술가소설을 창작한 대표적인 작가들이다. 그들의 작품들에는 다양한 예술인이 등장하여 예술로 삶이 어떻게 상승되고 피폐되는지, 그리고 그 과

136) 예술가는 이상과 현실 사이의 괴리와 사회 구성원들 간의 동질성 파괴로 더 이상 전체 사회와 조화로운 관계를 맺을 수 없어, 자기 고유의 '개성'을 지니게 되고 주위의 생활형식과 본질적으로 일치하지 않는 고유한 '생활형식'을 가지게 된다. (H. 마르쿠제, 「독일 예술가 소설의 의의」, 김문환 역, 『마르쿠제 미학 사상』, 문예출판사, 1989, 7-19쪽 참조.)

137) 김인경, 「예술가소설에 나타난 예술관의 특징과 지향점」, 『현대소설연구』, (36), 2007.12. 200쪽.

정에서 진정한 예술의 의미는 무엇인지가 잘 나타나 있다.[138] 이것은 예술의 자율성을 인식한 작가들의 자기실현의 표현이 나타난 것으로 예술지상주의 경향의 출발이라 할 수 있다. 이러한 예술가소설은 해방 이후에는 다양한 성향으로 나타나기 시작한다. 특히 예술가와 정치권력 간의 관련 방식은 중요한 문제로 급부상한다. 그래서 1980년대 들어 등장한 예술가소설은 정치권력과의 갈등과 대립 등을 다양한 각도에서 보여준다. 이는 예술가와 문학의 사회적 기능에 따른 참여냐 순수냐의 이분법이 한국문학사에서 재등장하는 계기가 되기도 한다. 이문열 역시 일련의 예술가소설을 통해 예술의 자율성 문제에 대해 깊은 천착을 보여주고 있는데, 이는 1980년대에 풍미했던 이데올로기 중심의 리얼리즘 문학에서 벗어나고자 하는 의식의 발현이라고도 볼 수 있다.[139]

---

138) 20년대 염상섭의 예술가소설은 예술지상주의 혹은 예술절대론을 비판한다. 현진건에 와서는 예술가가 지닌 무능함이 반속물주의를 통해 자기위안의 계기로 전화되어 나타난다. 「빈처」는 그 대표적인 작품으로 사실적 예술가소설의 양상을 보인다. 이후 20년대와 30년대 사이의 예술가소설은 김동인의 「광염소타나」, 「광화사」 등에 와서 낭만적 천재의 광기를 인정하면서 일상적 삶을 초월한 예술의 절대성에 대한 의미를 획득하게 된다.

139) 권성우는 이문열이 자신의 예술가소설과 문학적 에세이에서 지속적으로 추구했던 예술적 입장은 현대 사회의 분화의 원리에 입각한 예술의 자율성과 예술의 독자성에 대한 강조였는데 이러한 관점은 그가 『선택』이나 『아가』에서 드러난 가부장적인 공동체주의에 대한 향수와 전근대적인 세계에 대한 동경과 논리적으로 모순된다고 지적한다. 이를 통해 이문열이 소설작품과 문학론을 통해서 주창하는 '예술을 위한 예술'이나 예술의 자율성 이념은 이문열이 취하고 있는 정치적 보수주의와 밀접한 연관성이 있다고 주장한다. 그러나 필자는 양자는 결코 모순되지 않는다고 생각한다. 작가가 소설에서 주장한 예술의 자율성에 대한 입장은 문학창작에 있어 그 어떤 외부의 강요된 이념을 거부한다는 것이지, 결코 문학을 통해 어떠한 이념이나 사상을 발설해서도 안 된다고 한 것은 아니라고 본다. (권성우, 「이문열 소설에 나타난 '예술가 의식' 연구」, 『현대소설연구』, 15, 2001.12, 83-101쪽 참조.)

이러한 점들을 염두에 두고 본 장에서는 예술가가 나아가야 할 이상적인 노선과 궁극적인 도달점이 어떠한 것이어야 할 것이냐가 문제의 핵심으로 부각되고 있다고 생각되는 「금시조」와 『시인』을 선정하여 논의하고자 한다. 두 작품은 모두 예술가소설의 계열에 속하지만 『시인』이 소설로 쓴 시론, 시인론이라고 한다면 「금시조」는 문학을 포함한 예술 일반에 관한 이문열의 사상을 개진하고 있는 소설로 쓴 예술론, 예술가론이라는 점에서 둘은 성격상 차이를 보이고 있다.[140] 그러나 이문열의 예술세계를 올바르게 이해하기 위해서는 두 작품을 떼어놓고 논의할 수는 없다고 본다.

이문열이 작가로서 탄생한 이래 지속적으로 집요하게 추구해 온 주제는, 그것이 인간적인 조건이든지 혹은 사회적인 조건이든지간에, 주어진 억압적인 상황에서 벗어나 자아의 존재를 확인하고 실현하려는 노력에 관한 것이다. 이러한 의식이 예술가소설에서는 이른바 예술지상적 의식의 발현으로 표상되고 있다고 볼 수 있는데 혹자는 그의 문체도 작가의 유미주의적 취향에서 기원되었다고 말하기도 한다.[141] 작가가 끊임없이 예술의 자율성을 강조해왔다

140) 김일렬, 「근대적 예술가 정신과 중세적 예도사상」, 류철균 편 『이문열』, 살림, 1993, 95쪽.

141) 이문열은 한수산, 조세희, 오정희, 윤후명, 이인성 등의 작가와 더불어 정갈하고 아름다운 문체를 구사하는, 그리하여 그만의 고유한 문체를 지닌 몇 안되는 소설가에 속한다. 실상 한 작가가 유려하고 독특한 미문체를 구사한다는 것은 그 예술가 개인의 취향이나 기질에서도 연유하겠지만, 보다 궁극적으로는 그 예술가가 속해 있는 문화적 전통이 '아름다움을 위한 아름다움', 혹은 '예술을 위한 예술'이 폭넓게 허용되는 '미학적 자율성'의 전통을 얼마나 자유롭게 열어 놓고 있느냐 하는 점과 직결되어 잇는 것으로 보인다. (권성우, 「이문열 중·단편소설의 문학사적 의미」, 『아우와의 만남』, 둥지, 1995, 254-255쪽 참조.)

는 것을 염두에 둘 때 이것은 크게 놀라운 일이 아니다.[142)]

그러나 주지하다시피 예술지상주의는 근대적 자기분화의 원리로 볼 수 있어 서양정신과 맞닿아 있다. 이는 얼핏 작가가 고수하는 동양적 복고주의의 입장과 상충하는 듯하다. 본 장에서는 이러한 점들을 염두에 두고 작가가 지향하는 예술지상주의와 동양적 복고의식과의 관계를 찾아보고 그 의미를 도출해보고자 한다.

6.1 예도사상[143)]과 예술지상주의

「금시조」는 1981년에 발표된 예술가에 관한 소설인데, 작가는

142) "아직은 뚜렷한 입장을 결정하지 않은 듯한 당신에게 행여 도움이 될까 하여 밝히는 바이지만, 내가 사회의 여러 기능 또는 가치를 통합적으로 파악하려는 입장에 반발한 첫 번째 이유는 자존심 때문이었습니다. 내가 선택한 가치가 그 자체로 완성되는 것이며 절대적이지 않고 다른 가치에 종속하거나 수단화된다는 것이 참을 수 없었던 것입니다. 오래 사회에서 격리되다시피 살아온 자에게서 흔히 발견할 수 있는 일종의 완전주의일지도 모르지만, 쓴다는 것은 평생의 일로 선택한 이에게는 또한 당연할지도 모르는 자존심입니다." (이문열, 「함께 걸어야 할 당신에게」, 『사색』, 살림, 1994, 39쪽.)

143) 예도사상(藝道思想)은 예술이 나아가야 할 이상적이고 규범적인 노선과 그 궁극적인 도달점을 두고 이루어진 동양의 전통적인 사고체계라고 할 수 있다. 중국의 선진(先秦)유가들에 의해 음악을 중심으로 한 예술 활동과 지극한 경지로서의 도(道)를 추구하는 정신이 하나의 사고 체계 속에서 유기적으로 결합됨으로써 예도 사상은 그 초기 형태와 기본적인 성격을 드러내었다. 그러한 성격은 예도 사상의 산파역을 담당했던 인물들의 사회적 신분과 사상, 그리고 그 기반 예술로 제공되었던 당시 음악의 특징으로부터 절대적인 영향을 받으면서 형성되었다. 예도사상의 성격으로서는 상층 문화적 성격, 유가적(儒家的) 이념성(理念性)과 지극한 도를 추구하는 정신이 있다고 볼 수 있다. (김일렬, 「근대적 예술가 정신과 중세적 예도사상」, 류철균 편 『이문열』, 살림, 1993, 97-98쪽 참조.)

이 소설을 통해 동인문학상을 수상하였고, 그의 중·단편을 대표하는 작품으로 지목되어 『해방 40년 문학』이라는 책에 실린 바도 있다. 그런 차원에서 이문열의 문학을 대표하는 제일 중요한 작품 중 하나라고 볼 수 있다.

소설은 72세에 임종을 눈앞에 둔 고죽이라는 서화가의 회상으로 이야기가 진행된다. 그가 어렸을 때 아버지가 죽고 어머니마저 집을 나가 버리자 그는 숙부에게 맡겨진다. 숙부는 얼마 후 망명길에 오르면서 친구인 석담에게 열 살 난 고죽을 부탁한다. 이름 높은 서화가였던 석담은 친구의 청에 못 이겨 고죽을 받아들이기는 했으나 자상한 가르침은 전혀 베풀어 주지 않는다. 고죽은 매정한 석담에 대하여 애증이 교차함을 느끼면서 몰래 수련을 거듭한다. 석담의 집에 온 지도 수년이 지난 어느 날 비밀 연습을 하다가 들키는 사건이 생긴다. 그리고 나서야 고죽은 석담의 문하생으로 받아들여진다. 하지만 그 후에도 석담은 전과 다름없이 냉랭하기만 했다.

석담은 처음부터 고죽을 문하로 거둘 생각을 하지 않았던 것이다. 27세가 되었을 때, 웬만큼 자신이 생긴 고죽은 자기 확인을 해보고 싶은 욕망으로 불쑥 집을 떠나 여러 곳을 유람하며 융숭한 대접을 받고 기분이 좋아 돌아왔으나 그 일로 석담의 큰 노여움을 사 꼬박 2년 동안이나 잡일을 하며 사면을 기다려야 했다. 사면을 받은 후 고죽은 불같은 열정과 집념으로 서도에 정진하지만 36세 되던 해 다시 스승의 곁은 떠나게 된다. 그것은 예술관의 차이가 급기야 격렬한 논쟁과 충돌을 불러일으켰기 때문이다.

"서화는 심화(心畫)니라. 물(物)을 빌어 내 마음을 그리는 것인즉 반드시 물의 실상(實相)에 얽매일 필요는 없다."

"글씨 쓰는 일이며 그림 그리는 일이 한낱 선비의 강개(慷慨)를 의탁하는 수단이라면, 그 얼마나 덧없는 일이겠습니까? 또 그렇다면 장부로 태어나 일평생 먹이나 갈고 화선지나 더럽히는 것이 얼마나 부끄러운 일입니까? 모르긴 하되 나라가 그토록 소중한 것일진대는, 그 흔한 창의(倡義)에라도 끼여 들어 한 명의 적이라도 치고 죽는 것이 더욱 떳떳할 것입니다. 그런데도 가만히 서실에 앉아 대나무잎이니 떼이 내고 매화나 치는 것은 나를 속이고 물을 속이는 일입니다."

"그렇지 않다. 물에 충실하기로는 거리에 나앉은 화공이 훨씬 앞선다. 그러나 그들의 그림이 서 푼에 팔려 나중에 방바닥 뚫어진 것을 메우게 되는 것은 뜻이 얕고 천했기 때문이다. 너는 그림이며 글씨 그 자체에 어떤 귀함을 주려고 하지만, 만일 드높은 정신의 경지가 곁들여 있지 않으면 다만 검은 것은 먹이요, 흰 것은 종이일 뿐이다."[144]

스승 석담은 퇴계(退溪)의 학통을 이었다는 영남 명유(名儒)의 후예로, 웅혼한 필체와 유려한 문인화로 한말 3대가의 하나로 꼽히던 인물이었다. 자신의 스승인 춘강 성생이 흠모했다는 추사(秋史)처럼 예술가라기보다는 학자에 가까운 사람이었다. 그는 서화에 있어 힘을 중시하고 기(氣)오 품(品)을 숭상한 인물이었다. 스승은 글씨는 힘을 중시하고 기와 품을 숭상하는 데 반해 고죽은 아름다움을 중히 여기고 정과 의를 드러내고자 한다. 그림에서도 석담은 서화를

144) 이문열, 「금시조」, 『타오르는 추억』, 한겨레, 1988, 274쪽. 이하 작품에 대한 인용은 제목과 페이지 수만을 기재한다.

심화(心畫)로 여겼으나 고죽은 물화(物畵) 즉 자신의 내심보다는 대상에 충실하려고 한다.[145] 고죽과 석담의 대립은 매죽(梅竹)[146]논쟁에서 첨예하게 드러나는데, 이에 그치지 않고 도에 관한 논쟁으로 이어진다.

"선생님 서화는 예(藝)입니까, 법(法)입니까, 도(道)입니까?"

"도다."

"그럼 서예(書藝)라든가 서법(書法)이란 말은 왜 있습니까?"

"예는 도의 향이며, 법은 도의 옷이다. 도가 없으면 예도 법도 없다."

"예가 지극하면 도에 이른다는 말이 있습니다. 예는 도의 향이 아니라 도에 이

---

145) 동양의 심학은 마음을 성(性), 정(情), 의(意)로 해석한다. 성은 마음 그 자체의 해명이고, 정은 마음과 대상과의 만남을 뜻하며, 의는 그렇게 만난 것을 헤아리는 것을 말한다. 생각하는 것(思之)은 마음을 쓰는 것(用心)이며 이를 상량(商量)으로 용언(勇言)하고 있다는 것은 정이 헤아려져야 의가 이루어짐을 이해하게 한다. 여기서 동양의 미학이 밝히고 있는 중(中)은 심(心)의 정의(情意)에 주로 해당된다고 볼 수 있을 것이다. 정은 느끼는 것(feeling)과 생각하는 것(thinking)을 포괄하고 있다. 말하자면 넓은 의미에서의 정은 감각과 지각, 그리고 직관과 상념과 상상의 집합으로 보아도 될 것이다. 심(心)에는 이러한 집합의 기능이 있다고 동양의 심학은 보았던 것이다. 물론 이러한 집합의 기능은 마음과 대상이 만나야 이루어진다. 정의 집합을 뜻(志)에 따라 헤아리는 것은(商量)을 이(理)로 파악하게 된다. 정리(情理)라고 할 때 그 이(理)는 의의 영역에 들 것이다. 뜻을 세우자면 먼저 이해할 것이 있게 되며 그 이해한 것을 판단해야 할 것이다. 이러한 마음의 기능을 우리는 이성(理性)이라고 한다. 정의 집합에서 그 의미를 형성하자면 뜻에 따라 이해하고 판단해야 한다. 이러한 마음의 기능을 의로 볼 수 있는 것이다. 동양의 미학에서 말하는 중(中)은 이러한 정의(情意)를 말한다. (윤재근, 『동양의 미학』, 둥지, 1993, 231쪽.)

146) 유학사상을 국가적 이념으로 삼았던 조선 사회의 양반 계층에서 사군자를 그리고 가야금을 뜯거나 시조를 짓고 읊는 일은 일상적 삶의 일부로 들어와 있었던 예술이 수신 차원의 문제라는 점을 알려준다. 사군자는 유교적 덕목을 의미하는 매화, 난, 국화, 대나무를 말하며, 매화는 선을, 난은 미를, 국화는 진을, 대나무는 정(貞)을 의미했다. (김혜숙·김혜련, 『예술과 사상』, 2001, 92-93쪽.)

르는 문이 아니겠습니까?"

"장인들이 하는 소리다. 무엇이든 항상 도 안에 있어야 한다."

"그렇다면 글씨며 그림을 배우는 일도 먼저 몸과 마름을 닦는 일이겠군요?"

"그렇다. 그래서 왕우군(王右軍)은 비인부전(非人不傳)이란 말을 했다. (「금시조」, 275쪽.)

앞서 인용문에서 살펴볼 수 있다시피 '예도 논쟁'에서 석담선생은 무엇이든 항상 도에 그 근본을 두어야 한다고 강조하고, 고죽은 도를 앞세워 예기를 억압하면 수레를 소 앞에다 묶는 격이라고 반발한다. 석담은 서화를 도의 견지에서 보는 사람이었고 고고한 지사풍의 선비이기를 지향하는 사람이었다면 고죽은 예(藝)가 먼저이고 도는 그 다음이라고 생각하는 사람으로서 다분히 예술 지상주의자, 혹은 유미주의(唯美主義)자에 가까운 면모를 지녔다. 두 사람의 대립은 전근대의 예도사상[147]과 근대의 예술지상주의사상의 대립으로 파악할 수 있다.[148] 즉 전자는 유가적 사상 즉 전통적인 동양의 예술관을 대표하는 존재이고 후자는 서구적인 견해로 보면 타고난 예술가에 해당하는 인물이다. 그렇기 때문에 두 사람은 대립

147) 조선조의 예도 사상은 중국의 그것을 받아들인 것이어서 기본적인 성격이 동일하였으며 유가적 이념성이 유별나게 강조되었다. 이는 중국의 사상이나 문화에 비해 조선의 그것이 비교적 폭이 좁고 단일했던 사정과 비례하는 현상이다. (김일렬, 앞의 글, 104-108쪽 참조.)

148) 류철균은 석담과 고죽의 예술관의 갈등을 두고 '문중의 고답적인 의식과 작가 이문열 사이의 갈등'을 반영한다고 지적하고 있으나, 이러한 지적은 필자의 생각과는 다르다. 이에 대해서는 뒷부분에서 자세히 다루도록 하겠다. (류철균, 「이문열 문학의 정통성과 현실주의」, 류철균 편, 『이문열』, 살림, 1993, 22쪽.)

할 수밖에 없었다.

이런 고죽을 석담은 천한 장인바치라고 꾸짖었고, 고죽은 거기에 반발하며 끊임없이 스승과 마찰을 겪는다. 그리고 마침내 석담의 집을 뛰쳐나오기까지에 이른다. 이러한 그들의 예술관의 차이는 단순히 관념의 차원에서 그치는 것이 아니라 현실 속에서 삶의 곳곳에서 부딪치면서 애(愛)와 증(憎), 사모와 미움, 동경인 동시에 불길한 예감이라는 이항대립을 이룬다. 그 후 수년 간 재주를 밑천으로 삼아 방탕을 일삼으며 각지를 떠돌던 고죽은 오대산의 어느 절에서 금시조의 그림을 본다. 오래 전 스승이 사면을 하면서 써준 금시벽해(金翅劈海)라는 구절에 나오는 그 금시조였다. 이튿날로 산을 내려온 고죽은 석담에게 돌아오지만 석담은 이미 죽어 장례가 진행 중이었다. 금시조가 무슨 연유로 고죽에게 각성의 계기가 되었는지는 소설을 통해서는 잘 이해되지 않는다. 그러나 그것이 금시조라는 설명을 듣고 고죽은 자기 내적 심리 에너지의 변환과정에 진입하게 된다.

석담은 관상명정(棺上銘旌)을 고죽이 쓰도록 하라는 유언을 남겼는데, 이는 석담이 임종하면서 고죽의 역량을 인정해 준 셈이다. 그러나 이를 두고 두 사람이 화해하였다고 보는 것은 잘못된 지적이라고 본다. 왜냐 하면 석담이 고죽한테 관상명정을 맡겼던 것은 고죽의 역량을 인정하고 그의 재능을 사랑했던 것이지 고죽을 용서한 것은 아니다. 석담은 고죽의 도근(道根)에 문제가 있고 억제력이 부족하다는 것을 고쳐주기 위해 많은 시도를 했지만 고죽은 이를 받아들일 수 없어 가출했던 것이다. 석담은 이러한 기질의 소유자인 고죽을 생전에 한 번도 용서한 적이 없었다. 그렇기 때문에 고죽이 다시 석담의 집에 돌아온 것을 두고 예술관에 있어서 양자가 화해했다고 보는 것은 잘못된 이해라고 본다. 고죽의 예술관이 석담의 그것과 결코 타협할 수 없다는 사실은 추사[149] 김정희에 대한 고죽의 태도에서도 잘 드러나 있다.

먼저 고죽이 끝내 받아들일 수 없었던 것은 추사의 예술관이었다. 예술은 예술로서만 파악되어야 한다고 보는 고죽의 입장에서 보면 추사의 예술관은 학문과 예술의 혼동으로만 보였다. 문자향(文字香)이나 서권기는 미를 구현하는 보조수단 또는 미의 한 갈래일 수는 있어도 그것이 바로 미의 본질적인 요소거나 그 바탕일 수는 없었다. 그럼에도 추사에게 그토록 큰 성취를 볼 수 있었던 것은 다만 그 개인의 천재에 힘입었을 뿐이었다. 거기다가 그의 서화론이 깔고 있는 청조(淸朝)의 고증학(考證學)은 겨우 움트기 시작한 우리 것(國風)의 추구에 그대로 된서리가 되고 말았으며, 그만한 학문적인 뒷받침이 없는 뒷사람에 이르러서는 이 땅의 서화가 내용 없는 중국의 아류로 전락해 버리게 한 점도 고죽을 끝까지 사로잡을 수 없던 원인이었다. 결국 추사는 스승 석담처럼 찬탄하고 존경할 만한 거인이기는 하지만 예술에 있어서의 노선(路線)까지 따를 만한 사람은 아니었다. (「금시조」, 288쪽.)

---

149) 「금시조」를 집필하는 데에 있어 이문열은 추사한테서 큰 영향을 받은 것처럼 보인다. 제목으로 사용하고 있는 금시조나 이 가공의 새에 대한 언급이 바로 김정희의 글에 나올 뿐만 아니라, 실제로 추사가 이 작품에 여러 번 언급되어 있다. 석담이 고죽에 써준 '금시벽해 향상도하'라는 구절 또한 추사의 문집에 나온다. 추사는 "일찍 법원사(法源寺)에서 성친왕(成親王) 저하(邸夏)가 쓴 글씨인 찰나문(刹那門)이라는 삼대자를 보니 금시조가 바다를 가르거나 향상(香象)이 물을 건너는 기세가 있어 우리 동쪽 나라에서는 열 명의 석봉(石峰)이라도 당할 수가 없겠으니, 만약 다시 석암(石庵)이나 담계(覃溪)의 씩씩하고 굳센 것이라면 어떤 모양을 짓겠는가? 나도 모르게 아찔해 올 뿐이다"하고 말하고 있다. (김욱동, 『이문열』, 민음사, 1994, 386쪽.)

예술은 예술로만 파악되어야 한다고 보는 고죽의 입장에서 볼 때 추사의 예술관은 어디까지나 학문과 예술의 혼동으로만 보였다. 그렇기 때문에 고죽이 다시 석담의 문하로 되돌아 온 것은 스승과의 예술관에 있어서의 합일을 이룬 것은 아니라고 본다. 그 후로 수십 년이 다시 흐르고 고죽은 계속 서화에 정진하여 화려한 명성도 얻는다. 하지만 그가 꿈꾸는 금시조가 자신의 붓 끝에서 날아가는 경지에는 끝내 이르지 못한다. 작품의 말미에 이르러 고죽은 젊은 시절 기교로 그렸었던 그림들을 죽음을 앞둔 순간에 모두 불태운다. 그 가운데 '금시조'의 비상을 보게 되면서 소설은 끝난다.

고죽은 전 생애를 예술지상주의자로 살아왔고, 그것으로 인해 스승과 끊임없이 대립적인 입장에 있었다. 그러나 소설의 말미에 이르러 그는 자기부정을 통해 한 마리의 거대한 '금시조'를 보게 된다. 이러한 금시조의 현상은 상상 속에서 살아 움직이는 것이나 임종을 앞두고 고죽은 '금시조'의 비상을 보게 된다. 이는 석담선생의 예술관을 받아들이는 가운데 치열한 자기반성을 바탕으로 이루어 낸 '자기극복의 결과물'처럼 보이며 삶과 예술의 조화를 추구하려는 의지의 반영이라고 비쳐지고 있다. 기존의 많은 연구에서도 고죽이 자신의 서예작품을 모두 소각한 것은 자신의 유미주의적인 예술적 지향을 포기하고 다시 스승의 예도정신으로 귀의한 것으로 보고 있다.[150] 이렇게 볼 때 우리는 쉽게 전근대의 예술관과 근대의

150) 대표적 논자로는 이태동, 양선규, 김인경, 이병율 등이 있다. 이태동은 "작가는 이야기의 끝에 가서, 古竹의 변환과 곡절이 많은 삶을 마감하면서, 자신의 평생의 작품들을 모두 수거하여 불태움으로써 고도로 응축된 자기절제를 통한 완성에의 의지를 보여주고 있다. 이처럼 창조의식의 간결한 고양화에 의해서만 비로소 예와

예술관의 대결에서 고죽이 실패한 것으로 보인다. 그러나 고죽이 실패했다고 인정한 것은 정확하나 그것이 자신의 예술관을 포기한 것은 아니다.

그렇다면 고죽이 그의 일생에 걸친 작품에서 단 한 번이라도 보고자 했던 것은 무엇이었을까. 그것은 바로 그 새벽의 꿈에서와 같은 금시조였다. 원래 그 새가 스승 석담으로부터 날아올 때는 굳센 힘이나 투철한 기세 같은 동양적 이념미의 상징으로서였다. 그러니 고죽이, 끝내 추사에 의해 집성되고 그 학통을 이은 스승 석담에게서 마지막 불꽃을 태운 동양의 전통적 서화론에서 벗어나게 되면서 그 새 또한 변용되었다. 고죽의 독자적인 미적 성취 또는 예술적 완성을 상징하는 관념의 새가 되어 버린 것이었다. (「금시조」, 298쪽.)

애초에 금시조는 굳센 힘이나 투철한 기세 같은 동양적 이념미

도가 하나로 합치되어 완성된다는 이야기의 끝 장면에 이르러서 금시조는 황홀한 금빛 나래를 펴고 하늘에 날아오른다는 것이다." (신동욱, 「시대의식과 서사적 자아의 실현 문제」, 이태동 편 『이문열』, 서강대학교 출판부, 1996, 59쪽.)
"텍스트 의미연관을 존중한다면, 古竹이 최종적으로 택한 길은 藝道의 길이었다. 비록 그가 평생 동안 그것을 배척해 왔다고 하더라도 마지막 가는 길에서 그가 취한 것은 藝道였다." (양선규, 「小說을 보는 觀點」, 현대소설연구, (8), 1998.06, 195쪽.)
"이러한 '금시조'의 형상은 상상 속에서 살아 움직이는 것이나 일평생 단 한 번 볼 수 있는 새로써 고죽은 죽음을 앞둔 순간, '금시조'의 비상을 보게 된다. 이는 석담 선생의 예술관을 받아들이는 가운데 치열한 자기반성을 바탕으로 이루어 낸 '자기극복의 결과물'이라 하겠다." (김인경, 「예술가소설에 나타난 예술관의 특징과 지향점」, 현대소설연구, (36), 2007.12, 212쪽.)
"스승의 삶과 가르침의 의미가 제자의 삶과 의식 속에 육화(肉化)되어 나타나는 모습을 확인할 수 있다. 스승의 삶이 제자의 삶이 되는 순간이다. 스승이 추구하고자 했던 삶의 완성이 제자의 삶 속에서 움직이기 시작하고 있는 것이다." (이병율, 「이문열의 소설 「금시조」에 나타난 교육적 의미」, 인제대학교 석사학위논문, 2008, 37쪽.)

의 상징이었다. 그러나 고죽이 동양의 전통적인 서화론에서 벗어나면서 금시조의 의미는 변모했음을 알 수 있다. 즉 그것은 고죽의 독자적인 미적 성취 또는 예술적 완성을 상징하는 관념의 새가 되어버린 것이다. 그렇기 때문에 소설의 말미에서 고죽이 자신의 모든 작품을 소각하면서 확인했던 것은 결코 석담이 주장하던 예도 정신과 화합된 '금시조'가 아니었다.[151] 다시 말해 고죽은 죽을 때까지 자신이 고수하던 이른바 예술지상주의 예술관을 버린 적이 없다. 고죽이 자신의 작품을 모두 소각했던 것은 그 작품들이 여전히 세속적 가치에서 벗어나지 못했음을 스스로 확인했기 때문이다. 실제로 고죽은 첫 번째 가출에서는 서화 대가로 곡식 꾸러미를 받아온 적 있고, 두 번째 가출에서는 '권번기'(卷番妓) 매향의 속치마에 매화를 그리고 딸 추수(秋水)를 얻었다. 그랬기 때문에 고죽은 절망했고 자신의 실패를 인정했던 것이다. 하여 그가 임종하면서 보았던 '금시조'는 모든 세속적 가치를 벗어난 미적 성취 또는 예술적 완성의 상징이었다.[152] 이러한 절대적인 새를 고죽은 현실에서

151) 이 점에 대해서 작가도 분명히 밝힌 바 있다. 물론 작가의 해석을 꼭 따를 필요는 없다고 생각되지만 필자는 작가의 입장을 선호한다. 이문열은 한 인터뷰에서 "「금시조」를 보는 관점이 제 원래의 작의와는 다른 듯합니다. 고죽이 마지막에 자신의 작품을 불태우는 것은 자신의 예술적 성취에 대한 부정이었지 삶의 방식 자체를 부정하는 것은 아니었습니다. 그런 예술가 소설 계열로는 「들소」와 『시인』이 더 있는데 거기서는 삶의 방식, 다시 말해서 지조라든가 성실성 용기 같은 것들과 예술적 성취는 그리 엄격한 고리로 묶여 있지는 않지요. 그가 '선택받은 인간'이든 '저주받은 존재'이든 예술적인 인간에게는 사회적 정치적 가치와는 독립된 스스로의 가치가 있다고 믿습니다. 예술은 자기 목적적이고 자기 완성적인 본질이 있다는 뜻이기도 하지요." (이문열, 「소설적 자전 자전적 소설-문학평론가 홍정선 씨와의 대담」, 『시대와의 불화』, 자유문학사, 1992, 255쪽.)

152) 물론 그것이 실패라고 할지라도 필자는 이문열의 첫 번째 예술가 소설과 비교했

는 볼 수 없었기에 그는 환멸의 감정을 느꼈던 것이고 자신이 실패했음을 인정했던 것이다. 이렇게 볼 때 「금시조」는 허버트 마르쿠제가 일컫는 낭만적 예술가소설의 계열에 드는 소설.[153]이라고 볼 수 있으며 플라톤의 이데아를 연상시키기도 한다. 고죽은 자신의 가족을 돌보지도 않고 스승과 생전에 화해도 못한 체 영영 이별하면서도 그토록 애타게 추구하던 절대적인 예술적 경지에는 도달하지 못한다. 그러나 이것은 어디까지나 자신의 능력이 부족함을 승인한 것이지, 고죽이 추구하는 예술적 정신이 인간 세상에서 결코 이루어질 수 없다는 것을 인정한 것은 아니다. 이러한 점은 그가 한 "물론 그와 같은 삶이 있을지도 모르지. 그러나 나는 아니다."(300쪽)과 같은 말에서도 알 수 있다.

소설에서도 작가는 은연중에 고죽의 유미주의적인 예술관에 경사되고 있음을 내비치고 있다.[154] 이러한 양상은 작가의 기존의 예

을 때 발전된 면모를 보여주었다고 생각된다. 「들소」에서는 이념성의 초극도 이루어지기 전에 주인공이 일생을 마감했다. 반면에 「금시조」에서는 임종하면서 이념성과 일상성이 거의 동시에 아주 힘겹게 성취되었으나, 『시인』에서는 이념성과 일상성의 초극이 충분한 시간적 간격을 두고서 단계적으로 이루어졌을 뿐만 아니라, 최고의 경지가 순간적인 것이 아니고 오래 지속될 수 있는 성질의 것이라는 점에서 지속적으로 발전된 면모를 보여주고 있다고 본다.

153) 사실적-객관적 예술가소설에서 예술가는 현재의 환경을 그의 예술가 됨의 기초로 인정한다. 그러나 그는 그 생활형식들을 현실의 바탕 위에서 탈바꿈시키고, 영혼을 갖게 하며, 새롭게 하고자 노력한다. 낭만적 예술가소설에서는 예술가가 현재의 환경을 바탕으로는 더 이상 충족을 맛볼 가능성이 없다. 따라서 이때 예술가는 생활과는 거리가 먼 이상적인 꿈의 나라로 도피하여 거기에서 자기의 만족스러운 시화된 세계(poetisierte welt)를 건설하고자 한다. (하버트 마르쿠제, 김문환 편역, 『마르쿠제 미학사상』, 문예출판사, 17쪽.)

154) 권성우는 이 점에 대해 언급하면서 "무엇보다도 이 소설의 진행이 '고죽'이 주인공이 되어 그가 자신의 파란만장했던 과거를 회고하는 시점으로 전개된다는 점, 바

술가 소설을 검토할 때 쉽게 발견할 수 있는 대목이다.[155] 이문열은 어떤 다른 가치에도 종속되지 않는 예술의 고유한 가치를 누구보다도 신뢰하는 작가이며, 동시에 예술의 미학적 완성도에 그 누구보다도 심혈을 기울이는 작가라는 것을 염두에 둘 때, 우리는 작가가 동양적 전근대의 예도정신보다는 서구의 근대사상을 보다 선호하는 것으로 볼 수 있다.

그러나 석담과 고죽은 예술관의 갈등으로 평생을 대립했었지만 작가는 예도정신 자체를 부정적으로 형상화하지 않았다. 소설에서 석담과 고죽 사이의 예술관의 갈등은 자신을 인정해주지 않는 스승에 대한 고죽의 반발이라는 면이 다분하다. 그리고 작가는 소설에서 끊임없이 이러한 점을 부각시키고 있다. 뿐만 아니라 석담이 우려했던 고죽의 인격과 관련된 문제점들이 석담이 사후에 일어났던 점을 감안할 때 우리는 작가가 예술지상주의 세계관보다 예도정신을 선호하고 있음을 알 수 있다. 다시 말해 소설에서 고죽이 고수하는 예술지상주의 정신이라는 것도 고죽의 자유분방한 기질과 밀접한 관련이 있는 것으로 서술되고 있기 때문에 고죽의 예술지상주의 입장은 독자들에게 크게 설득력 있게 다가오지 않는다. 물

로 그렇기 때문에 '석담'의 모습과 예술관이 '고죽'의 시점에 의해서 다소 주관적으로 굴절된 면모로 나타난다는 점 때문에 그렇다. 그러므로 「들소」의 주인공의 모습에 작가 이문열의 음영이 겹쳐져 있다는 사실과 마찬가지로, 우리는 「金翅鳥」의 '고죽'의 예술관에 역시 작가 이문열의 예술관이 포개져 있다는 사실을 인지할 수 있는 것이다." (권성우, 「이문열 중·단편소설의 문학사적 의미」, 『아우와의 만남』, 둥지, 1995, 261쪽.)

155) 이러한 작가의 의식을 보여주는 대표적인 예술가소설로 「들소」, 「시인」, 『리투아니아 여인』등이 있다.

론 이러한 양상은 작가의 의식과 밀접한 관련이 있다고 본다. 이러한 작가의식은 그가 "예술을 예술답게 만드는 가장 중요한 요소 중에 하나가 도덕적인 요소란 생각을 떨쳐버릴 수가 없다"[156]고 한 말에서도 알 수 있다. 단지 소설이 발표된 시기를 볼 때, 이른바 민중문학이 사회적 주류를 이루던 80년대 초반이라는 점을 감안해서 우리는 작가가 기존의 리얼리즘에 대한 반발로서의 예술지상주의에 대한 지향이 알게 모르게 많이 부각되었던 것이라고 볼 수 있다.

6.2 수신(修身) 차원에서의 비인부전

예술가소설에서는 일반적으로 '성장'과정이 중심을 이룬다. 이는 작품 속의 주인공 대부분이 어린 시절 스승에게 맡겨져 여러 어려움을 겪은 후, 성인이 되어 예술적 완성을 이루어 간다는 유사함 때문이다. 주인공들은 오랜 숙련의 시간 동안 대립과 반발, 그리고 극복이라는 순환을 겪는데, 여기에는 자기반성의 긴 여정을 거쳐 또 하나의 세계, 즉 예술가의 세계로 진입하려는 노력이 있다. 그만큼 예술가소설에서 '성장'과정은 주인공들이 예술적 완성을 이루기 위해서 수반되는 조건 중에 하나이다. 그런 차원에서 「금시조」는 이러한 패턴을 따른 전형적인 예술가소설이라고 할 수 있다.

석담은 숙부의 사정에 못 이겨 고죽을 받아들이게 되지만, 그를

156) 이문열, 『사색』, 살림, 1994, 133쪽.

바로 서도에 입문시키지 않는다. 고죽과 석담은 예술관에 있어서의 갈등을 빚고 있는데, 사실 이들의 대립은 그 이전부터 있었다. 이들의 대립은 고죽이 제대로 배우지 않은 상태에서 붓을 잡게 되면서부터 시작된다. 석담선생은 고죽이 어깨 너머로 배운 글씨를 쓴 것을 보고 크게 호통을 치며 붓을 잡는 일을 가르치지 않고 일부러 허드렛일을 시키거나 신학문을 배우게 하는 등 거리를 둔다.

"왜 제자로 거두시지 않으셨소?"

"비인부전(非人不傳)-운곡께서는 왕우군(王右軍=왕희지)의 말을 잊으셨소?"

"그럼 저 아이에게 가르침을 전하지 못할 만큼 사람답지 못한데가 있단 말씀이오?

"첫째로 저 아이에게는 재기(才氣)가 너무 승하오. 점획(點劃)을 모르고도 결구(結構)가 되고, 열 두 필법(筆法)을 듣지 않고도 조정(調停)과 포백(布白)과 사전(史轉)을 아오. 재기로 도근(道根)이 막힌 생래의 자장(字匠)이오."

"온후하신 석담답지 않으신 말씀이오. 석담께서 그 도근을 열어주시면 될 것 아니겠소?"

"그게 쉽겠소? 게다가 저 아이에게는 문자향(文字香)과 서권기(書卷氣)가 있을 리 없소. 그런데도 이 난(蘭)은 제법 간드러진 풍류를 어우러지고 있소."

"석담의 문하가 된 연후에도 문자향과 서권기에 빠질 리가 있겠소? 그만 거두시구려."

"본시 내가 맡은 것은 저 아이의 의식(衣食)뿐이었소. 나는 저 아이가 신학문이나 익혀 제 앞을 가리기를 바랐는데……." (「금시조」, 264-265쪽.)

석담의 친구 운곡이 왜 제자로 두지 않느냐고 물었을 때 석담은 왕희지의 비인부전(非人不傳)이라는 말을 잊었냐고 반격하는데 그것은 고죽의 자유분방한 기질에 대한 염려와 예감 때문이다. '비인부전'이란 성어 속에는 석담의 고죽에 대한 기대와 우려가 함축되어 있다. 석담은 고죽의 예술적 재능을 누구보다 높이 평가하면서도 그의 자유분방한 예인적 기질이 동양의 정신적 도에 이르지 못할까 노심초사하였던 것이다. 석담은 예술 자체의 기법의 교묘함이나 형식적 존재 의미에 가치를 두기보다는 그것이 인격미를 달성시키는 것에 보다 중요한 의미를 부여했다. 이러한 의식은 수신제가치국평천하(修身齊家治國平天下)의 이념을 내세웠던 유교의 전통과 밀접한 관련이 있다. 유교전통에서 예술은 중요한 수신의 도구였으며, 예술에서의 조화와 질서는 국가의 질서 유지에 하나의 이상을 제공하는 것으로까지 여겨졌던 것이다.[157] 석담이 서예에서 미의 본질을 수신에 두는 것은 바로 유가 사상의 영향 때문이었다. 하여 석담은 수신(修身)을 통해 고죽이 훌륭한 인격을 갖춘 사람이 되기를 원했고, 이것이 그가 예술을 함에 있어서의 필연적인 요건이라고 믿었던 것이다.

그런 이유로 석담은 고죽을 가르침에 있어 인색했던 것이다. 그리고 고죽이 갖고 있는 이러한 문제점들은 유전적인 것임을 작가는 소설에서 강조하고 있다.

157) 김혜숙·김혜련, 앞의 책, 71쪽.

거기다가 그때까지 억눌리고 절제당해 왔던 피도 한몫을 단단히 했다. 역시 그 무렵에 고향엘 들러 알게 된 것이지만 그의 부친은 천석 재산을 동서남북 유람과 주색잡기로 탕진하고 끝내는 건강까지 상해 서른 몇에 요절한 한량이었고, 그의 모친은 망부(亡夫)의 탈상을 기다리지 못해 이웃집 홀아비와 야반도주를 해버린 분방한 여자였다. (「금시조」, 282쪽.)

열 여섯에 거두어 들인 후로도 언제나 차가운 눈빛으로 집 안을 겉돌던 아이, 그 아이가 첫 번째로 집을 나간 날이 새삼 섬찟하게 떠오른다. 제 이름이라도 쓰게 하려고 붓과 벼루를 사준 이튿날이었다. 망치로 부수었는지 밤톨만한 조각도 찾기 힘들만큼 박살이 난 벼루와 부채살처럼 쪼개놓은 붓대, 그리고 한 웅큼의 양모(羊毛)만 방안에 흩어놓고 녀석은 사라지고 없었지. 그 뒤 그가 군에 입대할 때까지 고죽은 속깨나 썩였었다. 낙관도 안 찍은 서화를 들고 나가기도 하고, 금고를 비틀어 안에 든 것을 몽땅 털어가기도 했다. 그러나 제대하고 돌아와서부터 기세가 좀 숙여지더니, 덤프트럭 한 대 값을 얻어 나간 후로는 씻은 듯이 발길을 끊었다. 그가 다시 고죽을 보러 오기 시작한 것은 마흔 줄에 접어든 재작년부터였다. (「금시조」, 294-295쪽.)

석담이 고죽이 도근(道根)의 문제를 지니고 있다는 것을 직접적으로 말하지는 않지만, 그가 처해 있던 운명적인 상황과 그가 보인 자유분방의 성격을 통해서 충분히 보여주고 있다. 고죽의 피에는 그의 어머니와 같은 성격의 피가 흐르고 있고, 또 그것이 그의 서예 속에 드러나고 있음을 석담은 일찍부터 감지한 듯하다. 작가는 소설에서 이를 직접적으로 말하지는 않았지만, 석담과 고죽과의 관계를 이야기할 때마다 고죽의 삶의 환경과 방황의 편력을 빠짐없이 엮어놓고 있다. 이처럼 작가는 소설에서 혈연의 연대성을 중요시하고 있다. 다시 말해 고죽의 피에는 분명히 그의 부모님과 같은 자유분방한 정신이 있으리라는 것을 시사하고 있다. 고죽의 이러한 문제점은 김동리의 「역마」에서 보여주었던 '윤회적인 운명론'[158]을 연상시킨다. 다시 말해 고죽의 피에는 분명히 이러한 유전적인 요소가 포함되고 있었을 것이란 전제가 있으며, 이를 간파한 석담은 끊임없이 수신(修身)을 통해 이를 정화하고자 한다.

그리하여 석담은 숙부의 사정에 못 이겨 고죽을 받아들였지만, 고죽을 바로 서도에 입문시키지 않았다. 고죽에게 동양의 도덕정신과 수신의 요체를 담은 「소학(小學)」을 읽으라고 하고 신학문을 배우게 한 것도, 고죽이 입문한 후 붓을 쥐기 전에 먼저 추사의 서결(書訣)을 외우게 한 것도, 첫 번째 가출에서 돌아온 제자를 사면하면서 써주었던 "금시벽해, 향상도하(金翅劈海, 香象渡河)'의 글도 모두 이러한 목적에서였다. 그는 의도적으로 고죽에게 인격연마의 시간을 부여하여 그로 하여금 자신의 태생적인 기질을 변모하게끔 하려고 했었던 것이다.

---

158) 김동리의 문학이 샤머니즘적 토속세계와 닿아있다. 그 세계는 운명이 지배하며 그 운명은 윤회(輪回)적이고 이 윤회적인 운명 속에 사는 인간들은 한으로 응어리진다. 그의 단편 「역마(驛馬)」는 이러한 작가의식을 대변하는 전형적인 작품이라고 볼 수 있다. 단지 「금시조」과의 차이점이라고 한다면 「역마」에서는 이러한 점이 소설의 주제로 부각되어 있으며 운명에 대한 순종을 통해 자기를 귀의시키는 삶의 태도를 보여주고 있다면, 「금시조」에서는 그것이 스승과 제자의 갈등의 단서를 제공하는 것에 그치고 있다는 점이다. (김병익, 「自然에의 親和와 歸依」, 이재선 편 『김동리』, 서강대학교 출판부, 1995, 41-62쪽 참조.)

그러나 고죽은 이러한 스승의 가르침에 불만을 품고 있었으며 끊임없이 스승에게 도전한다. 석담의 문하에 들어서도 가르침을 제대로 따르지 않고 대립적인 입장을 취한다. 그리고 스승이 괴로워하고 불안해하는 것을 찾아내어 행함으로써 그로 인한 스승의 분노와 탄식을 즐기기까지 한다. 석담은 고죽의 오만 방탕한 성격을 정화시켜 그의 서예가 인내와 절제를 통해서 숭고한 정신적인 힘을 갖게 하도록 위해서였으나 고죽은 이를 받아들이지 못한다.

이러한 대립과정에서도 석담과 고죽 사이 스승과 제자로서의 내면적 관계는 지속된다. 열여덟 살에 입문한 이후, 고죽이 가졌던 석담을 향한 치열한 애증의 불꽃은 고죽의 생애 전체를 지배한다. 고죽이 그토록 보다 치열하게 자신의 예술에 대한 입장을 고집했던 것은 어쩌면 스승이 자신을 인정해주지 않은 것에 대한 반발의식이라고도 볼 수 있고, 다른 한 편으로는 고죽의 태생적인 자유분방한 기질로 인해 도근(道根)과 자기 억제력이 부족했던 것이 이유였다고 볼 수도 있다. 그렇기 때문에 석담의 예도사상이 없었다면 고죽의 서화론도 처음부터 없었다[159]고 하는 지적은 적절치 못하다고 본다. 왜냐 하면 고죽이 스승의 가르침을 수용하지 못했던 것은 자신의 유전적인 요소와 밀접한 관련이 있음을 소설에서는 강조하고 있기 때문이다. 하여 두 사람간의 갈등을 오로지 예술적 입장의 차이로만 해석하는 것은 편협한 시각이라고 볼 수밖에 없다.

그리고 석담과 고죽 두 사람의 예술관의 대립은 이 두 사람의 인

---

159) 양선규, 앞의 글, 209쪽.

생관의 대립으로 연결된다. 석담의 그것은 예술을 삶에 종속시킴으로써 난세를 살아가는 선비의 은일사상과 일치되는 반면에 고죽의 경우는 예술을 위한 것이라면 현실도 생활도 아무런 필요를 느끼지 않는다. 존슨에 의하면 심미주의자는 예술을 삶으로부터 분리시키려는 파격적인 시도를 한다고 했는데[160] 고죽은 그러한 삶을 지향하고 있었다.

실제로 아내는 몇 번인가 여기저기 수소문 끝에 고죽을 찾아온 적이 있었다. 그러나 그때마다 고죽은 뒷날 스스로도 잘 이해 안 될 만큼의 냉정함으로 그녀를 따돌리곤 했다. 어린 남매를 데리고 어렵게 살아가는 그녀에 대한 연민보다는 자기 삶의 진상을 보는듯한 치욕과 까닭 모를 분노 때문이었으리라. 단 한 번 딸을 업고 그가 묵고 있는 여관을 찾아온 그녀에게 돈 7원과 고무신 한 켤레를 사준 적이 있는데, 그것도 아내와 자식이었기 때문이기보다는 헐벗고 굶주린 자에 대한 보편적인 동정심에 가까웠다. 그때 아내의 등에 업힌 딸아이는 신열로 들떠 있었고, 먼지 앉은 아내의 맨발에 꿰어져 있던 고무신은 코가 찢어져 자꾸만 벗겨지려고 하고 있었다. 그러나 그나마도 그것이 마지막이었다. (「금시조」, 291쪽.)

앞서 인용문에서 살펴볼 수 있다시피 그는 잔인하다 할 만큼 가족에 대해 무책임했고 처자에 대한 비정했다. 고죽에게 있어 가족은 그에게 아무런 의미를 가져다주지 못했다. 비(非)생활인의 모습은 그 외에도 곳곳에서 발견된다.

---

160) R. V. Johnson, *Aestheticism*, Methuen & Co. Ltd, 1973, 13쪽.

이미 보아 온 것처럼 그에게는 애초부터 가족이나 생활의 개념이 없었다. 소유며 축적이란 말도 그에게는 익숙한 것이 아니었고, 권력욕이나 명예욕 같은 것에 몸달아 본 적도 없었다. 언뜻 보기에는 분방스럽고 다양해도 시실 그가 취해온 삶의 방식은 지극히 단순했다. 자기를 사로잡는 여러 개의 충동 중에서 가장 강한 것에 사회적인 통념이나 도덕적 비난에 구애됨이 없이 충실하는 것, 말하자면 그것이 그를 이해하는 실마리이기도 한 그의 행동양식이었다. 그런데 가장 세차면서도 일생을 되풀이된 충동이 바로 미적(美的)충동이었고, 거기에 충실하는 것이 그의 서화였던 것이다.(「금시조」, 292쪽.)

고죽에게 있어 중요한 것은 오로지 예술이었고, 그 이외의 모든 것은 그에게 있어 아무런 의미가 없는 존재였다. 그는 한 번도 가족을 돌보지 않았으며, 그 어떤 윤리의식이나 도덕적 관념 같은 것은 기대하기 어려웠다. 이러한 의식의 소유자로서 그는 당연히 석담의 가르침을 받아들일 수 없었고, 가르침을 받는 도중에도 두 번이나 스승을 떠나 가출하게 된다. 고죽은 석담의 문하생이 되어 글씨와 공부를 하는 동안 시회(詩會)에 나갔다가 서화를 아는 동척의 간부가 벌인 주연석상에서 만난 기생과 넉 달 동안 몸을 같이 섞다가 헤어진 후, 그녀가 추수라는 딸을 두고 자살했다는 소식을 들었을 때도, 별다른 슬픔을 느끼지 못한다. 뿐만 아니라 아무런 생각도 없이 친일지주의 문객이 되기도 한다. 그리고 매향을 만나 살림을 차리던 해, 고죽에게 한학을 가르쳤던 윤곡 선생의 먼 질녀격인 그의 아내는 남편의 무관심과 생활고로 인해 어린 남매와 함께 친정으로 돌아가게 되어도 신경을 쓰지 않는다. 작가는 소설에서 이러한 그의 문제점들은 유전적이라는 것을 강조하면서도, 그것이 스승의 가르침을 따르지 않아서 비롯되었음을 강조하고 있다. 고죽이 석담의 가르침을 거부하고 행한 일련의 것들은 모두 역설적으로 석담의 우려가 정확했음을 반증하고 있다.

박이문은 아무리 예술적 가치가 귀중하다고 해도 그것은 언제나 삶이라는 가치에 종속되어야 한다고 말하고 있다. 곧 삶을 떠난 가치, 삶이 바라는 것을 외면한 가치란 개념은 자가당착이라는 것이다. 그는 예술가는 오로지 예술적 가치만을 추구해야 하고 그 밖의 가치는 예술적 가치에 종속시켜야 한다면 그것은 곧 순수예술의 함정에 빠져 들어가게 되는 것이요 그릇된 뜻에서의 예술지상주의라고 했다.[161] 이러한 기준으로 볼 때 고죽이 추구한 것은 박이문이 지적한 대로 '그릇된 뜻에서의 예술지상주의'라고 지칭할 수 있다. 그러나 필자가 살펴보고자 하는 바는 그러한 예술관이 옳고 그름을 따지는 것이 아니라, 이러한 고죽의 예술관이 스승의 가르침을 거부한 것에서 비롯되었다는 것이다.

고죽은 비록 죽는 순간까지도 자신의 예술관을 포기하지 않지만 이러한 현실로부터의 분리의 대가는 그에게 화려함과 함께 철저한 고독을 가져다준다. 고죽은 평생을 자신의 신념을 고집하고 지켜오려 했으나, 자신이 이루고자 하는 경지에 도달하지 못하고 자신의 모든 작품을 불에 태운다. 고죽이 자신의 신념을 고수하나 결론적으로 실패했음은 그와 제자 초헌과의 관계에서도 살펴볼 수 있다.

---

161) 박이문, 『藝術哲學』, 문학과 지성사, 1993, 186쪽.

사람이 무던하다거나 이렇다 할 요구 없이 1년 가까이나 그가 없는 서실을 꾸려가고 있는 탓도 있겠지만 그보다는 글씨 때문이었다. 붓 쥐는 법도 익히기 전에 행서(行書)를 휘갈기고, 점획결구(點劃結構)도 모르면서 초서(草書)며 전서(篆書)까지 그려대는 요즈음 젊은이들답지 않게 초헌은 스스로 정서(正書)로만 3년을 채웠다. 또 서력(書歷) 7년이라고는 하지만 7년을 하루같이 서실에만 붙어 산 그에게는 결코 짧은 것이 아닌데도 그 봄의 고죽 문하생 합동전에는 정서 두어 폭을 수줍게 내놓았을 뿐이었다. 그러나 그의 글은 서투른 것 같으면서도 이상한 힘으로 충만돼 있어 고죽에게는 남모를 감동을 주곤 했다. 젊었을 때는 그토록 완강하게 거부했지만 나이가 들수록 그윽하게 느껴지는 스승 석담의 서법을 연상케 하는 데가 있었기 때문이었다. (「금시조」, 279-280쪽.)

고죽은 젊은 시절 끊임없이 석담과 대립적인 입장을 취해왔지만 제자인 초헌은 이와 달랐다.[162] 고죽이 죽은 뒤 초헌이 고죽을 두

162) 최혜실은 도-예-도라는 반복으로 이루지는 형태를 바탕으로 「금시조」는 순환사관에 입각한 예술사환에 입각한 예술관으로 쓰여진 작품이 틀림없고, 결과적으로 작가의 순환사관의 경도가 얼마나 강한 것인가를 보여주는 좋은 예라고 지적하면서 그 근거를 보링거(Worringer)의 이론을 든다. "Worringer는 구석기시대 이후 예술사가 감정 이입과 추상의 반복으로 이루어져 있다고 주장한다. 전자는 자기 정신의 인식에 의해 자연과 친해지고 그 속에서 행복을 느낄 때 발생하는 사실주의의 경향이고 후자는 인간이 자연의 자의성과 우연성에 공포를 느끼고 외계의 사물에서 형식들을 발견, 질서와 조화에 편입시킴으로서 심리적 안정감을 얻으려 했던 추상의 경향을 말한다. 보링거의 견해에 의하면 모더니즘이 자본주의산업사회를 물적 토대로 하여 발생한 예술양식이라는 진보사관은 부정되고 고전주의(추상)-낭만주의(사실주의)-신고전주의(모더니즘)의 순환 중 신고전주의의 경향이라는 결론이 도출된다. 이 논법은 인류의 길고 포괄적인 예술사를 단지 두 경향으로 봄으로서 지나친 단순화기 야기되는 결함을 갖고 있으나 인간 심리의 이 두 경향을 존재는 부인될 수 없을 만큼 확고한 것이어서 아직까지 버려지지 않는 가설로 남아 있다" (최혜실, 「순환사관과 상동관계로서의 병렬법」, 『한국 근대문학의 몇 가지 주제』, 소명출판, 2002, 271-272쪽 참조.)

고 '사이비(似而非)'라고 평가한 것으로 보아 그의 내면에는 분명히 석담선생의 기질이 있었음을 알 수 있다. 그러나 고죽의 생전에 초헌은 스승을 반대하지 않았다. 그것은 다시 말해 초헌은 석담과 마찬가지로 예도정신을 따르는 사람이어서 스승의 예술관을 부정할지언정 스승과 대립적인 입장을 취하지 않은 것으로 볼 수 있다. 소설에서 형상화된 초헌의 모습이 긍정적인 것으로 보아 작가는 비록 고죽의 예술지상주의를 옹호하나 수신(修身)의 차원에서 인격연마의 수련이 부족했기 때문에 고죽은 결국 실패할 수밖에 없음을 시사하고 있음을 알 수 있다.

6.3 충효이념에 대한 수용

장편 『시인』은 《세계의 문학》지에 발표한 다음 1991년에 출간된 장편소설이다. 작품은 김삿갓이라는 별명으로 더 널리 알려져 있는 조선 후기 시인 김병연[163]을 주인공으로 삼고, 다수의 문헌을 참고하면서, 그의 생애를 상상적으로 재구성한 예술가소설이

163) 김삿갓은 세도가문이었던 안동김씨의 가문에서 1807년(순조 7)에 태어났다. 1811년(순조 11)에 홍경래의 난이 일어났을 때 당시 선천부사(宣川府使)였던 그의 조부 김익순(金益淳)이 홍경래에게 투항함으로써 그의 집안은 폐족이 되었다. 이로 인해 그의 가족들은 황해도 곡산과 강원도 영월에서 은거생활을 하였다. 그는 25세 전후의 시기에 학문을 버리고 당시 사회에 대한 회한을 시로써 풍자하며 방랑생활을 하다가 1863년(철종 14)에 생을 마감하였다. (박도식, 「김삿갓 생애와 현실인식」, 『인문학연구』, 관동대학교 인문과학연구소, 2011, 5쪽 참조.)

다.[164] 작가는 나름대로 김병연에 관한 자료들을 모아 기존의 것과 아주 다른 독자의 흥미에 영합하려는 것이 아니라 한 인간의 특정한 부분을 추적하여 그 진실을 집중하여 파헤치는데, 근대의 사실적인 소설에서 나타나는 일반적인 경향과는 달리 서술자가 자신의 목소리를 직접적으로 드러내는 독특한 양상을 취하여 소설이 아니라 평전이 아닌가 하는 의심을 받기도 하고[165], 역사소설의 일종[166]이라고 평가되기도 했다. 그러나 작가는 김병연의 생애 가운데에서 오직 중요하다고 생각되는 부분만을 취급했다는 점에서 전기소설이라고 보기 어렵다.[167] 『시인』은 이문열이 "내 작품 중에서 가장 훌륭한 것이기를 바라고 또 어느 정도 그렇게 믿고 있다"[168]고 할 만큼 작가 자신이 유난히 애착을 갖고 있는 작품인데 거기에는 여러 가지 원인이 있다고 생각된다. 우선 주목할 점은 이 작품이 작가의 기타 여러 소설에서 보여 왔던 숱한 특징들을 통합하고 있다는 점이다.[169]

164) 유종호는 "『시인』이 넓은 의미의 예술가소설의 범주에 귀속되는 작품임에도 불구하고 현실세계와 조화의 탐구라는 문제가 거의 배제된 채 국외자로서의 사회적 소외라는 시인의 사회적 발생학만이 강조되어 있"다고 지적하고 있다. (유종호, 「어느 시인의 초상」, 『이문열 문학앨범』, 웅진출판, 1994, 102쪽.)

165) 박일용, 「관념적 보수주의 이념의 서사적 구현」, 류철균 편 『이문열』, 살림, 1993, 131쪽.

166) 이동하, 「이문열에 관한 두 편의 글」, 『우리 小說과 求道精神』, 문예출판사, 1994, 165쪽.

167) 정비석의 『김삿갓』(1988)이나 김용제의 『방랑 시인 김삿갓』(1955)의 경우 김병연의 생애 진부를 다룬다는 점에서 전기 소설이라고 볼 수 있다.

168) 이문열, 「『시인』 둥지판에 부쳐」, 『시인』, 둥지, 1994, 15쪽.

169) 예술가의 삶을 다룬다는 점에서 「들소」, 「금시조」, 『리투아니아여인』 등과 같은 부

소설에서 조부인 김익순이 홍경래난에서 항복한 이유로 능지처참 당하고[170], 손자인 병연은 대역죄인의 자손이라는 이유로 불충은 그에게 있어 원죄가 된다. 비록 선대의 잘못이었고 연좌제가 면제되었다고 할지라도 가족들은 끊임없는 체제의 보복을 당해야 했었다. 사회는 그들 일가에게 은연중에 열악한 삶을 강요했고, 그들은 연좌제에서 벗어났을 뿐 직접적인 육체적인 죽음에서 사회적인 죽음으로 바뀐다. 그랬기 때문에 그들은 지배체제로부터 소외되었고, 이로 인해 그들은 성장하는 과정에서 치명적인 불리를 입게 된다. 이러한 원죄에서 벗어나고 면죄부를 얻고자 김병연은 두 번의 노력을 가한다.

첫 번째는 시골의 백일장에 참석한 사건이다. 시제는 조부를 비판하고 정시를 찬양하는 것이었는데, 병연이 장원에 급제하려면 자신의 조부를 매도해야 했고, 그것은 그가 일생에 거쳐 겪어야 했던 고뇌와 갈등의 축약이었다. 갈등 끝에 그는 백일장에서 자신의 조부를 모독하는 공령시를 쓴다. 백일장에서 그는 처음으로 충과

류이고, 주인공의 절망과 방랑을 다룬다는 점에서 『사람의 아들』이나 『젊은 날의 초상』을 떠올린다. 기성의 체제와 지배이념으로부터 이탈한 선대의 행동으로 말미암아 나머지 가족들이 엄청난 고통을 받게 되었을 경우 어떻게 선대를 이해하고 수용해야 하는가라는 주제를 다룬다는 점에서는 『영웅시대』나 『변경』과 맞닿아 있다. 그리고 계급탈락자가 지배계층으로 복귀하려는 노력을 기울이다 최종에 가서는 단념과 더불어 노장적인 세계에 귀의한다는 점에서는 또 『황제를 위하여』를 떠올린다.

170) 역사적 기록에 의하면 김병연의 조부인 김익순은 1811년(순조11년) 홍경래 난 당시 선천부사로 있다가 농민군에게 투항하고 그들이 주는 벼슬가지 받았다고 알려졌다. 그 후 농민군이 토벌되자 조부는 그 죄로 처형되었다. 이창식, 「김삿갓 시의 구비문학적 성격」, 『우리말 글』 21권, 2001, 4쪽 참조.)

효에서 어느 것을 선택할지에 대한 강요받는다. 그러나 병연은 자신을 설득하여 끝내는 조부를 매도하는 공령시를 쓰게 되는데 그때까지만 해도 조부에 대한 원망과 혐오의 감정으로 차 있었기 때문이다. 대역죄인의 자손으로서, 아직도 삼강오륜의 유교적 가치관과 그 가치관에 기초를 두고 있는 지배 이데올로기가 엄연히 지배하고 있는 당시로서 그가 할 수 있는 선택은 많지 않았다. 그가 공령시에 의존했던 이유는 명확했다. 문학이 가지는 사회적 역할, 즉 공령시가 신분회복의 계기가 되리라는 기대가 거의 절대적이었기 때문이다. 조선 말기의 상황에서 김병연이 매달릴 유일한 비상구는 과거시험을 대비한 공령시 창작밖에는 없었다. 공령시는 과거에 합격하기 위해서 필수적으로 습득해야 하는 도구로서의 문학이었고, 실제로 조선시대에 공령시는 시적 대상을 과다하게 예찬하여 불리한 현실을 전복할 토대로 삼고, 당대 이념와의 통합을 지향하는 수단으로 많이 사용되었기 때문이다.[171)]

자신의 행위에 대해서 정당화의 논리를 찾아 스스로를 설득한 후 병연은 조부를 매도하는 공령시를 쓰게 되는데 이는 '신분상승의 의지가 피의 윤리를 이겨낸' 것이라고 볼 수 있다. 그리고 심층

---

171) 공령시는 중국에는 없는 우리나라(조선) 고유의 시형이다. 사실 당대에는 공령시라는 용어보다는 과체시(科體詩)·과시(科詩)·행시(行詩)·동시(東詩) 등으로 불렸는데, 우리나라에만 있는 시형이었기 때문에 동시라고 했다. 고려 광종 9년에 과거제가 실시된 이래 조선조 말까지 사대부문학의 중요한 부분으로 자리 잡았다는 사실은 이 시형식이 과거제도만을 위한 것이었기 때문이다. 과거제도는 문학을 통해 정치 등용문이라는 점에서 시체가 매우 정제되어 있고 형식적이며, 여기에 왕조와 사대부의 이상이 투영되어 있다는 특징을 갖는다. 말하자면 공령시는 당대의 지배 이데올로기를 실어 나르는 정전(canon)으로 기능했던 것이다. 허경진, 「동시품휘보와 허균의 과체시」, 『열상 고전연구』, 제14권 2001, 102-104쪽 참조.)

적인 차원에서는 원죄로부터 벗어나고 면죄부를 얻고자 했던 것으로 보일 수도 있다. 그러나 세간 사람들은 병연의 심정을 이해해주지 않는다.

"왜 아니 됩니까? 김익순은 역적이었습니다. 역적을 성토함을 신자(臣子)의 도리-"

"아니 되오. 수신(修身)은 치국(治國)의 바탕, 수신의 효(孝)를 거치지 않고 치국이 충(忠)에 이르는 길은 없소. 그게 대성(大聖)의 가르침이셨소."

"그릇된 어버이는 거역함이 오히려 효를 이룰 수도 있을터."

"그런 법은 없소. 김공도 명색 글 읽는 선비라면서 순(舜)의 대효(大孝)를 모르시오. 의붓어미의 꼬드김에 넘어간 그 아버지 고수(瞽叟)가 몇 번이나 죽을 구덩이에 밀어 넣었지만 순임금은 한 번도 거역하신 적이 없지 않소? 자식은 어버이의 옳고 그름을 따질 수 없소." (『시인』, 93쪽.)

그가 공령시를 쓰고 난 후 자기 검정을 하는 순간, 어느 술자리에서 만난 기개가 높은 노진이라는 사람으로부터 자신이 핏줄기와 관련이 있는 효에 관한 윤리를 배반했다는 폐부를 찌르는 듯한 말을 듣고 피를 토한 후 심한 좌절감에 빠진다. 곧 그는 마음을 가라앉히고 청운의 꿈을 실현시키기 위해 집을 떠나 방랑하게 된다. 일차적으로 가문의 몰락은 할아버지의 부역(附逆)에서 연유하나 이후의 비극은 전적으로 병연 자신의 선택이다. 안정된 상민으로 살기를 거부하고, 유랑하는 시인의 길을 걸었던 것은 병연이 체제에 소속되기를 원했기 때문이다. 그가 명문세가에서 문객 노릇을 했던 것도 출세의 길을 찾으려는 마음 때문이었다. 그러나 그는 비정한 인심과 부패한 기성체제의 이념 때문에, 그가 입문하려는 사회로부터 다시 한 번 추방을 당한다.

"요런 발칙한 놈, 그런 놈이 변성명을 하고 세도가의 사랑방에 숨어들어? 바로 말해라. 네 놈이 노린 게 무엇이더냐?"

성품이 지나치게 너그러워 오히려 나랏일을 그르친다는 세간의 평이 무색할 만큼 추상 같은 호통이었다. 재종조(再從祖)란 핏줄기의 따뜻함은 그 어디서도 느껴지지 않았다.

"……"

"겨우 세 끼 밥 얻어먹고자 몇 년씩 안복경의 뒤를 핥고 있는 건 아니렷다?"

"……"

"이놈, 너도 명색 예의염치를 말하는 선비라더냐? 연좌사(連坐死)를 면케 해준 것도 나라의 크나큰 은혜거늘, 언감생심 무엇을 더 바라고 감히 도성 안으로 발을 들여놓았더란 말이냐? 썩 물러가거라. 일후 다시 안복경의 집 근처에 얼씬거리기만 하면 네 놈을 잡아 치도곤으로 다스리리!" (『시인』, 127-128쪽.)

김병연이 신분회복에 대한 꿈을 펴기도 전에 그는 다시 한 번 충격을 받게 되는데 이번에는 그의 족친인 김좌근과의 조우 때문이었다. 족친인 김조순은 그가 세도가의 문객으로 있다는 말을 전해 듣고 당장 떠나라고 호통 치는데, 그 이유 역시 대역죄인의 자손이라는 점이다. 그 일이 있은 후 그를 후원하던 세도가들이 냉담해지게 되고 병연은 하는 수없이 안응수의 집을 나오게 된다. 그 결과 그는 영원한 국외자가 되어 홍경래가 그의 활동의 근거지로 삼고 있었던 평안도의 다복동으로 들어가게 되는데, 거기서 병연의 세계관은 큰 변화를 겪게 된다.

"홍(洪)대원수의 대의, 아니 그 기치 아래 모여든 서북 인재들이 대의란 어떤 것이었습니까?"

"차별이 없는 세상, 그 사는 땅에 차별받지 아니하고, 그 어버이의 높고 낮음에 따라 차별받지 아니하고, 그 하는바 생업에 따라 차별받지 아니하고, 그 가진 바 많고 적음에 따라 차별받지 아니하는 세상을 우리는 꿈꾸었던 것이네. 사백년 썩은 조정이 우리 민초들에게 해준 게 무엇이던가. 빼앗고 억누르고 때리고 가두고 죽이고 그 밖에 무엇이 더 있던가. 크지도 않은 민초들의 희망을 어찌 그리도 모질게 모질게 짓밟기만 하더란 말인가. 그런데 우리는 그들에게 희망을 주려 했네. 새로운 세상을 보여주려 한 것이네." (중략)

"널리 알려지지는 않았으되 우리는 만약 그 병혁(兵革)이 성공하면 공화(共和=여기서는 周代의 共和. 왕 없이 대신들이 다스림)까지도 꿈꾸었네. 사민(四民)의 구분을 폐지하고 전토(田土)를 새로이 나누어 이땅에 무하유지향(無何有之鄕)이 이뤄지기를 바랐네." (『시인』, 182-183쪽.)

체제의 전복을 꾀하고 있는 원명대를 우연히 만나 다복동에서 머물게 되면서 김병연은 할아버지에 대한 자신의 평가가 얼마나 잘못된 것인가를 깨닫는다. 그는 그곳에서 홍경래가 차별이 없는 평등사회로 향한 이른바 공화국에 대한 꿈을 실현시키기 위한 대의를 가지고 난을 일으켰다는 사실을 전해 듣고 그의 조부를 이해하고 자신의 불효에 대해 용서를 빈다. 그리고 할아버지를 '법과 제도 아래서는 죄인이지만 진실 쪽에서 보면 의인(義人)'이라는 서로 다른 평가를 하게 된다. 병연이 할아버지를 이해하게 되면서 그의 시풍은 역시 변화를 안게 된다. 즉 그는 민중시를 창작하게 된다는 것이다. 당시 민중시는 체제가 수용하지 못한 김병연과 같은 체제 이탈자들에 의한 울분 표출의 수단으로 창작되고 향유되었다. 김병연은 체제 옹호에서 체제 비판의 형식으로 글쓰기의 권력을 전유함으로써 희작시를 통해 투쟁의 발판을 마련한다. 다시 말해 이 시기의 병연은 효를 선택하고 충을 버린 것으로 볼 수 있다.

그러나 김병연의 시는 제3기에 이르러 다시 한 번 큰 변화를 겪는다. 그 동안 민중의 갈채와 열광에 도취하여 있던 그는 자신의 시를 냉철하게 되돌아보게 되는 계기를 갖게 된다. 병연은 묘향산에서 우연히 만난 하얗게 늙은 선비로부터 자신의 할아버지와 홍경래난에 대한 좀 더 객관적이고 정확한 정보를 접하게 된다. 직접 반군(叛軍)들과 섞여 있은 경험을 가진 그 노인은 사람들은 홍경래가 대의를 위해 분기한 영웅이라고들 하나 자신이 본 바로는 그것은 하나의 명분일 뿐이고 진실을 말하자면 그는 당시의 왕을 몰아내고 그 자리를 차지하려한 야망을 가진 자였을 뿐이라고 말했다. 그는 이어 병연의 조부라는 사람 역시 조금도 자랑할 것 없는 사람이며, 재수 없게 끼어들어 이쪽저쪽 모두에게 낯없게 죽은 사람일 뿐이라고 말해준다. 이에 병연은 그동안 민중의 갈채 속에 함몰되어 있던 자신의 시와 마주치게 되면서 다시 한 차례의 변화를 겪는다.

이처럼 병연은 두 번이나 신분회복을 위해 노력을 가했으나, 충을 선택하면 불효가 되고, 효를 선택하면 불충이 되었다. 그리고 그 모든 근원은 오직 조부가 대역죄인이라는 이유 때문이었다. 선대의 잘못으로 인해 후대 사람들이 고난을 겪는 서사를 그렸다는 점에서 『시인』은 그의 다른 장편 『영웅시대』나 『변경』을 연상시킨다.[172] 주지하다시피 조선시대는 충효를 근간으로 하는 유교 이데올로기를 국시로 하는 봉건왕조였다. 충효는 일반 백성들에게도 중요한 지침이었지만 특히 선비에게는 그 어느 하나 지키지 않고서는 안 될 절대적인 이념이자 윤리적 규범이었다. 충효 양자는 합일된 것이었으나[173] 병연에게 있어서는 항상 한쪽을 선택하면 한

172) 『영웅시대』 및 『변경』과 『시인』은 그 기본구도에 있어서 일치할 뿐 아니라 좀 더 세부적인 측면에서도 적지않은 일치점을 보여준다. 무엇보다도 아버지 혹은 할아버지가 체제와 지배이념으로부터 이탈해 버린 사건이 있은 후 남은 가족이 극심한 가난 속에서 불안한 떠돌이의 삶을 지속해야 했다는 설정이 같고, 피해를 입은 가족의 입장을 대표하는 인물이 결정적으로 사건이 발생한 당시에는 아무것도 모르는 어린아이였다는 점도 같으며, 그 아이가 성장하여 사건의 사태의 윤곽을 이해하게 되자 처음에는 그 아버지 혹은 할아버지에 대한 원망의 감정에 지배당하지만 차츰 그처럼 단순한 감정의 수준을 넘어서게 된다는 점도 같은 것이다. 또한 이 인물의 삶이 전체적으로 보아 다양한 기복을 겪기는 하지만 그 삶의 대부분에 있어 그 아버지 혹은 할아버지의 길을 추종하지 않고 오히려 기성의 체제 혹은 지배이념을 대체로 충실히 따르는 경향을 보여준다는 점 역시 중요한 공통점으로 지적되어야 한다. 김병연의 경우 그 시작활동의 두 번째 단계는 어느 저오 기성체제 혹은 지배이념에 대한 반항을 꾀한 시기로 볼 수 있지만 그 반항이란 과격한 정면도전이 아니라 한 걸음을 비켜선 자리에서의 조롱과 야유에 지나지 않았다. (이동하, 「설화의 세계와 소설의 세계」, 『시인』, 미래문학), 1991, 239-240쪽 참조.)

173) 이 점에 대해서는 반론도 있다. 배병삼은 "유교 경전을 통틀어 충이 효라는 말과 짝을 지어 충효로 쓰이는 용례는 거의 없고, 신뢰(信)라는 말과 함께 쓰이거나 '역지사지'를 뜻하는 서(恕)와 더불어 쓰이는 경우가 대부분이다. 가령 "충실과 신뢰를 위주로 삼으로"라든지, 조그만 마을에도 어디든 "나만큼 충신(忠信)한 사람이야 있게 마련"이라는 식으로, 충은 신뢰와 짝을 지어 출현한다. 그러니까 의미상으로 봐도 충·효라는 말은 격이 다른 개념의 조합이다. 효는 구체적이고 실천적인 말이다. 그래서 효는 내리사랑인 자애와 짝을 지어 효자(孝慈)라는 식으로 쓰이는 것이 일반적이었다. 반면 충은 진정성·자기성찰 등을 뜻하는 추상적이고 가치적인 개념

쪽을 버려야 했고, 양자의 합일은 어떻게도 이룰 수가 없었다. 결국 병연은 불충하고 불효한 자로 전락되었고, 신분회복의 염원이 가망 없음을 확인하고는 끝없는 방랑의 길을 나서게 된다.

두 차례의 노력이 모두 수포로 돌아가고, 신분상승에 대한 가망이 보이지 않자 결국 병연은 방랑을 나서는데, 이러한 구도는 서사의 맥락으로 보아 설득력을 지닌다고 할 수 있다. 단지 여기서 제기되는 문제라면 그가 그토록 불충과 불효 사이에서 고통 받으면서도 품고 있었던 염원은 다름 아닌 영광스런 가문을 다시 되살리는, 다시 말해 신분회복이었다는 것이다. 즉 그가 봉건적인 체제하에 불충과 불효의 강요 속에 어쩔 수 없어 시련과 고난을 겪어야 했지만 정작 그가 소원했던 것은 다시 지배계급으로 진입하는 것이었다. 이러한 병연의 태도에서 우리는 조선시대 서얼들이 자신들의 신분제 차별과 정치차별에 맞서 반항했던 것이 양반계급의 지위를 계승해야 한다는 주장을 떠올리게 된다. 물론 병연이 원명대로부터 할아버지가 의인(義人)이었다는 말을 듣고 원죄에서 벗어나게 되면서 지배정권에 반항하여 민중시를 창작한 적도 있다. 그러나 그것은 이동하가 지적한 바와 같이 '과격한 정면도전이 아니라 한 걸음을 비켜선 자리에서의 조롱과 야유에 지나지 않았다.'[174)]

소설은 드물게 지배계급 집단의 폭력성에 대해서 초점을 두었

이다. 그렇기에 '상대방 처지를 접어서 생각함'을 뜻하는 서(恕)와 짝을 지어 '충서'라는 표현을 이루거나, 신뢰(信)와 짝을 지어 '충신'으로 쓰이는 것이 일반적 용례였다. 요컨대 충효는 유교의 경전에서는 거의 쓰인 적이 없었던 말이다." (배병삼, 「충효(忠孝)는 없다」, 『우리에게 유교란 무엇인가』, 녹색평론사, 2012, 68-69쪽.)

174) 이동하, 앞의 글, 240쪽.

고, 그것이 유교이념의 중요한 구성인 충효였다.[175] 주지하다시피 작가 이문열은 변혁 운동에 대하여 뿌리 깊은 회의와 불신을 보인 이유로 종종 '반민중적이고 체제 옹호적인 부르주아 문학 작가'라는 비판을 받아 왔다. 이를테면 김명인은 "그의 허무주의적 반이면의 칼날은 지배 이념에 대해선 예컨대 '그쪽은 원래 그런 자들이고 너무 뻔하니까' 적당히 넘어가고 대신 그 대항 이념, 변혁 이념에 대해선 혹독하다"[176]고 평가했다. 그런데 『시인』에서는 실제 조선의 통치계급의 폭력으로 인해 시련을 겪는 서사를 다루고 있다는 점에서 예외라고 할 수 있다.

앞서 살펴본 바와 같이 병연은 조부가 대역죄인이라는 이유로 지배체제의 끊임없는 보복을 당해야 했고 끝내는 아웃사이더의 시인으로 몰락한다. 변혁이념이나 대항이념에 날카로웠던 작가가 드물게 지배계급의 폭력을 상세하게 다루었다는 점에서는 의미가 있지만 거기에 대해 적극적인 대항의식은 소설에서 찾아볼 수 없었다. 물론 당시의 시대적 상황을 염두에 두고 볼 때 병연이 취할 수

175) 이동하는 예술가소설에 대해서 언급하며 "이른바 '예술가소설'로 분류될 수 있는 작품들 가운데 상당수는 근대 자본주의 체제 속에 사는 예술가의 삶을 소설의 언어로 다루고 있다. 이러한 범주에 드는 소설의 주인공으로 등장하는 예술가들은 어떻게 예술적 가치를 추구하면서, 또 예술적 창조행위를 수행하면서 동시에 자본주의 체제의 한 구성원으로 살아가느냐라는 문제와 대결하는 모습을 보여준다"고 지적하였으나 본고에서 검토하고 있는 『시인』은 예술에 대한 진지한 고민을 보여주는 작품임에도 불구하고 앞서 언급한 범주에 들지 않는 작품임을 알 수 있다. 「금시조」역시 이러한 작품계열에 포함되지 않는다. (이동하, 「한국 예술가소설의 성격과 전개양상」, 『현대소설연구』 제15집(2001) 24-35쪽 참조.)

176) 김명인, 「한 허무주의자의 길찾기」, 김윤식외 『이문열론』, 삼인행, 1991, 191쪽.

있는 선택의 여지가 많지 않았던 것은 사실이다.[177] 작가는 드물게 충효로 대표되는 유교의 이념이 억압적 형상으로 표상되는 것을 그렸음에도 불구하고, 주인공이 궁극적으로 충효의 이념을 수용하는 모습을 보여주고 있다. 소설에서 나타난 이러한 양상은 작가의 동양적 복고주의 의식과 불가분의 관계가 있다고 본다.

6.4 노장사유를 통한 현실극복

『시인』은 비록 김병연(김삿갓)의 삶을 중심으로 다루고 있지만, 앞서 언급했던 것처럼 예술가소설이기도 하다. 작품에서 많은 부분을 할애하여 주인공의 삶과 의식의 변모과정을 다루고 있는데 이러한 의식의 변모과정은 예술양식의 일종인 시로써 표상된다.

우선 병연의 시의 변모과정을 살펴보면 대체로 네 단계로 나뉜다. 첫 번째 시기는 과체시를 바탕으로 하고 있는데 이때는 방랑의 초기여서 신분회복에 대한 염원을 포기하지 않은 상태였다. 그랬기 때문에 선비의 정서를 그대로 유지하고 있었고, 시의 소비자층 역시 지방의 상류층이나 기녀와 같은 상류층의 주변계층이었

177) "조선 후기 대구에서의 어느 호구 조사 결과를 보면, 1690년에는 9.2퍼센트였던 양반 계층(조선 초기 양반은 5퍼센트 정도)이 1858년에는 70퍼센트를 넘는다. 그중에는 합법적인 신분상승도 있었겠지만 대부분 재력을 바탕으로 한 신분 세탁이었다. (…) 한국의 신분상승의 기록을 보면 서구 혁명의 역사와는 판이하게 다르다. 신분제 사회의 모순을 혁파하기보다는 상부 구조 속으로 편입되기 위하여 노력했다." (김기대, 「양반놀이 해보니 재밌더냐」, 『교회는 언제쯤 너그러워질까』, 삼인, 2018, 168-169쪽.)

다. 그들 상류층의 주변계층으로 그들이 중앙의 문화와 격식을 즐겨 이에 호응하는 시를 썼는데 이때의 시는 동양적 예도사상의 연장선에 있다고 볼 수 있다. 그러던 김병연이 홍경래난의 유적지에서 원명대를 만나 홍경래난의 성격과 조부의 면모에 관하여 다시 알게 되면서 조부를 원망하던 단계에서 동정과 미화의 단계로 옮겨가게 된다. 이 두 개의 단계는 비록 서로 상반되지만 한쪽으로 편향된 입장을 취한다는 점에서는 동일하다고 볼 수 있다. 그러나 원명대와의 만남이 있은 몇 년 뒤 늙은 선비와의 말을 듣게 되면서 그의 시는 다시 한 번 변모하는데 소설에서는 이를 두고 '관조와 자기침잠(自己沈潛)의 정서를 주조'(207쪽)로 한다는 것이다.

병연이 세 번째 단계로 발전한 데에는 취옹이라는 선비와의 인연도 중요한 역할을 한다. 취옹이 해준 말은 병연이 자신의 시를 뒤돌아보게 되는 계기를 마련해준다.

"제 값어치로 홀로 우뚝한 시. 치자(治者)에게 빌붙지 않아도 되고 학문에 주눅이 들 필요도 없다. 가진 자의 눈치를 살피지 않아도 되고 못 가진 자의 증오를 겁낼 필요도 없다. 옳음의 자로써만 재려 해서도 안 되고 참의 저울로만 달려 해서도 안 된다. 홀로 갖추었고, 홀로 넉넉하다."

"하지만 사람은 모여 살아야 하고 제도며 문물에 얽매이기 마련입니다. 무언가로 가려주고 채워주지 않으면 안 될 몸도 있습니다."

"시인은 바로 그러한 것들에서 벗어난 자다. 그 모든 것을 떨쳐버린 뒤에야 참다운 시인이 난나."

"그래서 무얼 얻습니까?"

"시(詩)다. 그걸로는 벼슬도 생기지 않고 공명도 오지 않고 재물도 얻어지지 않는다. 그러나 때로는 그 한 구절로 셋 모두를 갈음할 수 있는 게 시다." (『시인』, 149쪽.)

애초에 병연에게 있어 시라는 것은 자신의 신분회복을 꾀하는 수단이었고, 유리걸식하면서도 굶어죽지 않는 생계수단이었으며, 민중을 대표하여 탐관오리들을 조롱하고 풍자하는 일련의 목적성을 가진 도구로서의 예술적 표현 형식이었다. 그러나 앞서 인용문에서 보이듯 취옹이 제기한 진정한 시라는 것은 현실을 초월하여 시의 공리성과 유용성, 도구성을 부정한 어떤 것이다. 물론 첫 번째 만남에서 병연은 취옹의 말을 잘 이해하지 못했지만 수많은 방랑의 세월 속에서 많은 일들을 겪으면서 그는 스스로 취옹의 주장을 이해하게 된다. 즉 취옹과의 만남이 병연이 주체적인 예술가로서의 삶을 지향하는 결정적인 계기가 된 것이다. 그럼으로 병연은 공리적이고 실용적인 기능을 거부하고 오로지 그 자체로서 존재이유를 지닌 예술로서의 시를 창작하는 시인이 된다. 이러한 시는 재물도 공명도 보장되지 않는 예술지상주의 세계관에서 창작될 수 있는 것이다. 이러한 양상은 앞서 「금시조」에서 살펴보았던 고죽이 고수하던 예술관과 동일하다고 볼 수 있다. 다시 말해 「금시조」에서 고죽이 예도정신을 포함한 모든 억압적인 요소를 거부한 예술관을 지향했던 것처럼, 『시인』에서 병연이 세 번째 단계에서 보인 예술관은 그러한 것이었다.

그러나 병연이 예술지상적인 입장을 취하고 있으나, 이로써 그가 완전히 고민에서 해탈된 것은 아니다. 진정으로 일체의 세속적인 사회와의 관계를 초탈했다면 더 이상 시를 쓰지 않을 수도 있고, 가족의 품으로 돌아올 수도 있다. 병연의 시가 앞의 두 단계와 비교했을 경우 분명히 발전된 면모를 보여주었다고 말할 수 있으나, 예술지상주의 예술관을 지향하는 것 자체도 조부의 망령에서 완전히 벗어나지 못했다는 증거이기도 하다. 이를테면 좌우이데올로기에서 중립적 입장을 선택한다고 할지언정, 이러한 선택 역시 이데올로기의 일종일 수밖에 없다는 것이다.

이러한 병연의 예술관은 작품의 말미에 이르러 한 단계 더 발전된 모습을 보인다. 그 계기는 병연이 취옹과 두 번째 만나게 되면서부터이다. 이때의 시는 읽는 사람, 듣는 사람을 상정하지 않은 것이므로 소리나 문자도 없다.

> 그때 그들이 주고받은 말을 이 세상의 말로는 잡기도 어려운 것이거니와 기록도 전문(傳聞)도 남아 있지 않다. 그 뒤에 얻어진 그의 시도 마찬가지였다. 언제나 듣는 이를 상정한 쌍방행위로만 인식되던 시가 일방성을 회복함으로써 들은 이도 없고 그 자신도 써서 남기지 않은 탓도 있지만, 설령 그가 문자로 정착시키려 해도 그걸 잡아 둘 문자는 없었을 것이다.

작품의 말미에 이르러 병연은 자연과의 합일이 이루면서 탈속한 도가 성인(聖人)의 경지에 이른 면모를 보여주게 된다. 이른바 문학예술인이 꿈꿀 수 있는 최고의 경지라고 할 수 있다. 일상성을 초극함으로써 비로소 도가의 허정(虛靜) 탈속(脫俗)의 세계에 진입한 것으로 볼 수 있다. 병연은 조부를 원망했다가 긍정하는 것으로, 그리고 다시 부정하는 단계로 그리고 공리성을 초월한 예술지상주의 시인으로 변모하는데, 종국에 가서는 자연과도 합일된 성인의 모습을 갖게 된다. 이러한 단계에 이르러서는 사회적 도덕적 이념 등 일체가 배제된 세계에 이르면서 언어마저 부정하게 된다. 특히 도가의 장자가 궁극적으로 추구한 것이 이른바 대자연과 일체가 되어 현실 인생의 모든 외적 가치와의 속박과 지배, 그리고 생사마저도 초탈한 절대 자유의 정신 경계에서 소요하는 달인(達人)이 되는 것인데[178], 병연이 마지막 단계에 도달한 것은 바로 이러한 경지라고 볼 수 있다. 그가 조부의 망령으로 끊임없이 시련을 겪었지만 이제는 현세를 초월한 달인의 경지에 도달한다.[179]

---

178) 성인은 세상일에 종사하지 않으며, 이로움도 좇지 않거니와 해로움도 피하지 않는다. 무엇을 추구하지도 않거니와 도를 따르지도 않는다. 말하지 않아도 말한 것과 같이 표현되며, 말한다 하더라도 말하지 않은 것과 같이 된다. 그리고서 먼지 묻은 세상 밖에서 노니는 것이다. 장자 제물론 (『莊子』 齊物論 聖人不從事於務, 不就利, 不違害,不喜求,不緣道, 無謂有謂, 有謂無謂, 而遊乎塵垢之外.)

179) 『시인』에서 병연이 노장적 사유를 통해 현실을 초월하는 양상은 『황제를 위하여』와 여러모로 비교된다. 우선 두 소설은 모두 계급탈락자가 지배계급으로 진입하기 위해 노력하는 서사를 다루었다. 물론 『황제를 위하여』에서 백성제는 한 번도 지배계급이었던 적이 없었지만 천명을 믿고 끊임없이 황제(지배계급)가 되고 했던 점에서 비슷하다. 그리고 병연이 갖은 갈등 끝에 노장정신에 몰입함으로써 공리성을 벗어나 현실을 초월하는 것과 『황제를 위하여』에서 황제가 동양전통 이념을 무기로 시대와 대결하다 종국에 가서 무위자연의 정신을 통해 현실을 수용하는 것도 유사하다고 볼 수 있다. 그러나 『황제를 위하여』에서 황제는 역사의 흐름을 거역하고 허황된 믿음과 무모한 실천을 통해 시대와 대결한다는 점과, 그러한 시도가 일종의 낭만적 비약을 보여준다는 점에서 한계를 보인다면, 『시인』에서는 모든 문제의 근원이 가부장제의 틀 안에 한정되어 있다는 점에서 『황제를 위하여』와 비교했을 때, 그 범위가 훨씬 작다. 병연에게 심적 변화를 주었던 것은 시대현실의 변화가 아니라 어디까지나 가족(조부)을 대하는 심적 변화였다. 이렇게 볼 때, 『시인』에서 병연이 4단계에서 보인 노장정신을 통해 탈속한 면모는 『황제를 위하여』와

노장사상이 탈현대 시대에 가지는 의미는 목가적이고 전원적인 자연 친화의 결과적 측면만이 아니라, 유가에서 등한시한 '인간의 자유에 대한 갈망', 불가에서 등한시한 '현실에 대한 치열한 고민'과 관련해서 찾아야 한다고 하는데 소설에서 보여준 병연은 바로 이러한 노장적 사유를 통해 초월적인 지평을 얻을 수 있게 되었다고 볼 수 있다. 병연이 선대로부터 이어받은 원죄에서 벗어나기 위해 갖은 노력을 하지만 어떤 경우에도 현실의 갈등은 해소되지 않았다. 그러나 이제 노장사상을 통해 불행한 현실로부터 정신적 초탈을 이룩함으로써 병연에게는 이제 행복과 불행의 개념마저 부재하게 된다. 1980년대의 한국의 문학이 정신적인 차원에 있어서 초월적인 지평에 대한 인식이 결여되어 있다는 것을 두고 한국 문학의 중요한 특징[180]이라고 지적된 바 있는데, 『시인』의 말미에 병연

비교했을 때 훨씬 설득력을 갖는다고 볼 수 있다.

180) 이동하는 "내가 생각하기엔, 초월적 지평에 대한 관심의 회복이라는 것은 우리의 사회를 사람이 살 만한 사회로 만드는 데 있어서 절대로 빼놓거나 소홀히 할 수 없는 핵심적 과제의 하나라고 판단된다. 그런데 지금의 우리 사회는 위에서도 말한 바와 같이 이 점에 있어 극도로 열악한 상태를 보여주고 있으며, 그러니만큼 이제부터라도 보다 많은 사람들이 이 문제에 대하여 적극적인 관심을 가지고 바람직한 해결책의 모색에 나설 것을 절실하게 요청하고 있는 것이다. 여기서 혹자는 반문할지 모른다-아직도 우리 사회에는 수백만에 달하는 불교 신자가 있고, 서울 거리에는 다방의 수보다 교회의 수가 더 많다고 하는 판인데, 어째서 당신은 초월적 지평에 대한 인식이 부족하다고 아우성이냐고. 그러나 이런 질문은 정곡을 맞힌 것으로 여겨지지 않는다. 왜냐하면 아무리 수천만의 등록된 종교인인 있더라도 그들의 대부분이 단지 현세적인 복락을 추구하는 마음에서 흡사 보험에 들듯이 혹은 복권을 사듯이 절이나 교회를 드나드는 것이라면, 그것은 내가 말하는 초월적 지평의 인식과는 무관한 것이기 때문이다. 이러한 사정을 고려할 때, 우리는 문학의 한 가지 중요한 과제를 바로 여기에서 찾지 않을 수 없다. 문학인들은 현세적인 복락을 따지는 것과는 전혀 다른 차원에서-고민하고 질문하고 모색하고 회의하고 또 다시 다가가는 참다운 구도의 차원에서-초월적 지평과의 씨름을 다른 어떤 분

의 모습은 예외적이라고 볼 수 있다는 점에서 의미를 갖는다고 볼 수 있다.

그러나 병연이 수년간 지배체제와 관계를 맺고 거기에 옹호했다 대립에 입장에 섰다 하는 과정을 거치다가 자신의 시 창작에 있어서 성숙한 단계에 들어섰지만 그 자신도 어느 순간 사회의 아웃사이더가 되어 있었다. 그는 방랑을 하는 동안 가족을 돌보지 않음으로 인해 아들인 익균은 또 다시 아버지 병연이 품었던 문제를 안고 평생을 고군분투해야 하게 되는 상황에 놓였다. 물론 이러한 구도는 예술가소설에서 흔히 보이는 구도이다.[181] 병연이 노장(老莊)적 사유를 통해 자연과의 합일을 이루면서 해탈했는지 모르지만 익균의 아버지로서의 병연이 소멸되는 것은 아니다. 익균의 입장에서는 혈육의 정을 나눈 자신의 아버지는 여전히 존재한다. 부자유친(父子有親)은 부모와 자식관계를 작동하는 원리가 친밀함(親)이라는 것이고 이러한 부자유친의 관계는 일방적인 것이 아닌 쌍방적이고 상호적 관계[182]이다. 병연은 아들 가족을 포기했지만 익균은 애초

야의 사람들보다도 본격적으로 행할 수 있는 것이다. 그럴진대 오늘의 한국 사회가 이런 측면에서 정히 황무지와 같은 모습을 보여주고 있다는 사실은, 그 자체로서 이미 많은 문학인들로 하여금 이 문제와 관련하여 사명감을 가지고 나서도록 강요하고 있는 것이 아닐 수 없다." (이동하, 「우리 문학의 내일에 대한 전망」, 『작가세계』, 1(2), 1989, 120-121쪽.)

181) 세속적인 인간사나 가사를 돌보지 않는다는 것은 그것이 서구낭만주의의 예술가상이던 동양의 예도의 이상적 모습이건 간에 아주 익숙한 것이다. 준엄한 자기비판이나 결벽증 때문에 자기작품을 없앤다든가 혹은 출판을 금한다는 것 또한 세속멸시의 도통한 예술가를 싸고 도는 구비(口碑)의 하나이다. (유종호, 「능란한 이야기솜씨와 관념적 경향」, 김윤식 외 『이문열論』, 삼인행, 1991, 61쪽.)

182) 삼강(三綱)이 상하·지배종속·수직적 권력관계를 구조로 한다면, 오륜(五倫)은 상호성, 상보성, 쌍방의 횡적 관계를 중심으로 구성된다. 이를테면 부자유친이란 "부자

에 아버지를 포기하지 못했다.

거기다가 무엇보다 익균을 어렵게 한 것은 아버지 그 자신이 돌아가기를 원하지 않는 일이었다. 그전에 익균은 이미 두 번이나 아버지를 찾았다 잃어버린 일이 있었다. 한번은 경상도 안동땅에서 찾아냈는데, 아버지는 익균에게 자신이 신고 갈 짚신을 구해 오게 해놓고 자취를 감추었고 또 한번은 황해도 구월산 쪽에서 찾았는데 함께 집으로 내려오던 중 묵은 주막에서 익균이 잠든 사이 없어져 버린 것이었다.

따라서 익균이 마지막으로 아버지를 남도 하동땅에서 찾아냈을 때 결심을 아주 단단했다. 이번에는 결코 놓아드리지 않으리라, 잠을 잘 때는 옷깃을 서로 매어두고 잠도 깊이 들지는 않으리라- 그렇게 마음을 다지는 익균에게는 오기와 원한 같은 것도 얼마간은 섞여 있었다. 당신이야 일평생 좋아서 떠도셨겠지만 나는 뭐고 어머니는 뭔가요. 당신은 당신의 한을 이기지 못해서라지만 그게 새로운 한을 기르고 있었다는 것은 모르셨겠지요. 당신은 아비 없는 후레자식 소리를 들으며 자라야 했던 내 한을 모르시겠지요. 꽃피는 봄 잎지는 가을밤에 잠못들어 밤새도록 한숨으로 뒤척이던 어머님의 한을 모르시겠지요. 미움도 원망도 세월과 더불어 스러져 이제는 임종이라도 곁에서 보고싶다는 비원만으로 당신을 기다리는 그 한을 짐작이나 하시겠는지요. 아니 됩니다. 이번에는 결코 놓아 드리지 못합니다…….
(『시인』, 214-215.)

관계는 친(親)이라는 원리에 의해 작동된다"는 뜻으로 읽어야 한다. 이는 삼강처럼 어느 일방에게만 적용되는 규범이 아니다. 삼강에서는 군신, 부자, 부부를 다루지만 각각의 관계는 상호적인 것이 아니라 상하 차등적인 것이요, 쌍방적이지 않고 일방적인 특징을 갖는다. 요컨대 군주·아비·남편이 벼리(주인)이 되고, 그 상대인 신민과 자식과 아내는 그 종이 된다. 그리고 이 주종관계는 불변하는 것이다. (배병삼, 「삼강과 오륜은 다르다」, 『우리에게 유교란 무엇인가』, 녹색평론사, 2012, 76-91쪽 참조.)

앞서 인용문에서 익균의 아버지에 대한 원망은 어쩌면 작가 이문열 자신이 사회주의 운동에 가담하면서 가족을 등진 아버지에 대한 원망이라고 볼 수 있는 대목이다.[183] 세상 사람들에게는 탈속한 방랑의 시인일지는 모르지만 아들인 익균은 어디까지나 자신이 세상에 태어나게 해준 아버지이다. 하여 애초에 성장한 익균은 몇 번이나 아버지를 찾아 나섰으나 병연은 가족에게로 돌아가기를 원하지 않았다. 또 실제로 두 번이나 찾았다 잃어버린 경험도 있었다. 익균은 아버지의 부재로 인해 또 다시 병연이 한평생 안고 있던 고민을 안고 살아야 하는 입장이 된 셈이다. 종국에는 돌아올 수 없는 아버지라는 것을 알게 된 익균은 더 이상 연연하지 않고 시인으로서의 아버지를 놓아준다.

(아버지……)

그러나 목소리는 그보다 앞서 눈에 들어온 아버지의 뒷모습에 막힌 듯 입 밖으로 새어나오지 못했다. 어둠 속에서 희끗희끗 멀어져 가는 아버지는 이미 자신의 아버지가 아니었다. 시인일 뿐이었다. 세상 아무것에도 얽매이지 않은 시인일 뿐이었다. 어느 새 주막 사립문을 벗어난 아버지는 풀숲길로 들어서는가 싶더니 이내 자취가 사라졌다. 나무가 되었거나 돌이 되었거나 꽃 하얀 찔레넝쿨이 되었거

---

183) 이 점에 대해서는 작가 자신도 밝히고 있다. "내가 김삿갓이란 한 특이한 시인의 생애에 문학적 관심을 가지게 된 것은 1984년 여름부터였다. 그전에도 그에 대해서는 읽고 들은 게 적지 않았으나 그해 들어 새삼 문학적 관심으로 다가가게 된 것은 아마도 『英雄時代』의 출간과 관계된 시비 때문이었던 성싶다. 지나친 단순화의 위험은 있지만 『영웅시대』는 본질적으로 아버지에 대한 否認이라는 의미를 띠는데, 일반적으로 믿어지는 바로는 김삿갓을 방랑으로 내몬 최초의 동기가 또한 그와 유사한 데가 있다." (이문열, 앞의 책, 7쪽.)

나 혹은 짙어지기 시작하는 새벽안개가 되어……라는 생각이 들자 익균은 아직 못 뱉어낸 만류의 말을 얼른 축원(祝願)으로 바꾸었다.

(평안히 가십시오. 당신의 시 속에서 내내 고요하고 넉넉하십시오……)

–그것이 그들 부자가 이 세상에서 나눈 마지막 작별이었다. (『시인』, 223쪽.)

병연은 시인으로서의 소요의 달인에 경지에 도달했지만 그것은 어디까지나 시인으로서의 병연이었고, 아버지로서의 병연의 존재가 자동으로 소멸되는 것은 아니었기 때문이다. 그러나 익균은 아버지를 오로지 '시인'으로 남겨둔다는 말에서 알 수 있다시피 아버지로서의 병연은 더 이상 없다. 대체로 예도사상의 서화론이나 서화 작품에서는 도가적인 초극을 이룩하고자 하는 경우에도 유가사상을 굳이 배제하지 않을 분 아니라 의도적으로 융합시키려 하지만 『시인』에서는 유가적 이념을 철저히 배제하는 입장을 취한 것이[184] 특징이라고 볼 수 있다. 이처럼 작가는 노장정신을 통해 병연이 일생의 고민을 탈속하는 지평을 마련하고 있음을 앞서 살펴볼 수 있었다.

---

184) 김일렬, 앞의 글, 123쪽 참조.

7. 전통사회에서의 여성의 삶에 대한 천착

본 장에서는 작가의 동양적 복고주의 의식이 전통적 사회에서의 여성의 삶을 통해 어떻게 형상화되고 있는지를 살펴보고자 한다. 이를 위해 전근대의 여성의 삶을 다룬 장편 『선택』(1997)과 『아가』(2000) 두 편의 장편소설을 선정했다. 앞서 살펴보았던 『영웅시대』나 『시인』이 이문열의 중기 작품이라고 한다면 『선택』과 『아가』는 작가의 후기 작품이라고 볼 수 있다.

장편 『선택』은 『그대 다시는 고향에 가지 못하리』, 『황제를 위하여』와 함께 상고주의 지향의 계보에 속하는 작품이다. 소설은 1996년 가을에 《세계의 문학》에 연재되기 시작하였으나 독자들의 항의로 연재가 중단되었다가, 1997년 3월에 단행본으로 출간되었다. 특히 페미니즘 소설이 주류를 이루던 시점에 이문열은 직계 조상인 13대 할머니 정부인 안동 장씨[185]의 인생을 모델로 쓴, 작가

185) 1999년 문화관광부가 선정하는 '11월의 문화인물'(http://www.mct.go.kr/index.jsp)로 선정되기도 했던 정부인 안동장씨(貞夫人 安東張氏:1598-1680)는 이황의 학통을 이은 학봉 김성일(鶴峯 金誠一) 선생의 적통을 이은 경당 장흥효(敬當 張興孝) 선생의 무남독녀로서 부모로부터 온갖 사랑과 훌륭한 교육을 받으며 자라났다. 어릴 때부터 총명해 소학(小學)과 십구사(十九史·세상 돌아가는 실제를 알기 위한 중국 역사서)에서 소강절의 난해한 천문도수 학문 '원회운세지수'까지 통달해 여자 선비(女士)

의 가부장 의식이 그대로 드러난 작품이다. 소설은 분량이 많지 않음에도 불구하고 출간과 동시에 많은 독자들의 관심을 받았고, 간행물윤리위원회는 이 소설이 표나게 내세우는 현모양처 이데올로기를 높이 사 '청소년 권장 도서'로 선정하기도 한다. 작가는 현모양처형의 모범적인 여인상을 역사 속에서 발굴하여 제시하고자 했으나 의도와는 달리 엄청난 논란을 일으켰고 많은 여성들의 분노를 사서 지금까지도 그 여파를 벗어나지 못하고 이문열 문학에 대한 편견을 조성하는 데 중요한 몫을 하고 있다.

주지하다시피 90년대 문학의 중요한 특징으로, 그동안 부정적으로만 인식되던 일상성을 발견함으로써 역사에서 일상으로의 인식론적 전환을 들 수 있다. 80년대를 장악하던 거대 담론이 놓친 미시적인 욕망과 소외된 주체를 포착함으로써 이전과 다른 국면을 펼쳐 보였던 것이다. 여성 작가들이 대거 등장해 작품을 발표하고 주요 문학상들을 수상했으며, 여성 작가들은 물론 남성 작가들의 작품에까지 여성적 현실, 여성의 목소리가 배어들게 되었다.[186] 이처럼 페미니즘[187]이 그 세를 더해 가던 90년대 말쯤에 이문열의

로도 불리었고, 만년에 셋째 아들 갈암 이현일(葛庵 李玄逸) 선생이 이조판서를 지내 법전에 따라 정부인의 품계를 받고, 이때부터 '정부인 장씨'라 불리게 되었다.(영덕군수, 『군정소식 복사꽃소식』, 2004. 4. 23.)

186) 고미숙, 「어떻게 '매끄러운 공간'을 질주할 것인가」, 『오늘의 문예비평』, 33, 오늘의 문예비평, 1999, 88쪽.

187) 페미니즘은 지금까지 우리의 삶과 사고방식을 지배해 온 남성중심 사고를 지적하고 비판하는 가운데 새로운 패러다임을 만들어 낼 것을 촉구하여 왔다. 이런 문제의식은 한국 여성문학에도 영향을 미쳐 기존 문학사와 정전이 남성중심으로 구축된 편파적이고 배타적인 것이었음을 밝혀내고 나아가 그런 편파적인 전통이 아닌 새로운 문학전통을 형성해 내는 길을 모색한다. (태혜숙, 『페미니즘 시각에서 영미 소

『선택』이 발표되었고, 작품은 굉장히 많은 논란을 일으켰다. 물론 동일한 작품에 대해서 다양한 해석이 나올 수 있는 것은 주지의 사실이다. 『선택』이 현대 페미니즘에 대한 비판과 도전인지, 아니면 수구 반동적이고 반여성적 성향을 고수하고 지향하는 작품인지에 대해서 여러 가지 논쟁이 있었는데, 드물게는 긍정적으로 이해한 입장도 있었다.[188)]

반면에 『아가』(雅歌)[189)]는 2,000년에 출간된 장편소설이다. 일제

설 읽기』, 박희진 외, 서울대학교 출판부, 1993, 1쪽.)

188) 안남연, 「이문열의 '선택'과 페미니즘 논쟁」, 『한국문예비평연구』, 제6호, 한국현대 문예비평학회, 2000.
권영민, 「개인적 운명 또는 삶의 선택」, 『세계의 문학』, 민음사, 1997, 여름호.
이순원, 「저속한 페미니즘에 옳은 목소리를 냈을 뿐」, 『조선일보』, 1997. 4. 23.
손세훈, 「대항하는 개인의 초상」, 『세계의 문학』, 통권 88호, 민음사, 1998.

189) 이문열이 소설의 제목으로 삼은 『雅歌』란 원래 구약성서의 솔로몬 왕이 지은 것으로 전해지는 『雅歌』서(書)에서 그 이름을 빌려온 것으로 보여진다. 이런 추측이 가능한 이유는 구약성서의 「雅歌」서와 이문열의 소설 『雅歌』 모두 공히 이른바 '사랑의 노래'로 보여질 수 있기 때문이다. 구약성서 중 솔로몬의 『雅歌』서는 "어떻게 성스런 경전에 이런 묘사가 등장할 수 있을까?"하는 의문이 들 정도로 남녀 간의 농도 짙은 애정관계를 사실적으로 그리고 있는 것으로 유명하다. 그래서 심지어는 교회의 목회자들에게서 설교의 주제말씀으로 기피되는 경향이 있는 것으로 알려져 있는 것 또한 사실이다. 그런데 어찌 되었던, 솔로몬은 하나님의 인간에 대한 끊임없는 구애(求愛)를 자신의 『雅歌』서에서 묘사한 이런 남녀 간의 애정관계에 있어서의 구애에 빗대어 보여 주고 있다고 성서학자들은 주장한다. 다시 말해서, '솔로몬의 노래'(Song of Solomon), 또는 '노래 중 노래'(Song of Song)로 번역되는 구약성서의 『雅歌』는 존재의 차원이 완전히 다른 절대자 하나님과 인간 간의 사랑, 특히 하나님의 인간에 대한 절대적인 사랑을 감조차 잡을 길 없는 인간들이, 그나마 자신들만의 세계 속에서 경험할 수 있는 사랑 중에서 가장 극치의 희열을 맛볼 수 있는 남녀간 사랑에-특히, 일단 한 번 빠지면 누구나 한동안 빠져나오지 못하는 상대방에 대한 불타는 정염(情炎)-빗대어 희미하게나마 절대자 하나님이 얼마나 인간을 향해 애타게 사랑을 호소하고 있는가를 살짝 엿보게 하는 사랑노래의 완결판 혹은 결정판이라는 것이다. (김광기, 「소설 속의 전통과 현대」, 『사회이론』, 제25호, 2004. 06, 356쪽.)

강점기부터 한국전쟁을 거쳐 산업화시기에 걸쳐 지방 소도시를 배경으로 하는 지적장애인 당편이라는 여주인공의 일생을 그린 장편소설이다. 당편이라는 인물은 이문열이 고향에 실재했던 인물을 바탕으로 하여 창작한 소설이다. 한국 현대 장편소설 중에 장애인이 등장하는 소설은 박영한의 『카르마』, 조세희의 『난장이가 쏘아올린 작은 공』, 전상국의 「아베의 가족」 등이 있지만 이들 소설 속의 장애인은 중요한 등장인물일 뿐 소설의 주인공은 아니었다. 반면에 장편 『아가』는 극심한 육체적·정신적 장애아로 태어난 여성 주인공이 6·25후 전근대 공동체에 정착하는 과정부터 근대화의 변화 속에서 설 자리를 잃고 보호시설에 입소하기까지 장애여성의 일생을 현재의 시점에서 회상의 형식으로 보여주는 작품이다.

전근대의 유교적 이념이 지배하던 사회가 현대로 진입하는 과정에서의 사건을 다루었다는 점에서 우리는 자연스럽게 본고에서 처음에 살펴보았던 작가의 자전적 성격의 소설인 『그대 다시는 고향에 가지 못하리』를 연상케 된다. 두 소설이 근대로의 이행기에서 겪게 되는 상황을 그렸다는 점에서는 동일하다. 그러나 『아가』의 경우 그 주인공이 여성장애인[190]이라는 점, 다시 말해 일반 사람이

---

190) 장애가 있는 여성을 일컫는 용어는 '여성장애인' 혹은 '장애여성'으로 혼용되고 있다. 일반적으로 '장애인'하면 성별을 감추고 장애가 있는 남성을 떠올리게 된다. '여성장애인'이라는 용어는 남성 일반을 지칭하는 장애인이라는 용어에다 '여성'이라는 성을 구분한 것으로서 장애가 잇는 여성을 독립적이고도 주체적인 집다능로 대표하기는 어렵다. 남성 중심적인 시각이 내재된 여성장애인 대신에 장애를 가진 여성을 가리키는 '장애여성'이라는 용어를 사용할 필요가 있다. 장애여성이 부딪치는 현실적인 문제는 장애남성의 그것과 결코 같지 않으며, 비장애성의 그것과도 아주 다르다는 점에서 '장애여성'은 장애여성의 집단적 정체성을 형성할 수 있는 용어이다. (김효진, 『우리시대의 소수자 운동』, 이학사, 2007, 172-173참조.)

겪게 되는 상황보다 훨씬 절박하게 다가올 수 있다는 점이 앞선 작품과의 차이점이라고 할 수 있다.

이처럼 『선택』과 『아가』는 신분상으로 보면 대립적인 계급에 속해 있는 두 여성을 '문제적 개인'으로 설정하고 있다. 『선택』에서의 개인은 유교적 학문과 교양이 매우 높은 수준에 다다른 정부인(貞夫人) 장(張)씨인 데 반해, 『아가』에서는 심신이 불완전한 '당편이'라는, 비교적 현재와 근접한 시기의 하층 여성이다. 그러나 신분이나 학식, 그리고 교양의 측면에서 완전히 대립적인 조건 속에 놓여 있는 이 여성 인물들은 뚜렷한 공통점을 지니고 있다. 그 공통점이란 이들이 남성 가부장제 사회의 희생자라는 사실인데, 『선택』에서는 그것이 외적 상황에 의한 억압의 결과가 아닌 당사자 본인의 적극적인 '선택'의 결과로, 『아가』에서는 가혹한 운명의 탓으로 돌려진다.

7.1 유교적 가족윤리에 대한 긍정

『선택』은 행장(行狀)[191]을 연상시키는 문체를 사용하고 있다. 소설은 전체 네 부분으로 구성되었으며, 차례로 제1부는 「비구름 걷힌 뒤의 달을 보며」, 제2부는 「자미화(紫微花) 그늘 아래서」, 제3부

191) 행장(行狀)은 사람이 죽은 뒤에 그 평생에 지낸 이력과 업적을 기록하는 중세 산문 양식이다. 실존하였던 인물을 기록하고 있다는 점에서는 실기이지만, 일대기적 서사와 시각에 따라 다양한 형상화의 폭을 지닌다는 점에서는 소설화가 용이한 형식이다.

는 「현빈(玄牝)의 꿈」, 그리고 제4부는 「지는 해를 바라보며」라는 소제목을 달고 있다. 소설은 재령 이씨의 집안자랑과 부덕을 고양하기 위해 간행한 『정부인안동장씨실기(貞夫人安東張氏實記)』[192]를 그 원본으로 하고 있는데, 조선조의 어느 양반 가문에서 이른바 유교식 현모양처의 모범생으로 살다 간 인물을 일인칭의 주인공으로 내세워 긍정적으로 부각시키면서 오늘의 여성해방 운동을 비판하고 있다. 저자의 표현을 빌리자면 '퇴계학의 한 종사요, 숙종조 영남남인 영수였던 갈암 이현일의 어머니로서, 남편, 아들, 손자 3대에 이른바 칠산림을 배출한 현모양처로서, 영남지방에서는 신사임당과 나란히 우러름을 받고 있는 장씨부인'의 일대기이다.

우선 장씨 부인이 어떤 과정을 거쳐서 현모양처로 되었는지, 과연 현모양처의 자격을 가졌는지를 살펴보기 위해서는 장씨 부인의 삶을 들여다보아야 한다. 소설 속의 주인공 장씨 부인은 열아홉에 재령 이씨 가문 셋째 아들인 석계 이시명에게 출가하여 학문을 하는 군자의 아내로서 7남 4녀를 키운 어머니이자 가문의 안주인, 늙어서는 손자와 이웃을 정성껏 돌보는 큰 어머니 역할을 훌륭하게 해내는 현모양처의 삶을 살다 작고한다. 소설에서 작가는 장씨가 학문에도 뛰어난 재능이 있었지만 가정에 안주하며 산 것은 조선

192) 『선택』의 골격이 되는 『정부인안동장씨실기(貞夫人安東張氏實記)』는 1904년(광무 8년)에 처음 발간되었는데, 정부인의 작품 한시(漢詩) 7수, 서(書)1수와 더불어 아들 현일(玄逸)이 쓴 행실기(行實記), 광지(壙誌), 후손들이 쓴 발문(跋文) 등으로 구성되어 있다. 이문열의 『선택』은 현일(玄逸)의 행실기를 축으로 하는 서사(敍事)단락과 정부인 장씨를 문면에 내세워 작가의 의론(議論)을 강하게 주장하는 교술(敎述) 단락이 교차하고 있어, 마치 전통 양식인 행장(行狀)을 읽고 있는 듯하다. (장진숙, 「중세 여성의 유령인가? 현대적 재창조인가?」, 한국학연구 17, 2007. 12, 159쪽.)

조 가부장제적 가족형태가 강요한 결과가 아니라 자신의 적극적인 선택이었다고 내세우며 소설은 전개된다. 우선 소설에서 '나'(정부인 장씨)의 삶을 어린 시절부터 순차적으로 열거한다. 학문의 포기, 출가, 남편 공경, 시부모 봉양, 출산, 양육 그리고 노년의 시혜적 삶까지 여러 단계를 거치면서 소설에서 장씨 부인은 몇 차례의 선택을 한다. 그리고 매번의 선택이 모두 자신의 자유의지에서 비롯된 것임을 소설에서는 밝히고 있다.

소설에서 주인공 정부인 장씨는 선조 31년(1598년) 학자인 아버지 경당 장흥효와 어머니 안동 권씨 사이에 외동딸로 태어나 성장하게 된다. 그녀는 어렸을 적부터 다른 계집아이들과 다른 성향을 가졌으며 부모에 의해 다르게 길러졌다. 무남독녀인 주인공은 학자인 아버지의 영향으로 일찍이 사람들의 빛나는 성취를 익히고 경험하게 된다. 장씨 부인은 어려서부터 학문에 관심을 보이며 10여년이 지난 후 거의 여자 선비의 경지에 도달한다. 그러나 이때 그녀는 "시대와 성(性)을 무시한 선택이 처음부터 잘못된 것이었다"(56쪽)는 반성과 함께 돌연히 학문의 길을 버리고 여인의 길을 받아들인다.

인생에서 선택이란 갈등의 요소를 동반하기 마련이다. 주인공은 자신의 길이 단순한 시대에의 순응이 아니라 자발적인 선택임을 주장하고 있지만, 소설에서 갈등이 섬세하게 그려지지 않았으며, 그 결정은 너무도 단호하게 이루어진다. 10세 전후에 뛰어난 시문을 짓고, 서화에도 뛰어난 재능과 성취를 보인 정부인이 어머니의 병이라는 사건을 겪으면서 '아내로서 이 세상을 유지하고 어머니로서 보다 나은 다음 세상을 준비하는 것보다 더 크고 아름다운 일이 어디 있겠는가?'라는 말로써 삶의 지향을 급격히 바꾸고 자신의 작품들을 불살라 버린다. 여기서 간과해서는 안 될 것은 당시의 정부인 장씨의 선택이 자발적이면서도 적극적인 것일 수 있었으려면, 그의 선택이 보다 나은 삶의 조건을 성취할 수 있을 개방적인 조건 속에서 이루어진 것이었어야 한다. 그러나 주지하다시피 선택의 주된 시간적 배경인 조선 중기는 한 여성에게 자신의 학문과 교양의 높은 수준을 최대한 발휘할 수 있을 만큼 사회적 조건이 성숙되어 있지 않았다. 실제로 그 어느 시대보다 여성들의 선택의 통로가 구조적으로 봉쇄되어 있었던 것이 사실이라고 할 수 있다. 그러나 이문열은 이러한 사실과는 관련 없이 그것이 적극적인 선택의 결과였다고 강변하고 있다.

젊은 나이에 시집을 간 장씨 부인은 수많은 집안일과 가족들을 돌보면서 많은 수고를 한다. 조선시대의 양반 여성들은 양반 집단에 속한다는 점에서 보면 특권층으로서의 삶을 누리는 위치에 있었다고 말할 수 있다. 그러나 여성 집단에 속한다는 점에서 보면 그들의 삶은 심각한 차별을 당해야 하는 위치에 놓여 있었던 것이 또한 사실이다.[193] 그리고는 자신의 존재에 대한 가치를 스스로 가문에 종속시킨다. 다시 말해 가문이 자신을 우선할 수 있는지 여부를 결정하는 것이다.

---

193) 이동하, 「조선시대 양반 여성의 삶에 대한 소설적 형상화」, 『한국현대문학연구』, 13, 2003. 06, 101쪽.

어차피 너는 육십 년 혹은 칠십년의 제한된 시간만을 살고 가야 한다. 그러나 가문이란 것에 너를 던지고 동일시를 얻게 되면 그 안에서 앞서 살아간 조상들의 삶을 네가 이었듯이 대대로 이어질 네 자손에게까지 네 삶은 연장된다. (중략) 아직 태어나지 않은 미래의 구성원까지 포함된 가문이란 존재의 틀 속에 들어가게 되면 너의 공간은 무한이라고 해도 좋을 정도로 넓혀진다. 그 확대된 시간과 공간의 성취가 모두 너의 것이 된다. (『선택』, 105쪽.)

유교적인 가부장제적 사회에서의 개인은 한 인간으로서의 존재 양상보다는 한 집안 혹은 한 가문에 소속된 구성원으로서의 존재 양상에 더 큰 의미를 두고 있다.[194] 인간적인 차원에서 자신의 자

194) 유교의 가족윤리를 이해하기 위하여 우선 알아두어야 할 것은, 유교사상의 배경을 이룬 전통사회에 있어서의 '가족'(家族)과 서구적 개인주의가 지배하는 현대사회의 '가족'(family)은 그 개념에 근본적 차이점이 있다는 사실이다. 현대의 서구적 가족의 경우는 가족을 구성하는 개인들이 독립된 생활의 주체(主體)이며, 가족은 그들의 집합(集合)이다. 그러나 유교적 전통사회의 경우는 가족 전체가 하나의 생활 주체이며, 가족의 성원인 식구들 각자는 독립된 생활 주체가 아니라 하나의 생활 주체인 가족을 위한 부분들이다. 현대사회의 서구적 가족의 경우는 그 구성원인 개인들이 각자를 위해서 살 권리를 가지고 있다. 그러나 전통사회의 유교적 가족의 경우는 그 구성원인 식구들은 일차적으로 가족의 번영을 위하여 이바지할 의무를 가졌다. 유교적 가족윤리에 따르면, 가족이 그 구성원인 개인들보다 우선한다. 그러므로 식구들 각자의 자유보다는 가족 전체의 번영이 더욱 중요하다. 가족의 번영이 더욱 중요한 까닭에 그 구성원들은 가족 전체를 위하여 봉사할 의무를 가졌다. 가족 전체가 하나의 유기체와 같은 것이며, 가족은 전체가 하나와 같이 일사불란하게 움직여야 한다. 가족 전체가 하나와 같이 움직이기 위해서는 위계질서가 확고해야 하며, 확고한 위계질서를 위해서는 집안을 다스리는 어른의 절대적 권위가 필수적이다. 절대적 권위를 가진 가부장(家父長)을 정점으로 삼고 가족 성원들이 일사불란한 위계질서를 요구하는 유교적 가족에 있어서 가족 성원들의 관계는 수직적일 수밖에 없다. 서구적 현대 가족의 경우에 가족 성원들의 관계가 평등하고 수평적인 것과는 대도를 이루어, 유교적 전통 가족의 경우는 그 성원들의 관계가 불평등하고 수직적이다. 부모와 자녀 사이에서는 부모가 우위를 차지하고, 형과 아우 사이에서는 형이 우의를 차지하며, 남자와 여자 사이에서는 남자가 우위

유의지나 자족적인 삶보다는 가문의 영광과 집안의 영속적인 번영을 위해 존재하는 여인들의 인고의 삶은 가부장적 사회에서는 보편적인 이야기라고 할 수 있다. 물론 이러한 사회적 구조가 불평등한 것이며 불합리함은 주지의 사실이다. 젊은 장씨 부인도 이러한 문제에 직면하게 되는데 작가는 주인공 스스로 설득하는 서사를 통해 쉽게 해결한다. 구체적인 양상을 자세히 살펴보면 다음과 같다.

어차피 세상에 확실한 것은 아무것도 없다. 중요한 것은 우리가 그렇게 느낀다는 것, 그리고 그렇게 믿는다는 것이다. 나는 우리 존재가 죽음으로 온전히 무가 되는 것보다는 증명하기 어려운 영혼이라도 영원히 이어가는 것이기를 바란다. 작고 무력한 개별성보다는 비록 거듭된 의제일지라도 피로 확대된 존재의 큰 틀에 더 많은 기대를 걸고 싶다.

세상은 얼마나 많은 믿기 위한 미신으로 가득 차 있는가. 엄밀히 따지면 세상의 모든 가르침은 우리가 진정으로 믿어서가 아니라 그렇게 믿고 싶어서 만든 믿음의 체계에 지나지 않을는지도 모른다. 주관적인 환상에 지나지 않더라도 불가지(不可知)의 혼란과 방황보다는 낫다. 시간과 공간에, 그것들이 강제하는 허무와 고독에 속절없이 드러나 있는 존재를 감싸줄 수 있는 것이라면 전혀 검증될 수 없는 미신일지라도 나는 믿고 싶다. (『선택』, 107-108.)

를 차지한다. 가족 성원들 사이의 관계를 윗사람과 아랫사람의 수직적 관계로 보는 것이 유교적 전통의 가족윤리가 갖는 기본 특색의 하나이다. 그리고 이 기본 특색은 가족윤리에만 국한된 것이 아니고, 유교사회의 윤리 전반에 걸친 특색이기도 하다. (김태길, 『유교적 전통과 현대 한국』, 철학과 현실사, 1998, 140-141쪽.)

소설에서는 아무런 계기나 사건의 발생도 없이 단순히 주인공이 자신만의 분석을 통해 쉽게 자신을 스스로 설득한다. 문제는 이러한 단순한 주인공 스스로의 설득방식을 통한 문제해결이 독자에게 설득력을 보장하지 못한다는 점이다. 비록 작가는 굉장히 논리적인 분석을 통해 당시의 시대적 상황에서는 주인공이 할 수 있는 어떤 선택의 폭이 넓지 않았고 선택할 수 있는 것이 없었기 때문에 스스로 수용하는 것이 강제로 받아들이는 것보다는 낫다고 판단한 것이다.[195] 그리고 이처럼 스스로 수용하는 것을 '적극적인 수용'이라고 명명하고 가문에 종속되는 것이 자신이 스스로 한 선택이라고 강변한다. 그러나 적극적인 수용이 피동적인 수용보다 나으며 그것도 일종의 선택이라고 하지만, 실제로 당시의 사회적 환경을 고려했을 때, 그것이 과연 적극적인 수용이었을지에 대한 의문은 해소할 수 없고, 소설에서도 단지 작가의 의욕이 앞선 나머지 독자들에게 설득력 있게 다가오지 않는다. 다시 말해 정부인은 작가의 의식을 보여주는 하나의 매개 장치에 불과했던 것이다.[196]

특히 서사에 있어 생동한 혹은 생명력을 지닌 주인공을 형상화

---

195) 이점에 대해서는 작가의 대담에서도 살펴볼 수 있다. "이 부인의 선택은 훌륭한 선택이었습니다. 그 시대에 어차피 공부하려고 해봐야 안됩니다. 여자에게 훈장이라도 허용되는 시대였다면 공부해서 여자 훈될 수도 있었겠지만, 전혀 학문적 역량을 펼 길이 없는 시대였습니다. 사실 다른 말로 바꾸어서 쓸 수도 있겠지만 제가 굳이 선택이라는 말을 쓴 이유는 인간의 자유의지에 대해 생각할 거리를 남기기 위함이었습니다."(황국명, 이문열, 송명희, 정형철, 「선택하는 삶은 아름답다」, 『오늘의 문예비평』, 1997. 9. 30쪽.)

196) 고미숙 역시 이를 두고 "이 소설의 주인공은 결단코 장씨 부인이 아니다. 그녀는 단지 그녀를 둘러싼 고귀한 남성들의 광휘를 발하게 해 주는 '빛나는 엑스트라'에 불과하다"고 평가하였다. (고미숙, 『비평기계』, 소명, 98-108쪽 참조.)

하는 것을 통해 그것이 시대적 상황 속에서 어떻게 형상화되고 어떤 사건을 통해 설득력 있게 독자에게 다가오는 것이 아니라 단순히 작가의 추상적인 논리를 통해 스스로 설득하려고 하였다는 점에서 한계를 드러낸다고 볼 수 있다. 그리고 이러한 양상은 소설이 굉장히 많은 논란을 일으킨 주된 원인이기도 하다.[197] 즉 주인공의 사상이 교시적으로 진술되었을 뿐 다른 인물들과의 갈등은 존재하지 않음으로써 독자들에게 설득력 있게 전달되지 않는다는 점이다. 그렇기 때문에 현모양처로 성장하는 과정이 자의적인 것이 아니라 태반은 타의적인 것으로 이루어진 것이라는 의문을 진정으로 해소할 수 없었다는 점이다. 그 이유로는 인물의 형상화 과정에 있어서 작가의 의욕이 앞섰고 인물의 설정에 있어서 한계점이라고 할 수 있다.

소설에서 작가는 장씨 부인의 행실을 통해 현대에 여러 가지 문제점들을 비판한다. 그 비판적 대상은 정절의 문제, 출산의 문제, 모성의 확대의 문제와 관련된 것들이다. 우선 정절(貞節)에 대해서 살펴보자면 장씨 부인이 나라골로 시집온 지 세 번째 해에 그녀의 맏동서가 되는 청계공의 배위 무안 박씨가 마침내 순절했다는 것이다. 이미 그녀가 시집오기 전에 자결한 우계공의 배위 무안 박씨에 이어 한 집에서 두 번째로 보는 순절이었다.

---

197) 이에 대한 많은 논란이 있지만 대표적인 것으로 김신명숙은 "장씨가 현모양처의 길을 선택했다고 강변하고 있으니 선택이란 원래 자유를 전제한 것이 아니더냐? 허락된 길이라곤 그 길 하나 밖에 없는데, 그 길을 거부하면 죽거나 죽음보다 못한 삶을 살아야 하는데 선택이라니, 노대체 무슨 방발인지 알 수 없다. 그건 정확하게 이야기하자면 선택이 아니라 오기에 찬 마지막 자존심이라고 해야할 것이다." (김신명숙, 「『선택』의 작가 이문열선생에게-한 조선조 여인의 일갈」, 『IF』 계간지 창간호, 1997. 6.)

하지만 나는 고침에 엎드려 잠자듯 숨져 있는 그분에게서 어떤 섬뜩한 아름다움을 느꼈다. 거친 베옷에 싸여 있었지만 그분은 무언가 거룩한 빛살 아래 잠들어 있는 한 마리 희디흰 학처럼 느껴졌다. "의(義)는 홀로 살지 아니하고 죽어 한곳에 묻히기를 바라노라(義不獨生死同穴)"라는 「쌍학명」의 구절을 절로 연상케 하는 정경이었다. (중략)

설령 남성들이 충실하게 정조 의미를 이행했다 하더라도 순절을 미화하기는 어렵다. 어떤 계약도 생명까지를 다른 존재에 종속시킬 수는 없다. 하물며 오늘날처럼 개인 중심의 세계관에 있어서랴.

하기야 순절을 시차(時差)가 있는 정사라고 보면 오늘날의 사람들도 이해 못 할 것은 없다. 모든 정사(情死)는 우리에게 아름다운 환상을 품게 한다. 자신이 사랑한 사람과 죽음을 함께 하였다는 사실은 되풀이 윤색되어 얘기되어도 언제나 쉽게 우리의 감동을 자아낸다. (『선택』, 127-128쪽)

『선택』에서 장씨 부인의 동서가 남편이 죽었다고 해서 자식이 다섯이나 딸린 어미가 순절한다는 것은 어떤 미화된 논리에도 마땅한 행동으로 볼 수 없다. 그것은 맏동서에 의해 이 세상으로 던져진 아이들에게는 지울 수 없는 상처이고 삶에 대한 도피로 밖에 볼 수 없다. 특히 '섬뜩하지만 또한 얼마나 아름다운가' 부분은 극단적인 반여성적인 면을 보여주고 있으며 파시즘의 미학으로 일컫는 죽음의 충동(necrophilia)을 미화하는 것이라고도 볼 수 있다.

근대적 이성적 관점에서 볼 때 봉건적 가부장제의 일환으로 이해할 수 있는 순절은 그 어떤 경우에도 생명의 가치를 초월할 수는 없다. 그러나 소설에서 주인공은 순절을 언급하면서 '아름다움'

을 보았다고 진술한다. 송우혜의 『하얀 새』에 나오는 양반 여성은 유교이념에 입각한 성차별의 폭력을 단호히 거부하고 강인한 의지를 보여주며 역전승의 인물로 현상화되고 있는데 반해 『선택』에서는 이와 반대의 모습을 보여주고 있는 셈이다. 그러나 우리가 순절의 의미와 가치에 따지기 전에 우리는 그 시대의 사회적 배경을 무시할 수 없다. 소설에 언급된 것처럼 아무리 자의적인 순절이라고 해도 그 시기의 사회적 분위기를 무시할 수는 없다. 주지하다시피 당시 여성들은 법과 제도적인 면에서도 상당히 불리한 입장에 처해 있었다.[198)]이 밖에 우리는 당시 봉건적인 조선사회에서는 암암리에 과부의 순절을 종용하는 분위기가 있었다는 것도 간과해서는 안 된다.[199)] 그런데 소설에서 주인공은 이러한 역사적 배경을 무시

---

198) 열녀는 조선사회의 유교화와 밀접한 연관을 지니면서 생성되어 왔다. 1484년 『경국대전』 개정판에는 간통하거나 재혼한 여성의 아들과 손자는 문무 관리로 진출할 수 없다고 규정했다. 그리고 서자들과 함께 그들 역시 소과와 대과를 치를 수 없었다. 이와 같은 재혼을 엄격하게 금지하는 법이 시행됨으로서 양반 가문에서는 수절을 안 할 수가 없었다. 따라서 재혼은 대부분 특별한 예식이 없었으며, 과부가 재혼하려면 죽은 남편 집의 세대주나 자신의 부모에게 승낙을 얻어야 했다. 자녀가 있는 경우에는 자녀들에 대한 부모로서의 권리를 잃게 되었다. 그리고 죽은 남편인 남긴 부동산에 대한 권리를 주장할 수도 없었다. 이와 같은 개가금지(改嫁禁止)라는 법적 장치와 과부의 수절(守節)을 장려는 정책은 조선사회에서 과부의 수절을 관습으로 자리 잡게 하였다. 따라서 조선 후기로 내려오면 수절은 양반계층만 아니라, 일반 서민, 천민에 이르기까지 온 나라의 풍속이 되었던 것이다.(마르티나 도이힐러, 이훈상 역, 『한국사회의 유교적 변환』, 아카넷, 2003, 378-384쪽 참조.)

199) 결혼과 함께 여성의 소속이 시집으로 바뀌고, 그 소속이 죽음을 초월한 영원성을 갖게 되자, 이런 추세는 곧 '은장도의 시대'로 발전했다. 자식을 보기도 전에 남편이 젊어서 먼저 죽을 경우에, 과부가 된 며느리가 따라 죽는 걸 시집 식구들이 은근히 바라는 경향이 나타났다. 수절을 해도 무방하지만, 수절녀의 경우에는 언제라도 실행(失行)할 가능성이 열려 있었다. 그럴 경우에, 그것은 가문 전체에 큰 치욕으로 남았다. 따라서 시집 입장에서 보면, 과부가 된 젊은 며느리가 아예 죽어버리는 게 가문의 영광을 유지하는 가장 확실한 방법이었다. 더욱이 죽은 남편을 따

하고 순절의 의미에 대해서 자의적으로 해석하고 있다. 물론 이러한 주장을 했던 것에는 나름의 이유가 있었는데 그것은 이른바 현대사회의 '개인주의'에 대한 반발의식에서였다. 이러한 장씨 부인의 의식은 출산의 문제에 관해서도 동일하게 드러난다.

너희 중에도 공부나 일을 핑계로 출산을 마다하는 이가 있지만, 앞서 말했듯 그것이 깊이 있는 사유와 성실한 검토를 거친 결론 같지는 않다. 내게는 오히려 다분히 유행적이고 조작의 혐의가 짙은 자기 성취의 논리에 혼란된 경우가 많아 보인다. 성취의 가망도 별로 없고 가치도 의심스럽지만, 어머님 됨의 힘들고 고단함보다는 편안하고 겉보기가 그럴싸하다는 점에서 이루어진 가치관의 전도이다. 그렇지 않고서야 어머니란 이름과 맞바꿀 수 있는 요즘처럼 이리 흔할 수 있으랴.

자녀는 예속의 빌미가 되기 때문에 어머니 되기를 마다하는 논의도 있다. 곧 자녀를 낳는 것은 남성에게 인질을 내어주는 일이 되어 불만스러우면서도 남성에게 복종하며 살아야 하는 경우를 피하기 위해서라는 뜻이다. 너무 비관적인 예단이며 남녀의 관계를 대립적으로만 이해한 논의다. (중략)

라 죽은 열녀는 국가에서 대대적으로 현창(顯彰)하고 그 가문에 포상까지 하다 보니, 젊은 과부를 며느리로 두고 있는 집안사람들은 은근히 며느리의 자결을 원했다. (중략) 며느리에게 죽을 것을 은근히 압박한 이상한 사회, 인간이 인간에게 자살을 강요한 비인간적인 사회였다. 그렇게 자살을 하면, 국가에서 포상까지 해준 나라였다. 출가외인에다가 고립무원의 시댁 상황에서 매일 아침마다 '서방 잡아먹은 년'이라는 말을 들으며 구박을 받는다면, 차라리 현실을 벗어나고 싶은 마음이 간절히 들 것이다. 이런 상황에서, 자식도 없는 몸으로 '편안히' 수절할 수 있었을까? 수절을 하더라도 그 가슴이 얼마나 썩고 문드러졌을까? 이렇게 한 여성을 억압한 사회는 짐승만도 못한 사회다. 금수(禽獸)의 상태에서 벗어나 예의의 나라를 세우겠다던 유학자 선비들이 건설한 사회가 금수만도 못한 사회가 된 셈이다. 아이러니도 이런 아이러니가 없다.(계승범, 「새로운 차별의 나라: 여성」, 『우리가 아는 선비는 없다』, 역사의 아침, 2011, 161-162쪽.)

> 삶을 즐기고 누리는 데 장애가 된다는 이유로 주장되는 출산 거부는 우리 시대의 개인주의가 얼마나 천박해지고 타락할 수 있는가를 보여주는 실례가 될 것이다. 기껏해야 성적인 쾌락이나 물질적인 여유를 대상으로 하는 부담을 들어 당당하게 자녀를 마다하는 그 주장에서는 개인주의나 편의주의를 넘어 인간성의 황폐까지 느껴진다. (『선택』, 155-157쪽.)

앞서 인용문에서 장씨 부인은 현대 여성들이 출산을 기피하는 여러 가지 이유들에 대해서 열거하면서 그 잘못에 대해서 언급하고 있다. 그리고 그 출산기피의 이유의 모든 원인은 대체적으로 여성의 이기적인 개인주의에서 비롯되었다고 지적한다. 다시 말해 봉건적 유교 이념을 원리로 하는 사회에서는 출산과 육아는 어떤 선택의 사항이 아니었고 당연한 의무였는데 현대의 여성들은 과거와는 달리 개인주의 의식으로 말미암아 출산도 육아도 기피하게 되었다는 것이다. 물론 오늘날의 현대사회에서 합리적 이성을 바탕으로 볼 때 출산이나 육아에 대한 강요는 분명히 일종의 억압일 수 있다. 작가는 이러한 것이 개인주의에서 비롯되었던 것으로 인식하고 이러한 의식을 비판하기 위해 전근대의 유교윤리를 인용한다. 현대인들의 입장에서 볼 때는 억압일 수 있는 이러한 봉건적인 이념들을 작가는 동조하는 입장에서, 즉 주인공의 입을 빌려서 소설에서 설득하려고 시도하고 있다. 작가는 소설에서 여성들을 향해 모름지기 "남편 아들 손재 3대에서 이른바 칠산림을 배출한 현모양처로서 영남지방에서는 신사임당과 나란히 우러름을 받는 분" '정부인 장씨'를 본받으라고 호통을 치고 있다. 그리고 작가는 이러한 이기적인 개인주의 의식이 서구적인 이념에서 비롯되었다고 주장한다.

> 80년대에 내가 보수 반동으로 비난받던 상황에 비하면 지금의 비난들은 아무것도 아니다. 모든 페미니즘 문학을 비판한 것은 아니다. 박경리의 『토지』나 박완서 씨의 『미망』의 여주인공들이야말로 긍정적인 페미니즘을 추구한 인물들이다. 서구에서 들여온 이론들에다 억지로 화장을 시켜 놓은 양상들이 작금의 오도된 페미니즘 문학이다.[200)]

이처럼 작가는 이기적이고 개인주의로 평가되는 이른바 페미니즘과 관련된 것을 서구적인 이념과 충격으로 비롯되었다고 생각했고 그것의 해결책과 본보기를 조선시대의 현모양처에서 찾으려 했던 것이다. 이문열은 자신의 직계조상에 대해 글을 써야겠다고 결심하게 된 계기도 바로 이 대목에서부터 비롯되었다고 말하고 있다.[201)] 다시 말해 작가는 개인주의로 만연한 '천박한 페미니즘'을

---

200) 이문열, 『조선일보』, 1997. 5. 8.

201) "저는 정부인이 현모양처라서 존경한 것은 아닙니다. 시실 제가 정부인 이야기를 들었을 때 가장 감동한 부분은 정부인이 시를 잘 썼다는 부분도 아니고, 그림을 잘 그렸다는 부분도 아니고, 훌륭한 아들을 두었다는 부분도 아니고 제일 뒤 부분에 나오는 한마디였습니다. 아침에 종들을 내 보내서 마을의 어느 집에 굴뚝에 연기 안나는 집이 없는지를 살펴보게 하였다는 그 부분입니다. 사실 저도 이 이야기를 쓰면서 잘못하면 자화자찬이 되지 않을까 걱정을 하였습니다. 그렇지만 이것은 비단 우리 문중 할머니만의 이야기가 아니고 우리 조상 전체의 어떤 하나의 이상이 될 수 있는 어머니라는 이상을 기분을 느꼈슈니다. 그것을 다른 용어로 저는 「모성의 확대화」라고 말하겠습니다. 이 어머니는 작은 현모양처에서 큰어머니로, 할머니란 말이 가지는 뜻 그대로의 큰어머니가 되었다는 생각이 들었습니다. 단지 재주라든가 현모양처로서의 삶을 높이 평가하자는 의도에서 글을 쓴 것은 아닙니다.

서구이념의 일환으로 보았던 것이다. 즉 작가가 삼종지도나 칠거지악이나 하는 족쇄들로 양반층의 여성들을 몇 겹으로 구속하던 조선사회의 문제점들을 간과하고 합리화했었던 이유는 이러한 조선 시대의 풍습과 문화와 전통을 통해 현대의 문제점을 비판하려는 분명한 목적의식에서 비롯되었다는 점이다.

피상적 산업화를 근대화와 혼동하고 분별없는 세계화로 치닫는 사이, 왜곡되고 파괴된 전통문화와 사상을 대체할 수 있는 가치체계의 부재와 그 혼돈을 겪고 있는 작금의 우리 사회에서, 향후 우리 정신문화와 학문의 기틀은 바로 그 특이성을 잊지 않는 데서 이루어진다고 믿었던 것으로 보인다. 물론 물질주의와 개인주의가 만연하는 오늘과 같은 현대사회에서 유교적인 가치와 정신을 돌아보는 것을 통해 어떤 반성하는 계기를 도모할 수 있다는 점을 부인만은 할 수 없다. 그러나 역사의 엄연한 현실을 무시할 수 없는 한, 억압적이고 비인간적인 봉건시대의 가치와 의식을 갖고, 잘못된 측면을 도외시한 접근은 상당히 한계점을 남긴다고 지적하지 않을 수 없다. 그런 차원에서 작품이 출간 당시부터 많은 논란을 일으켰던 것은 당연지사이며, 『선택』은 많은 한계를 보인 작품이라고 결론을 내리지 않을 수 없다.

모두를 귀하게 여기는 것, 이 땅의 목숨 받은 모든 것은 내 자식이라고 한, 그 부분이 저를 감동시켰던 것입니다." (황국명, 이문열, 송명희, 정형철, 「선택하는 삶은 아름답다」, 『오늘의 문예비평』, 1997, 25-26쪽.)

7.2 전통적 공동체주의에 대한 지향

장편 『아가』는 이문열의 2,000년대 이후 작품으로서 현실정치를 은유하는 장치를 삽입하지 않고 쓰인 작품이라는 점에서 작가의 후기 작품세계를 보여주는 중요한 작품이라고 볼 수 있다. 특히 이야기의 배경이 되는 공간이 작가가 이상적으로 생각하는 가문공동체가 중심이 되는 동족부락[202]이고, 주인공 당편이와 사회가 관계하는 방식을 가문 공동체를 중심으로 한 사회의 해체에 따라 설명했다는 점에서 작가의 사회관이 강하게 드러나는 작품이라고 할 수 있다. 『아가』에서는 당편이라는 중증 심신미약자로 나오는데 그녀가 처음으로 사람들에게 인식되기 시작한 것은 농동댁 앞에 버려졌을 때이다.

"니가 아무리 미련하기가 소 같은 머슴놈이라 카지마는, 어째 주인 낯을 깎아내라도 이래 여지없이 깎아내룰라 카노? 나는 새도 궁해 품안으로 날아들믄 안 잡는다카는데 니가 사람 껍데기를 쓰고서, 그래, 명색 사람이 찾아온 거를 어예 이래 박

---

202) 이명원은 소설에서 문제적 개인의 활동반경이 '동족부락'이라는 점을 두고 다음과 같이 지적한다. "이러한 공간적 설정에서 우리가 일차적으로 확인할 수 있는 것은, 이들이 연륜 깊은 유교적 전통의 하중 속에서 자신의 삶을 영위하게 된다는 것과 개인으로서의 주체적 의식보다는 집단의 연대성이 보다 긴밀하게 고착되어 있다는 사실이다. '동족부락'으로 상징되는 이러한 지역적 고립성이 우리에게 상징시키는 것은 변화보다는 상황의 고수를, 개혁보다는 전통을, 개인보다는 가문과 종족을 중요시하는 생에 대한 관념이 일반화되어 있다는 점이다. 이러한 공간 속에 놓여진 개인들은 신분상으로는 수직적 위계관계로, 사회적 기능 면에서는 중심과 주변이 정교하게 분할된 동심원의 원근에 따라 배열된다." (이명원, 「'기만의 수사학'과 시대착오적 이데올로기」, 『파문』, 새움, 2003, 68쪽.)

대할 수 있노? 보이 하마 내 집인 줄 알고 찾아온 거를, 그것도 살리달라꼬 찾아온 거를, 머라? 꺼다 매삔다고? 개 끌 듯 끌어낸다꼬? 에라이, 이 숭악하기가 도척 같은 눔아!".

이어 딱, 하고 아까보다 더 선명하고 큰 소리가 나며 건동이가 다시 머리를 싸안은 채 대문께를 설설 기었다. 녹동어른은 그런 건동이를 거들떠도 보지 않고 다시 삼산 영감을 향했다.

"삼산이 자네도 글타. 이 집에서 나 이 집에서 머리를 허옇게 덮어쓰도록 살면서 어예 그리 집주인을 모르노? 내 집이 망해 가기는 한다마는 언제 죽어가는 사람이 살려달라고 찾아온 거를 꺼다 매삘더노? 그것도 사람의 소리라고 듣고 뻔히 서 있었나?" (『아가』, 23-24쪽.)

중증심신미약자인 당편이가 녹동댁의 문앞에 버려지는데, 집에 있는 어떤 사람도 섣불리 그녀를 받아들이지 못한다. 그러다가 녹동댁의 엄명으로 당편이를 맞아들이게 되고 당편이는 녹동댁의 가족성원으로 편입하게 된다. 자신의 몸도 가누기 힘든 형편이었던 당편이가 녹동댁에서 할 수 있는 일은 아무것도 없었다. 그런 당편을 그대로 머물게 하는 것은 지속적인 자선과 다름없었다. 그러나 이러한 행위가 어떻게 보면 실보다는 득, 즉 당편을 받아들임으로써 자신의 명예심을 유지하는 차원에서 이용되었을 수도 있다[203]는 지적도 있다. 그러나 녹동댁의 행위가 자신의 양반명예를 유지하는 차원에서 비롯되었다고 할지언정 그의 행위로 말미암아 당편

203) 김광기, 앞의 글, 369-371쪽 참조.

이는 구원을 얻게 된다. 어쨌든 녹동어른의 엄명으로 인해 가족들은 반항하지 못하고 당편이를 받아들이게 되고 당편은 그 집에서 자신의 뿌리를 내리기 시작한다.

소설에서 동족부락의 공동체적 특징은 그곳에 속해 있는 사람들의 조화로운 통합에 있다. 그곳 주민들의 관계는 삶의 생명에 대한 존중을 기본으로 하면서 또한 공동체 전체와의 유기적 관계 속에서 서로의 정체성을 인정하는 관계이다. 녹동댁은 신원도 확실치 않고 심신도 온전치 못한 당편이를 가족성원으로 받아들이는데, 여기서 주의할 점은 당편이라는 존재는 한 장애인으로서의 존재가 아니라 한 명의 사람으로서의 존재이다. 작가는 공동체의 삶을 중심으로 하는 세계는 이처럼 한 장애인이 아무런 어긋남이 없이 사회 속에 잘 편입될 수 있는 구조임을 강조하고 있다.

유교는 본래 개인주의보다 공동체주의와 친화성이 있고 유교의 이상은 한마디로 '인륜공동체의 실현'이라고 말하기도 하는데 당편이가 쉽게 녹동댁의 가족들과 어울리게 된 것도 이러한 동양의 정신을 바탕으로 하는 생활방식이 있었기 때문이라고 볼 수 있다. 송대의 주자학은 인륜공동체의 이상을 이론적으로 재정립하였고, 사대부들은 자임의식을 발휘함으로써 인륜공동체를 구현하는 데 앞장섰다.[204] 양반가문출신의 녹동댁이 당편이를 거절하지 않고 가족성원으로 받아들인 것은 바로 이러한 유교의 공동체정신에서 비롯되었다고 볼 수 있다. 소설에서 부락공동체라는 구조는 이른

204) 이상익, 『현대문명과 유교적 성찰』, 심산, 2008, 81쪽.

바 양파와 같은 구조라고 하면서 거기에는 처음부터 당편이의 자리가 있었다고 한다.

그 시절 고향의 부락공동체를 도형으로 그리면 지름을 달리하는 동심원(同心圓)들의 겹 또는 양파의 횡단면(橫斷面)과 비슷하게 될 것 같다. 크게는 하나의 원이지만 그 안에는 기능과 성격을 달리하는 구성원들이 만드는 작은 원들이 여러 겹 들어 있다. 양파를 함께 떠올리는 것은 그 마지막에 따로 고정되고 일체화된 중심이 있는 것 같지 않기 때문이다.

맨 바깥에 있는 원은 문둥이의 오두막과 거지의 움막집, 백정의 도살장 같은 것들을 잇는 선이 된다. 마을과 다소간 거리를 두고 있지만 그래도 어김없는 공동체의 일부였다. 말라 벗겨져 나갈 때까지는 양파의 맨 바깥껍질도 양파의 일부이듯이.

그 안쪽에는 흔히 미치광이로 불리는 심신상실자(心神喪失者)와 백치 그리고 생산에는 전혀 참여할 수 없는 중증(重症)의 불구자들로 이루어진 원이 있다. 그들은 마을, 혹은 보다 안쪽 동심원의 누군가로부터 부양을 받아야만 살아갈 수 있는데, 그러나 그 때문에 공동체 성원의 자격까지 박탈당하는 법은 없었다.

그 다음 원은 흔히 반편으로 불리우는 심신미약자(心神微弱者)나 박약자(薄弱者), 또는 정신이 온전한 신체장애자들이 만드는 원이다. 그들에게도 공동체의 동정이나 호의는 여전히 필요했다. 하지만 그래도 부분적으로는 생산에 참여하여 성한 사람들이 맡은 기능들의 틈새를 메워주었다. (『아가』, 30–31쪽.)

앞서 인용문에서 살펴볼 수 있다시피 맨 중심에는 정상인들이 양파의 속을 구성한다면 바깥쪽은 각기 부동하게 흠결이 있거나 심신미약자, 심신상실자 등으로 구성된 사람들이다. 당편이 역시 양파구조에서 속은 아니지만 세 번째 동심원에 해당된다고 볼 수 있다. 그러나 이들 역시 엄연히 양파의 일부에 속한다. 온전한 하나의 양파가 되기 위해서는 반드시 껍질도 필요하기 때문에 당편의 존재는 공동체질서에 융합되어 아무런 위화감이 없다고 소설에서는 서술되고 있다.

소설에서 부락공동체는 따뜻한 정이 감도는 보금자리로 형상화되고 있는데 이를테면 당편이가 녹동어른에게 반말한 사건이나, 강아지들을 아궁이에 넣어서 생화장시킨 일, 병아리들을 질식시켜 죽인 일과 녹동어른의 난분 꽃대를 뽑아버린 사건은 당편이가 경제적 생산에는 가담하지 못할뿐더러 많은 피해를 주고 있음을 알 수 있게 한다. 그럼에도 불구하고 부락공동체의 사람들은 모두 그녀의 착한 심성에서 비롯되었음을 생각하여 모두 용서해준다. 물론 여기서 지적할 점은 녹동어른을 제외한 모든 사람들이 애초에는 당편을 무시하고 멸시했다는 점이다. 단지 녹동어른이 그녀를 식구로 받아들인 후에 이러한 감정들이 사라지게 된다. 만약 녹동어른이 없었더라면 나머지 사람들은 그 누구도 나서서 당편이를 받아들이지 않았을 것이다. 비록 녹동어른의 위엄으로 당편이가 공동체구조에 편입되었지만 그것은 어디까지나 공동체 전체의 착한 심성에서 묻어나온 것이라기보다는 그때까지만 해도 녹동어른의 혼자만의 행위라고 보아야 한다.

그러나 그러한 당편이의 몰락은 6·25로부터 시작된다. 사신도 모르는 선전요원으로 되었다가 호된 고문을 당하고, 또 전쟁으로 인해 녹동댁의 가문은 그때부터 기울어지기 시작한다. 녹동어른의 타계와 녹동댁의 몰락으로 더 이상 그녀를 보호해줄 울타리는 없어지고 만다. 그로 인해 당편이도 거기에 영합하기 위해서는 끊임없이 새로운 기능이 요구되기 시작한다. 그 모든 변화는 전쟁 전만 해도 그런 대로 여유 있고 평온하던 당편이의 일상을 바쁘고 고달픈 노동의 나날로 바꿔버렸다.

닭실댁이 변하면서 당편이의 삶도 변했다. 예전 여러 사람이 하던 기능을 닭실댁이 혼자 떠맡음으로써 당편이가 메워야 할 틈새는 없어졌다. 대신 그녀에게도 모자라면 모자라는 대로 독립된 기능들이 요구되었다. 닭실댁이 들에 나가 있을 때는 죽이 되든 밥이 되든 그녀 혼자서 부엌일을 처음부터 끝까지 다 맡아야 했고, 함께 들에 나가게 되면 능률이야 여느 일꾼의 절반이 되든 그 절반의 반이 되든 들일 그 자체를 함께 해야 했다.

기능의 변화와 함께 노동 시간과 노동량도 변했다. 그 이전 당편이의 일은 요구받은 것이든 스스로 찾아서 하는 것이든 다른 일에 부수적인 것이거나 그 보완이었다. 따라서 어떤 경우에도 원래의 일보다 오랜 시간 힘들여 해야 하는 법은 없었다. 하지만 이제는 모두가 떠나버린 빈자리를 홀로 채워야 하다 보니 할 일은 언제나 밀려 있었고 한번 시작하면 날이 어둡거나 몸이 지쳐 더 일할 수 없는 지경이 되어서야 끝이 났다. (『아가』, 107-108쪽.)

세월이 흐름에 따라 당편이에게는 끊임없이 새로운 기능들이 요구되었고, 닭실댁이 서울로 가면서 그녀는 술도가로 맡겨진다. 그리고 술도가에서 정육점 식당으로, 정육점 식당에서 여인숙으로,

이렇게 이어진 당편이의 영락의 세월은 끝내 길바닥에 나앉게까지 이어진다. 당편이를 새로 만난 사람들은 당편이를 멸시하지만, 문중마을 사람들이나 장터거리 사람들은 어렸을 적부터 보아온 당편을 동정과 연민으로 보살핀다. 그녀가 녹동어른의 식구로 있을 적에는 그녀가 장애인으로 인식되었던 것이 아니라 한 사람으로 인식되었던 것인데, 후기에 당편은 능동적이고 적극적인 삶의 모습을 보여주고 자신의 노력을 통해 사회의 안쪽으로 편입하려는 노력을 시도한다. 그러나 어디까지나 그녀는 장애인이라는 존재로만 인식된다. 그런 관계로 과거에 당편이는 공동체 사회에 소속되어 자신의 앞날을 걱정하지 않아도 되었지만, 그녀는 점차 자신의 앞날을 불안해하기 시작한다.

그녀를 둘러싼 환경이 변하면서 이제 당편은 그녀를 안온하게 해주는 아우라가 가득 찬 사회 속에서 얻었던 그녀만의 독특한 '기호'를 상실한 채, 단지 반편을 가리킬 뿐인 '장애자'라는 평균적이고 일반적이고, 그래서 추상적인 범주 속으로 빠져들게 된다. 물론 작가는 사람들의 심성이 변한 것이 아니라는 것을 강조하고 있다. 그녀가 장터거리로 나앉게 되어도 예전처럼 당편을 보살펴주고 있다고 강조하고 있다. 그러나 어디까지나 이러한 보살핌은 한계가 있기 마련이고 끝내 그녀는 장애인 복지시설로 보내진다. 소설 초반부에서 마을사람들과 당편이는 모두 '우리'로써 묶여 하나의 공동체를 형성했는데, 후반부에서는 '우리'라는 개념이 해체되어 '개인과 개인의 합'으로 된 집단에 의해 유지된다고 한다.

공동체의 본질은 삶의 토대와 이상을 공유함으로써 구성원들에게 귀속감과 안전감을 제공하는 것[205]인데, 이제 당편은 한 개인으로의 존재로 주위사람들에게 인식되기 시작한다는 것이다. 다시 말해 작가는 소설에서 당편이 자신의 보호하는 아우라를 잃는 과정을 디테일하게 서술함으로써 이른바 현대사회라는 것은 합리적인 이성을 바탕으로 기능을 중요시하며 개인과 개인의 관계로만 형성되어 있다고 말하고 있다. 소설에 용해되어 있는 이러한 작가의 근대성에 대한 다분히 부정적인 시각은 시종일관 도처에서 발견된다. 이를테면 현대 사회에서의 삶을 규정하는, '근거 없고 불안한 삶', '보호막의 상실' 등으로 묘사된 현대 사회는 작가 이문열에게 있어서 한탄의 대상이며 그로 인해 사라진 옛것들은 그리움과 아쉬움의 대상인 것이다. 이러한 변화는 정상적인 일반인에게는 크게 의식되지 않을 수 있었지만, 당편과 같은 장애인에게는 치명

---

205) 서양 세계에도 주로 농경에 의존하여 생활한 국가들이 있었고 가족 제도도 있었다. 그곳에서도 인간을 집단적 존재로서 인식한 인간관이 우세한 시대가 있었을 것이다. 그러나 언제부터였다고 정확하게 밝혀서 말하기는 어려우나, 서양 세계에는 상당히 오랜 옛날부터 개인주의적 사상의 싹이 트기 시작하였고, 근세 이후에는 이 사상이 점차 우세한 위치를 점령하는 추세를 보였다. 오늘날의 '민주주의' 또는 '자유주의'라는 이름으로 개인주의를 의문의 여지없는 진리로서 신봉하는 사람들이 다수를 차지하는 실정이다. 서양에도 여러 나라들이 있고 여러 가지 문화 전통이 서로 영향을 주고받으면서 오늘에 이르렀다. 그러나 그 가운데서 가장 큰 흐름을 이루고 오늘의 서양 사상의 근간이 된 것은 그리스의 철학 사상과 유태인의 나라에서 일어난 기독교 사상이라고 볼 수 있을 것이다. 서로 영향을 주고받은 이 두 흐름의 사상은 일찍부터 개인주의의 싹을 틔웠고, 공자가 살았던 기원전 5세기경에는 중국 사람들과는 현저하게 다른 눈으로 인간 세계를 바라본 것으로 생각된다. 그리스의 여러 도시 국가 가운데서 가장 중요한 위치에 있던 아테네에 일찍부터 민주주의 제도가 수립되었다는 것은 널리 알려진 사실이다. 아테네의 민주주의가 개인주의에 입각한 것이었음은 저 유명한 페리클레스가 기원적 431년에 행한 추도(追悼) 연설에도 뚜렷이 나타나 있다. (김태길, 『공자사상과 현대사회』, 철학과 현실사, 1998, 74쪽.)

적인 것으로 간주될 수 있는 점이다. 작가는 공동체주의에 대한 지향을 앞서 당편이라는 장애여성을 통해 보여주고 있다.

7.3 보호막으로서의 동양적 가부장제

『아가』에서 장애를 앓고 있는 당편이가 애초에 녹동어른댁에 수용되는데 여기서 주목할 점은 녹동어른의 수용이 일종의 가부장적 질서 체계 안에서 이루어진 것이라고 볼 수 있다는 점이다. 당편이가 처음으로 녹동댁의 문 앞에 머물고 있을 적에 여러 사람들이 있었다. 행랑아범인 삼산영감을 포함해 드난살이를 하던 곽산이네. 침모 안강댁, 머슴군 건동이, 방간일을 보는 칠보네, 부엌 허드렛일을 하는 을순이, 잔심부름을 맡은 창길이 모두 당편이를 애처롭게 생각했지만 선뜻 당편을 받을 수 없었다. 물론 그들은 모두 남의집살이를 하는 사람들이라 자신들이 결정할 수 있는 것은 아니었다. 그때 당편을 받아들인 결정을 한 것은 일흔이 넘어 자리보전을 하던 녹동어른이었다. 물론 그때 녹동어른이 그 누구의 동의도 없이 결정할 수 있었던 이유는 바로 가부장적인 질서가 아직 유지되었던 시기였기 때문이라고 볼 수 있다. 다시 말해 녹동어른은 당시에 이미 일흔이 넘은 나이였지만 그 많은 사람들 가운데 당편이를 받아들이는 결정을 할 수 있는 사람은 오로지 녹동어른 뿐이었다는 것이다. 그리고 이러한 수락의 배경에는 가부장적인 체계가 아직도 유효하던 시기였던 것이라고 보아야 한다.

녹동어른이 타계한 후 닭실댁은 아들 따라 서울로 올라가면서 당편이를 술도가에 맡기게 되는데, 술도가에서 당편은 황장군을 만나게 된다. 황장군 역시 여러 충격으로 정신이상 현상을 보이며 술도가에 눌러앉아 배달 일을 하면서 세월을 보내고 있었다. 술도가에서 황장군은 당편이와 인연을 맺게 되는데 두 사람 사이에는 아무런 정서적 교류의 흔적도 보이지 않았고 성(性)도 함께 향유하지는 못했던 것으로 보인다. 그럼에도 '옆에 있으면 따시고…' 등 당편이는 자신의 속마음을 보이며 남편에게 기대고 싶은 의지를 보여준다. 황장군의 귀가가 늦어지면 걱정하며 기다리고, 황장군의 모습이 보이면 따라서 기뻐하는 모습을 보인다. 사장에게 드릴 곰국을 황장군에게 주고 싶어 하는 등 황장군을 위한 모습들도 여러 번 서술된다. 이러한 당편이의 의식은 황장군이 죽었을 때에도 드러난다.

"보자, 참말로 죽기는 죽었나"

장군의 얼어붙은 시체가 도가로 떼메어져 왔을 때, 당편이가 표정 없이 한 말은 그랬다. 그리고 정말로 확인이라도 하듯 숨결도 맡아보고 가슴에 귀도 대어보고 했다. 그러다가 사람들이 염을 하기 위해 옷을 갈아입히려고 장군을 벌거벗기자 갑자기 손바닥으로 장군의 아랫도리를 가리며 남의 일처럼 말했다.

"에이구우, 참말로 죽기는 죽었구나. 살아 펄펄할 때는 팔뚝 같던 게, 이제 뭐로? 똑 알라들 손가락만하다"

하지만 그래도 죽음이 실감나지 않는지 갑자기 장군의 넓은 가슴팍을 손으로 쿵쿵 소리나게 치며 외쳤다.

"일나봐라, 이 등신아. 그때는 미친개같이 나대더니(설쳐대더니)…… 어예다가……"

당편이가 장군의 죽음을 실감한 것은 아마도 이관이 끝난 뒤인 것 같다. 관 두껑이 닫히는 걸 보고 풀썩 주저앉듯 실신했다 깨어난 그녀는 그로부터 사흘 동안 물 한 모금 넘기지 않고 검고 깊은 눈가가 짓무르도록 울기만 했다. (『아가』, 191쪽.)

당편이 자신의 의사와는 무관하게 '결혼'을 했고 남편으로부터 보호와 관심도 받지 못했지만 당편이는 남편의 존재에 든든함을 느꼈던 것으로 서술되고 있다. 이렇게 정서적으로도 별로 교감도 없는 두 사람이었음에도 불구하고 작가는 소설에서 황장군이 죽는 것을 언급함으로써 황장군이 있을 적에는 남편으로 인식하고 심리적으로 굉장히 많이 의지하고 있었던 것으로 보인다. 당편이는 황장군과의 동거생활에서 잠깐의 안정을 취한 적 있는데, 황장군의 죽음으로 이 모든 것이 부재하게 되었다는 식으로 서술하고 있다.

다시 말해 당편이 얼마동안의 안정을 취할 수 있었던 것은 황장군이라는 사람의 가부장적인 보호 아래였다는 것이다. 비록 두 사람은 정식으로 혼인관계가 아니었지만 당편은 황장군이 있었기에 안정을 취할 수 있었고, 황장군은 당편이에게 심리적으로 의지할 수 있는 어깨가 되어줬다는 말이다. 당편이가 안정을 취할 수 있었던 것은 그런 가부장적인 테두리 안에서라는 것을 보여주고 있다.

이처럼 작가는 가부장적인 제도와 문화에 대해 깊은 애착과 믿음을 갖고 있는데, 이러한 양상은 여기서 그치지 않는다. 당편이과 건어물 장수와의 만남에서도 이러한 양상을 엿볼 수 있다.

당편이가 향군회관에서 생활보호대상자로 살던 중 늙은 건어물 행상이 들어와 한쪽에 눌러 앉아 좌판을 펼쳐 놓고 장사를 시작한다. 부락공동체에서 건어물 행상은 주로 경증장애인이 맡아 했었듯이 그도 경증장애를 지닌 홀아비였기에 당편이와 잘 어울리게 되고 서로 의지하며 살아가게 된다. 그렇게 당편이는 쉰이 넘은 나이에 건어물 장수와 새로운 인연의 끈이 이어져, 함께 부부 형태의 생활을 한다. 자립을 한 당편이는 정식으로 결혼을 하지는 않았지만 건어물 장수와 함게 살면서 결혼생활의 기쁨도 알게 되고 부부로서 남편의 관심과 배려와 사랑도 받는 것으로 서술된다.

그날 아침 장터거리 사람들은 거의 비명에 가까운 감탄사로 단오나들이를 나온 당편이와 영감을 바라보아야 했다. 동네에서 모아준 헌 옷을 계절에 따라 더께 입거나 벗거나 하던 당편이와 무슨 제목처럼 걸치고 있는 영감만 보아온 그들에게는 낯설어도 너무 낯선 그들 한 쌍의 차림 때문이었다. (중략)

그런 그들이 행복하기 그지없는 표정으로 장터거리를 휩쓸 듯 가로지르는 모습을 사람들은 한동안 무슨 감당 못할 기습이라도 당한 기분으로 말문이 막혀 그저 바라보고만 있었다. 그러다가 그들이 장터거리를 다 지나갈 무렵 해서야 겨우 정신을 수습한 칼국수집 아주머니가 물었다.

"아이고, 당편아, 니 어데 가노?"

"히이잇, 신촌에 약물(약수) 먹으로 간다, 우리"

그러면서 영감을 바라보는 당편이의 표정은 수줍은 새색시의 그것이었다.(『아가』, 280-283쪽.)

그러한 당편의 모습은 그 이후에도 살펴볼 수 있다. 당편은 향군회관에서 건어물장수와 부부형태의 삶을 다시 시작하게 되는데 여기서도 작가는 이른바 건어물 장수라는 남성을 통해서만 당편이가 보호를 받고 그나마 가부장적인 테두리에서 행복했다는 것을 강조하고 있다. 앞서 녹동어른의 사랑이 부모님의 사랑과 같은 것이라면 황장군과 건어물장수의 사랑은 부족하나마 남편의 사랑이라고 볼 수 있다. 이러한 지적은 어디까지나 황장군과 건어물 장수의 입장에서가 아닌 당편의 입장에서 볼 때 성립되는 것이다. 이렇게 볼 때 작가는 가부장적인 삶의 형태와 그런 구조에 굉장히 믿음을 갖고 있었던 것으로 보인다. 바꾸어 말하면 당편이라는 존재는 끊임없이 가부장이라는 테두리 안에서만 보호를 받아야 하는 존재임을 보여주고 있다. 소설에서 당편이가 안정을 취했던 시기는 모두 가부장적인 보호 아래에서였다.[206)]

이러한 양상은 작품의 말미에서도 살펴볼 수 있다. 마지막으로

---

206) 작가의 이러한 의식을 잘 대변하는 작품으로 1982년 《세계의 문학》 봄 호에 발표한 단편 「익명의 섬」이 있다. 소설에서 남자 주인공인 '깨철이'는 구걸하는 자에 불구하지만 권유리아는 '깨철이'와 여성들의 관계는 군주와 노예의 관계에 불과하다고 지적한다. "분명 깨철이는 한심한 외양과는 달리 주관적으로 사물에 의미를 부여하는 귀족적 인간임에 틀림없다. 그는 타인의 인정을 요구하지 않는다. 귀족적 인간은 모든 가치를 스스로 결정하기 때문이다. 반대로 부녀자들은 그에 대하여 단호함보다는 연민으로, 절개라는 한물간 명예보다는 육체적 갈구에 귀를 기울이는 노예의 도덕률에 젖어 있다. 그렇게 본다면 양자는 아이러니하게도 군주와 노예의 관계임에 틀림없다. 이런 관계는 명령조의 언어 사용에서 극명하게 드러난다. 깨철이가 완전한 해라체를 구사하는 데도 불구하고 아낙들은 조금도 거슬려하지 않는다. 표면적으로는 아낙들의 도움으로 목숨을 연명하는 꼴이지만, 조금만 그 속을 들여다보면 자기들의 여성성을 확인시켜 주고 있다는 점에서 깨철이는 은혜를 베푸는 군주의 입장에 있다." (권유리야, 「육체의 송가, 몸으로 쌓아올린 소설의 바벨탑-이문열론1」, 『야곱의 팥죽 한 그릇』, 새미, 2008, 227쪽.)

같이 의지하고 살던 건어물 장수마저 죽자 당편이는 스스로 장애인 복지시설로 가겠다고 한다. 그렇게 천대와 학대를 받았던 곳이었지만 가부장적인 보호를 벗어난 세계는 더 이상 기대할 수 없는 세계임을 작가는 보여주고 있다. 물론 이러한 설정으로 인해 작가는 많은 비평을 받았던 것으로 보인다. 왜냐 하면 당편이라는 존재는 항시 가부장적인 테두리 안에서 인식되고 존재할 수 있었던 것으로 형상화되고 있었기 때문이다.

8. 결론

본고는 이문열 문학에 대한 기존의 비평적 불균형을 시정하기 위한 시도로 기획되었다. 이문열의 소설은 당대 한국의 상처와 희망을 동시에 해명하는 바로미터로서 기능해왔고 다양한 소재와 광범위한 인간경험, 그리고 시대적 상황을 다루고 있기 때문에 소설 전체의 성격을 한 가지로 결론내리기에는 쉽지 않다고 보았다. 그동안 이문열의 작품들이 소설 미학적 측면보다 담론적 측면에서 이해되면서 정치, 사회, 논쟁의 한 가운데 서 있었던 것도 이러한 측면과 무관하지 않다고 생각된다. 그러나 정치 이념적 편향성 때문에 문학 작품의 실체가 지나치게 예찬 또는 폄하되거나 외면된다면 이는 바람직한 현상이라고 할 수 없다.

이에 본고는 이문열이라는 작가의 정신세계를 기반으로 하여 작품에 내재한 핵심적 형상화의 원리로 '동양적 복고주의' 의식이 드러나고 있음에 주목하였다. 물론 고대의 의식을 대변하는 동양적 전통과 사상이 현대사회와 여러 가지 차원에서 어긋나는 것은 사실이다. 현대 사회의 경우 경제구조나, 문화, 의식, 등 여러 가지 차원에서 고대의 봉건적 전제주의 국가 시기와는 상충한다. 왜냐하면 이러한 사상은 모두 전근대적 시기에 특수한 역사적 조건에서 형성된 것이기 때문이다. 그렇기 때문에 그 시기의 가치나 의식을 대변하는 동양적 정신이 오늘날의 현대 사회에 얼마만큼 의미있는가 하는 것은 논자마다 견해가 다를 수 있다. 그러나 오늘의 자본주의 사회의 윤리가 개인주의, 공리주의, 자연주의 등을 바탕으로 하고 있기 때문에 아무래도 자유로운 이익추구로 인한 여러 가지 문제가 발생할 확률이 높은 것은 사실이다. 이러한 상황을 견주어볼 때 이익보다는 도의를 앞세우는 동양적인 윤리는 의미 있다고 볼 수 있다. 그러나 어디까지나 동양적 복고주의의 지평은 현대에의 적응이 아니라 현대를 반성하고 비평하는 데 있다고 보는 것이 적절할 것이다.

이문열이 동양적 복고주의에 편향하게 된 원인으로는 계급성, 가족주의(가정), 시대성에서 그 원인을 찾을 수 있다. 우선 첫 번째로 주목할 것은 이문열의 뿌리의식이 문중의 영향 때문에 형성되었다는 점이다. 작가에게 있어 고향의 개념은 문중으로 대치되며, 그 문중을 지배한 사상은 조선시대 성리학을 중심으로 하는 유교사상과 연결된다. 작가는 선조들의 삶을 그리워하고 있었고 이러한 의식은 그의 문학에서 강한 전통 지향적 성격을 띠게 되었던 것으로 풀이된다. 두 번째로는 작가의 아버지가 준 영향이라고 보았다. 작가의식과 부친의 관계가 절대적인 것은 아니지만 아버지의 영향으로 말미암아 작가는 어린 시절부터 가치박탈의 삶을 보내야 했었다.

안거할 세계의 상실, 삶의 근원적 훼손 등으로 인해 작가는 변혁 지향적 이념에 대해 거부감을 갖게 되면서 질서와 조화가 있었다고 믿는 전근대 세계를 동경하게 되고, 이와 더불어 가부장적인 권위를 갈망하게 되었다. 셋째는 이문열이 문학활동을 할 무렵의 시대적 상황이라고 볼 수 있다. 한 작가의 문학정신은 당대의 현실적 상황에 대한 인식에서 출발하는데, 이런 면에서 문학은 현실에 대한 작가의 대응양상이며, 그 표출방법이라고 할 수 있다. 1970년대와 1980년대는 유신독재에 반항하여 민중운동이 성행하던 시기인데 작가는 이러한 민중주의나 변혁지향적인 이념에 대해 불신했다. 그 이면에는 작가 자신이 무책임한 전망 때문에 피해를 보았기 때문이다. 그래서 자연스럽게 미래지향적인 것보다는 전근대의 세계와 정신을 추구하게 된 것으로 보인다. 이문열은 자신의 정체성을 구축하기 위해 끊임없이 자신의 길을 모색했고 그것을 문학에서 동양적인 정신에 대한 애착으로 드러냈다.

이러한 기존의 상황을 염두에 두고 지금까지 필자는 이문열의 소설세계에 대한 천착을 통해 그의 소설에 나타난 동양적 복고주의를 고찰하는 데 목적을 두고 나름대로 논의를 전개해보았다. 소설을 읽는다는 것은 소설 속에 내재한 작가의 또 다른 자아를 만나는 것과 같다. 필자는 소설에 드러난 '동양적 복고주의'에 대한 고찰을 통해 한국의 역사적, 사회적 현실과 작가의 문학세계의 상호연관성을 찾으려고 했다. 지금까지 논의된 바를 간략하게 분류하여 요약하면 다음과 같다.

3장에서는 『그대 다시 고향에 가지 못하리』를 다루었다. 이 작품에서 작가는 고향이라는 상징적인 공간을 통해 자신의 전근대적 삶에 대한 관심을 보여주고자 한다. 작가에게 있어 현실은 질서가 혼돈되고, 정의가 수호되지 못하는 공간으로 인식되고 있었다. 현실이 각박하고 타락되었다고 느낄수록 작가는 미래지향적인 선험적 세계보다 과거 질서와 조화가 있었다고 생각되는 전근대 세계를 그리워하게 되었다. 작가가 향수를 가지고 묘사하고 있는 이른바 선비정신과 혈연으로 엮어진 공동체 의식, 그리고 그것에 따르는 삶의 규범은 인간이 인간으로서 마땅히 가져야만 하는 가치에 그 기초를 두고 있다. 그러나 올바른 역사인식을 동반하지 못했다는 점이 한계를 드러냈다.

4장에서는 『황제를 위하여』를 중심으로 논하였다. 이 작품에서 작가는 선험적인 세계를 지배했던 사회의 이념을 긍정적으로 그리려했다. 이 점에서 앞선 『그대 다시는 고향에 가지 못하리』와 차이점이 있다. 하지만 결론적으로 그러한 이념의 주인공이 결국에 가서는 몰락과 패배의 과정을 거칠 수밖에 없다는 점에서 앞의 작품과 동일한 패턴을 하고 있다고 보았다. 작가는 현실을 타개하는 방식으로 전통정신의 환기에 초점을 두었다. 작품에서 전개되고 있는 천명사상이나 왕도정신, 무위자연 의식 등은 현실을 타개할 수 있는 근대정신의 환기라는 차원에서 제기되었던 것이라 볼 수 있다.

5장에서는 주로 『영웅시대』를 중심으로 봉건적 가부장제에 대해 살펴보았다. 소설에 나오는 사람들의 모든 관계는 가족주의로 환원되어 있는데, 이는 봉건적 가부장제가 전근대의 규범이라고 인식한데서 비롯되었다고 볼 수 있었다. 그 결과 소설의 주인공이 공산당에 입당하게 된 계기에 있어서, 또 안나타샤를 대함에 있어서나, 나머지 가족들이 기독교에 귀의하는 것에 있어서 모두 가부장적인 원리가 작동하고 있음을 확인할 수 있었다. 작가는 이처럼 이데올로기 비판을 함에 있어 봉건적 가부장제를 그 도구로 삼았으며, 작중의 모든 인물들이 가부장제의 틀에서 인식되고 있음을 확인할 수 있었다.

6장에서는 「금시조」와 『시인』 두 편을 예술가소설로 규정하고 살펴보았다. 특히 이 두 편의 예술가소설은 예술의 자율성에 대한 진지한 고민을 다루었다는 점에서 중요한 의미를 지녔다. 그러나 그것은 자본주의 체제 속에서 살아가는 예술가의 삶을 다룬 것이 아니라는 점에서 특징적인 것이라 볼 수 있었다. 특히 이러한 예술의 자율성에 대한 작가의 관심은 당시의 리얼리즘 문학이 성행하던 시대적 환경을 의식한데서 비롯되었다고 보인다. 작가는 지속적으로 예술의 자율성을 강조해왔고, 두 편의 예술가소설에서 보여주었던 작가의식도 이와 다르지 않다고 본다. 「금시조」와 『시인』은 예술가의 예술관과 예술가의 삶에 대한 치열한 천착을 통해 예술을 통한 초월적 지평을 구축하고, 더 나아가 예술가로서의 초월적 삶의 형식이 어떤 것인가를 우리에게 보여주었다는 점에서 중요한 의미를 갖는 작품이었다. 그리고 이처럼 초월적인 지평에 대한 모색도 「금시조」에서는 유가정신의 틀에서 인식되고 있으며, 『시인』에서는 노장적 사유를 통해 실현할 수 있음을 알 수 있었다.

7장에서는 『선택』과 『아가』에 나타난 전통적 사회속의 여성적 삶에 대해서 살펴보았다. 전통적 사회에 속한 여성의 삶을 찬양하였다는 점에서 페미니즘을 주장하는 여권주의자들에게 몰상식하고 시대착오적 발상이라는 비판을 받았다. 즉 삼종지도나 칠거지악이라는 족쇄로 여성들의 삶을 구속하던 전근대의 이념을 수용하고 여성의 삶을 수동적으로 그리려고 했다는 점이 그러하다. 기존의 현대소설들이 유교 이념에 입각한 성차별의 폭력을 단호히 거부하고 강인한 의지를 보여주며 역전승의 인물을 형상화하고 있는 반면, 이 두 편의 소설에서는 전근대의 불평등한 사회논리를 합리화하고 이를 순응하는 양상을 보여주었다. 작가는 일체의 예술의 자율화를 강조하고 일체의 억압적인 것에 대해 굉장히 예민하고 이에 반발하는 의식을 보여주었는데, 이 두 편의 소설은 이와 상반되는 입장을 보여주었다고 할 수 있다. 이는 작가가 전통적인 삶의 형태, 다시 말해 유교적 이념이 사회의 주류를 이루던 시기의 질서와 가치에 대해 긍정적으로 인식하고 있음을 보여주는 것이라 하겠다.

이상에서 살펴본 것처럼 전통지향적 성향은 이문열 문학을 형성하는 제일 핵심적인 뿌리라고 할 수 있다. 과거에 대한 맹목적 향수는 한국 현대문학의 오랜 낭만주의적 매너리즘이기도 하나 이문열 소설에 드러난 동양적인 전통이나 문화에 대한 애착, 복고주의적 의식은 유교윤리나 전통이념에 대한 복원심리나 맹목적인 향수가 아니라고 본다. 이문열 문학에 나타난 동양적 복고주의는 현대 사회의 병폐를 반성하고 비판하며 자기정체성의 지평을 구축하려는 의지에서 기원하였다고 보는 것이 적절하다. 다시 말해 작가는 동양적인 문화 전통에 대해 긍정적인 감정과 애착을 갖고 있으며, 이러한 전통이 오늘날 현대사회에서 유용한 정신적 잣대로 지속되지 못한 것에 대한 안타까움을 토로하고 있다고 봐야 할 것이다.

작품 검토를 통해 살펴보았듯 작가의 이러한 의식은 다양하게 형상화되고 있는데, 이문열의 문학은 이원론적인 세계관을 기준으로 전통과 근대가 역사적 대립의 양상으로 치환되었다. 거기에서 인간의 존재론적 대립의 양상들이 서로 부딪치며, 작품의 주인공들도 자신의 삶에서 답을 찾기 위해 시대와 대결했다. 이문열의 소설에 나오는 주인공들이 끊임없이 현실과 갈등을 맺고 화해하지 못했던 이유는 오늘날의 현대사회가 이미 서구문명의 충격으로 말미암아 머릿속 깊이 서구화라는 인식이 자리 잡혀 있고, 더구나 조선의 경우 일제의 침략과 식민지화로 말미암아 조선의 역사와 문화가 심하게 왜곡되었기 때문이다. 대체로 서양문화를 중심으로 형성된 근대적 사고는 인간의 본질을 도덕이 아니라 사적 욕망으로 해석하려 한 것에서 비롯되었다. 공동체적 유대보다 개인의 욕망을 충족시키기 위해 물질을 소비하고 타자와 경쟁하는 공간으로 사회를 이해했다. 이에 작가가 소설에서 보여준 동양적인 전통에 대한 애착과 동양적 정신에 대한 복고주의는 분명히 의미 있다고 판단된다.

그러나 작가가 이해하고 있는 전통과 현대의 관계는 이원 대립적이고 양자는 화해할 수 없는 것임과 더불어, 작가의 지나친 의욕으로 말미암아 그것이 비판적 검토를 거치지 않고 과거를 일방적으로 그리워하고 찬양하는 모습을 종종 보이고 있어 문제적이라 할 수 있겠다. 그리고 이러한 점이 작가의 초기 작품에서 후기에 이르기까지 지속적으로 드러났던 점은 이문열 작품이 많은 논쟁을 일으키고 비판을 받았던 중요한 이유가 되고 있다고 본다. 그럼에도 불구하고 이문열 소설이 오늘날의 독자들에게 한국 고유의 문화와 전통정신에 대해 다시 한 번 생각하게 하고 현대 사회를 고민하고 반성할 수 있는 계기를 마련해주었다는 점에서 의미를 찾을 수 있다고 본다.

■ 참고문헌

1. 기본자료

• 이문열 『영웅시대』, 민음사, 1987.
『타오르는 추억』, 한겨레, 1988
『시대와의 불화』, 자유문학사, 1992.
『이문열 문학앨범』, 웅진, 1994.
『사색』, 살림, 1994.
『시인』, 둥지, 1994.
『그대 다시는 고향에 가지 못하리』, 나남출판, 1996.
『아가』, 민음사, 2000.
『황제를 위하여』, 고려원, 2000.
『사람의 아들』, 민음사, 2001.
『선택』, 민음사, 2009.

2. 연구논문 및 평론

• 강동우 「탈현대 시대의 문학과 도가적 상상력」, 『인문과학연구』, 2013. 36권.
• 고미숙 「어떻게 '매끄러운 공간'을 질주할 것인가」, 『오늘의 문예비평』, 33, 1999.
• 곽상인 『손창섭 신문연제소설 연구』, 서울시립대 박사학위논문, 2013.
• 권성우 「이문열 소설에 나타난 '예술가 의식'연구」, 『현대소설연구』, 15, 2001. 12.
「이문열論-세계관의 변경과정에 대한 고찰을 중심으로」,
서울대 『대학신문』, 1985. 12. 2.
• 권영민 「개인적 운명 또는 삶의 선택」, 『세계의 문학』, 민음사, 1997. 여름호.
• 권유리야 『이문열 소설의 식민과 탈식민 연구: 『시인』, 『영웅시대』,
『변경』을 중심으로』, 부산대학교 박사학위논문, 2008.
• 김개영 『이문열의 『변경』 연구』, 동국대학교 박사학위논문, 2016.
• 김광기 「소설 속의 전통과 현대」, 『사회이론』, 제25호, 2004. 06.
• 김미옥 『이문열 소설 연구』, 성신여자대학교 대학원, 박사학위논문, 2005.

- 김병규 「이문열 소설의 여성인물 연구」, 한양대 석사학위논문, 2013.
- 김상훈 「이문열소설 연구: 소설에 나타난 유교사상을 중심으로」,
  원광대 교육대학원 석사학위논문, 2012.
- 김성국 「이문열과 아나키스트 자유주의」, 『사회와 이론』, 통권 제28집, 2016년 5월.
- 김승옥 「동양 문학사상의 근원」, 『서정시학』, 제17호, 2007.
- 김승현 「소설 『아가』에 나타난 장애인관」, 단국대학교 석사학위논문, 2008.
- 김신명숙 「『선택』의 작가 이문열선생에게-한 조선조 여인의 일갈」,
  『IF』 계간지 창간호, 1997, 6.
- 김　영 『황석영 이문열 소설 비교연구』, 부산대학교 박사학위논문, 2005.
- 김원일 「비극의 확인과 그 각성」, 『문예중앙』, 1984 겨울.
- 김인경 「예술가소설에 나타난 예술관의 특징과 지향점」,
  현대소설연구, (36), 2007. 12.
- 김태준 「이문열 중·장편 소설 연구」, 안양대학교 교육대학원 석사학위논문, 1999.
- 김현애 「이문열의 예술가소설 연구」, 동국대학교 석사학위논문, 2006.
- 김혜민 「이문열의 성장소설 연구: 『젊은 날의 초상』을 중심으로」,
  경남대학교 교육대학원 석사학위논문, 2009.
- 남동임 「이문열 소설에 나타난 영웅성: 「우리들의 일그러진 영웅」,
  『황제를 위하여』를 중심으로」,
  한국교원대학교 교육대학원 석사학위논문, 2008.
- 박도식 「김삿갓 생애와 현실인식」, 『인문학연구』, 관동대학교 인문과학연구소, 2011.
- 박종홍 「이문열 소설의 권력, 애정, 예술」, 『현대소설연구』, (6), 1997. 06.
- 박필순 「이문열 소설의 폭력성 연구」, 숭실대학교 석사학위논문, 2011.
- 손세훈 「대항하는 개인의 초상」, 『세계의 문학』, 통권 88호, 민음사, 1998.
- 송영숙 「이문열 소설의 군중과 권력 연구」, 부경대학교 석사학위논문, 2009.
- 신영진 「이문열 소설에 나타난 대중성 요인 연구: 「우리들의 일그러진 영웅」,
  「나자레를 아십니까」, 한양대학교 석사학위논문, 2006.
- 심일주 「이문열의 성장소설 연구: 「우리들의 일그러진 영웅」과 『젊은 날의 초상』을
  중심으로」, 홍익대학교 석사학위논문, 2007.
- 안남연 「이문열의 '선택'과 페미니즘 논쟁」,
  『한국문예비평연구』, 제6호, 한국현대 문예비평학회, 2000.
- 양선규 「小說을 보는 觀點」, 『현대소설연구』, (8), 1998. 06.

- 윤광옥 「이문열 소설의 회고적 구성 연구」,
  동덕여자대 여성개발대학원 석사학위논문, 2002.
- 이동하 「'이데올로기 시대'를 超克한 새로운 地平」,
  『廣場(Forum)』, 세계평화교수협의회, Vol.138, 1985.
  「우리 문학의 내일에 대한 전망」, 『작가세계』, 1(2), 1989.
  「한국 예술가소설의 성격과 전개양상」, 『현대소설연구』, 제15집, 2001.
  「조선시대 양반 여성의 삶에 대한 소설적 형상화」,
  『한국현대문학연구』, 13, 2003. 06.
  「이문열의 소설과 기독교」, 『한국현대문학연구』, 제28집, 2008.
  이문열, 『조선일보』, 1997. 5. 8.
  「이데올로기로서의 문학-내 문학과 이데올로기」,
  『세계화속의 삶과 글쓰기』, 서울국제문학포럼 자료집,
  대산문화재단, 2011.
- 이병군 「강경애 소설 연구-작중인물의 '죽음'을 중심으로」,
  서울시립대 석사학위논문, 2013.
  「『사람의 아들』의 노장(老莊)적 독해」,
  『어문론총』 77호, 한국문학언어학회, 2018. 9.
- 이병율 「이문열의 소설 「금시조」에 나타난 교육적 의미」,
  인제대 교육대학원 석사학위논문, 2008.
- 이보영 「기독교문학의 가능성」, 『한국현대소설의 연구』, 예림기획, 2001.
- 이상국 「성장소설의 교육적 가치 연구: 이문열의 『젊은 날의 초상』을 중심으로」,
  동국대학교 석사학위논문, 2013.
- 이순원 「이문열 특집: 『사람의 아들』에서 『변경』까지 작가를 찾아서: 이문열 무엇을 생각하고 있나」, 『작가세계』 1(2), 1989, 6.
  「저속한 페미니즘에 옳은 목소리를 냈을 뿐」, 『조선일보』, 1997, 4. 23.
- 이인숙 「이문열 소설 『선택』에 나타난 여성관 연구」,
  인제대학교 교육대학원 석사학위논문, 2004.
- 이재복 「이문열의 작가 의식과 세계 인식 태도」, 『비평문학』, 2017, 12.
- 이지영 『이문열 초기 단편 소설의 서사전략 연구』,
  인하대학교 박사학위논문, 2006.
- 이창식 「김삿갓 시의 구비문학적 성격」, 『우리말 글』 제21권, 2001.
- 임의숙 「한국 가족문화와 기독교」, 『한국기독교신학논총』, 제14집, 2005.

• 장진숙「중세 여성의 유령인가? 현대적 재창조인가?」,『한국학연구』17, 2007. 12.
• 정지아「이문열론: 작가의 현실인식의 틀을 중심으로」,
중앙대학교 석사학위논문, 1996.
• 정판석,「이문열 소설 연구: 본질·미학·성장·이데올로기를 중심으로」,
경기대 석사학위논문, 2012.
• 표귀숙「이문열 소설의 현실인식연구: 1980-90년대를 중심으로」,
강원대 석사학위논문, 2010.
• 한형구「『영웅시대』의 생성과 수용의 의미망」,『문학사상』, 1989. 08.
• 허경진「동시품휘보와 허균의 과체시」,『열상 고전연구』, 제14권, 2001.
• 홍영희「이문열의 자전적 소설 연구」, 중앙대학교 예술대학원 석사학위논문, 2013.
• 홍정선「소설로 가는, 기억의 길」,『문학과 사회』, 제30호, 1995 여름.
• 황국명, 이문열, 송명희, 정형철,「선택하는 삶은 아름답다」,『오늘의 문예비평』,
1997. 9.

3. 단행본

• 계승범『우리가 아는 선비는 없다』, 역사의 아침, 2011.
• 권순긍『역사와 문학적 진실』, 살림터, 1997.
• 권유리아『이문열 소설과 이데올로기』, 국학자료원, 2009.
『야곱의 팥죽 한 그릇』, 새미, 2008.
• 금장태『유교사상과 한국사회』, 한국학술정보, 2008.
• 김기대『교회는 언제쯤 너그러워질까』, 삼인, 2018.
• 김동리『문학과 인간』, 인간사, 1952.
• 김병익,이재선 편『김동리』, 서강대학교 출판부, 1995.
• 김우창『궁핍한 시대의 시인』, 민음사, 1977.
• 김욱동『이문열-실존주의적 휴머니즘의 문학』, 민음사, 1994.
• 김윤식,『김윤식 선집4』, 솔, 1996.
• 김윤식 외『이문열論』, 삼인행, 1991.
• 김충열,『김충열 교수의 노장철학강의』, 예문서원, 1995.
• 김태길『공자사상과 현대사회』, 철학과 현실사, 1998.
『유교적 전통과 현대 한국』, 철학과 현실사, 1998.

• 김　현 『문학이란 무엇인가』, 문학동네, 1994.
『현대 한국 문학의 이론/사회와 윤리』, 문학과 지성사, 1991.
• 김효진 『우리시대의 소수자 운동』, 이학사, 2007.
• 김혜숙·김혜련, 『예술과 사상』, 이화여자대학교출판부, 2001.
• 김화영 『그대 다시는 고향에 가지 못하리』, 나남출판, 1996.
• 류철균 편 『이문열』, 살림, 1993.
• 박이문 『藝術哲學』, 문학과 지성사, 1993.
• 박희진 외, 『페미니즘 시각에서 영미 소설 읽기』, 서울대학교 출판부, 1993.
• 배병삼 『우리에게 유교란 무엇인가』, 녹색평론사, 2012.
• 유종호 『동시대의 시와 진실』, 민음사, 1982.
• 윤재근 『동양의 미학』, 둥지, 1993.
• 이명원 『파문』, 새움, 2003.
• 이동하 『집 없는 시대의 문학』, 정음사, 1985.
『우리 小說과 求道精神』, 문예출판사, 1994.
『혼돈속의 항해』, 청하, 1990.
• 이득재 『가족주의는 야만이다』, 소나무, 2001.
• 이상익 『현대문명과 유교적 성찰』, 심산, 2008.
• 이우성·임형택, 역편 『이조한문단편집』하, 일조각, 1978.
• 이우용 『베스트셀러-우리시대의 '잘 팔린 책들' 전면비판』, 시대평론, 1990.
• 이춘식 『중화사상』, 교보문고, 1998.
• 이태동 편, 『이문열』, 서강대학교 출판부, 1996.
• 정상균 『한국최근서사문학사연구』, 집문당, 1996.
• 주승택 『한국현대작가연구』, 민음사, 1989.
『선비정신과 안동문학』, 이회, 2002.
• 진형준 『공자님의 상상력』, 살림, 2012.
• 최근덕 외 공저, 『유학사상』, 성균관대학교 출판부, 2000.
• 최혜실 『한국 근대문학의 몇 가지 주제』, 소명출판, 2002.

4. 국외논저

- 공자 저, 김학주 역, 『논어』, 서울대학교 출판문화원, 2017.
- 리우샤오간 저, 최진석 옮김, 『莊子哲學』, 소나무, 1998.
- 마르티나 도이힐러, 이훈상 역, 『한국사회의 유교적 변환』, 아카넷, 2003.
- 장자 지음, 김학주 옮김, 『장자』, 연암서가, 2012.
- Edward W. Said 지음, 박홍규 옮김, 『오리엔탈리즘』, 교보문고, 2000.
- H. 마르쿠제, 김문환 역, 『마르쿠제 미학 사상』, 문예출판사, 1989.
- M.H. Abrams, 최상규 역, 『문학용어사전』, 예림기획, 1997.
- R. V. Johnson, Aestheticism, Methuen & Co. Ltd, 1973.

이문열 소설에 나타난 동양적 복고주의

지은이 | 이병군
펴낸이 | 노우혁
펴낸곳 | 앤바이올렛

초판 인쇄 | 2024년 7월 18일
초판 발행 | 2024년 7월 23일
등 록 | 2021년 9월 29일, 제 2021-30호
주 소 | 02046 서울특별시 중랑구 동일로144가길 25-18(중화동)
전 화 | (편집) 02-491-9596
e-mail | powerbrush88@naver.com
ISBN 979-11-977103-0-8

* 책값은 뒤표지에 있습니다.
* 잘못 만들어진 책은 구입하신 서점에서 교환해 드립니다.